Diana Palmer

Huida hacia un sueño

~•~

Flor de deseo

Tiffany

Editado por Harlequin Ibérica.
Una división de HarperCollins Ibérica, S.A.
Avenida de Burgos, 8B - Planta 18
28036 Madrid

© 2024 Harlequin Ibérica, una división de HarperCollins Ibérica, S.A.
N.º 167 - 6.3.24

© 2016 Diana Palmer
Huida hacia un sueño
Título original: Wyoming Brave

© 1982 Diana Palmer
Flor de deseo
Título original: Heather's Song
Publicados originalmente por Harlequin Enterprises, Ltd.
Estos títulos fueron publicados originalmente en español en 2020 y 2015

I.S.B.N.: 978-84-1180-693-0
Depósito legal: M-35531-2023
Impreso en España por: BLACK PRINT
Fecha impresión Argentina: 2.9.24
Distribuidor para México: Distibudora Intermex, S.A. de C.V.
Distribuidores para Argentina: Interior, DGP, S.A. Alvarado 2118. Cap. Fed./Buenos
Aires y Gran Buenos Aires, VACCARO HNOS.

ÍNDICE

HUIDA HACIA UN SUEÑO

DIANA PALMER

1

Ren Colter no fue hospitalario. De hecho, se mostró hostil cuando Merrie Grayling cruzó el umbral de su rancho de Wyoming con el hermano de él.

Merrie lo miró y tuvo la sensación de que acabaran de golpearle el estómago con un bate de béisbol. Era un hombre espectacular. Alto, de hombros anchos y caderas estrechas, con hermosas manos finas y una boca cincelada y sensual en un rostro enmarcado por un cabello negro espeso y una nariz recta. Era tan atractivo como su hermano, pero de un modo más oscuro. La miraba con el ceño fruncido, pero ella no podía apartar la vista de él. Llevaba ropa de trabajo: vaqueros y botas de faena, combinados con zahones y una chaqueta de piel de borrego. El sombrero vaquero casi le cubría un ojo. Y sus ojos negros se posaban en Merrie, haciendo comentarios que no hacía falta que se tradujera en palabras.

Ella se acercó más a Randall, cosa que pareció molestar aún más a Ren. Randall era alto y rubio, con ojos azules sonrientes y el rostro de una estrella de cine. Era muy distinto a su hermano.

—Solo serán unas semanas, Ren —dijo con suavidad—. Ella ha... Bueno, ha pasado lo suyo. Su padre acaba de morir y ella ha tenido algunos problemas con un... con la persona de la que te hablé —Randall no miró a Merrie, porque lo que le había contado a Ren no era toda la verdad—. Tú tienes una seguridad de primer orden y guardaespaldas de sobra por aquí. He pensado que aquí estará a salvo.

—A salvo —repitió Ren.

Tenía una voz profunda y aterciopelada. Observaba a Merrie con sus labios sensuales apretados, pero daba la impresión de que no encontrara nada agradable en la mujer de cabello largo de color platino recogido en una trenza que le caía por la espalda y cuyos ojos azul cielo estaban enfocados en él. Era bastante guapa, pero Ren estaba harto de mujeres guapas. La ropa que llevaba no permitía discernir bien su figura. Vestía vaqueros anchos y una sudadera también ancha e iba sin maquillar. Era extraño ver a una de las chicas de Randall sin ropa ceñida y sexy y sin que coqueteara abiertamente con él. Las chicas de su hermano eran experimentadas y agresivas y a Ren no le gustaba tenerlas cerca. Claro que, normalmente, Randall estaba allí para entretenerlas. Sin embargo, en esa ocasión llegaba con una mujer distinta y con la intención de dejarla allí mientras él recorría el mundo elogiando los valiosos toros del rancho. Randall era un vendedor nato. Él era más reservado, más insociable. No le gustaba mucho la gente. Odiaba a su madre y no tenía contacto con ella. Pero quería a su hermano.

Esquivaba a las mujeres como a la peste desde que sorprendiera a Angie, su prometida, no con un hombre, sino con dos, catorce días antes de su boda. Ren había suspendido la ceremonia, dejando que Angie lidiara con las repercusiones. Ella había salido antes con Randall, hasta que se había dado cuenta de que no estaba dispuesto a casarse con nadie. Entonces se había fijado en su hermano y se había mostrado tentadora y provocativa durante los tres meses que habían estado comprometidos. En honor a la verdad, Ren tenía que admitir que su hermano había intentado advertirle, pero él estaba enamorado por primera vez en su vida y no había hecho caso.

Angie, por su parte, buscaba llevar una vida de lujo. Ren presidía una compañía minera que estaba dentro de las quinientas fortunas más grandes. Y contaba además con el muy provechoso rebaño de Black Angus de pura raza que pastaban en las más de cuatrocientas hectáreas de su rancho y con los toros campeones con los que ganaba millones vendiendo ejemplares jóvenes y semen de toro a nivel internacional. El linaje de su ganado era impecable.

Lo peor de la ruptura de su compromiso había sido tener que leer sobre sí mismo en la página de Facebook de Angie. Después había tenido que comprar un portátil nuevo, puesto que había tirado el viejo por la ventana. Ella había dicho, entre otras cosas, que era un amante torpe y aburrido y que su rancho era muy paleto. Y eso había sido lo más amable que había difundido sobre él.

Los abogados se habían encargado de las mentiras que había publicado en Internet y Ren no había vuelto a saber nada de ella desde entonces. Y confiaba en seguir así. Jamás dejaría que ninguna otra mujer se acercara a él. El gato escaldado...

Y de pronto tenía que tratar con otra de las chicas de Randall, lo cual no le sentaba nada bien. Se aseguraría de que no encontrara mucha diversión allí. Estaba harto del desfile de mujeres de su hermano.

—No te causará ninguna molestia —decía Randall.

Merrie asintió. No dijo nada. No le caía bien al ranchero alto, quien no se molestaba en intentar ocultarlo.

—¡Delsey! —llamó Ren.

Una mujer mayor salió de la cocina con rostro atormentado. Era pequeña y regordeta, con pelo gris recogido en un moño y unos hermosos ojos marrones. Miró a Merrie sorprendida y después sonrió.

—Esta es Merrie Grayling —la presentó Randall. Le pasó un brazo consolador por los hombros, pues ella casi temblaba por la hostilidad manifiesta de Ren—. Es de una ciudad pequeña de Texas.

Delsey estrechó la mano a Merrie.

—Eres bienvenida aquí, querida —dijo. Miró a Ren con nerviosismo y sonrió a Randall—. ¿Te marchas otra vez?

—Sí. A Inglaterra, a hablar con un barón —él sonrió—. Cría Black Angus de pura raza y queremos venderle unos toros campeones. Está interesado, pero el toque personal ayuda mucho a las ventas.

—Es cierto —asintió Ren. Torció la boca—. Yo no tengo ese toque.

—Su idea del toque personal es una aguijada para el ganado —le dijo Randall a Merrie con ojos brillantes.

—Solo con la gente —repuso Ren. Se metió las manos en los bolsillos y miró a Merrie—. No utilizo la crueldad como arma. Mi ganado está habituado a ser tratado bien. Me gusta el ganado.

—A mí también —repuso Merrie con suavidad. Se sonrojó cuando Ren la miró fijamente—. Pero me gustan más los caballos —miró con atención el rostro de él—. ¿Tiene uno que yo pueda montar?

—Hablaremos de eso luego —Ren miró su reloj—. Va a venir el veterinario a vacunar a unas novillas. Tengo que irme.

Randall hizo ademán de abrazarlo, pero su hermano lo miró con frialdad y le tendió la mano. Randall sonrió.

—No estés mucho tiempo al aire libre —le aconsejó—. Dicen que va a nevar.

—Estamos en Wyoming —respondió Ren—. Aquí siempre hay nieve.

—Eso debe de ser agradable —comentó Merrie, vacilante—. En mi zona casi nunca nieva.

Ren no contestó. Miró a Delsey.

—Llegaré tarde. Déjame cena fría en el frigorífico.

—Lo haré. Y ten cuidado con ese caballo —añadió la mujer con preocupación cariñosa—. Ayer mordió a Davey.

—¿Qué caballo? —preguntó Randall.

El rostro de Ren se puso tenso.

—Teníamos un vaquero nuevo. Me fie de él porque lo contrató Tubbs y dijo que trabajaba bien. Estaba en una cabaña de los pastos, donde no lo veíamos mucho. Fui a verlo para preguntarle por unas terneras y lo encontré completamente borracho y el caballo que le habíamos dado como montura sangraba por unos cortes profundos que él le había hecho, sabe Dios con qué. Le di una paliza y después llamé a las autoridades y se lo llevaron. Lo han procesado por crueldad con los animales. Les dije que declararía encantado —añadió con frialdad.

Merrie se abrazó el cuerpo y se estremeció. Aquello le recordaba momentos dolorosos que había vivido con su padre. Ataduras y palizas durante toda su vida. Tenía veintidós años y nunca había tenido una cita, nunca la habían besado, no había tenido amigas...

Su padre era tan rico, que todo el mundo de su zona le tenía miedo, así que ellas, Merrie y Sari, su hermana mayor, nunca le habían contado a nadie lo que ocurría en la hermosa mansión de Comanche Wells, Texas.

—¿Tienes frío? —preguntó Randall con suavidad cuando ella se estremeció.

Ella negó con la cabeza.

—Mi padre... hirió así a un caballo en una ocasión.

—¿Lo denunciaste? —preguntó Ren, cortante.

Merrie tragó saliva con fuerza.

—La gente le tenía mucho miedo. No habría servido de nada. El adiestrador se aseguró a partir de entonces de que los caballos nunca estuvieran fuera cuando él iba a los establos.

—¿Vives en un rancho? —preguntó Ren.

Ella asintió.

—No es tan grande como este. Solo teníamos... tenemos... caballos.

—Pues a este no podrás acercarte. Huracán es el animal más peligroso de aquí. Le mordió un brazo a un vaquero y casi mató a otro que intentó quitarle la brida. No permite que nadie lo toque.

—¿Sigue con la brida puesta? —preguntó Randall, preocupado.

—Sí —Ren hizo una mueca—. Y casi tiene la cabeza en carne viva por ella. El vaquero probablemente lo arrastró tirando de ella. Intentaremos de nuevo conseguir que lo sede el veterinario —movió la cabeza—. No podemos sujetarlo lo bastante para que le clave una aguja. Conoce a un guardabosques que tiene una pistola de dardos tranquilizantes. Está intentado que se la preste.

—¡Pobrecito! —musitó Merrie—. Un hombre que le hace eso a un caballo se lo hace a una persona —añadió con los ojos bajos, recordando a su padre.

Ren la observó con curiosidad.

—De hecho, el sheriff cree que el hombre al que contrató Tubbs está en busca y captura —miró a Randall—. La próxima vez contrataré yo —dijo con una mueca—. Tubbs no sabe juzgar a la gente.

—Ella sí —dijo Randall, estrechando a Merrie contra su costado—. Ella pinta.

—Mucha gente pinta —repuso Ren con desdén—. Que tengas buen viaje.

—Gracias —contestó su hermano. Sonrió—. Y tú no te metas en líos.

Ren se encogió de hombros.

—No es culpa mía. El hombre insultó a mi ganado.

—La policía de Billings estaba muy descontenta contigo —insistió Randall.

Ren soltó una risita.

—Es cierto. Me obligaron a hacer un curso sobre control de la ira. Luego fui a un congreso en Montana y otro hombre insultó a mi ganado —suspiró—. Creo que no volveré por Billings hasta que la policía olvide mi cara.

Randall movió la cabeza. Ren le guiñó un ojo y salió por la puerta sin decirle ni una palabra a Merrie. Sus espuelas tintineaban al andar. A Merrie le sonaban como campanillas. Sonrió a Randall.

—Se portará bien —le aseguró este—. Siempre se siente incómodo con personas a las que no conoce. ¿Verdad? —preguntó a Delsey.

La mujer respiró con fuerza.

—Es horrible con la gente a la que no conoce. Espero que tengas agallas, jovencita. Te pondrá a prueba.

—He vivido momentos duros —dijo Merrie con una cálida sonrisa—. Intentaré no cruzarme con él.

—No es mala idea —repuso Delsey con una carcajada—. Sobre todo ahora que se acerca el invierno y han anunciado nieve. La nieve es dura para el ganado y para los vaqueros.

—Me encanta la nieve —declaró Merrie.

—Dejará de gustarte si pasas un invierno en Wyoming —le aseguró Delsey.

Merrie se limitó a sonreír.

—Yo también tengo que irme —dijo Randall. Besó a la chica en la mejilla—. Ten cuidado. No te acerques a los establos y no te preocupes por Ren —vaciló—. Si se porta muy mal, ponme un mensaje y te llevaré a casa. ¿De acuerdo?

Merrie tuvo entonces un escalofrío premonitorio, pero se las arregló para sonreír.

—De acuerdo —lo abrazó—. Gracias, Randall.

—Eres mi amiga —musitó él—. No te preocupes, estarás bien aquí. Cuídate.

—Tú también.

—Conduce con cuidado —dijo Delsey, agitando un dedo delante de él—. Que no te pongan más multas por exceso de velocidad.

—Ya veremos —se burló él. Guiñó un ojo a la mujer y se marchó.

Delsey llevó a Merrie a su habitación.

—Pediré a uno de los chicos que te suba el equipaje. Sigue en el vestíbulo donde lo dejó Randall —dijo. Hizo una pausa—. No dejes que te afecte Ren —añadió con gentileza—. Es duro con las personas que no conoce. Sobre todo con las mujeres. Tuvo una mala experiencia y se volvió desconfiado.

—No lo molestaré —prometió Merrie—. He traído mis cuadernos de dibujo y mis agujas de hacer punto. Estaré entretenida.

—Bien. Si necesitas algo, suelo estar en la cocina o en algún lugar de la casa. Hay asistentas que vienen a ayudarme algunos días con las tareas más pesadas, pues ya empiezo a sentir los años, pero a Ren le gusta mi modo de cocinar —dijo Delsey con una risita.

Merrie respiró hondo.

—Mandy, nuestra ama de llaves, me enseñó a cocinar. Incluso me enseñó a cortar un pollo y sacar las entrañas a la caza —rio con suavidad—. También me encanta estar en la cocina.

—Te dejaré ayudarme cuando lleves aquí un tiempo —Delsey miró a Merrie a los ojos—. Es un acosador, ¿verdad? Me lo ha dicho Randall.

Merrie vaciló.

—No quiero poner a nadie en peligro...

—Este sitio tiene tanta vigilancia como Fort Knox —comentó Delsey—. Aquí no entra nadie que no tenga autorización. ¿Has visto las cámaras en la verja cuando has entrado? —vio que Merrie asentía—. Hasta tenemos *software* de reconocimiento facial. Rastrea a gente.

—¡Caray! —musitó Merrie.

—Por desgracia, no funcionó con el vaquero que golpeó a ese pobre caballo —Delsey frunció el ceño—. Huracán era el caballo castrado más tranquilo de este lugar. Me parte el corazón ver lo que le hizo ese hombre —respiró hondo—. Si sigue así, tendrán que sacrificarlo —se mordió el labio inferior y forzó una sonrisa—. Bien, te dejo deshacer el equipaje —se acercó a la puerta y miró por encima de la barandilla—. ¡Brady! —llamó—. ¿Puedes subir el equipaje?

—Claro que sí, Delsey —repuso el vaquero, arrastrando las palabras.

Subió la maleta por la escalera.

—Gracias —dijo Merrie con suavidad.

Brady se llevó una mano al sombrero. Era de la

edad de Delsey, pero fibroso y fuerte. Sonrió a Merrie.

—¿Usted es la amiga del señor Randall que viene a pasar una temporada? —preguntó.

—La misma. Me llamo Merrie. Encantada de conocerle, Brady.

—Lo mismo digo, señorita —él miró a Delsey—. Willis quiere saber si les vas a hacer un pastel a los muchachos.

—Lo haré —repuso ella—. ¿Qué clase de pastel quieren?

—De chocolate, con ese glaseado blanco que haces tú.

—Me pondré a ello de inmediato —Delsey miró a Merrie—. ¿Has almorzado?

—Sí, gracias. Randall me invitó a una hamburguesa con queso y patatas fritas de camino aquí.

—Está bien. La cena es a las siete. Ren trabaja hasta tarde y a veces no viene a cenar. Como esta noche. Me ha dicho que le deje cena fría en el frigorífico, lo que significa que probablemente no volverá a casa hasta la hora de dormir.

—El rancho tiene horarios complicados —comentó Brady con una risita—. En especial para el jefe. Tiene que estar en todas partes antes de que llegue el mal tiempo.

—He llamado a ese contratista —le dijo Delsey—. Si ves a Ren, dile que el hombre viene mañana por la mañana para ver qué trabajo hay que hacer.

—Se lo diré —el vaquero volvió a tocarse el sombrero—. Hasta luego, señoritas.

Merrie sonrió. Delsey se echó a reír.

—Es simpático —comentó la primera.

—La mayoría lo son. Pero tenemos algunos que trabajan en la seguridad —explicó Delsey con aire solemne—. Uno de ellos es peligroso. Vino aquí desde Irak, donde había entrenado a policías. No sabemos mucho de él. Generalmente se encierra en sí mismo cuando no está vigilando el ganado.

—¿Quién es? —preguntó Merrie con curiosidad.

—Lo llaman J.C. Nadie sabe a qué responden las iniciales.

—No me acercaré a él —prometió Merrie. Se desperezó. La cadena de oro que llevaba al cuello le raspó un poco la piel. Se sacó la crucecita por fuera de la sudadera.

Delsey frunció el ceño. Quería avisarla, pero no deseaba ponerla más nerviosa de lo que ya estaba. A Ren no le gustaría esa cruz. Lo hostigaría como cuando a un toro le agitan una bandera delante. Pero quizá no llegara a verla.

Sonrió a Merrie y la dejó sola para que se instalara.

Merrie bajó a cenar confiando en que Ren no estuviera en la mesa. No quería contrariarlo más de lo que lo había hecho ya por el mero hecho de entrar en su casa.

—Es un lugar grande —comentó cuando comía el delicioso estofado de ternera y rollitos caseros de pan que había hecho Delsey.

—Muy grande. A mí me cuesta mucho tenerlo bien limpio y por eso viene gente a ayudar —contestó la cocinera con una risita—. La mayoría son esposas de hombres que ya trabajan para nosotros. Así complementan algo los sueldos de sus esposos. Algunas tienen gallinas y venden huevos, otras siembran huertos y venden lo que les sobra en verano. Aquí vivimos bien.

—La casa es muy hermosa —comentó Merrie.

Delsey frunció levemente el ceño.

—Eres la primera mujer de las que ha traído Randall que ha dicho eso.

—Pero ¿por qué?

Delsey se encogió de hombros.

—Es rústica, ¿no? —preguntó. Miró hacia la sala de estar, con sus grandes sillones y su largo sofá, todos de piel color burdeos y adornados con cojines de estilo nativo americano. Las alfombras del suelo eran del mismo estilo. Encima de la chimenea había espadas cruzadas y en un estante había también un rifle antiguo.

—Es como él —murmuró Merrie con aire ausente—. Fuerte, tranquila y reconfortante.

Delsey no supo qué decir. Sabía que la chica hablaba de Ren, pero le sorprendía su perspicacia. Fuerte, tranquilo y reconfortante. Confió en que Merrie no se llevara un gran chasco cuando hiciera o dijera algo que a él no le gustara.

Ren llegó muy tarde. Cuando entró, Merrie bajaba las escaleras, todavía en vaqueros y sudadera, a pedirle a Delsey una manta más. En la casa hacía más bien frío y ella estaba acostumbrada a la temperatura más cálida de Texas.

Se detuvo en seco cuando vio que él la miraba fijamente. En realidad, tenía la vista clavada en la parte delantera de la sudadera y ella se preguntó por un momento si había algo escrito allí, pero luego recordó que era gris y sin letras.

Tragó saliva con fuerza. ¿Era posible que le mirara el pecho?

—¿Por qué demonios llevas eso? —preguntó él.

A ella le sorprendió el veneno que captó en la pregunta.

—Me gustan las sudaderas —comentó.

—No lo digo por la sudadera. Lo digo por esa cosa —él señaló la cruz.

Merrie recordó que Randall le había comentado algo sobre lo que opinaba Ren de la religión. En ese momento no le había prestado demasiada atención. Se cubrió la cruz con la mano en un gesto protector.

—Tengo fe —confesó débilmente.

—Fe —los ojos de él echaban chispas—. Eso son muletas para un mundo enfermo e ignorante —se burló—. Una superstición inútil.

Ella respiró con fuerza.

—Señor Colter... —empezó a decir.

—¡Quítate esa maldita cosa o escóndela! No quiero volver a verla en mi casa. ¿Entiendes?

Merrie pensó que era igual que su padre. Hablaba y era como un trueno. La asustaba. Se metió la cruz debajo de la sudadera con manos temblorosas.

—Y, si buscas algo de comer, no tenemos comida a la carta después de la cena. Comes en la mesa con nosotros o no comes. ¿Está claro?

Ella tragó saliva, y con ella el miedo.

—Sí, señor —dijo, con voz que temblaba tanto como sus piernas.

—¿Qué haces aquí en la oscuridad?

—Quería... quería pedir otra manta —tartamudeó ella—. En mi habitación hace frío.

—Aquí no dirigimos una sauna —repuso él con voz helada—. A pesar de lo grande que es el rancho, conservamos el calor. En tu condenado armario hay mantas. ¿Por qué no miras antes de empezar a molestar a otras personas con tonterías?

Merrie retrocedió para apartarse de él. Era mucho más terrorífico de lo que le había parecido al principio. Su postura, la expresión fría del rostro y la furia de sus ojos la impulsaban a correr. Había estado pocas veces con hombres. Casi siempre en las clases de arte, y los hombres que estudiaban arte eran amables y gentiles. Aquel era un lobo solitario no domesticado. La hacía temblar cuando hablaba. Su primera impresión de él, la de un hombre atractivo y amable, había sido equivocada. Era el diablo con vaqueros desteñidos.

—Eso es —se burló él—. Huye, niñita.

Ella subió corriendo las escaleras. No miró atrás hasta que llegó a su habitación y, una vez allí, cerró la puerta con llave.

Sari le había dicho que podía llamarla, pero Merrie tenía miedo de hacerlo. Aunque tenía seis teléfonos de prepago, tenía miedo de que pudieran rastrear alguno si lo usaba. El hombre que la perseguía sería astuto. Paul Fiore, el esposo de Sari, trabajaba para el FBI. Estaban buscando al hombre al que el hijo de la examante de su padre había contratado para matar a Merrie. Al hombre contratado para matar a Sari ya lo habían capturado y había resultado ser su chófer. El contratado para matar a Merrie era mucho más peligroso.

Timothy Leeds había planeado matar a las dos hijas de Darwin Grayling para hacer daño al hombre que había matado a su madre a sangre fría. Pero Darwin había muerto repentinamente y luego resultó que Timmy había estado demasiado borracho para recordar a quién había contratado para el trabajo. Estaba horrorizado por lo que había hecho. En el momento de hacerlo sufría por su madre, estaba furioso con Darwin y quería vengarse y hacerle daño. Pero Darwin había muerto justo después de que Timmy contratara a los hombres, usando el dinero que le había dejado su madre para pagar a dos asesinos a sueldo. En ese momento estaba en la cárcel, esperando juicio. Había colaborado con la fiscalía, pero quedaba el hecho de que había intentado matar a dos mujeres inocentes. La intención contaba mucho en temas legales. Merrie lo sabía bien. Sari, su hermana, era ayudante del fiscal del distrito en Jacobsville, Texas.

Se preguntó qué pensaría su hermana de aquel ranchero taciturno y hostil que se sentía ofendido por una sencilla cruz, un símbolo de su fe. De la fe que las había ayudado a su hermana y a ella en momentos increíbles de dolor. Su padre las había golpeado a las dos, las había tenido prisioneras en la mansión donde vivían y les había hecho temer a los hombres. Era un asesino y se había dedicado a blanquear dinero para el crimen organizado. De haber vivido, habría ido a la cárcel de por vida, a pesar de su riqueza.

Esa riqueza casi le había costado a Sari su esposo. Paul Fiore era el único miembro de toda su familia que no se ganaba la vida con actividades ilegales. Paul llevaba mucho tiempo en el FBI y había pasado unos pocos años como jefe de seguridad de las propiedades Grayling. En ese momento estaba destinado en la oficina del FBI en San Antonio. Sari había inventado la historia de que Darwin Grayling le había dejado cien millones de dólares a Paul, la mitad de la cantidad que había heredado ella de las dos cuentas bancarias secretas de su madre, quien se las había dejado a sus dos hijas en su testamento. Les habían correspondido doscientos millones a cada una y eso casi había hecho que Paul saliera huyendo. No quería que la gente creyera que se había casado con Sari por su dinero. Pero Sari y él eran felices y Merrie se alegraba por ellos. Su hermana y ella tenían cicatrices terribles, físicas y mentales, causadas por su padre.

Merrie se sentó en la cama, temblando todavía un poco por la furia del ranchero y pensando si sería capaz de quedarse allí. Ren Colter la asustaba.

Tardó bastante en dormirse y bajó un poco tarde a desayunar, confiando en que Ren se hubiera marchado ya. Pero lo encontró levantándose de la mesa.

La miró de hito en hito.

—Aquí tenemos horas establecidas para las comidas —dijo él, cortante—. Si bajas tarde, no comes.

—Pero señor Ren... —protestó Delsey.

—Aquí no se alteran las reglas —replicó Ren. Miró a Merrie, que estaba tan rígida como una tabla—. Ya me has oído. Delsey te dirá las horas de las comidas. No vuelvas a llegar tarde.

Se caló el sombrero sobre los ojos, se puso un abrigo pesado y salió sin decir ni una palabra más.

Merrie hacía esfuerzos por no llorar.

—¡Oh, querida, lo siento! —musitó Delsey. La atrajo hacia sí y la acunó mientras lloraba—. Está empezando a superar la ruptura de un compromiso y está amargado. Antes no era así. Básicamente es un hombre amable...

—Dijo que mi cruz era estúpida y que no volviera a mostrarla —sollozó Merrie—. ¿Qué clase de hombre es?

Delsey la meció un poco más y suspiró.

—Es una larga historia. Fue a una universidad famosa del norte con una beca y un profesor de allí cambió sus ideas sobre la religión. Era un estudiante excelente, pero, cuando volvió a casa, se había vuelto antirreligioso. Regañó a su madre por el árbol de Navidad y porque tenía fe y la pobre mujer salió corriendo llorando. Después la oyó decirle a Randall que Ren era tan frío y despiadado como su padre, del que se había divorciado, y que estaba orgullosa de él, de Randall, porque era mejor hijo. Ren se marchó entonces y no ha vuelto a hablar con su madre.

Merrie se apartó y miró a la otra con ojos enrojecidos.

—¿Se divorció de su padre?

Delsey asintió y le tendió un paquete de pañuelos de papel para que se secara los ojos.

—Su padre era el dueño de este rancho, pero la vida aquí era dura. Su madre tenía gustos caros, o eso es lo que se cuenta, y el padre de Randall la deseaba. Así que se escapó con él.

Merrie hizo una mueca.

—Ahora el rancho es enorme.

—Sí, es cierto. Pero, cuando llegó Ren aquí, justo después de aquella Navidad, era pequeño y estaba endeudado. Su padre y él empezaron a trabajar juntos para criar un rebaño de raza. Ren entendía de negocios, se había graduado en empresariales, y su padre entendía de ganado —Delsey sonrió—. Les costó quince años, pero se expandieron con el petróleo y la minería, además del ganado, y construyeron un pequeño imperio aquí. Ren está muy orgulloso de eso. Su padre también lo estaba. Murió hace dos años —suspiró—. Ren ni siquiera permitió que su madre viniera al funeral. Sigue resentido por lo que le oyó decir. No se habla con ella.

—No es humano guardar un rencor tanto tiempo —musitó Merrie—. Parece un hombre muy frío —añadió con suavidad.

—Bajo toda esa frialdad, hay un hombre muy amable. Lo único que ocurre es que lleva mucho tiempo congelado.

—A mí me da mucho miedo —confesó Merrie.

—No te hará daño —musitó Delsey—. Tienes

que enfrentarte a él, querida. Un hombre así te pisoteará si le dejas.

—He vivido caso veintitrés años con un hombre así —repuso Merrie—. Era... —tragó saliva y cruzó los brazos sobre el pecho—. Era brutal con nosotras, sobre todo después de la muerte de nuestra madre. Quería hijos y nos tuvo a nosotras. Así que nos hizo pagar por ello. No podíamos salir con chicos, no nos dejaba tener amigas... Todavía no sabemos conducir un coche. A mí no me han besado nunca. Era un entorno asfixiante —soltó una risita hueca—. La única concesión que hacía era que nos permitía ir a la iglesia. No tienes ni idea de lo importante que fue la fe para nosotras durante esos años. Era lo que nos hacía seguir —tocó la cruz debajo de la sudadera—. Esta cruz me la dio mi madre y no pienso quitármela.

Delsey sonrió.

—Ese es el espíritu que necesitas. Díselo a él.

—Lo siento. No soy ningún ratoncito —se burló Merrie.

Delsey se echó a reír.

—Claro que no, querida.

Merrie miró con deseo las galletas, los huevos y las salchichas.

—Supongo que llegaré puntual al almuerzo —dijo.

—Él ya se ha ido. Siéntate y come.

Merrie se sentó a la mesa, pero miró la puerta con preocupación.

—No te muevas.

Delsey se acercó a mirar por la puerta principal. Ren bajaba la colina hacia los corrales en su todoterreno rojo. Había empezado a nevar ligeramente.

Ella volvió a la cocina.

—Ha ido a los establos. Después irá hasta las cabañas de los pastos a revisar el ganado. Ha empezado a nevar.

—¿De verdad? —preguntó Merrie, animada.

—Primero come —repuso Delsey con una risita—. Después puedes ir a jugar en la nieve.

La chica vaciló con el tenedor sobre los huevos.

—Gracias, Delsey.

—De nada. En serio.

Merrie suspiró con placer y desayunó con apetito. Después se puso una chaqueta ligera y las botas. Se arrepentía de no haber llevado un abrigo. En Comanche Wells no nevaba nunca en otoño y muy pocas veces en invierno.

—Niña, necesitas algo más abrigado que eso —la riñó Delsey.

—Estaré bien. El frío no me importa mucho si hay nieve —Merrie se echó a reír—. Si tengo mucho frío, entraré en la casa.

—Está bien, pero ten cuidado dónde vas, ¿de acuerdo?

—Lo tendré.

Echó a andar alrededor de la casa y bajó por el sendero que llevaba a unos edificios grandes con corrales adyacentes. Había incluso un granero erigido sobre postes y con bancos para sentarse delante. Dentro, un hombre trabajaba con un caballo con un trozo de cuerda, que le lanzaba ligeramente al animal y este hacía cabriolas. Era un caballo negro hermoso, que parecía de seda. A Merrie le recordó a su casa y los caballos del establo de su familia.

Jugó entre los copos de nieve, riendo y bailando. Aquello le resultaba increíblemente hermoso. Contuvo el aliento y lo vio congelarse al salir de su boca. Disfrutaba del frío, del paisaje blanco y de las montañas de más allá. Quería pintarlo. Su hogar de Texas le gustaba, pero la vista allí era exquisita. La memorizó para dibujarla más tarde.

Sentía curiosidad por el pobre caballo al que habían golpeado. Empatizaba con él, porque sabía lo que se sentía. Ella tenía cicatrices profundas en la espalda del cinturón de su padre, de una ocasión en la que había intentado salvar a su hermana de una paliza peor y su padre había volcado su ira en ella.

Se estremeció al recordar el terror que Sari y ella sentían cuando se lanzaba sobre ellas. Ni siquiera permitía que las tratara un médico por miedo a que lo detuvieran. Tenía en nómina a un médico no colegiado, que era el que les cosía puntos y las trataba. La cirugía plástica no era una opción. Tenían que vivir con las cicatrices.

Ya no, por supuesto. Las dos hermanas tenían doscientos millones cada una. Habían ido de compras justo antes de que la pobre Sari saliera huyendo a las Bahamas para sobreponerse al rechazo de Paul. Pero Merrie había comprado sudaderas, pijamas y ropa muy corriente. Todavía no se decidía a comprar prendas modernas, tops muy cortos o pantalones de corte muy bajo. No quería dar la impresión de que quería llamar la atención de los hombres.

Su mirada se posó en un edificio enorme, con dos grandes puertas delante y al lado un corral cuyas puertas daban al edificio. La zona estaba vallada, de modo que cada animal tenía un trozo de pasto. Eso tenían que ser los establos. Se acercó más, confiando en no encontrarse con ninguno de los hombres de Ren. Quería ver al caballo golpeado. Sabía que no la dejarían, estaba segura de que Ren había dado órdenes sobre eso.

Esperó en las sombras hasta que salieron dos hombres.

—Podemos tomar un café y volver en media hora —le dijo uno al otro—. Yo apostaría a que la yegua no va a parir esta noche, pero tenemos que quedarnos con ella.

—No podemos estar mucho fuera —contestó el otro, con un suspiro—. El jefe está de un humor terrible últimamente.

—Tendría que haberse dado cuenta de que esa mujer solo le causaría problemas —comentó el primero—. Se abrazó a él como si fuera un regalo de Navidad y no lo dejó respirar hasta que le compró ese anillo.

—No se te ocurra mencionar la Navidad delante de él —murmuró el otro—. Casi me arranca la piel en diciembre pasado por sacar el tema.

—Él no cree en esas cosas —el primer hombre suspiró—. Bueno, cada cual que haga lo que quiera, pero a mí me encanta la Navidad y pondré un árbol el mes que viene. Si quiere, que cierre los ojos cuando pase delante de mi cabaña, pero te aseguro que el árbol estará en la ventana.

Su compañero se echó a reír.

—Te gusta el peligro.

—¿Por qué no? Él me paga el sueldo, pero me estoy cansando de andar como pisando huevos delante de él. Cada día tiene peor genio, ¿no?

—Piensa en todos los beneficios de este trabajo. Incluido el plan de pensiones. ¿De verdad quieres renunciar a todo eso porque el jefe está de mal humor? Se le pasará.

—No se le ha pasado en seis meses, ¿verdad?

—Lleva tiempo. Vamos a por ese café.

—El veterinario vendrá mañana a ver a la yegua. Quizá traiga la pistola de dardos tranquilizantes para Huracán. Es una gran lástima lo que le pasó.

—Fue peor lo que le pasó al hombre que lo hizo

—repuso el otro, con una mueca—. El jefe le dio una buena paliza. Nunca he visto tantos moratones, y era un hombre grande. Más que el jefe.

—El jefe estuvo en el Ejército. Su unidad fue enviada a ultramar. Fue capitán de una compañía, no sé bien de cuál, pero estuvieron luchando. He oído que eso lo cambió.

—Ha sufrido lo suyo. Supongo que tiene derecho a tener mal genio de vez en cuando.

—No me importó verlo pegarse con el condenado vaquero que golpeó a Huracán. De hecho, me gustó el espectáculo. El otro no consiguió darle ni un solo puñetazo al jefe.

—El sheriff vio todos los moratones y dijo que creía que el vaquero estaba tan borracho que se había caído por las escaleras y de cabeza.

Su compañero se echó a reír.

—Sí. Menos mal que el jefe le cae bien, ¿eh?

—Eso es bueno, sí.

Siguieron andando. Merrie, que los había escuchado, hizo una mueca. Ren también había pasado momentos duros. Lo sentía por él. Pero eso no hacía que le tuviera menos miedo.

Abrió la puerta del establo y se coló dentro. Estaba fresco pero cómodo. Bajó con cuidado por el pasillo de ladrillo. Dentro había varios caballos, pero supo inmediatamente cuál era Huracán.

Era negro como el carbón, con una hermosa crin enmarañada. Cuando vio a Merrie, cabeceó y pateó el suelo. Luego relinchó.

Merrie vio la brida. Estaba demasiado apretada y debajo había sangre. En los costados del animal, cerca de la cola, se veían cortes profundos.

—¡Pobrecito! —musitó ella con suavidad—. ¡Oh, pobrecito!

El animal levantó las orejas y escuchó.

Ella se acercó un paso más.

—¿Qué te han hecho? —susurró. Avanzó un paso más—. ¡Pobrecito! ¡Pobre caballito!

El animal sacudió la crin. La miró atentamente y se movió solo un paso.

Merrie divisó golosinas para caballos en una bolsa próxima. Tomó dos y se metió una al bolsillo. Se colocó la otra en la palma de la mano, de modo que el caballo no pudiera morderle los dedos, y avanzó lentamente hacia él. Si era tan peligroso, sería difícil para los vaqueros darle de comer o de beber. Vio un abrevadero en la parte de atrás del compartimento y parecía tener agua, pero la bandeja de la comida estaba dentro del compartimento y vacía. El animal seguramente estaría hambriento. Merrie avanzó hacia la puerta paso a paso.

2

Su padre había golpeado una vez con un látigo a un purasangre cuando Merrie estaba en el instituto. Ella había ido a verlo después de que su padre se marchara de viaje de negocios con su novia. El adiestrador hablaba con suavidad al animal, pero este no lo dejaba acercarse. Merrie se había acercado a él a pesar de que el animal se movía nervioso, y el caballo se le había entregado inmediatamente, para alegría del adiestrador. Después de eso, Merrie se había ocupado de él siempre que su padre estaba ausente, porque este había matado a un perro al que ella quería y seguramente podía hacer lo mismo con un caballo por el que se interesara ella. Sari y ella jamás habían entendido por qué su padre las odiaba tanto. Probablemente era una cuestión de venganza. Quería ajustar cuentas con su difunta madre a través de ellas por haberlo dejado fuera del grueso de la riqueza de su familia.

—¿Has comido algo, precioso? —preguntó a Huracán en un susurro, al tiempo que acercaba la mano al caballo grande—. ¿Tienes hambre? ¡Pobrecito! ¡Pobre caballito!

El animal se movió más cerca de la valla y volvió a sacudir la crin.

Ella se acercó más y envió su aliento en dirección a la nariz de él, algo que había visto hacer a su adiestrador con los caballos a los que domaba en su rancho. Sopló con gentileza en las narices del caballo. Los purasangres de su padre habían sido territorio prohibido para las chicas. De no ser así, podría haber aprendido más sobre caballos. Los únicos purasangres a los que tenía acceso eran los que estaban heridos. Aunque había otros caballos que ellas podían montar, se esforzaban por no prestarles mucha atención cuando su padre andaba cerca.

—No te haré daño —susurró. Su rostro estaba inmóvil—. Sé lo que sientes. Lo sabes, ¿verdad, cariño?

Él se acercó más, mirándola. Ella extendió la golosina en la palma.

—¿No tienes hambre? —preguntó con suavidad.

El animal sacudió la crin y luego, de pronto, bajó la cabeza. Pero no fue para atacarla. Tomó la golosina y la devoró. Volvió a mirarla con aire interrogante.

—Una más —dijo ella. Sacó la segunda golosina del bolsillo y la puso en la palma de la mano. De nuevo bajó él la cabeza y tomó gentilmente la golosina con los labios. La devoró también.

—Buen chico —musitó ella. Extendió la mano.

El animal solo dudó un minuto antes de acercarse y bajar la cabeza hacia ella. Merrie tiró de su cuello hacia abajo y apoyó la cabeza en su costado.

—¡Oh, pobrecito mío! —susurró con voz quebrada—. ¡Pobre caballo!

Él movió la cabeza contra ella, casi como una caricia. Merrie no vio a los dos vaqueros, que habían regresado y la miraban boquiabiertos desde la puerta del establo. Ver a Huracán apoyando la cabeza en ella los había dejado estupefactos.

Merrie tocó la brida. Huracán vaciló al principio, pero después se quedó quieto. Ella alzó la mano y abrió la hebilla del ronzal. Se lo retiró con mucho cuidado y lo sacó. Hizo una mueca al ver los puntos sangrientos que había allí y en otras partes de su cuerpo.

—Eres un encanto —susurró, dejando la brida a un lado. Alzó la mano y lo acarició con gentileza—. Un caballo encantador —apoyó la frente en la del animal y suspiró.

Después de un minuto, el animal alzó la cabeza, la miró y relinchó.

—Necesitas medicina en esos cortes, ¿verdad? —preguntó ella con suavidad.

—Y tú necesitas terapia —dijo Ren Colter con frialdad a sus espaldas—. Te dije que no te acercaras a ese caballo.

Huracán dio un salto y retrocedió. Agitó la crin y resopló.

Merrie se volvió con el ronzal en la mano. Caminó hacia Ren y se lo tendió.

Ren lo miró totalmente sorprendido.

—¿Cómo le has quitado eso? —preguntó.

—Me ha dejado —contestó ella—. ¿Tiene medicina para ponerle en los cortes?

—Te matará si entras en el compartimento con él —replicó Ren, cortante—. Ya ha herido a dos vaqueros.

—A mí no me hará nada.

Ren empezó a decir algo. Pero entonces miró al caballo. Huracán no pateaba el suelo y corría hacia la verja, como hacía antes. Solo los miraba.

—¿Estás segura de eso? —preguntó con voz queda.

Ella lo miró con sus ojos claros tristes.

—Más o menos —respondió—. Claro que, si me

equivoco y me mata, siempre podrá subirse sobre mi tumba y decirme que me lo advirtió.

Su sarcasmo no le gustó a él.

—¿Crees que sabes lo que siente un caballo? —preguntó con sorna.

Merrie se estremeció un poco, aunque en el establo no hacía frío. No quería hablar de nada personal con aquel hombre frío y duro.

—No me ha atacado, ¿verdad?

Él vaciló, pero solo un instante. Miró a los dos vaqueros que habían estado presentes cuando Merrie obraba su magia con el animal.

—¿Tenemos pomada de la que dejó el doctor? —preguntó.

—Sí —dijo uno de los vaqueros. Fue a buscarla y se la tendió a Merrie—. Señorita —dijo, llevándose una mano al sombrero—. Nunca he visto nada igual. Tiene muy buena mano con los animales.

Ella sonrió.

—Gracias —repuso con timidez.

Ren entrecerró los ojos.

—Si echa a andar hacia ti, corre —dijo con firmeza.

—Lo haré. Pero no me hará daño.

Los hombres retrocedieron fuera de la línea de visión del caballo. Ren estaba preocupado. No quería que la amiga de su hermano muriera en su rancho, pero ella parecía tener mucha compenetración con el caballo. Era algo asombroso.

Merrie abrió la valla y entró en el compartimento con paso firme y sin el menor rastro de miedo.

—Eres un encanto —susurró, soplando de nuevo en las narices del animal—. ¿Me vas a dejar ayudarte? No te haré daño, lo prometo.

El animal se movió nervioso, pero no hizo ademán de atacarla cuando ella alzó la mano y le untó pomada con delicadeza en las heridas de la cabeza. Desde allí pasó a los flancos heridos y frunció el ceño al ver los cortes. Untó también allí pomada, pero vio que necesitaban puntos. No era de extrañar que siguiera en aquel estado, ya que había atacado a todos los que se acercaban a él. Tenía miedo de los hombres porque lo había atacado un hombre. Las mujeres, sin embargo, no eran sus enemigas.

Merrie terminó su trabajo, pasó la mano por la crin y apoyó la cabeza en su cuello.

—Muy bien, precioso —susurró—. Eres un caballo maravilloso, Huracán.

El animal movió la cabeza contra ella. Merrie lo acarició una vez más, salió del compartimento y cerró la puerta. Sonrió al caballo y le dijo adiós antes de acercarse al pasillo donde estaban los hombres.

—Los cortes del costado creo que necesitan puntos —comentó—. Pero tiene miedo de los hombres. Lo atacó uno. De las mujeres no —miró a Ren—. ¿Hay alguna veterinaria cerca de aquí?

Ren la miró sorprendido. Ella tenía razón. El caballo odiaba a los hombres.

—Hay una en Powell, creo. Puedo enviar a uno de mis hombres a buscarla.

—Probablemente dejará que ella le cosa las heridas.

—Siempre puedes venir tú y volver a hacer brujería para ayudarla a entrar ahí con el caballo, ¿no? —preguntó Ren con sarcasmo.

Ella respiró hondo y se volvió. Se alejó sin molestarse en contestar.

Ren la miraba con sentimientos encontrados. Odiaba a las mujeres. Pero aquella... Era diferente. De todos modos, no dejaría que se acercara tanto como para hacerle daño, aunque el caballo sí la dejara.

—No debería ser tan duro con ella, señor Ren —dijo el vaquero más mayor con calma—. A mí me parece que ya ha tenido bastante de eso en su vida.

Ren lo miró de hito en hito y el hombre se llevó una mano al sombrero, se volvió y salió del establo.

Merrie subió a su habitación. No lloraría. No lo haría. No dejaría que aquel hombre malo de Wyoming la alterara.

Sacó el cuaderno de dibujo y los lápices y se puso a trabajar en un boceto de Huracán. ¡Era tan hermoso! Negro como la noche. Suave como la seda. Se sentía atraída por él porque era como ella. También había pasado por guerras.

Tardó mucho tiempo en terminar el dibujo. Lo coloreó con delicadeza y, cuando terminó, tenía un retrato magnífico de Huracán. Sonrió cuando lo guardó en el maletín con sus otros dibujos. Decidió que tendría que hacer uno de Ren, pero tendría que tomar la decisión de si ponerle solo cuernos o cuernos y una cola con un triángulo en la punta.

Llegó también tarde al almuerzo, pero esa vez Ren estaba allí y no permitió que Delsey pusiera nada en la mesa.

—Ya conoces las reglas —dijo con dureza—. Si no llegas a la mesa a tiempo, no comes.

Merrie no quería decirle que había estado dibujando al caballo y había perdido la noción del tiempo. No quería pelear. Había tenido tantos años de peleas, que le resultaba más fácil conformarse.

—Está bien —repuso con calma.

Ren la miró de hito en hito. Odiaba su belleza.

Odiaba su modo de conformarse. Quería pelea y no conseguía tenerla.

Se apartó de la mesa y se quitó el cinturón. Era nuevo y se lo había apretado demasiado. Lo dobló y lo chasqueó.

Merrie dio un respingo, corrió a la cocina y se escondió detrás de Delsey, temblando de arriba abajo.

—¿Qué demonios...? —preguntó Ren.

Entró en la cocina con el cinturón todavía en la mano y Merrie soltó un grito.

—¡Deje eso! —dijo Delsey con rapidez. Abrazó a Merrie con fuerza y la meció mientras sollozaba.

Ren se dio cuenta por fin de que la había asustado al agitar el cinturón en el aire. Volvió a la sala de estar con el ceño fruncido y lo dejó en una silla antes de regresar a la cocina.

—Ha creído que la iba a golpear con él —dijo Delsey.

Merrie seguía temblando y sollozando. Aquello le había provocado recuerdos horribles de su padre y su temperamento incontrolable. La había golpeado una y otra vez...

—Yo jamás en mi vida le he pegado a una mujer —musitó Ren con el tono más suave que ella le había oído hasta el momento—. Ni siquiera mediando provocación. Jamás te levantaría la mano. Nunca.

Ella se mordió el labio inferior. No podía mirarlo.

—De... de acuerdo —tartamudeó.

Ren parecía dividido. La reacción de ella ante el cinturón resultaba perturbadora. Alguien la había golpeado con uno. Empezaba a entender por qué el caballo atacado se había identificado con ella. Porque ambos habían pasado por lo mismo.

—Dale algo de comer —dijo con gentileza a Delsey—. Lo que ella quiera.

—Sí, señor Ren —repuso la mujer. Le sonrió.

Merrie no dijo nada. Seguía temblando.

Él dejó a las dos mujeres en la cocina y fue a su estudio. Hacía años que no probaba el whisky escocés que guardaba en el mueble bar, pero se sirvió un poco y lo bebió de un trago. La reacción de Merrie ante el cinturón lo asqueaba. A pesar de su actitud poco acogedora con ella, no le gustaba verla asustada. Y le gustaba menos aún saber que la había asustado él.

—Él jamás te pagaría —le aseguró Delsey a Merrie cuando ponía jamón, pan y mayonesa en la mesa—. Toma. Espera que te haga un sándwich. Te sentirás mejor.

—Mi padre siempre chasqueaba así el cinturón justo antes de usarlo con nosotras —Merrie respiró con fuerza—. Ahora ha muerto. Mi hermana y yo deberíamos sentir pena, pero solo sentimos alivio. Su muerte fue como quedar libres de la cárcel —miró a Delsey—. Ni siquiera nos compraba ropa a menos que la eligiera él. No podíamos salir con chicos ni invitar a amigas a casa ni ir a casa de nadie —bajó la vista—. Era tan paranoico, que hacía que nos siguieran a todas partes.

—¡Pobrecita! —Delsey le tocó el pelo—. Aquí estás segura. El señor Ren puede rugir como un león, pero jamás te haría daño.

Merrie tragó saliva.

—De acuerdo.

—Vamos, siéntate a la mesa. ¿Quieres leche?

—Sí, por favor.

Delsey le preparó un sándwich y un vaso de leche y empezó a fregar los platos de la cena mientras Merrie comía.

—Gracias —dijo esta cuando terminó. Llevó su plato y su vaso al fregadero.

Delsey la abrazó.

—No te preocupes. Las cosas se arreglan hasta cuando crees que no va a ser así.

Merrie sonrió y abrazó a la cocinera.

—Lo intentaré. Gracias.

—De nada. Ahora vete a dormir. Por la mañana estarás bien.

—Buenas noches.

—Buenas noches.

Pero no fue una buena noche y Merrie no estuvo bien. Se despertó gritando en la oscuridad. Su padre estaba encima de ella con el cinturón, manchado ya de sangre. Le golpeaba la espalda con todas sus fuerzas y gritaba.

—¡Despierta, maldita sea!

Ella sintió unas manos fuertes en los brazos, levantándola, y un aliento con olor a whisky en el rostro. Pero las manos no la lastimaban. Eran manos cálidas y le producían una buena sensación en la piel desnuda. Abrió los ojos.

Ren estaba sentado en la cama, vestido solo con un pantalón de pijama de franela y nada más. Su pecho amplio, cubierto de vello, era hermoso. Merrie pensó cuánto le gustaría pintarlo así. Eres el hombre más atractivo que había visto jamás. Pero no se atrevía a mostrar lo que sentía. Lo miró a los ojos e hizo una mueca.

—Lo siento —murmuró—. He tenido una pesadilla.

Él bajó suavemente las manos por sus brazos.

—¿Sobre qué?

—Algo del pasado —repuso ella, evasiva—. Hace mucho tiempo —mintió.

Él respiró hondo.

—Ha sido por el cinturón, ¿verdad?

Merrie dudó, pero acabó por asentir.

—No puedo soportar oír chasquear así un cinturón. Mi padre siempre... —se detuvo.

—¿Tu padre te golpeaba con un cinturón?

Ella asintió.

—El mío también, cuando era niño. Solía tener verdugones en la parte de atrás de las piernas. Era un chico temerario, siempre metiéndome donde no debía y mi padre se impacientaba.

Merrie no quería decirle la verdad, hablarle de las cicatrices de su espalda. No quería que él las viera. Siempre llevaba camisones con el cuello muy alto para no enseñar ninguna parte de la espalda.

Ren le tocó la mejilla y apartó el pelo platino revuelto que se había soltado de la trenza.

—¿No te lo dejas suelto para dormir? —preguntó con curiosidad.

La sensación de la mano de él en la cara le provocaba sensaciones extrañas a ella. Sentía temblores por todo el cuerpo y el corazón le latía con fuerza, perturbándola.

—No, tengo que recogérmelo para dormir —contestó—. Me tapa la cara. Debería cortarlo, pero lo he llevado largo toda mi vida.

—Sería un pecado cortar un pelo tan hermoso —musitó él.

Ella lo miró a los ojos y no pudo apartar la vista. Tampoco podía él. Su respiración era rápida. Bajó los dedos por la mejilla de ella, hasta el labio superior. Los dejó allí, acariciando la piel suave, haciéndola derretirse. Merrie quería apretarse contra él, que la abrazara. Quería que bajara la cabeza y le mostrara lo que se sentía con un beso. Tenía hambre de algo.

Sorprendentemente, él empezó a bajar la cabeza. Ella sintió su aliento de whisky en la boca. Inhaló con fuerza, mirando los labios sensuales de él y se preguntó cómo serían posados en los suyos.

Él deslizó la mano en la nuca de ella y empezó a tirar con gentileza. Ella sintió que abría los labios y le palpitó el cuerpo con la boca de él bajando cada vez más y más.

—¿Qué ha pasado? —preguntó Delsey desde el umbral.

Ren se apartó de Merrie y la miró de hito en hito como si estuviera enfadado. Se levantó rápidamente.

—Ella tenía una pesadilla —dijo. Se volvió, agradeciendo que el pantalón de pijama le quedara suelto—. No le pasa nada. Vuelvo a la cama.

—¿Estás bien, querida? —preguntó Delsey. Llevaba un camisón de algodón y una bata larga del mismo tejido. Parecía un ángel.

—Ahora sí —repuso Merrie sin aliento—. Solo ha sido una pesadilla. Siento haberos despertado a todos.

—No estaba dormida —confesó Delsey—. Estaba viendo una película en mi iPad.

—¿Puedes hacer eso? —preguntó Merrie—. ¿Cómo?

Ren las dejó hablando y volvió a su dormitorio. Al salir, cerró la puerta con fuerza. Aquella mujer era una bruja. Solo le había tocado la boca y andaba tambaleante. No se dejaría pillar en aquella trampa dulce por segunda vez. Si ella buscaba un marido rico, que convenciera a Randall. De todos modos, era la chica de Randall, ¿no?

Apagó la luz y se metió en la cama, sorprendido por su propia vulnerabilidad.

***

Merrie se levantó tarde adrede para no tener que sentarse a desayunar con Ren. Era una cobardía, pero le preocupaba que él estuviera enfadado. La noche anterior había estado a punto de besarla, pero seguramente se odiaría por esa debilidad y esa mañana la atacaría si le daba ocasión.

Asomó la cabeza en la cocina y suspiró aliviada cuando vio que él no estaba.

Delsey estaba recogiendo los platos e hizo una mueca cuando la vio entrar.

—Lo sé. Llego tarde —comentó Merrie con suavidad—. No importa. De todos modos no como mucho.

Se acercó a abrazar a Delsey, que parecía atormentada.

—Gracias por haberme salvado anoche. Espero que eso no te causara problemas con el jefe.

Delsey le devolvió el abrazo.

—No. Estoy aquí desde que él estaba en la universidad. Está acostumbrado a mí —se apartó con un suspiro—. Esta mañana estaba que quemaba el algodón —añadió la mujer, usando una expresión antigua para expresar que alguien estaba muy enfadado.

Merrie rio suavemente.

—Eso suena muy sureño —comentó.

—Nací en Eufaula, Alabama —repuso Delsey, sorprendiéndola—. Me casé con un vaquero que pasó por allí con su jefe en un viaje para comprar ganado. Lo conocí en un café y tres días después me vine a Wyoming con él. Estuvimos casados veinticinco años, hasta que tuvo un infarto. Después de su muerte, me quedé aquí trabajando para el padre del señor Ren.

—Lo siento.

Delsey sonrió.

—Eso fue hace mucho tiempo. Aunque todavía lo echo de menos. Me gustaría que hubiéramos podido tener hijos, pero eso no estaba en mi destino.

—Creo que a mí también me gustaría tenerlos —comentó Merrie con tristeza—. Del matrimonio no estoy tan segura. Mi pobre madre —añadió con suavidad— no creo que tuviera ni un solo día feliz con mi padre. Vivía para Sari y para mí. Hasta que... —se cerró como una flor y sonrió—. ¿Han conseguido que venga la veterinaria de Powell? —preguntó.

—Sí. El señor Ren ha ido a los establos.

—Dijo que quizá me llamaran para que hiciera brujería y Huracán dejara entrar a la veterinaria en el compartimento con él —murmuró Merrie.

—Dice muchas cosas que luego no cumple —musitó Delsey con suavidad—. El señor Ren ha tenido una vida dura. Su padre básicamente lo ignoró. Su madre se divorció de él, huyó con el padre del señor Randall y obligó a Ren a irse con ellos. Él no quería. No le encantaba su padre, pero adoraba este rancho.

—¿Cuántos años tenía?

—Diez. El padre del señor Ren se volvió loco cuando se fueron. Se emborrachaba, pasó años ebrio. Cuando su hijo se graduó y volvió aquí, el rancho estaba casi en bancarrota. Ren hizo que su padre dejara de beber, reorganizó el rancho y empezó a hacer mejoras. Hipotecó el terreno para mejorar los pastos y las vallas, para comprar toros de raza, actualizar el equipo y renovar los establos y el granero —Delsey rio, terminando de guardar los platos—. Era un torbellino. En dos años sacó al rancho de números rojos y quince años después ha construido un imperio. Su padre vivió lo suficiente para ver un futuro próspero, pero podría haberlo disfrutado un poco más.

—¡Qué triste!

—Lo fue. La madre del señor Ren quería venir al funeral, pero él se negó a permitirlo.

Merrie contuvo el aliento.

—¿Por qué?

—Habían tenido algunos problemas. El señor Ren le oyó decir algo que le dolió mucho. Ya te lo dije. Y se marchó sin ni siquiera despedirse. Vino al rancho en autostop, se instaló y empezó a trabajar. Él es así. No dice lo que va a hacer, simplemente lo hace.

—En ese sentido, da miedo —comentó Merrie.

—Mucha gente lo da, hasta que llegas a conocerlos —repuso Delsey con gentileza—. No es un hombre violento.

—... te he dicho que primero le pusieras el maldito lazo —gritó Ren fuera de la ventana—. Mira lo que has hecho, idiota. Tendría que tumbarte en el suelo, Grandy.

Merrie contuvo el aliento cuando él entró como una tromba por la puerta de atrás, llevando medio en volandas a un hombre con el brazo lleno de sangre.

—¡Madre mía! —exclamó Delsey—. Grandy, ¿qué ha ocurrido?

—Lávalo, Delsey, por favor —pidió Ren, tras sentar al hombre en una silla—. Probablemente necesitará puntos. Le diré a Tubbs que lo lleve al médico —miró a Merrie con frialdad—. Si te desmayas, no lo hagas aquí. Ya tengo bastantes problemas.

—¿Cómo ha ocurrido? —preguntó Delsey, mientras Merrie se limitaba a mirar fijamente al hombre que sangraba.

—Estaba intentando echarle el lazo a un caballo. El animal se ha encabritado y lo ha lanzado contra una plancha metálica.

—¿Ha sido Huracán? —preguntó Merrie, preocupada.

—Sí, ha sido Huracán —respondió él, enfadado.

Ella se acercó más.

—¿Puedo ayudar yo?

Ren vaciló. No la quería cerca del caballo. Estaba furioso con ella porque la noche anterior había sido débil. No la quería por allí, no la quería cerca de él. Era la chica de Randall.

—Podría dejarle probar antes de que haya más heridos, señor Ren —intervino Delsey.

—¡Demonios! —exclamó él. Se caló el sombrero sobre los ojos—. Está bien. Vamos.

Delsey lavó el corte profundo en el brazo de Grandy.

—Creo que ha cortado una vena —le dijo a Ren.

—Tubby viene hacia aquí. Envuélveselo con una toalla.

—Lo siento, Ren —dijo Grandy tímidamente.

Ren lo miró de hito en hito. Abrió la puerta, dejó pasar a Merrie y salió tras ella.

Merrie había tomado su chaqueta. Fuera hacía mucho frío y unos copos le tocaron la cara. En el suelo había ya una capa de nieve del día anterior. No había tenido tiempo de disfrutarla. Alzó la cara y sonrió con los ojos cerrados.

Ren la miró y una ternura desconocida inundó su corazón. Pensó que era como una niña, que disfrutaba con las cosas más sencillas.

—Esa chaqueta es demasiado fina para el otoño de Wyoming —dijo, combatiendo los sentimientos que ella provocaba en él.

—En el sur de Texas casi nunca bajamos de cero grados —repuso ella, casi corriendo para no quedarse atrás—. Esta es la chaqueta más gruesa que tengo.

—Dile a Delsey que te lleve a la ciudad y cómprate algo más abrigado. Tengo una cuenta abierta en Jolpe's. Son unos grandes almacenes —dijo él. No añadió que eran muy caros, que servían a las estrellas de cine que iban a Jackson Hole, no muy lejos de allí.

—Lo haré. Gracias —comentó ella. Gastaría su propio dinero, pero él podía pensar lo que quisiera.

—Randall te llevaría personalmente si estuviera aquí —añadió él, adrede. Tenía que seguir recordándose que ella estaba con su hermano.

—Por supuesto que sí.

Entraron en los establos y fueron hasta el compartimento donde guardaban a Huracán. La veterinaria, una mujer de edad mediana, con pelo rubio y ojos azules, los miró acercarse. Hizo una mueca.

—No consigo que funcione la estúpida pistola de dardos tranquilizantes. Tendría que haber pedido que me volvieran a enseñar a usarla —dijo.

Mientras hablaba, Merrie se acercó a la puerta del compartimento y tendió la mano. En ella llevaba una de las dos golosinas que había tomado de una bolsa cercana.

Abrió la mano, con la golosina en la palma, y se la ofreció al caballo.

—Hola, precioso. ¿Te acuerdas de mí? —preguntó sonriente.

Al parecer, el animal se acordaba, pues se acercó a la puerta, agitó la crin y relinchó suavemente.

—Eres un encanto —dijo ella. Lo miró mordisquear la golosina y le pasó la mano por la cabeza, entre los ojos—. ¡Qué bonito eres!

La veterinaria la miraba fascinada.

—Acaba de tirar a uno de los vaqueros a ese montón de hojalatas que hay en el pasillo —comentó, señalando un pequeño montón de desechos de unas reparaciones.

—Parece ser que tiene mano con los caballos —repuso Ren, cortante—. ¿Puedes distraerlo mientras la doctora Branch entra ahí con él?

—Pues claro que sí —contestó Merrie. Acarició la oreja del caballo, tranquilizándolo.

La veterinaria aprovechó el momento para entrar en el compartimento y examinar los cortes.

—Puedo usar anestesia local —dijo—. Si usted lo distrae.

—Lo haré —le aseguró Merrie.

Habló con Huracán. Le pasó la mano por la cara, las orejas y la mejilla sin dejar de hablarle. Cuando el animal notó la aguja, empezó a moverse, pero Merrie lo contuvo y apoyó la cabeza en su cuerpo, sin dejar de hablar. Él se calmó. La veterinaria empezó a coserle los puntos. Trabajaba con eficiencia y no tardó mucho.

Salió del compartimento con un largo suspiro.

—Su manera de tratar a los pacientes es increíble, señorita...

—Grayling —repuso Merrie—. Mi nombre es Meredith, pero todo el mundo me llama Merrie —añadió, con una sonrisa.

—Merrie, pues. Gracias por la ayuda.

—No hay de qué. Adoro los caballos.

—Pues al menos con este parece que es mutuo —la doctora Branch movió la cabeza—. No conseguía que funcionara la pistola de dardos tranquilizantes. Creo que tengo que entrenar un poco más con ella —se echó a reír.

—¿Huracán se pondrá bien? —preguntó Merrie. Estaba preocupada. Algunos de los cortes eran muy profundos.

—Le he dado un antibiótico. Si hay infección clara alrededor de los cortes, quizá tenga que volver a verlo. Seguro que usted sabrá distinguir si la hay —dijo la veterinaria a Ren.

—Seguro que sí —contestó él—. Gracias por venir, doctora.

—Ha sido un placer —la mujer recogió su maletín, sonrió a Merrie y se alejó por el pasillo.

—Temía que hubiera que sacrificarlo —confesó Ren.

—No es un caballo malo, solo ha estado expuesto a un hombre malo —repuso Merrie, que seguía acariciando la frente del animal—. Es precioso. Le he hecho un retrato —añadió con suavidad.

—¿Ah, sí? —él no parecía interesado—. Ahora se quedará tranquilo. Tengo trabajo.

—¿Me está echando? —preguntó ella.

—Por el momento, sí.

Merrie suspiró, acercó un instante su cara a la de Huracán y se alejó.

Cuando estaba a medio camino de la puerta, el animal relinchó. Ella se volvió y le sonrió.

—Volveré.

Huracán movió la cabeza.

—No me digas que también sabes hablar con caballos —se burló Ren.

—No sé —repuso ella con sinceridad—. Mi padre nunca nos dejaba acercarnos a los establos cuando estaba en casa.

Él la miró con el ceño fruncido.

—¿Qué clase de caballos tenía?

Purasangres, pero ella no estaba dispuesta a decírselo. Le gustaba ser Merrie, una chica corriente.

—Caballos Cuarto de Milla —mintió—. Los vendía por todo el mundo.

—¿Pero no os permitían montarlos?

—Los que estaban registrados, no. No se fiaba de nosotras.

—¿Por qué?

Merrie hizo una mueca.

—Supongo que pensaba que podíamos hacerles daño. Tenía unos cuantos caballos de montar para los huéspedes. Podíamos montar esos. Eran viejos y tenían el lomo hundido, pero al menos aprendimos a montar.

Ren enarcó las cejas. Pensó para sí que había una gran diferencia entre montar un caballo de lomo hundido y un Cuarto de Milla. Se preguntó si ella no estaría exagerando por presumir. Quizá su padre solo había tenido uno o dos caballos. La ropa que usaba indicaba que su familia y ella no tenían mucho dinero. Todo su guardarropa parecía consistir en pantalones de chándal grises y sudaderas.

Las botas, al menos, eran adecuadas. Le miró los pies pequeños. No llevaba zapatos de diseño, sino botas gastadas. Se parecían mucho a las suyas, excepto porque las de ella no habían estado sometidas a sustancias malolientes y a demasiada agua.

—La veterinaria parece maja —comentó ella.

—Lo es. Maja y lista. Su esposo también es veterinario. Se especializan en animales grandes.

—En esta zona, supongo que es lo mejor —comentó ella. Miró a su alrededor, los grandes y hermosos pastos que se perdían en las cimas blancas lejanas—. ¿Eso son las Montañas Rocosas? —preguntó.

—No, es la cordillera Teton. Estamos más cerca de Jackson Hole que de Yellowstone.

—No sé gran cosa del territorio de aquí —confesó ella—. Es la primera vez en mi vida que salgo del sur de Texas.

Él frunció el ceño.

—¿La primera?

—Mi padre no quería perdernos de vista.

Ren pensó que su padre parecía un paranoico esquizofrénico, pero no pensaba decirlo en voz alta.

Fueron juntos a la cocina. Delsey había parado temporalmente la hemorragia con una toalla grande, debajo de la cual se veían vendas. Al lado de Grandy había un vaquero alto de ojos azules y cabello negro. Alzó la vista cuando entró Merrie y le brillaron los ojos.

—¿Ella es la mujer bruja? —preguntó.

Merrie enarcó las cejas.

—¿Perdón?

—Su fama la precede, señorita —el hombre hizo una reverencia—. Esperaba coros de querubines cantando alabanzas.

Ella se tocó la frente.

—Creo que no tengo fiebre —murmuró.

—Interpreta obras de Shakespeare en nuestro teatrillo local —comentó Delsey, alzando los ojos al cielo—. Este es Rory Tubbs, Merrie, aunque nunca lo llamamos por su nombre de pila. Ahora está haciendo *El rey Lear*.

—*El rey Lear* no, *Macbetch*.

—Siempre confundo esos dos —admitió Delsey—. Ya está, Grandy. Sobrevivirás hasta que Tubbs te lleve al médico.

—¿Huracán no te ha matado? —preguntó Grandy a Merrie.

Ella sonrió.

—No. Es un caballo cariñoso.

—No me digas. No te ha tirado de cabeza en un montón de hojalatas, ¿verdad?

Merrie rio.

—No. Espero que te mejores —musitó.

Grandy se sonrojó. Se levantó, tomó su sombrero y le hizo un gesto con la cabeza antes de ponérselo.

—Me pondré bien. Solo es un corte —murmuró.

—Un corte grande, pero se pondrá bien —añadió Tubbs, mostrando sus dientes blancos. Se llevó la mano al sombrero—. Hasta luego, hermosa doncella.

Merrie sonrió.

—No te mueras —le dijo Ren a Grandy—. No puedo permitirme perderte.

Grandy le sonrió.

—Mala hierba nunca muere, jefe —frunció el ceño—. La próxima vez le haré caso.

—La próxima vez, más te vale —contestó Ren. Sus ojos sonreían al vaquero mayor, aunque no sonriera su boca. Era imposible no ver el afecto auténtico que sentía Ren por sus hombres.

—Yo siempre hago caso, ¿no, jefe? —preguntó Tubbs—. Y puedo conducir con dos metros de nieve y hielo —se rozó las uñas en el abrigo—. Soy irreemplazable.

—Eso también puedo hacerlo yo —replicó Ren—. No seas tan chulo.

Tubbs soltó una risita y salió con Grandy por la puerta de atrás, donde los esperaba un 4x4.

—No coquetees con los hombres —dijo Ren con voz helada.

Ella lo miró sorprendida.

—Solo le he sonreído.

—Tampoco les sonrías —añadió él, beligerante.

Merrie se quedó inmóvil, insegura, sin saber qué decir.

—¡Oh, demonios! —murmuró él. Dio media vuelta y salió por la puerta. La cerró de un portazo, haciendo tintinear el elaborado panel de cristal de la parte superior.

—Un día lo romperá —dijo Delsey con un suspiro. Movió la cabeza—. Hoy es imposible contentarlo, ¿verdad?

—¿Siempre es así con las mujeres? —quiso saber Merrie.

Delsey buscó las palabras correctas.

—Con las mujeres mayores no —aclaró.

—Pues es una lástima que no pueda envejecer yo diez años —repuso Merrie entre dientes.

Delsey se echó a reír.

—Si has conseguido que ese caballo salvaje se dejara tratar por la veterinaria, es que tienes algo muy especial.

—Lo han maltratado —comentó Merrie—. Solo tiene miedo.

—Tal vez. Pero, si yo fuera un hombre, no me metería en el establo con él.

—Ni yo tampoco —confesó Merrie, riendo.

—¿Quieres una hamburguesa con huevo frito? —preguntó Delsey. Se asomó por la puerta por si Ren andaba cerca.

—Me encantaría, gracias. Y un café. Me subiré todo a mi habitación antes de que vuelva.

—Te prometo que normalmente no es tan irracional.

—Creo que yo le caigo mal. No importa, no puedes caerle bien a todo el mundo. No le diré que me has dado de comer.

Delsey se echó a reír.

—Bueno, no inmediatamente —contestó.

3

Merrie terminó un boceto preliminar de Ren, que pensaba convertir más tarde en retrato. Lo estudió y pensó que era un hombre muy llamativo. Era fuerte, independiente y ponderado en su forma de actuar. Y todo eso estaba presente en el boceto.

Se alegraba de que Huracán hubiera recibido los cuidados que necesitaba. La veterinaria sabía lo que hacía. Volvería a verlo al día siguiente. Merrie empezó a trabajar en el retrato de Ren. Le gustaban las líneas duras de su cara, la virilidad increíble que irradiaba. Rebosaba autoridad, pero no al estilo de su padre. Su padre había sido cruel y dominante. Ren también tendía a dominar, pero no de un modo cruel.

Delsey le había dicho que Ren no bebía casi nunca, pero estaba segura de que había olido whisky en su aliento la noche anterior, cuando había ido a verla por la pesadilla. Después de chasquear el látigo y de que ella saliera corriendo, se había mostrado culpable y atormentado. Era como un lobo que hubiera metido una pata en el fuego y la hubiera retirado corriendo y decidido no volver a acercarse. Delsey le había dicho que una mujer le había hecho mucho daño. Merrie no creía que fuera la clase de hombre que iba de mujer en mujer, como su hermano Randall. Este le caía muy bien como amigo, pero jamás lo habría querido como novio. Era un inconstante y adoraba a las mujeres. Nunca salía más de unas semanas con ninguna y estaba segura de que nunca se había enamorado. Ella sospechaba que un día encontraría la horma de su zapato.

Merrie dibujó una hoguera y un lobo en la parte de atrás del retrato de Ren. Le pareció apropiado. Añadió pinos torcidos de fondo. Lo dibujó con el abrigo de piel de borrego y el sombrero de ala ancha que llevaba en el rancho. Parecía muy real, como si fuera a salir de la página del cuaderno.

Le habría gustado tener pinturas y lienzos, pero los había dejado en Texas. Vacilaba en usar los teléfonos móviles, aunque Paul le había asegurado que no eran rastreables. Y tampoco podía pedir que le enviaran materiales de pintura allí sin correr el riesgo de que alguien viera adónde iban. A Paul le preocupaba mucho el hombre al que había elegido Timmy Leeds para matarla. Decían que era muy profesional y Paul afirmaba que llevaba muchos años en ese trabajo. Los asesinos profesionales que no eran competentes no duraban tanto.

Allí, en Wyoming, podía olvidar durante horas que la estaban buscando. Pensó en Ren y en Delsey y rezó para que su presencia allí no los pusiera en peligro. Pero Randall le había asegurado que Ren tenía una seguridad de primera y guardaespaldas muy capaces en el rancho. También le había dicho que su hermano sabía por qué estaba allí y eso la aliviaba un poco.

Recordó que Ren le había sugerido que se comprara un abrigo. Tendría que hacerlo. Quizá hubiera una tienda de material de bellas artes en aquella ciudad pequeña. ¿O por qué no en Amazon? Se riñó por no haber pensado antes en eso. Tenía cuenta en Amazon, que pagaba con una tarjeta de crédito nuevecita.

Sacó el teléfono móvil, instaló la aplicación y empezó a comprar suministros. No tardó mucho en encontrar todo lo que necesitaba. Ya solo le faltaba encontrar una habitación donde pintar. Le preguntaría a Ren.

Pero no ese día. Seguramente seguiría de mal humor cuando volviera de trabajar en el rancho. Le sorprendía lo mucho que había que hacer en un rancho como aquel. Había edificios que reparar, pesebres, graneros y establos que había que limpiar y llenar de heno fresco, arreos y aperos que cuidar y máquinas que reparar. Era un proceso interminable.

Y estaba también el ganado. En el mal tiempo, los vaqueros le prestaban aún más atención. Inspeccionaban los rebaños varias veces al día por mucho frío que hiciera.

Delsey le había dicho que la mayoría de los edificios externos estaban hechos de acero. Eran duraderos y ni siquiera la nieve, que podía llegar a alcanzar un metro de altura, podía colapsar los tejados. Había cobertizos en los pastos vallados, para que se refugiara el ganado cuando el tiempo era adverso, y también estaban hechos de acero, con tejados inclinados. Había abrevaderos de agua caliente por todas partes. Cuando nevaba mucho, los hombres llevaban heno al ganado y lo echaban en comederos con rejillas para que no se desperdiciara mucho al comer los animales. Había muchos corrales donde trabajaban con caballos. Otros corrales se usaban para meter a los animales cuando había que marcarlos, castrarlos o vacunarlos. Esos tenían conductos de carga, desde donde las vacas y terneras salían a muelles de carga para ir a los pastos o a los compradores.

Merrie había leído sobre los rodeos de primavera en los ranchos, y le habría gustado mucho ver el proceso. Pero era octubre y en esa época no había rodeos. En su lugar, encontró un DVD que mostraba cómo se hacía ese proceso en Skyhorn, que era como se llamaba el rancho de Ren.

Cando él estaba fuera, puso el DVD, tomó su cesta de hacer punto y se instaló a ver cómo trabajaban los hombres.

Estaba absorta en tejer un gorro mientras veía en la pantalla a Ren hablar con un reportero sobre cómo se marcaban los animales cuando oyó que se abría una puerta. Pensó que era Delsey y no hizo caso, hasta que oyó una voz profunda a sus espaldas.

—¿Qué demonios te crees que haces? —preguntó Ren, cortante.

Merrie se sobresaltó y alzó la vista del gorro de cuadros rojos y azules que tejía.

—Perdona. ¿No puedo usar el DVD?

Él frunció el ceño cuando vio el vídeo. Se quitó el sombrero y se limpió la frente con la manga.

—Había olvidado eso —murmuró—. Un reportero de una cadena de por aquí estaba haciendo un reportaje sobre ranchos y quería entrevistarme. No suelo prestarme a eso, pero ese hombre tiene fama de ser bastante objetivo.

Ella le hizo una pregunta con la mirada.

Él se dejó caer en un sillón de cuero que era de su uso exclusivo y la miró.

—Hay mucha gente que quiere cerrar la industria de la carne por completo —se encogió de hombros—. Las opiniones son... Bueno, todo el mundo tiene una —terminó, corrigiendo lo que había estado a punto de decir.

—Supongo que sí —contestó ella—. La industria ganadera puede ser un modo artificial de usar la tierra, pero búfalos y otros rumiantes los ha habido desde hace mucho tiempo. Los gases animales pueden contribuir al cambio climático, pero yo pondría las pruebas nucleares y las erupciones volcánicas en los primeros lugares de la lista de gases que salen a la atmósfera.

Ren alzó una ceja. Miraba el vídeo, donde usaban en ese momento los hierros de marcar en los cabestros.

—¿Eso no te molesta? —preguntó.

Merrie negó con la cabeza.

—Sé algo de marcar. Hay personas que dicen que es mejor marcar con hielo, pero no dura. Una marca quemada dura para siempre —dijo. Lo miró—. Entiendo bastante de hierros de marcar, pero no lo he aprendido en el vídeo —señaló la pantalla con la cabeza—. Me encantan las novelas de Zane Grey. Creo que tengo todos los libros que escribió.

—Yo también —confesó él—. ¿Cuál es tu favorito?

—*Bajo el cielo del Oeste* —repuso ella—. El protagonista está basado en una persona real, Red López, que luchó en la frontera de Arizona durante la Guerra de México, en 1910.

Ren levantó ambas cejas.

—Sabes Historia —dijo.

—Me habría gustado licenciarme en Historia —repuso ella. Bajó la vista a la labor de punto—. Pero estaba cansada de llevar siempre a alguien detrás. Mi padre no nos permitía salir de casa si no era con alguien. Asistí a clases de arte en la universidad pública de la zona en vez de buscar una licenciatura.

—¿Por qué hacía que os siguieran?

—Tenía miedo de que conociéramos a un chico e intentáramos salir con él —contestó ella con una risa hueca—. Un vaquero simpático me invitó a salir una vez, cuando tenía dieciséis años. Lo había conocido en el instituto. Su hermana estaba en mi clase y él trabajaba en un rancho. Era solo un poco mayor que yo —ella se movió en el sofá—. Mi padre se enteró y el vaquero salió de pronto para Arizona —bajó los ojos al gorro que tenía en el regado.

Ren la miró sorprendido.

—¿Por qué no quería que salierais con chicos?

Merrie se mordió el labio inferior.

—Tenía ideas muy claras sobre el tipo de hombres con los que quería que nos casáramos y cuándo.

—¿Y cómo conociste a mi hermano? —preguntó Ren, cortante.

Ella se concentró en el punto y no contestó.

Él se inclinó hacia delante.

—¿Cómo?

Merrie respiró hondo.

—Él tenía un buen amigo en mi clase de arte. Yo lo había visto por la ciudad cuando venía de visita y una vez fue a ver la exposición de nuestra universidad y empezamos a hablar —sonrió—. A él no le asustaba mi padre, pero, de todos modos, nunca pude invitarlo a casa, y tenía que asegurarme de que estuviéramos siempre rodeados de gente cuando hablaba con él. Mi padre no era... normal.

Él ya había adivinado eso.

—¿Pero tu hermana está casada?

Merrie supuso que se lo habría dicho Randall.

—Sí. Pero hace poco. Paul es agente del FBI en San Antonio. Trabajó para mi padre hace mucho tiempo —musitó. Se interrumpió. No quería hablar de su padre ni de su fortuna.

—¿A qué se dedica tu hermana?

Merrie sonrió.

—Es ayudante del fiscal del distrito del condado de Jacobs.

—¿Y tú no querías tener una profesión? ¿Algún modo de ganarte la vida?

Ella tampoco quería hablar de aquello.

—Espero ganármela con mi arte algún día —contestó.

Alzó la vista y vio la cara de decepción de él. Adivinó que pensaba que no tenía ambición y eso le dolió. Pero no tenía intención de hablarle de los Grayling. Todavía no.

—Lo que me recuerda... —dijo con suavidad—. ¿Hay una habitación que pueda usar para pintar? He pedido pinturas y lienzos y no quiero ensuciar...

—Hay un estudio —contestó él—. Era de... la esposa de mi padre —Ren nunca la llamaba su madre—. Allí también hay una tela para cubrir los cuadros.

—Gracias —dijo ella.

Se preguntó si Ren habría querido a su madre antes de su triste separación. Se lo preguntaría a Randall. No se atrevía a preguntárselo a Ren. Este parecía tener malos recuerdos de la mujer. Seguramente no habría mencionado a su madre en absoluto si ella no hubiera preguntado por el estudio.

—De nada —musitó él. Miró el movimiento rápido de las manos de ella—. ¿Qué haces?

—Gorros —contestó ella con una sonrisa—. Hago docenas y los regalo. A niños que encuentro en la calle, a ancianos en la sala de espera del dentista... Le di algunos a una mujer que ayuda en la casa a Mandy y que trabaja de voluntaria en un programa de compromiso con la comunidad —vaciló—. Casi siempre los hago cuando veo la televisión.

—¿Haces gorros? —preguntó Delsey desde la cocina. Entró en la sala de estar, removiendo algo en un bol—. ¿Puedes hacerme uno? Me paso la vida entrando y saliendo a sacar la basura y se me enfría la cabeza aunque me ponga el abrigo.

—Desde luego. Te puedes quedar este cuando lo termine —Merrie lo alzó en alto para que lo viera.

—Ese me gusta.

Merrie rio.

—Gracias.

—Voy a terminar de batir esto para meter el pastel al horno. Pastel de manzana con glaseado de vainilla, señor Ren.

—Algo que esperar esta noche con ilusión —repuso él. Le sonrió.

—Estará listo para entonces —Delsey volvió a la cocina.

—Pensaba que serías más remilgada —señaló Ren cuando Merrie volvió su atención a la pantalla.

—Me gusta el ganado —comentó ella con timidez—. No entiendo mucho, pero alrededor de la casa donde crecimos Sari y yo hay ranchos. La mayoría de la gente del condado de Jacobs tiene ganado o trabaja en un rancho.

—¿Sari? —preguntó él.

Ella rio.

—Se llama Isabel, pero Paul es el único que la llama así. Para todos los demás es Sari.

—¿Te pareces a ella?

—¡Oh, no! Sari es pelirroja y tienes ojos de un azul intenso. Los míos son una versión pálida de los de ella. Y es muy lista. Se graduó la primera de su clase en la Facultad de Derecho.

Ren ladeó la cabeza y la observó. Era guapa y simpática. Le gustaba Merrie, aunque no quería que le gustara.

Se puso de pie y se golpeó la mano con los guantes de trabajo.

—Puedes venir al rodeo de primavera —musitó—. Te llevaré y podrás ver el proceso en persona.

—¿Harías eso por mí? —preguntó ella, con el rostro radiante de alegría—. Me encantaría verlo.

Él sonrió débilmente.

—De acuerdo —se volvió hacia la cocina—. Delsey, esta noche volveré tarde. Fred y yo tenemos que ir a ver los hombres que están en las cabañas limítrofes.

—Está bien. Va a nevar mucho y usted ya está algo resfriado. No se quede mucho tiempo al aire libre.

—Deja de preocuparte —murmuró él—. Estoy bien.

—A mí no me lo parece —replicó ella—. Me parece que está congestionado.

—Me voy —dijo él—. Hasta luego.

—Muy bien. Vaya a matarse. A mí me da igual —contestó Delsey.

Ren se echó a reír. Miró a Merrie, se llevó una mano al sombrero y salió por la puerta. Fuera nevaba con ganas. Parecía nevar mucho en Wyoming en otoño. Merrie se preguntó si el tiempo sería siempre así.

Ese día llegó puntual a la cena. Delsey y ella comieron un buen estofado con galletas saladas y luego subió a su habitación a dibujar un poco más. Cuando oyó los pasos de Ren en las escaleras, se había acostado ya. Le resultó extraño que los pasos fueran lentos, pues él siempre era rápido y seguro de sí mismo. Pensó que estaría cansado. Cerró los ojos y volvió a dormirse.

A la mañana siguiente, llegó a tiempo al desayuno, pero Ren no estaba en la mesa.

Delsey frunció el ceño mientras colocaba la comida en la mesa.

—No es propio de él llegar tarde. Voy a ver qué le pasa.

—Espero que esté bien —repuso Merrie.

—Le advertí que no saliera nevando cuando ya tenía síntomas de resfriado. Nunca escucha —Delsey salió por la puerta y subió las escaleras murmurando.

Volvió casi enseguida. Fue directa al teléfono de la sala de estar y marcó un número.

Le dijo a alguien los síntomas de Ren y después asintió.

—Sí, le diré a Tubbs que lo lleve ahora mismo. Gracias, Sylvia.

Colgó. Llamó al barracón de los vaqueros, preguntó por Tubbs y le dijo que fuera a la casa.

—¿Ren está enfermo? —preguntó Merrie, preocupada.

—Sí. Respira agitadamente —comentó Delsey, también preocupada—. Casi nunca se pone enfermo, pero hay un virus malo por ahí y él no se cuida. Se pasa horas fuera con el viento y el frío... —se detuvo—. Vamos, come, hija. Se pondrá bien. Es fuerte.

Merrie consiguió sonreír. Estaba triste. Cuando Ren entraba en una habitación, la casa cobraba vida. Era extraño sentir eso con un hombre al que apenas conocía y que en realidad no le gustaba. Pero él parecía llenar la casa de color solo con su presencia.

Minutos después, Delsey lo sujetaba con su hombro y lo ayudaba a bajar las escaleras. Su rostro estaba muy blanco y tenía un aspecto horrible. Su congestión resultaba audible cuando tosía.

—Estoy bien —protestaba.

—No está nada bien. Merrie, ¿puedes sujetarlo un momento mientras veo si ha llegado Tubbs? Creo que he oído el coche...

—Claro que sí —la chica ocupó el lugar de Delsey debajo del brazo de Ren y sintió su cuerpo duro y musculoso más cerca que nunca antes. Era un cuerpo cálido y fuerte, y olía a madera de abeto. A ella le gustó la sensación que producía estar tan cerca de él. Era algo que nunca había experimentado.

A Ren le gustó la suavidad del cuerpo joven de ella.

Le gustó la sensación de ella. Pensó que le gustaba demasiado y se movió incómodo. Se sentía muy enfermo.

—No pasa nada —dijo ella con suavidad—. El doctor le dará algo y se pondrá bien.

—Tengo mucho que hacer.

—Se hará cuando se haga. Si estás muerto no puedes trabajar, ¿verdad?

Él miró sus ojos azules claros.

—Pesada —murmuró.

Merrie le sonrió.

—Mucho.

Él consiguió reír, pero acabó tosiendo.

Delsey les hizo una seña.

—Tubbs está fuera. Vamos, señor Ren —se asomó por la puerta—. Tubbs, ven a echar una mano. Pesa lo suyo.

—Sí, señora.

Tubbs entró enseguida por la puerta, sonrió a Merrie y tomó a Ren del brazo.

—Vamos, jefe. No se puede morir. Tendremos que empezar a buscar trabajo todos y nunca encontraremos a otro que nos grite y nos amenace con empaparnos las mantas en vinagre.

—Tubbs... —empezó a decir Ren, irritado.

—Aunque, si se muere, quiero ese reloj suyo tan bonito, el de las distintas esferas —siguió Tubbs.

Sorprendentemente, Ren se echó a reír, lo que le provocó otro ataque de tos.

—Entre, jefe. Hoy no se va a morir —el vaquero despidió a las mujeres agitando la mano, se colocó en el 4x4 al lado de Ren y se alejó.

Merrie volvió a la casa con Delsey, frotándose los brazos, porque fuera hacía mucho frío.

—Necesitas un abrigo de invierno —declaró el ama de llaves con firmeza.

—Iré a comprarlo. Pero no hoy —Merrie rio y siguió a la otra a la cocina—. Se pondrá bien, ¿verdad? —añadió, sin poder ocultar su preocupación.

Delsey reprimió una sonrisa.

—Claro que sí. El doctor Fellows se asegurará de ello. Fue el que lo trajo al mundo.

Merrie ladeó la cabeza.

—¿Cuánto tiempo hace de eso? —preguntó.

—Casi treinta y siete años. Nació el seis de diciembre.

—Entiendo —musitó Merrie.

Era más mayor de lo que pensaba. Treinta y seis y ella veintidós. Bueno, cumpliría veintitrés en noviembre. Pero seguía habiendo catorce años de diferencia. Suponía que un hombre tan maduro la consideraría una cría. Eso la entristeció y se preguntó por qué. Él tenía mucho temperamento, era irritable, impaciente, abrumador... Bueno, tenía que terminar de tejer y añadir todos los adjetivos posibles llevaría mucho tiempo.

**

Ren volvió a casa tarde, sostenido todavía por Tubbs.

—Tenemos medicina y órdenes del médico —dijo Tubbs cuando lo ayudaba a subir la escalera—. Supongo que tomará la primera e ignorará las segundas.

—Puedes estar seguro —murmuró Ren.

Tubbs se echó a reír.

Cuando dejó instalado a Ren, volvió abajo y saludó a las mujeres con una mano en el sombrero.

—Tengo que recorrer la valla a ver si hay roturas.

—Abróchate ese abrigo —dijo Delsey con firmeza—. Con un hombre enfermo es suficiente.

Tubbs le sonrió.

—Yo nunca me pongo enfermo —miró a Merrie y dio la impresión de que se disponía a hablar.

—Fuera —dijo Delsey, porque tenía la sensación de que quería invitar a salir a Merrie y eso no le gustaría a Ren.

Él hizo una mueca.

—Eres tan mala como él —comentó, señalando la escalera con la cabeza.

—¿Dónde te crees que lo he aprendido? —repuso Delsey, con una sonrisa.

—Ah, bueno, hermosa doncella, siempre quedará mañana —dijo Tubbs, y le hizo una reverencia a Merrie antes de marcharse—. La separación es una tristeza dulce —añadió cuando salía ya.

Ella lo miró, pero sin un interés real. Se volvió hacia Delsey.

—¿Crees que Ren se tomará la medicina?

—Apostaría a que la guarda en su armario de las medicinas y cierra la puerta. Eso fue lo que hizo la última vez y acabó teniendo que volver a la consulta del doctor Fellows.

Merrie vaciló.

—¿Lleva pijama? —preguntó, ruborizándose.

—Ah, entiendo —Delsey sonrió con gentileza—. Lleva la parte de abajo —repuso—. ¿Crees que puedes darle tú la medicina?

—Una vez le di medicina a un caballo salvaje.

Delsey sonrió amablemente.

—Espera que le caliente algo de sopa y se la subimos las dos.

—Estupendo.

Delsey no dijo lo que pensaba, pero la aliviaba que el galante Tubbs no hubiera causado mucha impresión en la joven. El jefe la miraba como no había mirado a ninguna mujer desde la mala experiencia con su prometida. Y eso ya era un comienzo.

Cuando Merrie y Delsey entraron en la habitación, Ren estaba en la cama con el edredón subido hasta la cintura y aspecto horrible.

—Solo necesito descanso —murmuró, mirándolas de hito en hito—. No madrecitas.

—No somos madrecitas —le prometió Merrie—. ¿Dónde está la medicina?

Él la miró fijamente.

—En el armario de las medicinas, supongo —contestó Delsey.

—¡Traidora! —exclamó Ren.

Merrie entró en el cuarto de baño y abrió el armario de las medicinas. Había dos frascos. Uno era un antibiótico y el otro un jarabe potente para la tos.

Volvió al dormitorio con los dos y empezó a abrir el antibiótico.

—¿Eso es el jarabe para la tos? —preguntó Delsey. Tendió la mano hacia él. Tenía una cuchara en la otra mano. Leyó las indicaciones, echó una cantidad en la cuchara y la acercó a la boca desafiante de Ren.

—Ábrela o te envuelvo en una toalla y te la meto a la fuerza —dijo Merrie con firmeza.

Las palabras y el tono hicieron reír a Ren. Abrió la boca y Delsey le metió la cuchara con el jarabe.

—Muy bien —comentó Merrie. Sostenía una pastilla en la mano—. Esta también.

Él la miró fijamente.

—No te atreverías —dijo.

—Delsey, ¿tienes una toalla muy grande y dos hombres fuertes?

—¡Demonios! —él abrió la boca y la miró de hito en hito. Ella le puso la pastilla en la lengua.

Ren la tragó con algo de leche que le había subido Delsey.

—La leche causa más mucosidad —comentó Merrie.

—Es lo único que bebe cuando está enfermo —Delsey suspiró. Puso una bandeja con patas encima de él y colocó sobre ella la sopa, la cuchara y una servilleta.

—Tiene que beber mucha agua para que las secreciones sean más fluidas y pueda expulsar la mucosidad con la tos —añadió Merrie.

—Estoy aquí —murmuró Ren—. Os puedo oír a las dos.

Ambas lo miraron.

Él frunció el ceño y tomó la cuchara.

—Está bien, como queráis. Ahora largo de aquí, dejadme tomar la sopa en paz.

—No es sopa, es estofado de ostras, su favorito —comentó Delsey con una sonrisa cálida.

Ren hizo una mueca, pero sonrió.

—Está bien. Gracias.

—Esto hará que se sienta mejor, pero, si necesita

algo, use el interfono —añadió Delsey, señalando el aparato que estaba encima de la mesilla de noche.

—No lo haré, pero gracias a las dos —él miró a Merrie—. No creas que la amenaza de la toalla ha supuesto ninguna diferencia —añadió con firmeza.

Ella le sonrió.

—Mentiroso —comentó con aire travieso.

Ren soltó una risita.

Esa noche, Merrie entró a verlo antes de irse a la cama.

Seguía completamente vestida. No quería que un hombre la viera en pijama y bata, aunque vivieran en un mundo moderno.

Llamó ligeramente con los nudillos y se asomó por la puerta.

—¿Estás bien? —preguntó.

Él la miró de hito en hito.

—Cierra la puerta desde fuera —dijo con frialdad.

—Sí, señor —ella obedeció, molesta por su tono de rabia, y fue a su habitación.

Aquel hombre era impredecible. Tan pronto se mostraba casi amable con ella, como le arrancaba la cabeza. Se miró al espejo y comprendió la causa de la repentina irritación de él. La cruz se había salido por fuera de la sudadera.

La tocó con gentileza. Se la había puesto su madre cuando era pequeña. A lo largo de los años, había cambiado muchas veces la cadena de oro, pero la cruz seguía siendo la misma. Era algo de su madre, de su infancia, algo de valor incalculable. A Ren no tenía por qué gustarle, pero ella no pensaba quitársela.

La frialdad de él le dolía y se preguntó por qué.

Solo era el hermano de Randall. La mayor parte del tiempo ni siquiera era amable. Suspiró. En cualquier caso, ella no estaría mucho tiempo allí. No tenía sentido desperdiciar sus pensamientos con un hombre que probablemente estaría encantado de librarse de ella.

A Ren le costó dos días reunir fuerzas suficientes para salir de la cama. Bajó a desayunar con paso inestable, pero su actitud era tan agresiva como antes.

Sacó una silla y miró con fiereza a las mujeres.

—No necesito que me miméis, por si pensabais hacerlo. Estoy bien.

Merrie lo miró fijamente.

—De acuerdo.

—De acuerdo —repitió Delsey.

Él tomó su servilleta y la colocó en su regazo, encima de los vaqueros y los zahones. Las espuelas tintinearon en las botas cuando movió los pies debajo de la mesa.

—¿Eso es una salchicha? —preguntó de pronto. Señaló con el tenedor la bandeja, al lado del beicon y los huevos.

—Sí. A Merrie le gustan.

—Odio las salchichas —dijo él, cortante.

—A mí me encantan —replicó Merrie, solo para irritarlo. Lo miró con firmeza—. Me hace sentir bien imaginar a un cerdo pasando por una picadora de salchichas.

Ren enarcó las cejas. Le sorprendía el modo en que lo había dicho ella, sin dejar de mirarlo.

—Yo no cabría en una picadora de salchichas —repuso con brusquedad.

Ella suspiró.

—Lástima —dijo con una sonrisa despreocupada.

Él reprimió una carcajada y estiró el brazo hacia la cafetera.

Merrie salió fuera antes que él, a disfrutar de la nevada de la noche anterior. Una manta blanca cubría las colinas y las montañas lejanas. Se abrazó el cuerpo, porque hacía menos de cero grados y su abrigo era más bonito que práctico.

—Creí que te había dicho que fueras a comprarte un abrigo —murmuró Ren, cuando salió poniéndose el sombrero.

—No he tenido tiempo —repuso ella.

—Le diré a Delsey que te lleve mañana —él miró el abrigo viejo de ella—. ¿No tienes una prenda de invierno como es debido?

Merrie se sonrojó y bajó los ojos.

—Cuando vivía mi padre, teníamos restringido el dinero para ropa —dijo con orgullo—. Él creía que los abrigos eran tirar el dinero. Solo nos daba para chaquetas, pero yo compré este en unas rebajas.

—Me sorprende que no te lo dieran gratis —comentó él con altanería.

Ella lo miró con el ceño fruncido.

—No todo el mundo es rico —replicó—. La mayoría de los habitantes del mundo hacen lo que pueden con lo que tienen.

Ren enarcó una ceja y pasó la vista por lo que podía ver de la figura delgada de ella.

—¿Cuántos años tienes? —preguntó.

—Veintidós.

Los ojos de él se oscurecieron. «Demasiado joven», pensó. Veintidós y treinta y seis. Ella era sorprendente. No tanto en belleza, aunque la tenía, como en aplomo y en gracia. Se movía como un cervatillo lleno de elegancia, que apenas dejara huellas de pasos al caminar.

—Eres una niña —dijo con voz queda, pensando en voz alta.

—Es el kilometraje lo que importa —repuso ella.

Él frunció el ceño.

—¿Qué?

—Es el kilometraje. Algunas personas son viejas a los veinte años y otras son jóvenes a los ochenta. Es el kilometraje.

—Entiendo —Ren ladeó la cabeza y la examinó abiertamente—. En cualquier caso, no eres lo bastante mayor para tener mucho kilometraje.

Merrie sonrió.

—No dejo que se note. Se necesitan muchos menos músculos para sonreír que para fruncir el ceño.

Él se caló el sombrero sobre la frente.

—No esperes ver muchas sonrisas por aquí en invierno.

—Eso no es cierto —contestó ella con coquetería—. Delsey sonríe a menudo. Y Tubbs también.

Él se quedó inmóvil al oír el nombre del vaquero joven.

—Tubbs está aquí para trabajar, no para hacerte ojitos a ti —repuso con rabia—. No lo alientes. Le gustan las rubias.

—Yo no he alentado a nadie —protestó ella.

—Pues sigue sin hacerlo —la sonrisa de él era más fría que la nieve que los rodeaba—. Después de todo, tú eres la... amiga de Randall, ¿no? —añadió con una nota de desprecio en la voz.

—Sí —repuso ella sin comprender—. Randall es mi amigo.

—Pues no lo olvides.

Ren se volvió y avanzó hacia el 4x4 en el que esperaba uno de sus hombres.

—Dile a Delsey que volveré tarde —dijo por encima del hombro—. Vamos a cazar perdices.

Desapareció antes de que ella pudiera contestar.

—Pues sí que está muy en forma para cazar perdices —comentó Delsey con irritación desde la puerta de la cocina—. No está para agacharse en la nieve a esperar a que aparezca una bandada de perdices. Se va a matar.

—No atiende a razones —comentó Merrie.

Delsey se echó a reír.

—No. Eso es cierto.

4

Aquella noche, Delsey se había acostado ya cuando do llegó él con una bolsa de perdices y las dejó en el fregadero de la cocina.

—Déjalas ahí —dijo, cuando reparó en que Merrie estaba viendo la televisión en la sala de estar—. Delsey se ocupará de ellas por la mañana. Buenas noches.

—Buenas noches —repuso ella.

Al menos le dirigía la palabra. Cuando se terminó el programa que estaba viendo, apagó la televisión.

Se disponía a apagar la luz de la cocina, cuando recordó las perdices del fregadero. Sería una lástima dejarlas allí toda la noche y esperar que la pobre Delsey las desplumara por la mañana.

Acercó el cubo de basura y se puso a trabajar. No tardó mucho tiempo en quitarles las plumas y meterlas en bolsas de plástico en el frigorífico. Sacó fuera la basura para que los hombres se la llevaran al vertedero del condado, adonde llevaban una carga casi todos los días. Se fue a la cama con la sensación de haber logrado algo. Una sensación extraña para una mujer que había vivido a la sombra de un tirano.

Cuando bajaba a desayunar, oyó voces.

—Las dejé en el maldito fregadero —gruñó Ren—. No se me ocurre qué puede haber sido de ellas.

—Están en el frigorífico —dijo Merrie.

Él la miró con fiereza.

—No puedes guardar pájaros muertos en...

—¿Ren? —Delsey le mostró las bolsas cerradas con las perdices limpias dentro.

Él frunció el ceño. Miró interrogante a Merrie.

—Mandy me enseñó a hacerlo —comentó ella—. Es nuestra ama de llaves, aunque es más bien una madre. Pensaba que teníamos que saber algo más que solo cocinar. También nos enseñó a limpiar pollos.

Ren estaba fascinado. Ella no parecía la clase de mujer que se ocupara de esas cosas. Parecía frágil, urbanita, como si se fuera a desmayar al ver sangre. Pero la herida de Grandy no la había hecho tambalearse, había visto un vídeo de marcaje sin parpadear y había limpiado perdices. Probablemente era la única mujer que había conocido aparte de Delsey que pudiera hacer eso. Intentó imaginarse a Angie, con sus vestidos de París, ensuciándose las manos con plumas de pájaros en un fregadero.

—Si tanto le molesta, puedo volver a pegarles las plumas —comentó Merrie con descaro.

Ren reprimió una sonrisa.

—Estás llena de sorpresas, ¿no, señorita Grayling?

—Solo unas pocas, señor Colter —ella frunció el ceño—. Colter. Había un hombre de montaña llamado John Colter, que decían que era un protegido de Jim Bridger. Oí una canción sobre él en un álbum antiguo de mi madre.

—Sí. La historia dice que descubrió fumarolas y fuentes termales en el río Shoshone, cerca de Cody —comentó Ren mientras se sentaban a desayunar—. Lo llamaron Colter's Hell, aunque la mayoría de la gente pensó que se lo había inventado, hasta que lo vieron con sus propios ojos.

—Nunca he estado allí —comentó ella.

—El Parque Nacional Yellowstone está cerca de aquí. Es precioso —señaló Delsey—. Pasa la mermelada de fresa, querida.

Merrie se la tendió.

—Me encantaría ver ese lugar. Yellowstone, el campo de batalla de Little Big Horn y el museo.

—Más historia —comentó Ren.

Merrie comentó con suavidad.

—Uso mucho YouTube. He visto vídeos de todos esos lugares, pero me encantaría verlos en persona algún día. Sobre todo el campo de batalla. Mi madre decía que un familiar nuestro había luchado allí.

—¿En la caballería? —preguntó él.

Ella carraspeó.

—No exactamente.

Él se detuvo en el acto de sacar la cucharilla de la taza de café y la miró.

—Un antepasado mío era un Oglala Lakota de pura cepa.

Ren enarcó las cejas y la observó con atención.

—Ya sé que no lo parezco, pero el padre de mi madre tenía el pelo y los ojos negros y la piel muy oscura. La sangre india nos viene por ese lado —aclaró ella.

Ren apretó los labios y soltó una risita.

—Uno de mis antepasados era Northern Cheyenne.

—Ellos lucharon contra los Lakota —musitó ella.

—Con uñas y dientes. Es decir, casi siempre, menos en Little Big Horn, donde lucharon juntos contra Custer y sus hombres.

Merrie comió una cucharada de los deliciosos huevos revueltos que preparaba Delsey.

—¿Cómo está Huracán? —preguntó.

Ren la miró con frialdad. Todavía le molestaba que ella hubiera podido hacer con un caballo algo que él no podía.

—Mejorando.

Merrie asintió. La hostilidad de él era tan obvia, que la hacía sentirse incómoda.

Ren terminó el desayuno, apuró el café y se puso de pie.

—Llévese una bufanda —dijo Delsey sin alzar la cabeza.

—¡Oh, por lo que más quieras! —gruñó él.

—Llévese una bufanda —repitió ella—. Todavía no está bien del todo.

Ren murmuró algo sobre las mujeres con complejo de madres, pero tomó una bufanda y se envolvió el cuello con ella antes de ponerse el abrigo y el sombrero.

Delsey se levantó y tomó un termo grande.

—Café caliente. Le calentará las entrañas.

—Mis entrañas ya están calientes —él hizo una mueca, se inclinó y le besó la mejilla arrugada—. Gracias —gruñó.

Merrie no alzó la vista hasta que él desapareció por la puerta. Tomó un sorbo de café y lanzó una mirada nostálgica a Delsey.

—Lo provoco solo con mi presencia —suspiró—. Le caigo muy mal.

—Daría igual quién fueras, hija —contestó la otra con una sonrisa—. Esa mujer lo hirió en su orgullo, lo convirtió en un hazmerreír en foros de internet —movió la cabeza—. Era vengativa. Nada de lo que dijo de él era verdad, pero era casi imposible contra-rrestarlo.

—Sí, eso es cierto —Merrie pensó qué sería lo que había dicho aquella mujer de él. Ren era orgulloso. Habría sufrido bastante al verse ridiculizado de un modo que no podía combatir.

Oyó ruido de un camión grande fuera, seguido de una puerta que se cerraba y una llamada a la puerta.

Delsey fue a abrir y miró sorprendida al conductor del servicio de mensajería.

—¿Seguro que es para nosotros? —preguntó con una sonrisa.

—Si la señorita Grayling está aquí, sí —él dejó una pila de cajas dentro de la puerta. Con ellas entró un aleteo de copos de nieve.

—Es mi material de bellas artes —explicó Merrie—. Muchas gracias.

El conductor soltó una risita, saludó con la mano y se marchó.

—Son un caballete, lienzos y un montón de pinturas —comentó Merrie—. Tenía miedo de pedirle a Sari que me enviara mis cosas desde Texas porque no quería que las rastrearan.

—¡Ah, sí! —asintió Delsey, haciendo memoria—. Por el acosador.

Merrie frunció el ceño. Pensó que quizá Ren no había considerado oportuno contarle la verdad a Delsey. No importaba. Probablemente el FBI habría localizado ya al asesino a sueldo.

—Y pensé que sería mejor pedir suministros nuevos desde aquí —añadió—. ¿Tienes unas tijeras?

—Tengo algo mejor —Delsey sonrió, entró en la cocina y volvió con una navaja en una bolsa de piel—. Me la regaló Ren por mi cumpleaños. La hizo la misma gente que hizo la escopeta que usa para el tiro al plato.

—¿Él tira al plato?

Delsey a sintió y se agachó a abrir los paquetes.

—Ahora ya no tanto. Sí caza alces, ciervos o perdices. El trabajo del rancho es tan complejo que no le queda mucho tiempo libre.

—Los hombres parecen muy atareados.

—Así son los ranchos, querida. Siempre hay algo que hacer.

—En el nuestro pasaba lo mismo —confesó Merrie—. Pero nosotros solo teníamos caballos, no ganado. No sé mucho de toros y vacas, pero aprenderé. YouTube es genial.

Delsey la miró divertida.

—Es mejor Ren. ¿Por qué no le pides que te lleve con él y te muestre cómo trabaja con el ganado?

Merrie suspiró.

—Me señalaría el camino de los establos y me diría que me las arreglara sola —comentó con una sonrisa pesarosa—. No me quiere cerca. Randall debía de saberlo antes de traerme aquí. Tendría que haberme quedado en Comanche Wells.

Delsey le tocó el pelo con gentileza.

—No. Tienes que estar aquí, donde estás segura. A Ren se le pasará, ya lo verás. Venga, vamos a llevar todo esto al estudio.

Llevaron los artículos de arte a la habitación que Merrie iba a usar como estudio.

—¿Es cierto que pintaba su madre? —preguntó.

Delsey asintió.

—Sí. Su padre nunca volvió a casarse. Estuvo enamorado de su exesposa hasta el día de su muerte.

—Ren no habla mucho de ella, ¿verdad?

Delsey hizo una mueca.

—Nunca. Y nunca la llama. Ella envía cartas y

tarjetas. O mejor dicho, las enviaba. Y él lo devolvía todo sin abrir. Creo que no la ha visto desde que se graduó en la universidad y vino aquí —movió la cabeza—. Es triste. Por lo que dice Randall, su madre es una buena persona, y sufre por Ren.

Merrie no sabía qué decir. Respiró hondo.

—Nuestra madre era maravillosa —comentó, tocando la caja del caballete sin montar—. Nos quería muchísimo. Siempre estaba haciendo algo con nosotras, llevándonos a sitios, queriéndonos. Después de su muerte, la vida se convirtió en una pesadilla.

Delsey no quería cotillear, pero sentía curiosidad.

—¿De qué murió? —preguntó.

Merrie se mordió el labio inferior.

—Creemos que la mató nuestro padre. Por favor, no se lo digas a él —comentó, señalando la puerta con expresión preocupada para dejar claro que se refería a Ren—. Nuestro padre era violento, paranoico. Ella murió de un traumatismo craneoencefálico, pero uno de los doctores de la zona pensaba que había sido asesinato. Intentó hacerle la autopsia, pero tuvo que salir de pronto de la ciudad y mi padre pagó a alguien para que hiciera la autopsia y declarara que la muerte había sido accidental.

—¿Y por qué no protestó el doctor?

—Porque mi padre amenazó a las personas que estaban al cargo —Merrie se estremeció y se abrazó el cuerpo—. No puedes imaginarte el miedo que producía en la gente. Tenía algo contra todas las personas que trabajaban para él, hasta contra Mandy. Esta tenía un hermano que estaba en la mafia en el norte. Mi padre amenazó con hacer que encarcelaran a su hermano. Conocía a gente que podía colocar pruebas falsas. En Comanche Wells, donde vivimos, todo el mundo le tenía miedo. Se lo tenía hasta gente de Jacobsville. Aterrorizaba a toda la comunidad.

—Pero teníais fuerzas del orden...

—Que tenían familias —repuso Merrie con gentileza—. Si amenazas a los hijos de alguien, este se lo piensa dos veces antes de actuar. La intimidación se le daba muy bien —no añadió que era el hombre más rico de toda esa parte de Texas.

—¡Cielo santo! —comentó Delsey, con aire de preocupación. Observó a la chica y percibió todavía miedo en ella—. Bueno, ya no puede hacerle daño a nadie.

—No —contestó Merrie con una risita—. Por fin podemos dejar toallas en el suelo, las alfombras no tienen que estar rectas y nadie inspecciona la cama para ver si está bien hecha. Podemos ser desordenadas por primera vez en nuestras vidas. Yo hasta tengo toallas que no hacen juego en el baño —hizo una mueca—. Una vez me pegó con el cinturón solo por eso.

—El padre del señor Ren también le pegaba a veces con el cinturón.

—No como el mío, imagino, con la hebilla del cinturón. Una hebilla pesada, hecha de metal. Tengo... cicatrices —Merrie tragó saliva y se apartó—. Pero todo eso ya es pasado. Ya no puede hacernos daño.

—Lo siento. Seguro que tuviste una infancia muy dura.

—Peor que dura. No podíamos ir a fiestas ni aprender a bailar o a conducir, no podíamos salir con chicos. ¡Imagínate! Tengo veintidós años y todavía no me han besado.

Delsey la miró sorprendida.

—Pero tú eres novia de Randall...

—No, no lo soy —declaró Merrie con firmeza—.

Soy amiga de Randall y eso es todo —sonrió—. Verás, es uno de esos hombres a los que les gustan muchas mujeres. No las quiere, solo las utiliza y, cuando se aburre, busca otra. Sari y yo íbamos a la iglesia. Nos enseñaron que las mujeres no se acuestan con hombres antes del matrimonio. En realidad, nos enseñaron que los hombres también deberían esperar. Que los niños nacían del amor entre dos personas, en el matrimonio, y que merecían tener padre y madre que los cuidaran —miró a Delsey, avergonzada—. Eso no encaja muy bien con el mundo moderno, así que no nos relacionamos mucho con gente.

—Hija, hay muchas personas que todavía piensan así. Lo que ocurre es que se callan porque les han hecho sentirse inferiores por tener esas creencias —Delsey se echó a reír—. ¿No es gracioso que algunas personas digan que hay que respetar las opiniones y creencias de los demás y después nos ataquen por ser religiosas? Esas personas no respetan otras creencias que no sean las suyas, y no creen en casi nada que no sea pasarlo bien y hacer lo que les apetece. Creen que las reglas con para los tontos.

—Me caes muy bien —Merrie sonrió—. Te pareces mucho a nuestra Mandy. Está con nosotros desde que éramos muy pequeñas. Después de la muerte de mamá, se convirtió en una especie de madre. Tú ya me entiendes.

—Más o menos como yo con Ren —Delsey rio—. También quiero a Randall, pero no está mucho por aquí. Se encarga del comercio y las exhibiciones de los toros Black Angus de pura raza, por los que el rancho Skyhorn es famoso. Está fuera casi todo el año.

—Sabe tratar a la gente. La primera vez que lo vi ya me cayó bien. Pero no es el tipo de hombre que pueda interesarme a mí. No soy chica de ir a fiestas.

—¿Y él pensaba que sí?

—No estoy segura. Coqueteó conmigo, pero yo no sé flirtear. Una vez intenté salir con un vaquero al que conocía y se enteró mi padre. Hizo que el chico se marchara del condado, lo amenazó con acusarlo de un delito antiguo del que lo habían absuelto —Merrie tragó saliva. Aquel recuerdo le dolía todavía—. Luego me tiró por las escaleras y... —se detuvo—. Nunca volví a intentar quedar con nadie.

—¡Ay, hija! —musitó Delsey—. Lo siento mucho.

—Así que no me resultaba cómoda la idea de ir a sitios con Randall. No le dije gran cosa, pero le hice saber que para mí era peligroso salir con alguien y que éramos demasiado distintos para tener una relación. Pero le dije que me encantaría ser su amiga —Merrie sonrió—. Eso funcionó mucho mejor. Es muy amable.

Delsey la miró. Entendía perfectamente por qué Randall había querido algo con ella. Era guapa, amable y cariñosa. Pero Randall jamás se conformaría con una sola mujer. Era demasiado inconstante. Ren, por otra parte, estaba seguro de que ella era como otras novias de Randall que habían pasado por allí. La mayoría intentaban ligar con él. Eran mujeres deslumbrantes con actitudes modernas sobre el sexo. Delsey no aprobaba eso, pero no le correspondía a ella decir nada. Si una de las mujeres de Randall acababa en la cama con Ren, no era asunto suyo. Sabían lo que se jugaban. Frunció el ceño. Confiaba en que Ren no colocara a Merrie en esa categoría porque podría haber consecuencias. Él no pasaba el tiempo suficiente en la casa para conocer el pasado de ella y Randall no le había contado gran cosa. Aquello podía conducir al desastre.

Pero ese no era un problema que hubiera que resolver aquel día. Siguió ayudando a trasladar los lienzos, pinturas y otros accesorios, como los pinceles finos que usaba.

—¿Qué estás pintando? —preguntó, mirando el cuaderno de dibujo que había colocado Merrie en el caballete.

—¿Prometes que no se lo dirás a él? —preguntó esta, preocupada.

—Lo prometo.

Merrie retiró la tela que tapaba un lienzo viejo que había encontrado y mostró su contenido. El cuadro era de momento solo un boceto. Había encontrado un lienzo olvidado en la habitación y lo había aprovechado para hacer un boceto mientras esperaba que llegara su pedido. Como no tenía pintura ni lápices de dibujo, había usado un lápiz del número 2 para hacer el dibujo preliminar.

Aun así, la imagen era tan realista que parecía a punto de salir del lienzo. Delsey lanzó un respingo.

—Dijiste que pintabas un poco —exclamó—. Esto no es... ¡Es magnífico! —terminó, porque le faltaban las palabras.

Merrie sonrió.

—Gracias. Siempre me ha gustado dibujar. Sari me animaba... —iba a decir «a comprar una tienda de material de bellas artes y una galería», pero se contuvo. No quería dar a entender que tenía mucho dinero. Eso era algo que solía intimidar a la gente—. Me animaba a exponer mi trabajo en alguna tienda de bellas artes de la zona.

—De tienda nada —se burló Delsey. Miró el dibujo—. Has captado esa expresión de él que nunca he podido entender.

—Es melancolía —repuso Merrie—. Por dentro está solo. No puede salir de sí mismo ni dejar que entre nadie. Es fuerte, tierno y rebosa amor. Pero no se fía de las mujeres. Ni le gustan mucho —miró a

Delsey, que parecía sorprendida por su percepción de Ren—. ¿Cómo conoció a la mujer de la que me has hablado?

—¿Angie? Era una de las chicas de Randall. La trajo aquí de visita. Sabía que Ren tenía más dinero que Randall y se lanzó a por él. Siempre estaba encima de él, manipulándolo. Él es un hombre solitario en su mayor parte, y ella era físicamente agresiva. Si quieres mi opinión, lo volvió tan loco de deseo, que él se prometió con ella por desesperación. Luego la encontró con dos de sus clientes en una fiesta. Al parecer, había algo entre los tres. Ren se quitó el anillo del dedo y lo tiró por el váter, con ella mirando.

—¡Pobre Ren!

—Y luego ella publicó mentiras sobre él en Internet. Conocemos a un hombre que trabajaba para Mallory Kirk, un ranchero de por aquí. Ese hombre se llama Red Davis y es una maravilla, puede piratear lo que sea. El FBI quiso contratarlo, pero le gusta más el ganado que la gente y se negó. Hizo algún trabajo para el hermano de Mallory, cuando a su novia la acosó un padrastro horrible que colgó fotos de ella alteradas con Photoshop en Internet. Red pudo librarse de todas. E hizo lo mismo por Ren. Angie fue detenida y procesada por lo que le hizo. Quedó en libertad condicional, pero no volvió a hablar de él en Internet. Aun así, todo eso lo dejó amargado. Hace ya meses que pasó y todavía no se ha recuperado.

—Ya me he dado cuenta.

—Generalmente no es una mala persona. Siento que haya sido tan duro contigo. Si os hubierais conocido en otras circunstancias, su reacción habría sido distinta.

—En otras palabras, si no me hubiera traído Randall.

—Exactamente. Eres la primera mujer a la que ha traído Randall desde Angie. Eso probablemente influya en su mal genio.

Merrie suspiró. Era mala suerte que la atrajera un hombre que tenía una impresión falsa de ella a causa de Randall, pero empezaba a darse cuenta de por qué no le gustaba a Ren su presencia allí.

—Seguramente debería irme a casa —dijo, pensando en voz alta.

—No está enfadado contigo —replicó Delsey—. Además, ¿tú no estás intentando alejarte de ese hombre que te acosa?

Merrie se volvió con el ceño fruncido. Estaba poniendo a aquellas personas en peligro solo por estar allí con ellos. Y Delsey se parecía mucho a Mandy. Era una mujer tierna, amable y encantadora.

—Hay cosas que no sabes de mí —empezó a decir.

Las interrumpió el sonido del teléfono en el piso de abajo.

—Tengo que contestar —Delsey echó a andar—. Le dije a Ren que pusiera teléfonos supletorios arriba y dijo que era tirar el dinero —murmuró ya casi en las escaleras—. No son sus pobres piernas viejas las que se agotan subiendo y bajando escalaras para contestar llamadas.

Merrie rio para sí. Miró el boceto de Ren en el lienzo. Le pareció que captaba toda la esencia de él y decidió que era el mejor cuadro que había hecho en su vida.

Trabajó incansablemente en él durante una semana, haciéndolo y rehaciéndolo hasta que quedó justo como quería. Cuando estuvo terminado, lo colocó de cara a la pared, por si entraba él, y empezó a pintar un retrato de Huracán.

Una noche llegó tarde a cenar y Ren volvió a mostrarse inflexible sobre las reglas, así que no pudo comer. En la nevera pequeña de su habitación tenía un sándwich que le había dado Delsey. Lo comió con una botella de agua mineral con gas, confiando en que él no descubriera su suministro de comida. Probablemente no lo aprobaría. Y no era porque Merrie no estuviera acostumbrada a seguir normas rígidas en su casa, pero sí había tenido la esperanza de que no volvería a pasarle en ningún otro sitio. Quizá había mucha gente como su padre y como Ren, gente que quería las cosas de cierto modo y se negaba a cambiar.

Cuando terminó el sándwich, volvió al estudio de puntillas, ataviada ya con el camisón y una bata gruesa de algodón que la cubría entera excepto por los pies descalzos. Había olvidado meter zapatillas de estar por casa en la maleta.

La puerta del estudio estaba entreabierta. La abrió y allí estaba Ren, mirando con la boca abierta el retrato de Huracán que ella acababa de terminar.

Al oírla, se volvió. Llevaba vaqueros y una camisa de franela de cuadros rojos y negros. En los pies llevaba calcetines, pero no botas. Tenía el pelo revuelto, como si se lo hubiera echado hacia atrás con irritación.

—¿Esto lo has hecho tú? —preguntó, claramente sorprendido.

—Bueno, sí —confesó ella, sonrojada. Confió en que él no hubiera visto el otro lienzo. Lo miró y la alivió ver que seguía de cara a la pared.

—Dijiste que sabías dibujar un poco —insistió él.

Merrie se encogió de hombros.

—Solo un poco.

—Esto es arte de calidad —dijo él, intentando poner en palabras lo que pensaba.

Le había sorprendido mucho ver lo que podía hacer su invitada con pintura y lienzo. Nunca había conocido a nadie que pintara así. Y pocas veces había visto un cuadro tan bueno en técnica y tan intuitivo. El caballo del lienzo tenía cicatrices leves en la cabeza, el cuello y el lomo. Pero lo que captaba su esencia eran los ojos. Si había un caballo en el mundo que tenía alma, era aquel. La expresión de sus ojos le hacía sentirse raro. Era la expresión de un ser humano al que hubieran golpeado con saña, no la de un animal.

—Gracias —musitó ella.

—¿Has hecho algo más? —preguntó él, mirando el retrato que estaba de cara a la pared.

—Ese acabo de empezarlo. No está listo para que lo vea nadie —protestó ella débilmente.

Él ladeó la cabeza.

—¿Bocetos?

Merrie vaciló un momento y se acercó al armario donde guardaba los cuadernos de bocetos y los lienzos en blanco. Sacó el cuaderno más grande y se lo tendió de mala gana.

Ren se sentó en una de las sillas acolchadas de la habitación y empezó a mirar. Los temas lo embelesaban. Allí estaba Delsey, inmortalizada con un lápiz, mostrando su belleza interior de un modo que él nunca había visto antes. Estaban sus hombres, viejos y jóvenes por igual, plasmados en el papel. Estaba su toro más premiado, Colter's Pride 6443, en toda su gloria negra brillante, tan vivo, que daba la impresión de que fuera a salir del papel.

Todos los dibujos contaban una historia. En los modelos había orgullo, pena, dolor, resignación, diversión o melancolía. En los ojos, muy expresivos, se veía su pasado y su presente.

—¡Dios mío! —dijo él al fin, con un tono de voz

suave y reverente. Alzó la vista—. Por eso te saltas las comidas —comentó.

Ella se encogió de hombros.

—Me quedo absorta en el trabajo —repuso—. Hay una línea fuera de lugar, o no hay sombra suficiente, o tengo un ojo que no es igual que el otro. Así que dibujo, borro y cambio hasta que quedo conforme —sonrió con tristeza—. Sari solía decir que un día me arrastraría un tornado con el pincel en la mano mirando un lienzo —se echó a reír—. Supongo que tiene razón. Cuando trabajo, pierdo la noción del tiempo.

Ren ladeó la cabeza. El atuendo de noche de ella era extraño. Recordó la pesadilla que había tenido y lo que había sentido al mirarla. Era la chica de Randall. Este lo había dejado claro en un par de llamadas que había hecho durante el tiempo que ella llevaba allí. «Esta no es como Angie, así que no la toques. Merrie es mía».

Merrie. Ren quería llamarla Meredith, porque encajaba mejor con ella que esa versión juvenil de su nombre que usaba su hermano. Randall le había dicho su nombre completo. Pasó la vista por la bata de algodón grueso que la cubría desde el cuello hasta los tobillos desnudos. Sonrió ante sus pies descalzos.

—En la casa hace demasiado frío para andar sin zapatos —la riñó—. Te vas a pillar un resfriado, como me pasó a mí.

Ella movió los dedos de los pies con nerviosismo.

—No tengo frío.

—No tienes zapatillas de andar por casa —adivinó él.

—Compraré unas por Internet.

—Ya te dije que tengo cuenta abierta en unos grandes almacenes. Delsey te llevará. Cómprate un abrigo y unas zapatillas —Ren apretó los labios—. Y también un vestido de noche. Algo bonito. Con zapatos y bolso a juego. Y lo que necesites llevar debajo —entrecerró los ojos con curiosidad por saber qué llevaría ella debajo de aquella bata gruesa.

Merrie se apretó más la bata contra sí.

—¿Por qué un vestido de noche?

—Hay una fiesta. No quiero ir, pero, si no voy, habrá más cotilleos —dijo él—. Angie estará allí —añadió con frialdad.

Angie. Merrie sabía, por sus conversaciones con Delsey, que esa era la mujer que lo había engañado.

—¿Una fiesta? —preguntó.

—Sí —él la miró con frialdad repentina—. Sabes bailar, ¿verdad?

—No —contestó ella con melancolía.

Ren abrió mucho los ojos.

—¿No sabes bailar?

Ella se sonrojó.

—Mi padre no nos dejaba salir con chicos. He visto a gente bailando en la tele y Sari y yo bailamos un chachachá juntas una vez... —se interrumpió e hizo una mueca.

Ren se inclinó hacia delante en la silla.

—¿Solo una vez?

—Nos sorprendió mi padre. Él creía que bailar estaba mal —tragó saliva—. No, no sé bailar.

—Yo puedo enseñarte.

Merrie alzó la vista para mirar los ojos negros suaves de él y tuvo la sensación de derretirse en ellos.

—¿Puedes?

Él asintió. Bajó los ojos por el cuerpo de ella.

—¿Por qué llevas una bata de casa que te cubre como a una vieja?

—Nunca he estado cerca de hombres vestida

para dormir —repuso ella. Se movió incómoda—. La noche que tuve la pesadilla fue la primera vez que me vio en la cama alguien que no fuera Sari o Mandy.

Ren la observaba con atención. Pensó que era una actriz magnífica. Interpretaba a una chica inocente con mucha habilidad. Pero era la chica de Randall, y este no salía con chicas que no se abrieran de piernas. Ella era como Angie, solo que mejor actriz.

A Merrie no le gustaba el modo en que la miraba.

—Tengo que ir arriba —dijo.

Él apartó la vista de ella y volvió a mirar el retrato en el caballete.

—He dicho en serio lo de tu talento —comentó—. Deberías mostrarlo al público.

Ella sonrió.

—Puede que lo haga, más adelante. No podía hacerlo cuando vivía mi padre. No le gustaba que hiciéramos nada que hiciera que la gente se fijara en él. Le... le gustaba la privacidad.

—Parece que era un lunático —repuso Ren con rotundidad—. Y tendría que haber acabado en la cárcel. ¿Se puede saber qué le pasa a la comunidad donde vives? ¿Es que a la gente no le importa lo que les pase a sus vecinos? ¡Qué demonios!, yo le pegué un puñetazo a un hombre hace dos años por intentar ligar con la hija de doce años de uno de mis vaqueros. Y lo despedí en el acto. No era mi problema, pero hice que lo fuera. En las comunidades pequeñas cuidamos de los nuestros. Al menos aquí en Wyoming.

Merrie respiró hondo.

—Tú no sabes cómo era eso —dijo al fin—. Mi padre tenía amigos mafiosos. Podía usarlos para cosas terribles. La gente le tenía miedo. Incluida gente en puestos de poder. Ahora ya no tanto, claro. Somos un hervidero de mercenarios jubilados y exmilitares, y Eb Scott dirige una escuela de contraterrorismo mundialmente conocida a pocos kilómetros de nuestra casa. Él nos prestó a dos de sus hombres cuando intentaron matar a Sari.

Ren emitió un sonido profundo en la garganta.

—¿Intentaron matar a Sari?

—Morris. Era uno de los hombres de mi padre que harían lo que fuera por dinero. Lo contrató el hijo de esa mujer para matar a mi hermana.

Él la miró escandalizado.

—¿Por qué querían matar a tu hermana?

Merrie frunció el ceño.

—¿Randall no te dijo por qué me pidió que me quedara aquí en el rancho? —preguntó con preocupación.

—Dijo que te acosaba un admirador rechazado —respondió él. Y sus ojos indicaban que aquello le resultaba casi increíble. Ella era bonita, pero no era una belleza.

Merrie suspiró.

—Mi padre... mató a una mujer. Ella lo había denunciado al FBI por blanqueo de dinero. El hijo de ella estaba... desequilibrado. Quería mucho a su madre. Esta le dejó mucho dinero, dinero que los federales no podían tocar. Él creía que nuestro padre nos quería mucho a las dos, porque se mostraba muy protector, así que pagó para que nos mataran.

Ren dio un respingo. Era obvio que no le habían dicho nada.

—Morris había trabajado mucho tiempo para mi padre y nos conocía. Cuando le disparó a Sari, falló el tiro. La segunda vez que lo hizo, Paul, ahora mi cuñado, reconoció el dibujo de los neumáticos del coche donde encontraron los casquillos. Era un coche de nuestro garaje. Así que detuvieron a Morris y pensamos que así se acababa todo.

El rostro de él mostraba una expresión dura.

Ella frunció el ceño.

—Pero Paul descubrió que a Morris lo habían contratado solo para Sari. Para mí habían contratado a un hombre de Brooklyn famoso por sus éxitos como asesino a sueldo. El hijo de la mujer pensó que, como yo era la más joven, mi padre me querría más que a Sari. Paul dijo que ese hombre lleva casi dos décadas en ese trabajo y tiene una reputación impecable como asesino a sueldo. Ahora me persigue a mí.

Ren se echó hacia atrás en la silla y la miró con preocupación.

—Lo siento —dijo ella—. Creía que Randall te había contado la verdad. No debería estar aquí. Estáis todos en peligro. Debo irme...

—No —dijo él.

A ella le sorprendió su respuesta.

—La seguridad de aquí es de tecnología punta —continuó él—. Hay vigilancia por todo el rancho, en todas las puertas. Tenemos *software* de reconocimiento facial para filtrar a todos los que vienen aquí. Hay cámaras infrarrojas por todas partes —inhaló con fuerza—. Mis toros valen millones. No corro riesgos con su seguridad. Pero eso también significa que estarás segura aquí. ¡Maldito sea mi hermano por esconderme la verdad! —rugió—. Yo no te habría rechazado.

Merrie se mordió el labio inferior. Intentó reprimir las lágrimas.

—Gracias. No es que no tengamos protección en casa, la tenemos. Y dos de los hombres de Eb Scott se instalaron en casa y Sari desafió a nuestro padre y le dijo que no se marcharían. Él se fue furioso, pero lo detuvieron poco después y tuvo que pagar una fianza —movió la cabeza y sonrió con tristeza—. Pensaba casar a Sari con un príncipe de Oriente Medio. Así tendría millones para sus abogados defensores. Porque los federales habían confiscado sus ganancias ilegales.

—¿Y qué dijo ella a eso?

—Que no lo haría. Él se encerró en el estudio con ella. Estábamos preocupados, pero él había prometido que solo quería hablar con ella. Entonces oímos chasquear el cinturón.

Merrie cerró los ojos y se estremeció, sin ver la expresión apenada de él, que estaba carcomido por la culpa por haberla asustado con su cinturón cuando acababan de conocerse.

—Nuestros guardaespaldas la oyeron gritar y entraron a la fuerza en el estudio. Sari sangraba en el brazo, donde la había golpeado con el cinturón y mi padre estaba sentado en el sillón donde había caído muerto.

—¡Santo cielo!

Ella metió las manos en los bolsillos de la bata.

—Sari dijo que lo había matado ella. Paul le aseguró que no era así. La autopsia mostró indicios de que usaba una droga fuerte y una lesión cerebral. La combinación le produjo un infarto. Pero tuvimos que vigilar a Sari un par de días. Se encerró en su habitación. Paul tuvo que volver desde Brooklyn porque era la única persona a la que ella escuchaba.

Sonrió.

—Hacía años que lo quería y él se había ido de pronto. Le había dado a mi padre una razón ridícula para su marcha. Había dicho que estaba casado, cuando en realidad era viudo, y que Sari había coqueteado con él como hacen las jóvenes. Nuestro padre aceptó su dimisión y le dio una indemnización. Pero, cuando se hubo ido, llamó a Sari a su despacho...

Ren se inclinó hacia delante. Lo que descubría de su invitada lo ponía furioso, furioso por ella. Lamentaba que su padre hubiera muerto, porque le habría gustado tener una discusión física con él sobre el tema de utilizar el cinturón con una mujer.

—¿Qué le hizo? —preguntó con voz queda.

—Casi la mató a golpes —repuso Merrie, nerviosa—. La oí gritar. Mi padre había enviado a Mandy a comprar un montón de cosas para que no supiera lo que nos hacía. Entré en el despacho e intenté pararlo, pero se volvió contra mí —cerró los ojos contra aquel recuerdo doloroso—. Tenía un médico en nómina, uno al que habían expulsado del Colegio de Médicos. Él nos cosió las heridas, nos dio antibióticos y nos cuidó hasta que cicatrizaron. Cuando volvió Mandy, no nos atrevimos a decírselo. Nuestro padre nos dijo que había matado a gente y no le había pasado nada y nos preguntó qué sentiríamos si le ocurriera algo a Mandy. Así que fingimos que no había pasado nada.

Ren se sentó hacia atrás en la silla con las piernas cruzadas. No podía creer que un hombre fuera tan cruel con sus hijas. Y el hijo de la mujer muerta tenía que haberle odiado mucho para contratar a asesinos que mataran a las chicas.

—¿El hombre que contrató a los asesinos no sabía que tu padre estaba muerto? —preguntó.

—Se enteró después de contratar al hombre para matarme a mí. Muy oportuno, ¿verdad? Me dijeron que se derrumbó y se echó a llorar. Ha hecho todo lo que ha podido por ayudar a capturar a ese hombre. Está en la cárcel, pendiente de juicio. Esa cooperación no impedirá que cumpla condena.

—Por supuesto —repuso Ren con frialdad—. ¡Qué cosa tan cobarde hizo!

—Mi padre mató a su madre —dio ella con sencillez—. Él se emborrachó y contrató a gente para vengarse —movió la cabeza—. Aún no puedo creer que esté pasando esto. Tengo la sensación de estar viendo una película antigua de gánsteres por la tele.

—Entiendo esa sensación —él se levantó de la silla y se puso delante de ella—. Te prometo que aquí estarás a salvo.

Ella miró sus ojos negros y el corazón le dio un vuelco. ¡Era tan atractivo! Pensó que no se cansaría nunca de mirarlo.

—«Oh, la muerte me encontrará mucho antes de que me canse de mirarte» —recitó con aire ausente. Y al darse cuenta de que había hablado en voz alta, se sonrojó intensamente.

5

Ren parecía divertido.

—¿Estás recitando a Rupert Brooke? —preguntó—. Murió en 1915, en la I Guerra Mundial, y ese poema se publicó después de su muerte.

Ella sonrió con timidez.

—Es un poema hermoso. No era mi intención recitarlo...

Él se acercó un paso más y tocó su largo cabello rubio.

—¿Recuerdas la última estrofa de ese poema?

—Sí, no pretendía...

—«Y gira y arroja divertido tu encantadora cabeza castaña entre los antiguos muertos» —citó él.

—Bueno, si no mirara a la gente, no podría pintarla —repuso ella, nerviosa.

Él miró de soslayo el cuadro vuelto hacia la pared.

—Vamos, cobarde. Enséñamelo —dijo.

Merrie apretó los dientes. Ren la ponía nerviosa. Ella estaba insegura y él... él flirteaba con ella. ¿No era aquello flirtear? Randall era el único que había hecho eso con ella. Pero no. También un vaquero del rancho. ¿Cómo se llamaba? Tubbs. Sí, Tubbs había coqueteado con ella, y ella no sabía cómo lidiar con eso.

Tomó el lienzo de mala gana, le dio la vuelta y lo colocó en el segundo caballete del estudio. Se apartó y le dejó mirar el retrato.

Era él, inmortalizado en la pintura, sentado delante de una hoguera, con el sombrero calado bajo sobre los ojos.

Miraba el fuego y tendía sus grandes y hermosas manos masculinas hacia él. A su lado había una escopeta y una navaja en una funda de cuero de un color marrón suave. Al fondo había pinos contorta y, en la distancia, un tipi, que apenas resultaba visible en el horizonte.

Ren estaba casi demasiado atónito para hablar. El cuadro exhibía al hombre, no la persona que él mostraba al mundo.

Todo lo que sentía estaba allí, en sus ojos: la desesperación, la pena, el odio enterrado, pero también la fuerza, la firmeza y la autoridad que emanaban de él.

—Nunca he visto nada igual —dijo al fin—. Es... No encuentro las palabras —se volvió hacia ella—. Puedes pedir el precio que quieras por este.

Merrie negó con la cabeza.

—Los regalo. No los vendo.

—Deberías venderlo —insistió él—. Nadie en el mundo puede rechazar dinero en estos tiempos difíciles.

—Tengo todo lo que necesito —repuso ella. Era cierto. No se lo iba a decir, pero tenía doscientos millones en una cuenta de un banco suizo.

Ella era un enigma.

Ren la deseaba y se odiaba por ello. Era de Randall. Tenía que ser una mujer con experiencia. Pero, cuando se acercaba a ella, retrocedía como asustada. ¿Era una actuación? Lo descubriría antes o después.

—Es un regalo —dijo Merrie.

Le tendió el cuadro. No le gustaba nada separarse de él porque lo había hecho para sí misma, pero no podía admitir eso.

—Gracias —dijo él con solemnidad—. ¿Seguro que no quieres aceptar un cheque?

—Estoy segura.

—Está bien. El que estás haciendo de Delsey...

—Se lo daré a ella —lo interrumpió Merrie con una sonrisa—. ¡Es tan buena! No sé cómo me las habría arreglado aquí sin ella.

—Sí. ¿Lo dices por la nevera pequeña de tu habitación donde guardas sándwiches y botellas de agua? —se burló él.

Ella se sonrojó.

—¡Oh! Pensaba que no lo sabías.

—Sé todo lo que pasa aquí. Soy el jefe —él respiró hondo—. ¡Qué narices! Llega todo lo tarde que quieras a las comidas. Se lo diré a Delsey. No se puede refrenar a los artistas. Sería como pretender criar a los gatos en rebaños.

Merrie rio con ganas.

—Me esforzaré por ser puntual.

Ren se encogió de hombros.

—Como quieras. Pero no importa, en serio. Buenas noches.

La miró. En sus ojos había algo que la tuvo despierta hasta mucho rato después.

A la mañana siguiente, durante el desayuno, le pidió que saliera con él a caballo a ver el rancho.

—¿Lo dices en serio? —preguntó Merrie.

—Lo digo en serio —contestó él, procurando que no se notara cuánto lo conmovía su entusiasmo.

Ella sonrió y comió con ganas. Delsey, que los miraba, reprimió una sonrisa.

Ren frunció el ceño cuando ella salió con el abrigo ligero de siempre. Llevaba uno de sus gorros tejidos a mano, en tonos amarillo, azul y rosa, para abrigarse las orejas. Su largo cabello rubio salía de él como si fuera seda.

—Está nevando y la temperatura es muy inferior a cero grados —señaló él—. Te vas a congelar con eso.

—No, estaré bien —protestó ella, temerosa de que cambiara de idea si pensaba que podía enfermar por el frío—. De verdad.

Él dudaba y ella lo vio en su cara.

Se acercó un poco más, con sus ojos azul claro clavados en el rostro moreno de él.

—Estaré bien. Lo prometo.

Su voz lanzó ecos de placer por el cuerpo de él. No había mirado a ninguna mujer desde Angie, pero Meredith le hacía sentirse más joven y optimista. Cosas que no había sentido en años.

—De verdad —repitió ella.

Él lanzó un suspiro exasperado y se caló el sombrero sobre los ojos.

—Está bien. Pero, si te pones enferma, no dejaré que lo olvides jamás. ¿Entendido?

Ella se limitó a sonreír.

Ren le dio uno de los caballos más viejos, un palomino al que llamó Sand. Él montaba un castrado negro, un hermoso animal brillante que se parecía mucho a Huracán. Ella comentó el parecido.

Él sonrió.

—No es extraño que se parezcan. Son hermanos. Este solo tiene cuatro años.

—Es precioso.

—Sígueme —dijo él.

Colocó su caballo delante y echó a andar por el largo sendero que pasaba a lo largo de los graneros y de los establos y sus corrales adyacentes.

Merrie alentó a su caballo a ir más deprisa. Le encantaba montar.

Era una lástima que nunca hubiera tenido ocasión de hacerlo mucho. A su padre no le gustaba que sus hijas salieran por el rancho, donde trabajaban los hombres.

—¿Cómo es de grande el rancho? —preguntó, alzando la cara a los copos de nieve que caían.

—Unas cuatrocientas hectáreas —contestó él.

—El nuestro solo tiene unas cien hectáreas —comentó ella. No añadió que allí se criaban algunos de los caballos purasangre más famosos del mundo.

—Allí no podíais tener mucho ganado, ¿verdad? —preguntó él.

—Mi padre tenía caballos. Nunca le gustó el ganado.

Ren se volvió a mirarla con una sonrisa.

—A mí me gustan los caballos porque son necesarios para trabajar con el ganado. A Tubbs le molesta mucho que diga eso. Está enamorado de todos los caballos del lugar —hizo una mueca—. Todavía se atormenta por haber contratado al hombre que golpeó a Huracán.

—Todo el mundo puede equivocarse alguna vez —comentó ella—. No es fácil ver lo que hay dentro de una persona solo mirando.

Él detuvo a su caballo y la observó.

—Tú puedes hacerlo.

Merrie se sonrojó.

—Siempre he pensado que era parte del hecho de pintar. No puedes pintar lo que no ves.

Él la miró a los ojos entre la nieve que caía.

—Tú deberías mostrar tus cuadros en galerías.

Ella sonrió.

—Gracias. Puede que lo haga cuando vuelva a casa.

«A casa». Ren se sintió incómodo al pensar en la marcha de ella. A continuación se recordó una vez más que ella era la chica de Randall. Dio la vuelta al caballo y reanudó la marcha.

Merrie lo siguió por el sendero, un poco incómoda por el modo en que la miraba. Parecía que no terminaba de decidir si le caía bien o no. Y a ella le habría gustado saber más de hombres.

Él la llevó hacia el establo grande para mostrarle los toros premiados que criaba.

—Tienen calefacción y aire acondicionado, y casi siempre hay un vaquero con ellos. Valen una fortuna.

—Desde luego, son hermosos.

Ren sonrió.

—A mí sí me lo parecen. Los criamos teniendo en cuenta el linaje, el peso en el nacimiento, el peso a la hora del destete y el ritmo al que engordan. Cuando volví aquí con mi padre, hice varios cursos de genética. Él tenía conocimientos prácticos, pero se necesitaba también ciencia para dedicarse a criar toros purasangre.

—¿Dónde están las vacas? —preguntó ella, inocente.

Ren soltó una risita.

—En los pastos. No les soltamos los toros hasta que están preparadas para procrear, para parir terneros. Eso ocurre en agosto, así que los terneros nacen en abril, cuando empieza a crecer la hierba. Por supuesto, tenemos la esperanza de que el tiempo no haga alguna locura, como en este momento —señaló la nieve que caía fuera—. Estamos a finales de octubre, pero la temperatura es desacostumbradamente baja, y la nieve está aumentando muy deprisa.

—Es precioso —ella suspiró con melancolía—. En mi casa tenemos suerte si caen unos centímetros de nieve cada diez años.

—Nosotros algunos años nos hartamos de ella —musitó él—. Si se acumula mucha nieve, tenemos que acarrear heno a los pastos lejanos. Tenemos que romper el hielo en los abrevaderos de agua para que los animales puedan beber. Y los hombres tienen que inspeccionar el rebaño dos o tres veces al día. El doble de veces si tenemos vacas preñadas, sobre todo si son novillas. A algunas hay que traerlas cerca del establo por si necesitan ayuda en el parto.

—Suena muy complicado.

—Lo es. Complicado y hermoso —él miró a su alrededor—. Viví en Boston cuatro años, cuando estaba en la universidad. Odiaba cada minuto que no estaba en clase o estudiando.

—Creo que a mí me habría gustado la universidad. Pero no tenía una carrera en mente como mi hermana. Ella quería ser fiscal del distrito desde que era adolescente —ella suspiró—. Me cansé de ver reposiciones de *Perry Mason* con ella.

—Dijiste que era ayudante del fiscal del distrito.

—Sí. Pasó el examen de la licencia hace unos meses. Y lo aprobó a la primera. Muchos compañeros de clase no lo lograron. Estoy muy orgullosa de ella —se abrazó el estómago—. Mi padre incluso fue a su graduación. Cuando yo me gradué en el instituto, estaba fuera de viaje.

Ren se apoyó en una de las puertas, con los brazos cruzados sobre el abrigo de piel de borrego.

—Recuerdo el día de mi graduación —comentó—. No vino nadie de mi familia, pero mis compañeros de clase y yo invadimos un bar de la zona después.

—Las compañeras de clase de Sari tuvieron una gran fiesta. Por supuesto, ella no pudo ir. Mi padre se puso furioso cuando ella la mencionó —Merrie hizo una pausa—. Una de sus compañeras de clase se fue a vivir con su novio y mi padre la llamó puta y nos impidió verla. La gente nos miraba como si fuéramos de la Edad de Piedra.

—¿Creía que las parejas no debían vivir juntas?

—Solo si están casados —ella alzó la vista—. Mi madre nos llevaba a la iglesia. Era el único lugar al que se nos permitía ir, aparte de a comprar con mi padre. Nos educaron con una moral anticuada. Eso nos costó muchas burlas en el colegio —se tocó el jersey, encima de la pequeña cruz—. La religión era lo único que teníamos. Lo que nos ayudaba en los momentos malos, cuando nuestro padre perdía los estribos —suspiró—. ¡Es tan agradable estar en un lugar donde no me vigilan cada minuto del día!

—¿Por qué os vigilaba tanto tu padre? —preguntó él, con curiosidad.

—Para que no fuéramos con hombres —contestó ella con sencillez—. Sari dijo que nuestro padre le dijo a Paul que no quería que su hija se casara con un policía pobretón —frunció el ceño—. Paul estaba en el FBI. Era el único miembro de su familia que no estaba mezclado con la mafia. Estaba muy orgulloso de ello y le dolió que mi padre le dijera eso. Como si no valiera nada por trabajar en las fuerzas del orden.

—¿No aprobaba que tu hermana saliera con él?

—No lo sabía, pero no lo habría aprobado —contestó ella—. Paul la quería muchísimo. Más que a

nada en el mundo. Rompió con ella por el dinero...
bueno, por nuestro padre —corrigió Merrie, que
no quería decirle toda la verdad—. Ella se fue a las
Bahamas para intentar olvidarlo y la sorprendió un
huracán. Paul y Mandy, nuestra ama de llaves, vola-
ron allí en su busca —se estremeció—. Paul usó sus
credenciales del FBI para llegar a la zona del desastre. Encontró el cuerpo de una mujer pelirroja y creyó que era Sari. Mandy dijo que nunca lo había visto
llorar hasta entonces.

Se detuvo y tragó saliva.

—Fueron a Nassau a organizar el traslado del
cuerpo a casa y allí estaba Sari, empapada pero viva,
bajando de un velero que los había rescatado a ella
y a otros turistas del mismo tour. Fue una vuelta a
casa maravillosa.

—¿Ahora están casados?

Merrie se echó a reír.

—¡Oh, sí! Paul quería esperar y hacer las cosas
bien, pero Mandy y Sari lo encerraron en un dormitorio con ella. Menos de una semana después se
casaron.

Él sonrió.

—Ella parece todo un personaje.

—Lo es. Es mi mejor amiga y mi hermana mayor.

—Nunca tuve hermanos, hasta que mi madre se
casó con el padre de Randall —dijo él. En sus rasgos
duros, resultaba visible el dolor—. Él tenía dinero,
así que mi madre por fin tuvo todo lo que siempre
había querido. Hace años que no hablo con ella,
pero yo quiero mucho a Randall —dijo con voz más
suave—. No somos hermanos de padre y madre,
pero eso nunca ha importado. Yo haría cualquier
cosa por él.

—Él dice lo mismo de ti —repuso ella.

—¡Eh, jefe! —llamó uno de los vaqueros—. Cada

vez hay más nieve. ¿Quiere que enganche el trineo y empiece a llevar heno a los pastos del sur?

—Buena idea, Randy —contestó Ren—. Llama a más gente, si la necesitas.

—Lo haré.

—Tus hombres son muy simpáticos —comentó ella.

Él soltó una risita y se apartó de la cerca.

—Simpáticos o no, son competentes o no trabajarían aquí. Vámonos ya, antes de que la nieve se haga más profunda.

Merrie tenía miedo de que él cancelara el tour. Y, cuando se dio cuenta de que no era así, sonrió encantada.

Él se apartó de la expresión dulce y tímida del rostro de ella. No sabía cómo catalogarla. No parecía encajar en ningún patrón.

Montaron juntos por entre los pinos hasta un arroyo pequeño que recorría la propiedad y cuyas orillas estaban llenas de nieve. Parecía una cinta plateada en el paisaje nevado.

—No deja de sorprenderme lo superficiales que son aquí los arroyos y los ríos —comentó ella—. En mi casa, todos los arroyos son bastante profundos.

—Aquí en Wyoming muchas cosas son diferentes. Una vez perdimos a un vaquero en una ventisca. Tardamos dos días en encontrarlo y, cuando lo hicimos, estaba muerto. No siguió la regla fundamental.

—¿Cuál es? —preguntó ella, con curiosidad genuina.

—No te muevas. Es mejor quedarse quieto en un sendero o camino, si tienes uno cerca. Pero no sigas andando. Es un suicidio.

—Lo recordaré —comentó ella—. ¿Qué tipo de árboles son esos? —preguntó, indicando unos de madera dura que había cerca del arroyo.

—Son álamos —contestó él, sonriendo—. Los antiguos les arañaban la savia y la comían como si fuera helado.

—¡Hala!

Ren soltó una risita ante el entusiasmo de ella.

—¿Siempre te ilusiona tanto aprender cosas nuevas? —preguntó.

—Siempre. He leído mucho sobre los inuit de Alaska. Tienen más de cincuenta palabras para decir nieve.

—Nosotros solo tenemos unas cuantas y ninguna de ellas se puede decir en público —comentó él, chasqueando la lengua.

Ella tardó un minuto en entender lo que había dicho. Cuando lo consiguió, estalló en carcajadas.

Ren se caló el sombrero sobre los ojos.

—Los muchachos suelen tener una hoguera cerca de la cabaña. Iremos hasta allí y volveremos. La nieve es cada vez más profunda y yo tengo cosas que hacer.

—De acuerdo —Merrie estaba deseando ver una hoguera auténtica. Confiaba en que la que había puesto en el cuadro de Ren fuera realista. Las había visto en películas, pero nunca en la vida real.

La cabaña era pequeña, hecha de madera dura. Había tres vaqueros sentados en torno a una hoguera grande. Uno hacía café y otro freía lo que parecían huevos y beicon.

—¡Eh, jefe! —dijo el más joven con una sonrisa—. La condenada cocina ha dejado de funcionar, así que tenemos que hacerlo aquí.

—Le diré a Grandy que venga mañana a arreglar-
la —prometió Ren—. ¿Hay suficiente café para dos
más?

—Claro que sí. Beicon y huevos también.

—Acabamos de desayunar, pero gracias —repuso Ren.

Desmontó y ayudó a Merrie.

Ella intentó andar e hizo una mueca.

—¿Te duelen las piernas? —se burló Ren—. No
estás acostumbrada a montar.

—No —repuso ella, riendo—. Hace meses que
no monto.

—A mí me gustaría poder decir eso —comentó
uno de los otros vaqueros.

—Esta es Meredith —la presentó Ren—. Es amiga de Randall. Está pasando una temporada con nosotros.

A continuación presentó a los vaqueros. Uno,
alto y delgaducho, se llamaba Willis. Era el capataz
del rancho. Los otros dos la saludaron con entusiasmo. Uno le dio una taza de café y el otro le ofreció
un taburete. Ella se sentó y sorbió café mientras Ren
les preguntaba por depredadores que habían sido
vistos cerca.

Merrie casi se adormiló. Cuando Ren la llamó,
tenía su caballo de la rienda.

—Los muchachos y yo vamos a ir unos minutos a
la valla para ver a una novilla enferma. ¿Estarás bien
hasta que vuelva? —preguntó.

—Claro que sí —contestó ella, tendiendo las manos al calor del fuego—. Esperaré aquí.

—No te vayas —él subió a la silla—. No tarda-
ré mucho —dio la vuelta al caballo y alcanzó a los
otros.

Merrie los miró hasta que se perdieron de vista.
La nieve era hermosa. La hoguera daba calor. Cerró

los ojos y sonrió. Entonces lo oyó. Un aullido largo y resonante. Parecía un lobo, y estaba muy cerca.

Se puso de pie con el corazón galopante. El aullido se repitió. Sonaba más cerca. Merrie miró a su alrededor con nerviosismo. No tenía ningún arma. Había leído cosas sobre los lobos. ¿No atacaban a veces a personas solas?

El aullido se hizo más alto y más próximo. Merrie cedió al pánico. Había prometido no moverse, pero había un lobo y sonaba cerca, muy cerca. El miedo le producía náuseas. Si al menos tuviera un arma...

Se levantó del taburete y se alejó del aullido para introducirse en el refugio de los pinos. Quizá si el lobo no la veía, se fuera. Siguió retrocediendo entre los árboles con el corazón latiéndole con fuerza.

No quería ir lejos, pero empezó a nevar más y todo se volvió blanco a su alrededor. A pocos centímetros de distancia, no se veía nada, estaba perdida. Y el aullido sonaba más cerca de lo que creía.

Recordó lo que le había dicho Ren del vaquero que se había perdido en una ventisca y fue encontrado muerto. Recordó también lo que él había dicho que había que hacer. No seguir andando. Quedarse quieta. Mantenerse en un sendero.

Miró a su alrededor y frunció el ceño. Estaba en un pequeño claro cerca de un arroyo. Carecía de teléfono móvil y de cerillas. No podía hacer fuego. Tenía mucho frío porque no llevaba guantes y se veía obligada a agarrarse a los troncos de los árboles para huir de la cosa que aullaba.

«Genial», pensó. «Voy a morir congelada y es culpa mía. No me encontrarán jamás. Quedaré cubierta de nieve y perdida en la espesura. ¿Por qué no me he estado quieta?».

Se sentó en el tronco de un árbol y se abrazó el cuerpo.

—Estúpida, estúpida —murmuró.

Y todo porque algo había aullado. Seguía aullando y sonaba más cerca. No tenía nada que pudiera usar como arma. Había una rama grande cerca, pero no podía moverla. Estaba congelada. Eso hizo que se le enfriaran aún más las manos, hasta que ya casi no las sentía.

La nieve caía con fuerza. Ren seguramente se estaría volviendo loco buscándola. Se pondría furioso.

De pronto la sobresaltó el ruido de un disparo. Se puso en pie de un salto, temblando. Hasta que se le ocurrió que era una señal.

—Estoy aquí —gritó—. Estoy aquí abajo.

Oyó voces. Una era profunda y muy enfadada. Hizo una mueca al ver a Ren, que bajaba por la colina como si allí no hubiera nieve.

Se detuvo delante de ella y se quedó quieto con las manos en las caderas, mirándola de hito en hito con ojos brillantes.

—¡Oh, Ren! —ella se echó en sus brazos y se agarró a él con fuerza—. Lo siento. Lo siento. He hecho algo estúpido. He oído aullar a un lobo y sonaba muy cerca. Me he asustado y no he podido pensar. Lo siento.

Él soltó el aire que retenía y la atrajo al interior de su abrigo, rodeándola con sus fuertes brazos. La acunó, disfrutando de la sensación del cuerpo suave de ella contra el suyo, inhalando el olor a madreselva que se pegaba a su pelo. Hacía mucho tiempo que una mujer no lo hacía sentirse protector y posesivo.

—No importa —le dijo al oído con voz aterciopelada—. Solo pretendía alejarme un par de minutos. Hemos perdido la noción del tiempo.

—El aullido me ha asustado —confesó ella, con timidez. Le encantaba estar así abrazada por él. Se sentía más segura que nunca en su vida. Cerró los ojos con un suspiro suave y escuchó el latido del corazón de Ren bajo el oído.

—Hay lobos por aquí —dijo él—. Pero uno de ellos es una mascota. Ese es el que has oído —añadió con una risita.

—¿Una mascota? —ella alzó la cabeza y miró de cerca sus ojos negros. El modo en que la miraba la hacía sentirse muy bien.

—Vive en la cabaña con Willis, cuando él está aquí fuera con los vigilantes nocturnos.

—¡Oh! —Merrie lo miraba a los ojos, pero posó sin querer la vista en su boca. Nunca la habían besado, pero quería saber lo que se sentía. Nunca había deseado tanto nada—. ¿Vigilantes nocturnos? —repitió.

—Sí. Algunos hombres vigilan los rebaños por la noche, desde cabañas como esta, sobre todo con mal tiempo. Ahora tenemos que volver a casa. Debes de estar congelada con ese abrigo tan fino.

—También tengo las manos frías —comentó ella. Hizo una mueca—. No llevo guantes.

—Mañana por la mañana irás de compras aunque nieve —repuso él—. Le diré a Tubbs que os lleve a Delsey y a ti a la ciudad. Ella tiene la tarjeta de la cuenta que tengo abierta en los grandes almacenes.

—Oh, pero yo puedo...

—Tú harás lo que te diga —declaró él. Sonrió ante la consternación de ella—. No ganarás ninguna discusión conmigo. Ríndete.

—Está bien. Gracias —musitó ella. Sus ojos claros adoraban el rostro duro de él.

El cuerpo de Ren se tensó. Le gustaba el modo de ser de ella con él. Odiaba a su hermano. Ya no sabía lo que quería. Tenía la sensación de estar entrando de cabeza en arenas movedizas.

—Y ya que estás, compra un vestido de noche —dijo.

—¿Un vestido de noche? —preguntó ella con aire ausente.

Montaron a caballo. Él se puso delante en el sendero.

—Ya te lo dije. Hay una fiesta para un amigo mío que se ha mudado de casa con su esposa. Puedes ir conmigo. Habrá una banda de música y canapés. ¿De verdad no sabes bailar?

Merrie tragó saliva.

—Así es —contestó—. Nunca he ido a una fiesta, excepto las de los cumpleaños cuando Sari y yo éramos pequeñas y vivía nuestra madre.

Ren frunció el ceño.

—Así que supongo que no necesitaré el vestido.

—Puedo enseñarte a bailar —comentó él con voz queda—. No es tan difícil.

El rostro de ella se relajó. Sonrió.

—Me gustaría mucho ir contigo —dijo ella—. Si no le importa a tu amigo. No conozco a nadie aquí.

—No le importará.

—Está bien.

Ren pensó en enseñarle a bailar. Pensó en enseñarle muchas cosas. Su cuerpo se calentaba cada vez más con las imágenes que pasaban por su mente cuando se acercaban a la casa. Si ella decía la verdad, disfrutaría enseñándole. Eso lo devolvió a la realidad. Angie también había fingido ser inocente.

Miró a Meredith, quien le sonreía. ¿Era sincera o era como otras mujeres de Randall?

Lo descubriría antes o después. Y, si no era sincera, quizá le ahorrara a su hermano un desengaño. Eso era todo. Iría con ella por una causa noble. Para ver si era lo que fingía ser.

Dejaron los caballos en el establo y él fue con ella hasta la puerta de atrás.

—Quédate dentro —dijo con firmeza.

—De acuerdo, jefe —respondió ella con una sonrisa débil—. Siento mucho las molestias.

Ren se encogió de hombros.

—Aquí rescatamos a menudo a novatos del este —comentó—. Es una de las tareas del invierno.

—No he conocido al lobo mascota.

—Cuando aclare el tiempo, te lo presentaré. Cómprate un abrigo grueso de invierno y un vestido. Algo bonito.

Merrie sonrió.

—Compraré algo espectacular para no decepcionarte.

—¿Decepcionarme? —preguntó él.

—No quiero avergonzarte delante de tus amigos —explicó ella—. No tengo mucho sentido de la moda. Me alegro de que Delsey venga conmigo. Ella sabrá lo que debo comprar.

Ren se sentía raro por dentro. ¿Ella no quería avergonzarlo? Angie disfrutaba avergonzándolo dondequiera que iban. Le encantaba armar jaleo. Había muchas probabilidades de que estuviera en esa fiesta y él había pensado en quedarse en casa, solo para salvar su orgullo.

Pero podía ir con Meredith. Mostrarle a Angie que no era difícil reemplazarla. Miró la figura vivaz de la chica y sonrió. Estaría espectacular con un vestido de noche, con el pelo bien peinado y maquillaje. Era muy guapa.

—Y vete a la peluquería de paso —comentó.

Ella enarcó las cejas.

—¿Quieres que me lo corte? —preguntó con timidez.

—¡Cielo santo, no! —exclamó él—. Sería un crimen

cortar un pelo así —añadió, con ojos más expresivos de lo que era su intención al mirar con detenimiento el pelo rubio claro que le caía hasta la cintura por detrás.

—¡Oh!

—Diles que te enseñen a darle un poco de estilo. Algo que vaya a juego con el vestido de noche. Y compra maquillaje si no tienes.

—Tengo colorete y pintalabios. Nunca llevo nada más —contestó ella—. No me gusta maquillarme mucho.

Él apretó los labios y le brillaron los ojos.

—El maquillaje tampoco gusta a los hombres.

—¿No les gusta?

—A mí no me queda nada bien el pintalabios.

Merrie se sonrojó hasta la raíz del pelo. No encontró nada que decir, así que se volvió y salió corriendo.

Ren se quedó mirándola con expresión confusa. Era increíblemente tímida. Y no parecía que estuviera actuando.

Pensó en ello cuando volvía fuera. ¿De verdad podía ser tan inocente? Su padre había sido muy protector, mejor dicho paranoico. No ha habían dejado estar cerca de hombres. Le habían pegado con un cinturón por intentar salir con un chico. Eso era lo que había dicho. Pero era la chica de Randall. Eso no encajaba.

Randall era un hombre encantador y Ren lo quería de verdad. Pero era un mujeriego que cambiaba de chica tanto como de calcetines. Se acostaba con ellas hasta que se acababa la novedad y luego volvía a la caza.

Meredith, sin embargo, no tenía aspecto de mujer sofisticada. Tampoco se comportaba como tal. Su actitud podía ser una actuación, pero llevaba la cruz y se negaba a quitársela aunque sabía que a él no le gustaba. Una mujer que era religiosa tendría una moral de acero y principios a juego.

Ren volvió al trabajo y se sacó a Meredith de la cabeza mientras organizaba a los hombres y salían para los pastos periféricos.

Merrie se sentía abrumada.

—Quiere llevarme a una fiesta —le dio a Delsey, con un entusiasmo apenas contenido—. Quiere que vayas mañana conmigo a la ciudad y compremos un vestido.

Delsey movió la cabeza.

—No me lo esperaba —se echó a reír—. Desde que Angie lo engañó, no ha salido con ninguna otra mujer.

—No habla de ella, ¿verdad?

Delsey negó con la cabeza. Estaba trabajando en la cocina.

—Ella le hizo mucho daño. Nunca ha sido un *playboy,* no es como Randall. Es profundo e introvertido. Aunque no es ningún santo —dijo con una carcajada—. Todavía se cuentan historias de cuando era joven y empezaba a tener dinero. Pero incluso entonces era selectivo. Y quiere llevarte a una fiesta.

—Tienes que ayudarme a encontrar el vestido apropiado. No quiero que se avergüence de mí.

—Tesoro, tú no eres la clase de mujer que avergüenza a los hombres. Eres muy guapa, pero lo que importa de verdad es lo que llevas dentro. Tienes un corazón bondadoso y eso es algo raro en este mundo.

Merrie sonrió.

—Gracias.

—Encontraremos un vestido hermoso que no sea provocativo.

—Eso es justo lo que quiero.

—Y un abrigo de invierno.

Merrie hizo una mueca.

—Será un desperdicio. No lo usaré en Texas.

—No vas a volver todavía, ¿verdad?

Eso recordó a Merrie la razón por la que estaba allí, y la puso nerviosa.

—No. Todavía no —confesó

—Entonces lo usarás bastante —contestó Delsey con una sonrisa—. Ahora ayúdame con la ensalada. Ren estará muerto de hambre cuando llegue esta noche.

—Antes he pensado que se pondría furioso conmigo —comentó Merrie con aire ausente—. Me he perdido en el bosque —se echó a reír—. He oído aullar a un lobo y Ren y sus hombres no estaban a la vista. Se habían ido a ver a un animal enfermo. Y yo, como una idiota, he salido huyendo del aullido del lobo y me he perdido. Pero Ren me ha encontrado. Nunca en mi vida me había sentido tan aliviada. Y ni siquiera me ha gritado.

Delsey observaba su animado rostro y sacaba conclusiones. Ren le habría gritado a casi cualquier mujer que hubiera hecho algo tan estúpido. Pero no se había enfadado con Merrie. Ren nunca mostraba mucha emoción. Sin embargo, Delsey habría apostado dinero a que sentía algo nuevo con su invitada.

Lo único que le preocupaba era que él creía que Merrie era novia de Randall y ese modo de pensar podía tener consecuencias si Ren se dejaba llevar por sus sentimientos. Si creía que Merrie era como otras chicas de Randall, las que intentaban ligar con él y la trataba como a una de ellas...

Pero seguramente vería lo inocente que era. Hasta ella, Delsey, podía verlo. No, Ren no haría nada que molestara a esa chica. Lo habían educado para ser un caballero y, por mucho que lo hubiera influido la educación que había recibido en la universidad de prestigio a la que había asistido, trataría a Merrie como la señorita que era. Estaba segura de eso. Merrie estaba encantada. Había tenido una cita con el hombre más atractivo que había conocido y, al igual que Cenicienta, iba a ir al baile. Tendría un vestido elegante y Ren y ella bailarían juntos.

6

Merrie miró por la ventana la nieve, tan blanca que iluminaba el cielo nocturno. Ren estaba allí fuera, en alguna parte, con sus hombres, inspeccionando el ganado. El rancho era enorme. Delsey le había enseñado un mapa de toda la zona. Había mucho ganado de pura raza y tenían que vigilarlo atentamente en el frío y la nieve.

Confiaba en que Ren estuviera abrigado y no recayera de la bronquitis. Al menos tenía a Delsey para cuidarlo.

¡Era tan atractivo! Merrie pensaba que nunca se cansaría de mirarlo. Recordó el poema que había recitado y la reacción de él y se sonrojó aún más. Bueno, era muy atractivo, eso era evidente.

Se preguntó si tendría un motivo oculto para pedirle que fuera a la fiesta con él. Aquella mujer, Angie, asistiría también. Él no quería ir solo, sobre todo después de las cosas terribles que su exprometida había dicho de él. Su orgullo no se lo permitía.

Por otra parte, Merrie se aseguraría de que aquella estúpida mujer no volviera a hacerle daño. Lo protegería, tuviera o no ese derecho.

***

Estaba segura de que, después de haberse perdido y de la alarma que eso había provocado, Ren no volvería a querer sacarla por el rancho, pero a la mañana siguiente se aseguró de que Delsey la llevara a la ciudad a comprar un abrigo más cálido y botas. Y, por supuesto, el vestido de noche del que habían hablado. Le resultó extraño que él hubiera dicho que pediría a Tubbs que las llevara y al final acabaran yendo ellas solas.

—Él no tiene que comprarme nada —protestó, cuando iban en uno de los 4x4 del rancho en dirección a Catelow.

Delsey soltó una risita.

—No, no tiene. Pero es su dinero, ¿verdad? Déjale que lo gaste si quiere —miró a su acompañante—. Hacía mucho que a Ren no le preocupaba el bienestar de una mujer.

—¿Amaba a esa mujer, a la que lo engañó? —preguntó Merrie con voz queda.

—Él creía que sí —repuso Delsey—. Pero no era amor. Le compraba cosas porque ella se las pedía y lo manipuló hasta que estaba desesperado por tenerla. Eso no es lo mismo que hace ahora —volvió la cabeza hacia Merrie—. Está preocupada por ti, quiere que estés abrigada y segura. Jamás se le habría ocurrido sentirse protector con Angie.

—¡Oh! —Merrie estaba nerviosa y se removió en el asiento—. Es un hombre muy masculino —dijo—. Me siento segura cuando estoy con él. Pero a él también hay que cuidarlo —añadió con suavidad—. No se ocupa de sí mismo.

Delsey no dijo nada. Su expresión lo decía todo, pero se cuidó de que Merrie no la viera. Los dos eran cuidadores, si daban con el compañero adecuado.

Delsey estaba segura de que el futuro les depararía momentos más felices, pero no iba a comentar nada para no arriesgarse a que la chica se distanciara de ella.

—¿Falta mucho? —preguntó Merrie. Viajaban todavía entre pinos.

—Está ahí delante —contestó Delsey.

Y efectivamente, apareció Catelow, cubierto de nieve, con el mismo aire de cualquier otra ciudad pequeña en cualquier otro estado del norte del país. Excepto que en la distancia había enormes montañas puntiagudas cubiertas de nieve. Eran el marco perfecto. Había casas esparcidas por las laderas y una iglesia hermosa, con una torre alta, que encajaba muy bien con el entorno.

—La iglesia es hermosa —comentó Merrie.

—¿Verdad que sí? —asintió Delsey—. Es la iglesia metodista. Yo iba allí a menudo cuando me casé y vine aquí. Los padres del señor Ren iban allí con él cuando era pequeño —hizo una mueca—. Esa universidad tan cara lo estropeó —murmuró—. Cuando salió de allí, ya no sabía quién era.

—A veces ocurre eso —musitó Merrie—. Pero a mi hermana no le pasó —sonrió—. Sari tenía ideas y creencias que nada podía alterar. Hemos ido a la iglesia metodista desde pequeñas. Cuando se reían de Sari en la universidad, ella les decía lo que pensaba. Y, aunque no estuvieran de acuerdo con ella, la respetaban por defender aquello en lo que creía.

—Ese tipo de valores son raros hoy en día —comentó Delsey con tristeza.

—¿Aquí hacen desfiles navideños?

Delsey soltó una risita.

—Catelow no ha cambiado gran cosa en los últimos cien años y no creo que cambie nunca. Sí, tenemos desfiles. Tenemos decoraciones. Tenemos árboles de Navidad por todas partes y Papá Noel va todos los diciembres a los grandes almacenes de la zona a ver a los niños.

—Pues entonces es muy parecido a donde yo vivo —dijo Merrie—. Vivimos en Comanche Wells, un lugar muy pequeño. Pero Jacobsville, que está cerca, es la capital del condado y todos los años tenemos decoraciones hermosas por Navidad. Desfiles, fiestas y villancicos. En las partes más antiguas de la ciudad, hay gente que se viste como en la época de Charles Dickens y van turistas a verlos. Hay decoraciones en las calles. Es mágico —suspiró—. En casa ponemos todos los años un árbol de más de tres metros de alto.

Sonrió.

—Mi padre nunca estaba en casa por Navidad, así que podíamos celebrarla. Mandy hacía que los vaqueros trajeran un árbol y lo decorábamos y nos hacíamos pequeños regalos entre nosotras. Yo aprendí a tejer para tener cosas que regalar —frunció el ceño—. Mi padre no nos permitía tener una paga ni tampoco nos dejaba trabajar media jornada para ganar dinero.

—Tu padre no era un buen hombre.

—Era horrible —confesó Merrie—. ¡Ojalá hubiéramos tenido un padre como los de otras niñas! Un padre que nos quisiera y quisiera hacer cosas con nosotras —apoyó la cabeza en el respaldo del asiento—. Cuando se murió, lo sentimos, pero fue como si saliéramos de la cárcel.

—Siento mucho que fuera tan duro para ti.

Merrie sonrió.

—Eres una persona maravillosa, Delsey —dijo con sinceridad.

***

Jolpe's parecía estar fuera de lugar en aquella pequeña ciudad del Oeste. Habría encajado más en Beverly Hills o en Manhattan. Parecía dirigido a clientes ricos, porque allí se podían comprar desde diamantes hasta vestidos de noche o lo último para esquiar.

Merrie, que solo había estado en grandes almacenes de tipo medio en San Antonio, y eso después de la muerte de su padre, quedó fascinada.

—Abrigos —comentó Delsey. Sonrió—. Tú elige el que más te guste, querida. Tengo la tarjeta negra de Ren en el bolsillo.

—Sois muy amables, pero mis cosas las pagaré yo —repuso Merrie con suavidad.

—Hija...

Merrie le dio una palmadita en el hombro.

—Compraré algo bonito, lo prometo.

Delsey suspiró.

—Él me va a matar.

Merrie soltó una carcajada.

—No lo hará.

Delsey parecía preocupada. Pero cedió.

—Está bien. Yo voy ahí al lado, a la cafetería.

—Iré a buscarte cuando termine.

Delsey dudó un momento, pero la determinación que vio en el rostro de Merrie hizo que se rindiera. Sonrió y aceptó la derrota.

Merrie encontró un precioso abrigo de lana negro con cuello de visón. Le sentaba bien a su belleza rubia y le daba una sofisticación que nunca había tenido. Le encantó en cuanto lo vio. No era lo más indicado para un rancho, pero combinaría bien con un vestido de noche. Hasta la vendedora dijo lo mismo. Lo compró y después compró también un abrigo de piel de borrego similar al de Ren para usarlo cuando montara.

A continuación entró en el departamento de vestidos de noche, donde una mujer más mayor le preguntó amablemente si necesitaba ayuda.

—Sí —respondió Merrie—. Tengo cicatrices en la espalda y necesito un vestido de noche que las oculte.

La dependienta la miró comprensiva.

—Permítame mostrarle lo que tenemos —musitó—. Tengo un vestido un poco extraño. Nadie se ha interesado por él porque no es un vestido de noche tradicional —miró fijamente a Merrie y sonrió—. Pero creo que le irá perfectamente. Vamos a ver.

Era un vestido de estilo asiático, probablemente el más caro de la tienda. Era rojo cereza con alamares negros que subían hasta el cuello alto. La falda tenía ranuras discretas a ambos lados y caía hasta los tobillos. Era un vestido exótico y, contra todo pronóstico, le sentaba bien.

Merrie se miró al espejo y se sintió como una princesa de cuento de hadas. Casi soltó un grito al ver cómo cambiaba su imagen con aquel vestido.

Cuando salió del probador, la vendedora la miró fascinada.

—Sí —dijo, asintiendo—. Ya pensaba yo que le sentaría bien —sonrió—. Querida, con eso será la comidilla del pueblo. Pero es el modelo más caro que vendemos —añadió con preocupación, porque había visto a Merrie vestida con ropa barata.

Esta sonrió.

—Le puedo asegurar que no hay nada en la tienda que no pueda permitirme, no se preocupe.

—Discúlpeme, por favor —comentó la dependienta.

—No es necesario. Yo todavía no me he acostumbrado a tener dinero —Merrie rio suavemente y la risa arrancó brillos a sus ojos y la hizo parecer hermosa—. Me lo llevo —añadió.

La dependienta sonrió de oreja a oreja.

Merrie pagó los abrigos y el vestido con su tarjeta visa oro. Añadió unas botas de diseño, vaqueros y jerséis nuevos. Estaba más eufórica que en muchos años. Se moría de ganas de que Ren la viera con aquel vestido. Ni siquiera se lo enseñaría a Delsey hasta la noche de la fiesta. Quería sorprenderlos a todos y se sentía de maravilla.

Cuando volvían al rancho en el coche, sintió una punzada de miedo. Había usado su tarjeta de crédito. ¿Y si el hombre que la perseguía investigaba esas cosas? ¿Y si podía encontrar su rastro mediante su tarjeta de crédito o sus compras en Amazon?

Se sintió enferma de pronto. Tendría que haber sido más cuidadosa. Ren sabía por qué estaba allí, pero Delsey no.

La miró preocupada. Se había encariñado con ella en el tiempo que llevaba en el rancho y no quería que le pasara nada.

Delsey interpretó mal su mirada.

—Te has comprado algo bonito para la fiesta, ¿no? —preguntó, preocupada.

—He comprado un vestido hermoso. No temas, tengo dinero propio, lo heredé de mi madre. El vestido y los abrigos los he pagado con eso.

—¿Abrigos? ¿En plural?

—He comprado dos —confesó Merrie con timidez—.Uno para ponérmelo cuando salgo a montar con Ren y el otro para llevarlo con mi precioso vestido nuevo.

—Está bien.

Delsey sonrió, pero estaba preocupada. Se preguntó si su invitada sabía mucho de la alta sociedad y del modo desconsiderado en que podían actuar las mujeres de esos círculos con las mujeres que no sabían vestir bien o que llevaban ropa barata. Si Merrie aparecía con un vestido barato, se la comerían viva y Ren la culparía a ella por no haber insistido en acompañarla y pagar sus compras.

Por otra parte, Merrie era una artista, así que quizá sí supiera vestir bien para fiestas elegantes. Desde luego, Delsey confiaba en que así fuera.

Cuando llegaron a casa, ayudó a Merrie a llevar las bolsas arriba. Había varias.

—Gracias.

—De nada. Ahora tengo que ir abajo y empezar a asar el jamón —Delsey se echó a reír—. A Ren le encanta. Le pedí a Tubbs que me comprara uno ayer en la tienda. Voy a preparar patatas gratinadas y espárragos para acompañarlo. Y una tarta de chocolate de postre.

—Ya me gruñe el estómago solo de pensarlo —se entusiasmó Merrie.

—No llegues tarde a la cena —le recomendó Delsey.

—No lo haré, te lo prometo.

Merrie colgó su hermoso vestido y los dos abrigos que había comprado. Seguía preocupada por su perseguidor.

Tomó uno de sus teléfonos de prepago y llamó a Sari, quien contestó al tercer timbrazo.

—Soy yo —dijo Merrie.

—¡Ah, querida! Estaba muy preocupada. No has llamado ni has escrito. ¿Es muy duro estar allí?

—No, no, está bien —Merrie se echó a reír—. Tenía miedo de usar el teléfono, por eso no he llamado. ¿Ha ocurrido algo?

—No tenemos ni la menor idea de dónde está

el asesino —contestó Sari con tristeza—. Pero Paul está trabajando horas extra para intentar localizarlo. Y Eb Scott lo mismo.

—Creo que he hecho una estupidez.

—¿Cuál?

—He utilizado mi tarjeta de crédito en Catelow —explicó Merrie—. Hay una fiesta, Ren quiere que vaya con él y yo no tenía ningún vestido...

—¿Te va a llevar a una fiesta? —preguntó Sari—. ¿De verdad?

—No es una cita —explicó Merrie—. Randall no le contó por qué estoy aquí en realidad, así que lo hice yo. Me dijo que aquí estoy más segura que en ninguna otra parte. Es un hombre duro, pero también agradable... —vaciló—. En cualquier caso, he usado la tarjeta de crédito. ¿He metido la pata?

—Estoy casi segura de que ese hombre no sabe dónde estás. Pero, por si acaso, se lo diré a Paul, ¿de acuerdo?

—Y también compré unas cosas en Amazon —añadió Merrie, avergonzada—. Necesitaba pinturas y lienzos y sabía que no podías enviármelos tú sin revelar mi dirección.

—No creo que importe mucho. Tenemos otro aliado que nos está ayudando a buscar al asesino a sueldo.

—¿Ah, sí? ¿Quién?

Sari se echó a reír.

—Jamás lo adivinarías.

—Dímelo.

—Mikey, el primo de Paul.

—¿El jefe de la mafia? ¿En serio?

—En serio. Al parecer, tiene un corazón blando y aprecia a Paul. Dijo que haría algunas investigaciones por su lado y vería lo que podía encontrar.

—¡Caray! Ahora me siento muy especial.

—Debes de ser muy especial para gustarle al hombre de hielo de Wyoming —se burló Sari.

—No es malo. Simplemente lo han herido. Los animales heridos atacan.

—Tú sabes ver en lo profundo de la gente, cariño —musitó Sari con suavidad—. Siempre lo has sabido. Te echo mucho de menos. No nos hemos separado casi nunca.

—Lo sé. Yo también os echo de menos a Paul y a ti —Merrie suspiró—. Supongo que no puedo volver a casa pronto, ¿eh?

—Sí podrías, ya lo sabes. Todavía tenemos aquí a los vengadorers —comentó Sari, en alusión a Rogers y a Barton—. Pero de momento estás más segura en Wyoming.

—Supongo que sí. Estoy pintando mucho. Ya he hecho dos cuadros.

—¿Sí? ¿De qué?

—Un caballo al que maltrató un vaquero. Atacaba a los hombres que se acercaban a él, pero a mí me lo permitió.

—Esa eres tú —comentó Sari con gentileza—. Los animales salvajes siempre se acercan a ti, hasta los pájaros. ¿Y el otro cuadro?

—He pintado a Ren.

—¡Ah!

Merrie se ruborizó y se alegró de que su hermana no pudiera verla.

—No es nada de eso —protestó—. Lo juro. Ha sido amable conmigo... más o menos.

—¡Ah!

—¿Quieres dejar de decir eso?

Sari rio con suavidad.

—Está bien. Oye, te dimos seis teléfonos de usar y tirar. ¿No puedes llamar más a menudo? Podemos permitirnos comprar muchos, ¿sabes?

—De acuerdo. Te llamaré una vez por semana. ¿Qué te parece?

—Excelente. Y quiero que me hables de esa fiesta. ¿Cuándo es?

—Pronto, pero no sé cuándo exactamente. He comprado un vestido precioso. Es exótico y caro y con él parezco muy distinta.

—Recógete el pelo cuando te lo pongas —aconsejó Sari—. Eso te hará parecer sofisticada.

Merrie se echó a reír.

—No soy sofisticada, pero seguro que tienes razón. Tengo una horquilla de cuentas de cristal rojas en la maleta. Me la pondré. Hace juego con el vestido.

—Estarás preciosa. Hazte fotos.

—Claro que sí.

—Llámame otra vez pronto.

—Te lo prometo. Dales un abrazo a Paul y a Mandy de mi parte. Te quiero.

—Yo también te quiero, preciosa. Hablaremos pronto.

—Está bien. Adiós.

Merrie colgó el teléfono. Echaba de menos a su hermana. Lo más duro de todo había sido separarse de ella, porque siempre habían estado juntas. Le seguía preocupando el tema de la tarjeta de crédito y confiaba en que el asesino a sueldo no pudiera seguirle la pista. Por lo que había dicho Paul de él, parecía un hombre meticuloso. Averiguaría todo lo que pudiera de ella y de sus costumbres antes de atacar. Planearía su asesinato como una campaña bélica.

Jamás había pensado que pudiera ser blanco de algo así, ni siquiera cuando supo lo que hacía su padre para sacar dinero. No había pensado que alguien pudiera ir a por Sari o a por ella por causa de su padre. Pero así era. Timmy Leads había querido matarlas a las dos para hacerle daño a Darwin Grayling. Y no había sabido que Darwin ya estaba muerto cuando contrató a los asesinos a sueldo. Ni que creía que sus hijas no valían nada y solo las quería para sacar más dinero cuando las casara con millonarios.

Menos mal que habían capturado a Morris tan pronto. A este le habían pagado para matar a Sari y estaba ya entre rejas. Pero Leeds había contratado a alguien muy especial para Merrie porque era la más joven y creía que a su padre le dolería más perderla.

Poco sospechaba él que Darwin Grayling no quería a sus hijas. Las mantenía castas porque así podía venderlas al mejor postor para casarlas. A Merrie le dolía recordar que había intentado enviar a Sari a Oriente Medio para casarla con un príncipe que pagaría la defensa de Darwin por las acusaciones de blanqueo de dinero y asesinato. Su padre nunca las había querido. Solo había planeado usarlas para hacerse más rico.

Jamás entendería por qué para algunas personas era tan importante el dinero. Era agradable tener dinero para gastar y poder pagar las facturas. Pero, aparte de eso, ¿para qué servía? Desde luego, nadie podía llevárselo consigo a la tumba.

Eso le hizo recordar todo el dinero que tenía. No se lo había dicho a Ren y sabía que Randall tampoco lo había hecho. Ren creía que era pobre. Lo veía en sus ojos cuando miraba la ropa que llevaba. Probablemente pensaría que era una cazafortunas. Tal vez incluso creyera que había puesto sus miras en él.

Eso era preocupante. Sabía que Angie había sido amante de Randall pero había ido a por Ren al darse cuenta de que este era más rico que su hermano. Delsey había insinuado que Ren se divertía con las mujeres de Randall que iban a quedarse en el rancho. La mayoría eran sofisticadas y cosmopolitas y no les importaba convertirse en una diversión para el ranchero solitario.

Pero ella no era así. No sabía nada de hombres. ¿Ren sabría eso? ¿O la consideraba un blanco fácil porque creía que era una de las chicas de Randall?

Seguramente se habría dado cuenta de que ella no sabía gran cosa de hombres. ¿O no? Se dijo con firmeza que, si alguna vez intentaba ligar con ella, descubriría la verdad.

Ren la llevó consigo al día siguiente, hasta donde los hombres arreglaban un gran agujero en la valla que daba a la autopista. Seguía nevando, pero no tanto como el día que ella se había perdido.

Él cruzó los brazos sobre el cuerno de la silla de montar y le sonrió.

—Las vallas se rompen a menudo. Se caen árboles encima —señaló una rama de árbol grande que se había desprendido de un pino gigante y estaba atravesada sobre la valla—. A veces las rompe el ganado porque las embiste asustado. Otras veces se producen accidentes con el equipo pesado.

—¿Accidentes?

Él se caló el sombrero sobre los ojos.

—Tubbs es un desastre encima de un toro —comentó Ren con un suspiro—. Es genial domando caballos, pero no conduciendo equipo. Atravesó una valla conduciendo un toro y se llevó por delante los postes de ambos lados.

Merrie reprimió una carcajada.

—¡No me digas!

—Así que nos pasamos la mañana arreglando la valla y el toro —añadió él—. La valla y él acabaron en una laguna —hizo una mueca—. Los hombres batieron récords de maldiciones ese día.

—¿Tienes una laguna aquí? —preguntó ella, con ojos muy abiertos—. ¿Como las de las películas? ¿Con palmeras...? —se interrumpió al ver la mirada de él.

—Estas lagunas están llenas de desperdicios de ganado —aclaró él—. Fertilizante líquido.

Ella lo miró consternada.

—¿Y Tubbs metió un toro en una de ellas? ¡Pobre animal!

—¿Animal?

—Sí. Has dicho que era un toro, ¿no?

Ren alzó los ojos al cielo.

—¡Esta gente del este! —gruñó—. Un toro también es una pieza de maquinaria. Una carretilla elevadora o grúa horquilla, algo que usamos para levantar y transportar cargas.

—¡Ah, vaya! —exclamó ella—. Me parece que no entiendo mucho de ranchos.

—Pero vives en uno —señaló él.

—Sí, pero nunca nos permitieron ir donde trabajaban los hombres. Solo cuando íbamos a montar, y teníamos que ir acompañadas. Nos alejaban de todo lo relacionado con los caballos. Para verlos en los establos, teníamos que ir a hurtadillas.

Ren pensó que el padre de ella era un paranoico, pero no lo dijo.

Merrie lo miró a los ojos.

—Siempre me han gustado los caballos —confesó—. El adiestrador era muy amable. Cuando mi padre no estaba por allí, nos dejaba a Sari y a mí jugar con los potros. ¡Eran tan tiernos! Y las yeguas también. Pero los sementales... No, Huracán parece un corderito a su lado.

—¿Criabais caballos cuarto de milla?

Merrie vaciló un momento.

—Bueno, sí.

—Aquí también los tenemos y los entrenamos. Mejor dicho, a la mayoría los entrena Tubbs. Tiene dos vaqueros que le ayudan.

—¿Por eso tenéis tantos corrales redondos?

—Sí. No me gustan las esquinas —repuso él con una risita.

—¿Por qué?

—Un jinete inexperto puede verse atacado si se mete con un caballo en un rincón y no le deja una ruta de huida —explicó él—. La semana pasada un hombre recibió un mordisco por intentar meter a un caballo en uno de los compartimentos del establo para atraparlo —movió la cabeza—. Decidió que trabajar de *cowboy* era mucho más duro de lo que parecía y que prefería volver a conducir un camión.

Merrie rio con suavidad.

—Todos nuestros corrales tenían esquinas —comentó—. Pero nuestro adiestrador era fabuloso. Nunca lo cocearon ni lo mordieron, ni siquiera los sementales. Tenía una paciencia increíble con los animales —añadió con suavidad—. Decía que nunca le puedes enseñar nada a un caballo golpeándolo con el látigo ni usando las espuelas.

—Tiene razón. Nosotros utilizamos métodos gentiles con todos nuestros caballos —la expresión de Ren se endureció—. Excepto con Huracán. Tendría que haberle dado más fuerte a ese hombre antes de despedirlo.

—Huracán se está curando —comentó ella—. Y, ahora que ya puede entrar la veterinaria sola con él, no tengo que ayudarla.

Él enarcó una ceja.

Merrie se ruborizó.

—Me acerqué un par de veces allí a ver cómo

le iba. No lo sabe nadie —añadió con rapidez para proteger a Grandy, que la había dejado entrar.

Ren la miró con sorna.

—Grandy lo sabía, Meredith —dijo.

Ella frunció el ceño, aunque el corazón le dio un vuelco al oírle pronunciar su nombre con aquel todo suave y profundo.

—No importa —siguió él con un suspiro de resignación—. Ya acordamos que intentar refrenar a los artistas es como intentar criar rebaños de gatos. Pero ten cuidado —añadió—. Cualquier animal puede ser peligroso. Sobre todo los caballos. Se pueden asustar de las cosas más extrañas. Un papel que cruja, una bolsa de plástico que pase volando cerca, un sonido alto...

—Lo sé —contestó ella—. Tuvimos un caballo que se soltó del adiestrador y llegó hasta la cocina porque explotó el motor de un coche en la autopista —añadió riendo—. Menos mal que era solo un potro. Pero Mandy tuvo que hacer que cambiaran el suelo de la cocina. Nunca se lo dijimos a mi padre —reprimió un estremecimiento—. Habría hecho matar al potro.

—¿Qué?

Merrie hizo una mueca.

—Tenía un temperamento violento. Si un caballo le parecía peligroso, o si se acercaba mucho y lo consideraba una amenaza... —ella se interrumpió y se apretó el abrigo en torno al cuerpo en un esfuerzo por borrar los recuerdos.

—Tu padre tenía problemas mentales —declaró Ren.

—Sí —repuso ella con tristeza—. Estaba desequilibrado y no lo sabíamos. La autopsia reveló una lesión en el cerebro. El forense dijo que lo había matado el abuso de drogas, que su corazón había acabado por ceder —lo miró a los ojos—. Sari y yo ni siquiera hemos probado la marihuana, pero nuestro padre era adicto a la heroína. Dicen que ese hábito le costaba miles de dólares al día. Esa es una de las razones por las que hacía... cosas ilegales para sacar dinero.

Ren inhaló hondo, con irritación.

—Aquí no toleramos el uso de drogas —dijo—. Una vez contratamos a un vaquero que era adicto y lo pillamos consumiendo. Le dimos a elegir entre rehabilitación o la cárcel y eligió la rehabilitación.

—¿Y qué fue de él?

Ren sonrió.

—Se convirtió en el mejor capataz de ganado que hemos tenido. Ahora vigila a los empleados más jóvenes.

—Te portaste muy bien con él.

—No soy un mal hombre —contestó Ren. La miró y enarcó las cejas—. Recuérdalo.

—De acuerdo.

A él le brillaban los ojos. A Merrie también. Ren alzó la vista.

—Será mejor que nos pongamos en marcha si quieres que te enseñe las cabañas de los pastos.

—¡Sí, vamos! —exclamó ella.

Su entusiasmo arrancó una carcajada a Ren.

—¿Cosas nuevas emocionantes que ver y explorar? —se burló.

—Aquí todo es nuevo —contestó ella, avanzando a su lado—. ¡Es tan... grande! —miró a su alrededor—. ¿Te imaginas lo que sentirían los primeros colonos cuando vieran las montañas y los valles interminables? En especial si los vieron en el invierno, con la nieve cubriéndolos como una manta suave.

—Es hermoso —asintió él—. La gente viene a vivir aquí para poder respirar. Puedes recorrer kilómetros sin ver a una sola persona. A los pastos exteriores acuden antílopes, búfalos y alces. Hasta algún oso de vez en cuando. Para un cazador es un paraíso.

—A mí no me gustaría dispararle a nada —murmuró ella.

Ren soltó una risita.

—Yo pienso igual. Damos algunas licencias de caza, pero solo cuando la población de ciervos se dispara a pesar de los depredadores. No me importa un buen estofado de venado, pero nunca he matado por matar.

Merrie estaba de acuerdo con eso. Su anfitrión tenía un exterior duro, pero un interior blando. Cuantas más cosas descubría de él, más le gustaba. El hombre frío de los primeros días había quedado eclipsado por aquel hombre amable e interesante que se iba abriendo camino hacia su corazón.

Las cabañas se hallaban separadas entre sí. Cada una estaba en una zona donde había ganado, de modo que siempre había alguien mirando, protegiendo, asegurándose de que los rebaños estuvieran sanos y fuera de peligro. Aprendió que Ren tenía un capataz para el ganado y otro hombre que solo vigilaba los toros de pura raza. Había un herrero que herraba a los caballos, otro hombre que adiestraba caballos para la remuda, uno que se ocupaba del mantenimiento de todos los remolques de caballos y de ganado. La operación en su conjunto era una gran responsabilidad.

—Una vez tuvimos una vaquilla que metió una pata en una valla y se quedó atascada —comentó él—. Si Lucky, el que está en esa cabaña, no hubiera andado por aquí, habría muerto congelada. Otra se puso de parto y hubo que sacarle al ternero. Y a otra la atacó un lobo.

—¿Qué hacéis con los lobos? —preguntó ella—. Tengo entendido que no se pueden matar.

—Llamamos al Servicio de Vida Salvaje del Departamento de Agricultura. Ellos sí matan lobos si se demuestra que es necesario. Pero yo intento vivir con ellos. Son majestuosos, parte de la naturaleza. Los espantamos si podemos. Si eso no resulta y empezamos a perder mucho ganado, tenemos que llamar a las autoridades.

—Eso es muy triste —Merrie miró el cielo y lanzó un respingo—. ¡Un cuervo!

Ren alzó la vista.

—Sí, de esos tenemos muchos. Son carroñeros. Cumplen un propósito, como los lobos, que mantienen a raya la población de conejos.

Merrie lo miró.

—Está allí —señaló con el dedo—. ¿Podemos ir a verlo?

Ren se sumergió de tal manera en sus hermosos ojos claros que casi olvidó lo que le había preguntado.

—Por supuesto —dijo—. Pero saldrá volando en cuanto nos acerquemos.

—No importa. Solo quiero verlo más de cerca.

Él giró el caballo y emprendió la marcha. El cuervo se había posado en una roca. Alzó la cabeza, los vio y empezó a moverse.

—Por favor, no te vayas —musitó Merrie. Se bajó del caballo y se acercó un poco más—. Eres muy hermoso —ronroneó.

El cuervo parecía igual de fascinado con ella. Se acercó un paso más y se quedó inmóvil mirándola.

Ella se detuvo cuando lo tenía justo al alcance de la mano, captando con sus ojos de artista todas las líneas y curvas del animal.

—Te voy a pintar, pájaro bonito —le dijo sonriendo—. Eres majestuoso.

El pájaro emitió un ruido estridente, agitó las alas y salió volando. Dio un par de vueltas en círculo sobre ellos y luego se alejó.

—Eso ha sido memorable —comentó Ren, acercándose—. Nunca había visto a un cuervo permitir que una persona se le acercara tanto.

—Me encantan los pájaros —contestó ella. Volvió a montar—. Me gusta pintarlos. Aunque donde yo vivo no tenemos cuervos, solo cuervos cornejos, los que son poco más grandes que las palomas. Pero son muy parecidos.

—Cierto.

—¿Crees que podré ver al lobo alguna vez? —preguntó ella de pronto, recordando el que Willis, el capataz, tenía como mascota en una de las cabañas.

Ren soltó una risita.

—Está bien. Ven conmigo.

7

El lobo se llamaba Snowpaw. Era grande y plateado y tenía ojos amarillos. Pero le faltaba una pata.

—¡Oh, pobrecito! —musitó ella.

Willis, el alto y delgaducho capataz del rancho, sonrió con tristeza.

—Teníamos un vecino al que le gustaba poner cepos para osos en el bosque. Son artilugios terribles que mutilan a los animales antes de matarlos y no se limitan a los osos. Cualquier animal puede caer en esas trampas. A Snowpaw le pasó eso. Yo lo liberé, pero era imposible soltarlo, así que pedí una licencia como rehabilitador de vida salvaje y me dejaron quedarme con él. En mi tiempo libre lo llevo a colegios para enseñar a los niños que los lobos no son los animales agresivos y despiadados que se dice a veces.

—Es precioso —dijo ella con gentileza. Se inclinó hacia delante en la silla.

Snowpaw ladeó la cabeza y la observó un momento. Luego se levantó, se acercó y le puso la cabeza en el regazo.

—Eres un encanto —le dijo ella. Pasó los dedos por la piel entre las orejas del animal.

Ren y Willis la miraban con la boca abierta.

—¿Qué? —preguntó ella, sin dejar de acariciar al lobo.

—Mi novia vino a verme y él se sentó en el rincón y no dejó de gruñirle en ningún momento —contestó Willis—. Hasta le gruñó a mi madre.

—Un cuervo se ha sentado en una roca al alcance de su mano y le ha dejado mirarlo —comentó Ren, con una nota de orgullo en la voz. Sonrió a Merrie—. Y ya sabes lo de Huracán.

Ella se sonrojó. Desconocía que los demás vaqueros estuvieran al corriente de lo que había pasado con el caballo maltratado.

—Todos lo sabemos —Willis soltó una risita. Sus ojos oscuros sonreían a Merrie—. Usted ya es una leyenda, señorita.

Ella se sonrojó todavía más.

—Simplemente me gustan los animales —comentó.

—Deberías ver el retrato que ha hecho de Huracán —intervino Ren—. Es una artista de primera.

—¿Podría dibujar a Snowpaw para mí? —preguntó Willis, impresionado—. Solo un boceto. Se lo pagaré.

—No cobro por mi trabajo —repuso ella, sonriente—. Y me encantaría hacerlo. Es magnífico —añadió. Frotó su frente en la cabeza del lobo y este se acercó más.

Ren movió la cabeza. Pero sonreía. Y había algo en sus ojos negros, algo nuevo, que hizo que a Merrie se le acelerara el corazón, aunque no conseguía identificar lo que era.

En el camino de vuelta al rancho, Ren se paró en una verja y frunció el ceño. Se bajó del caballo y revisó la cámara que había en un poste al lado de la verja. Sacó su teléfono móvil.

—Willis. ¿Ha venido hoy alguien a inspeccionar las cámaras? ¿No? La cámara de la verja que mira hacia la cabaña está torcida. A mí me da la impresión de que la han manejado con brusquedad. Díselo a J.C. y pídele que baje a verla, ¿quieres? Ya lo sé, puede haber sido un pájaro grande o un golpe de viento. Solo quiero asegurarme. Gracias.

Colgó el teléfono y lo devolvió a su cinturón.

—Tú no crees que la haya alterado alguien, ¿verdad? —preguntó Merrie, preocupada.

—Es improbable que un intruso llegue tan lejos —él soltó una risita y volvió a subir a la silla—. En la casa estamos a casi diez kilómetros de la autopista. Desde aquí hay medio kilómetro más.

Ella lo miró.

—No quiero poneros en peligro a Delsey y a ti. Puedo irme.

Ren la miró por encima del cuerno de la silla de montar. La silla crujió al moverse él. Nadie se había preocupado nunca por su seguridad, aparte de Delsey. Le sorprendía lo mucho que eso le gustaba. Angie jamás había fingido que le importara lo que pudiera ocurrirle a él.

—Tengo una vigilancia excelente —comentó—. Y algunos de los exmercenarios más duros del país. Aquí estás a salvo y nosotros también. ¿De acuerdo?

Merrie respiró hondo.

—De acuerdo.

Él echó a andar y ella se puso a su lado.

—Randall debería haberte dicho por qué vine aquí —comentó.

Ren se encogió de hombros.

—Sabía que estarías segura. Solo me dijo que tenías un acosador y necesitabas un lugar para librarte de él.

—Imagínate a alguien contratando asesinos a sueldo para matar a dos mujeres porque quiere vengarse de su padre. Todavía me cuesta creerlo.

Ren cabalgaba en silencio.

—¿Crees que Sari y yo podemos acabar siendo como nuestro padre? —preguntó ella con preocupación—. Es decir, yo nunca le he hecho daño ni a una mosca. Las cazo y las saco fuera...

—¿Sabías que los caballos conocen muy bien a la gente? —la interrumpió él—. Huracán atacó a uno de mis hombres y no dejaba que lo tocáramos nadie, pero te dejó curarle los cortes. Si hubiera algo malvado en ti, ¿crees que habría reaccionado de ese modo contigo?

Merrie inhaló profundamente.

—Supongo que no. Pero me preocupa.

—¿Qué sabes del asesino?

—Paul, mi cuñado, dice que es único en ese trabajo. Lleva mucho tiempo haciéndolo y se ha creado una reputación. Ha conseguido no ir a la cárcel sobornando o incluso matando a testigos de sus crímenes. Paul dijo que tiene tanta seguridad, que lleva una ropa extravagante y también un anillo que ayudaría a cualquiera a identificarlo —ella se estremeció—. Dicen que nunca falla.

La idea de que entrara una bala en el cuerpo de aquella mujer amable y gentil le contrajo el corazón a Ren. Ella era única. Nunca había conocido a nadie igual. Evocaba en él instintos protectores que no había sentido jamás.

—Aquí no te alcanzará —le dijo—. Te lo prometo.

Merrie consiguió sonreír.

—Gracias.

—¿Tienes frío?

—No. Me encanta este abrigo. Es muy cálido.

A Ren le extrañó que no le diera las gracias por el abrigo, pues siempre era muy educada. Quizá se había acostumbrado a esperar cosas de los hombres. Era muy guapa. Y él sintió despertarse viejas dudas. Podía ser amable y gentil y ser también como Angie. La gente tenía cualidades buenas y malas. Quizá ella no pensara que estuviera mal utilizar a los hombres.

Recelaba de ella. Parecía sincera, pero no estaba seguro de que todo aquello no fuera una actuación. Angie había sido tierna al principio, se había abrazado a él como una gatita y había fingido ser justo lo que él necesitaba.

Aunque no era inocente ni había intentado nunca dar esa impresión. Había estado dispuesta a lo que él quisiera desde el día en que se conocieron. Era la chica de Randall, pero lo deseaba a él porque era más rico.

Su rostro se endureció. A las mujeres les gustaba su dinero. Estaba harto de los halagos, de las miradas coquetas, de las invitaciones mudas. Lo habían perseguido durante años, en su mayoría mujeres a las que su hermano invitaba al rancho.

Aquella parecía distinta. Pero seguía siendo la chica de Randall. Ren odiaba eso. Nunca antes había pensado en ser el único hombre en la vida de una mujer, pero, a medida que se hacía más mayor, descubría que la mayoría de las mujeres lo dejaban frío. Había trabajado mucho y había creado una especie de imperio en el rancho, pero, cuando muriera, todo iría a parar a Randall. Y este lo pondría a la venta antes de que el ataúd estuviera bajo tierra. De eso estaba seguro, Su hermano no tenía el vínculo con el rancho que tenía él.

La voz de ella lo sacó de sus sombríos pensamientos.

—Estás muy callado.

—Pensaba en el rancho.

—Delsey me ha hablado de él. Es enorme. No veo cómo puedes tener hombres suficientes para trabajar con tantas cabezas de ganado ni para hacer todo lo que tenéis que hacer en invierno para evitar que los animales se congelen.

Ren la miró y sonrió.

—¿Has visto otro DVD? —preguntó—. ¿El que hicimos del invierno en el rancho?

—¿Hay uno? —quiso saber ella, interesada—. No lo he visto.

—Te lo buscaré cuando lleguemos a casa —él se echó a reír—. Muestra todo el trabajo duro que hacemos para prepararnos para las ventas de producción en la primavera.

—¿Qué es una venta de producción?

—Un gran dolor de cabeza.

Merrie soltó una carcajada.

—No. En serio.

—Es cuando vendemos algunos de los sementales de nuestros rebaños. Los anunciamos en revistas ganaderas, en Internet, en periódicos comerciales y lugares así. Entonces empieza a llegar gente al rancho y servimos barbacoas y alubias y llevamos a los compradores a los establos —soltó una risita—. Hacemos grandes negocios, pero creo que la comida tiene algo que ver con eso. Tubbs es un *master chef*. Cocina para la venta.

—¿Tubbs? —preguntó ella—. ¿El vaquero de Shakespeare?

Ren soltó una carcajada estentórea.

—Creo que tendré que hablarle de este apodo nuevo —se burló. Sonrió cuando ella se sonrojó—. Sí, él. Cuando tiene tiempo, actúa en obras de por aquí. Pero no hay mucho tiempo libre.

—Ya me he dado cuenta. Es un trabajo duro.

—Lo es. Pero me encanta —repuso Ren.

Paró su caballo y miró a su alrededor, la tierra que se perdía en el horizonte, donde las cimas afiladas de la cordillera Teton apenas resultaban visibles. Había corrales redondos por toda la zona de graneros y en muchos de los pastos. Estaban vallados, pintados y bien cuidados.

—Es un rancho elegante —comentó ella.

—Gracias. Pero lo que amo son los animales. Me gusta cuidarlos.

Ella sonrió.

—Yo también amo a los animales. No nos permitieron tener ninguno de pequeñas. Sari dice que piensa tener un perro grande y que vivirá dentro de la casa. Paul le contestó que él tenía un amigo que conocía recetas de perro.

Ren soltó una risita.

—No lo haría, ¿verdad?

—No. Ama a Sari. Si ella quisiera la luna, él buscaría el modo de construir una nave espacial. Es ese tipo de relación. Un amor verdadero. Yo solo los he visto en libros, pero Sari ha encontrado uno real.

—Tu hermana parece agradable.

—Lo es. Y también muy lista.

—Tú eres muy lista dibujando —repuso él, porque había notado una nota de envidia en la voz de ella—. Tienes un gran talento.

Merrie se ruborizó.

—Gracias.

—¿Vas a pintar el lobo? —preguntó él.

—Claro que sí. Empezaré a dibujarlo en cuanto lleguemos a casa.

A él le gustó el modo en que dijo la palabra «casa». Le hacía pensar en un fuego en la chimenea y comida en la mesa. Aquello era nuevo.

Llevaron los caballos hasta el porche. Allí ella desmontó con una mueca.

—Voy a andar patizamba unos cuantos días —comentó.

—Sin duda. ¿Te duelen las piernas?

—Mucho.

—Métete un rato en la bañera —sugirió Ren. Tomó las riendas del caballo de ella—. Yo llevaré a estos al establo y les daré un cepillado.

—Gracias.

Él se encogió de hombros. Le lanzó una mirada larga y firme que hizo que a ella se le desbocara el corazón y se le atascara el aliento en la garganta. Los ojos negros de él se mantuvieron fijos en los suyos sin parpadear hasta que ella creo que se iba a desmayar por la intensidad de la mirada que intercambiaron.

Ren fue el primero en apartar la vista.

—Vuelvo al trabajo —dijo.

—Gracias por el paseo. Y por presentarme al lobo. No lo olvidaré nunca.

—Ni yo tampoco —gruñó él. Se volvió y se alejó.

Merrie lo miró con curiosidad. Parecía que le gustaba estar con ella, pero luego se apartaba como si se odiara por ello. Cuando entraba en la casa, ella se preguntó por qué.

A Ren no le gustaba nada sentir lo que sentía por una de las mujeres de su hermano. Ella tenía un gran corazón y no podía decirle que sabía que su hermano nunca salía con una mujer a la que no dejara. Meredith parecía inocente, pero estaba con Randall, quien jamás se fijaría en una virgen. Aquello era un rompecabezas. Llevó los caballos al establo y se esforzó por apartar a aquella mujer de su mente.

***

Merrie se quedó absorta dibujando el boceto del lobo. Recordaba cada detalle de él, desde el modo en que le crecía la piel entre las orejas hasta el sesgo de sus ojos amarillos o el modo en que le crecía la piel por el lomo y su larga cola peluda.

No se dio cuenta del tiempo que llevaba con ello hasta que llamaron a la puerta y Delsey asomó la cabeza por ella.

—Es hora de cenar —dijo—. Ren está abajo —señaló la escalera y lanzó una mirada significativa a Merrie.

—¡Oh! Perdón. Me he quedado absorta en...

Se interrumpió cuando vio que Ren se asomaba también por encima de la cabeza de Delsey...

—¿Y bien? —preguntó él.

—Ya voy —protestó ella—. Solo estaba...

—El lobo. Déjame verlo —la interrumpió él.

Ella se echó a reír, aliviada. Tomó el cuaderno de dibujo de la colcha donde había estado tumbada boca abajo y mostró su trabajo.

—Increíble —comentó Ren, cautivado.

—Parece una fotografía —Delsey movió la cabeza—. Querida, tienes mucho talento. Deberías exponer en galerías de arte.

—Gracias —musitó Merrie—. Me gusta lo que hago. Voy a hacer un cuadro, esto es solo el boceto preliminar. Lo he coloreado un poco con lápices para no olvidarme.

—Willis se va a llevar una gran alegría cuando lo vea —Ren soltó una risita—. Adora a ese lobo.

—Se nota. Es un animal muy tierno.

—¿Tierno ese lobo? A mí casi me arrancó la mano cuando le llevé comida a Willis la última vez que estuvo enfermo —comentó Delsey.

—El lobo ha apoyado la cabeza en su regazo y se ha dejado acariciar por ella —explicó Ren, con la vista fija en el rostro de Merrie.

—Ahora sé que tienes muchos talentos —Delsey se echó a reír—. Domesticar lobos, pintar cuadros hermosos —movió la cabeza—. Y yo lo único que sé hacer es cocinar.

—Tonterías —se burló Merrie—. Eres una cocinera maravillosa. Cocinar es un arte. Si no, mira esos programas de la tele y te darás cuenta.

—Delsey ganaría cualquier competición que se propusiera —asintió Ren—. ¿Vas a bajar? Los artistas también tienen que alimentarse, ¿sabes?

—Ya voy.

Merrie dejó el cuaderno y los siguió abajo.

Delsey se había superado a sí misma. Jamón. Puré de patatas y judías verdes que había cocinado y enlatado el verano anterior.

Rollitos caseros y, para terminar, una tarta de chocolate.

—Estoy tan llena que no podré subir las escaleras —protestó Merrie—. ¡Menuda cena!

—Gracias —contestó Delsey—. Suponía que los dos estaríais cansados después de pasar la mayor parte del día fuera con ese viento.

—Está nevando de nuevo —comentó Ren—. Creo que me llevaré el Jaguar a la fiesta. Tiene mejor tracción en la nieve.

—¿La fiesta? —preguntó Merrie.

—Es mañana por la noche. Has olvidado la fecha, ¿no? —se burló él.

—Pero tú nunca me dijiste cuándo sería —protestó ella—. Solo dijiste que podía acompañarte —vaciló—. No sé bailar —añadió con preocupación—.

Mi padre no nos dejaba poner música cuando estaba él. ¿Bailar es difícil?

—No. Bueno, retiro eso —corrigió él—. Algunos bailes son difíciles. Yo no sé bailar esas cosas raras que bailan algunos.

—¿Cosas raras? —preguntó ella.

Él casi se ahogó en sus ojos. Sonrió.

—Los bailes más nuevos. Los que salen en las películas.

—¡Oh, esos! No creo que yo pueda hacerlos. Y algunos parecen bastante vulgares —añadió, incómoda—. Estoy segura de que no me sentiría cómoda bailando así en público.

Delsey sonreía de oreja a oreja. Ren también sonreía, pero tenía sus reservas. Tal vez ella fuera sincera, pero seguía siendo la chica de su hermano.

—¿Y cómo está Randall? —preguntó de pronto, cuando terminaba su segunda taza de café.

—¿Randall? Pues no lo sé —repuso ella con sinceridad—. No he hablado con él desde que me trajo aquí.

Ren frunció el ceño.

—¿No tienes teléfono móvil?

—Tengo seis —contestó ella con timidez—. Teléfonos de prepago. Paul dijo que, cuando los compró para mí en Best Buy, le preguntaron si era narcotraficante. Era una broma. Conoce al dependiente —añadió riendo—. Dice que los traficantes usan esos teléfonos para que no puedan rastrearlos. Él sabía que yo querría hablar con Sari —añadió—. No nos hemos separado nunca. Bueno, excepto cuando se fue a las Bahamas y casi se muere —levantó su taza de café—. Y ahora, claro, la echo de menos.

—Puedes llamarla por el teléfono de casa siempre que quieras —comentó Ren.

—Lo sé, pero no me atrevo. Paul me dijo que hay

modos de rastrear una llamada sin entrar en la casa donde está el teléfono. Ese hombre puede estar escuchando de algún modo las llamadas de Sari. Si ve un número que pueda comprobar... Bueno, eso sería peligroso.

—Me había olvidado de tu acosador —intervino Delsey—. Espero que puedan pararlo. Debe de ser horrible.

—Sí que lo es —contestó Merrie—. La tarta estaba de maravilla, Delsey. Voy a trabajar un rato en mi dibujo antes de irme a la cama —miró a Ren—. Gracias por haberme llevado a ver al lobo. Ha sido fantástico.

Él sonrió.

—De nada, Meredith. Que duermas bien.

—Lo mismo digo. Y tú también, Delsey.

Merrie subió arriba, pensando ya en el dibujo y en los cambios que tenía que hacer.

—A los hombres que acosan a las mujeres habría que encerrarlos —murmuró Delsey—. Sobre todo si son chicas tan buenas como esta.

Ren estuvo a punto de decirle la verdad. Pero Meredith no la había corregido cando había hablado del acosador y él tampoco lo haría. Solo serviría para preocupar a la mujer que era como una segunda madre para él. Se lo diría cuando fuera necesario.

—Sí —asintió—. Eso es cierto.

Ella lo miró.

—Ha llamado su madre.

Ren se quedó inmóvil.

—¿Ah, sí?

—Sé que no se habla con ella, pero ha tenido algún tipo de analítica médica y está preocupada. Quiere hablar con usted.

Ren apretó los dientes.

—¿Ah, sí? —repitió.

Delsey respiró hondo.

—Cuando se muere alguien, ya no hay más oportunidades de arreglar las cosas. ¿Me entiende?

Él asintió brevemente con la cabeza.

—Yo odiaba a mi padre —dijo ella cuando empezaba a retirar los platos—. Dejó a mi madre por otra mujer y no volví a verlo más. Años después, la nueva esposa lo dejó y mi madre había muerto. Yo vivía con una prima y estaba estudiando. Mi padre llamó para hablar conmigo y me negué —apiló los platos juntos—. Murió dos días después en un accidente de coche.

Sonrió con tristeza.

—Tal vez quisiera disculparse o intentar explicar lo que había hecho. Nunca lo sabré. No dejó testamento ni nada escrito. Es como una historia que tiene principio y desarrollo pero no final. Siempre me preguntaré qué quería decirme —tomó los platos—. Yo perdí mi oportunidad, usted todavía no ha perdido la suya —volvió a la cocina con los platos.

Ren entró en la sala de estar y se sentó. Puso un programa de noticias en la tele, pero no prestaba atención a lo que oía. Pensaba en lo que había dicho Delsey.

Había odiado a su madre durante años a causa de lo que le había oído decir. Había dicho que era frío y cruel como su padre, quien no se parecía nada al maravilloso padre de Randall, al que había amado con todo su corazón.

Ren había intentado tolerarla. La había visitado alguna vez que otra cuando estaba en la universidad, principalmente para ver a su hermano. Quería a Randall. Eran muy distintos, pero su hermano tenía un corazón de oro. Ren le había dado encantado trabajo en el rancho y lo había visto crecer y convertirse en un hombre de negocios que era un gran activo para el rancho. Lo único que le disgustaba de Randall era el modo en que usaba a las mujeres.

No había visto a su madre desde que se había marchado de su casa. Eso había ocurrido en su último año de universidad. Era Navidad. Por eso odiaba esas fiestas desde entonces y no las toleraba en su casa. Delsey ponía un árbol de Navidad en su habitación y los vaqueros la celebraban también con luces de colores en sus casas o en las cabañas y regalos debajo del árbol para sus hijos. Él había querido desterrar las celebraciones de su rancho, pero Delsey le había recordado que no tenía derecho a decirle a la gente lo que debía creer. Se lo había dicho con amabilidad pero con firmeza. Le había preguntado con suavidad si ya no se acordaba de cuando sus padres lo llevaban a la iglesia.

Se acordaba y odiaba ese recuerdo porque entonces sí eran una familia. Él se sentaba en las rodillas de su padre a «conducir» el coche por la larga carretera hasta la casa. Su padre sujetaba el volante, por supuesto. Aquellos habían sido días brillantes y felices. Y habían terminado pronto.

Recordaba a su padre gritándole a su madre por serle infiel con su mejor amigo, por acostarse con otro cuando todavía estaba casada con él. Su padre casi se había vuelto loco de dolor. Su madre había dicho que lo sentía pero que amaba al otro hombre y se iba a marchar y se llevaba a Ren con ella.

A eso había seguido una batalla horrible por la custodia, pero la había ganado su madre. El juez había pensado que un niño tenía que estar con su madre. Ren la había odiado por llevárselo de allí. Y había odiado al otro hombre, con el que su madre se había casado después de conseguir el divorcio.

El padre de Randall había sido amable. Probablemente más de lo que se merecía un niño rebelde de diez años. Había tolerado sus miradas heladas, su temperamento taciturno, sus silencios. Randall no le había dicho ni una palabra que no le sacaran a la fuerza. Eso desesperaba a su madre.

Pero entonces había nacido Randall y Ren había cambiado de la noche a la mañana. El bebé le fascinaba. Le encantaba mirarlo, observarlo. Estuvo loco por él desde el principio. Ayudaba a su madre con los biberones y cuidaba del bebé cando ella hacía compras. Adoraba a Randall sin reservas.

Eso había continuado a medida que Randall crecía. Cuando Ren entró en la universidad, su hermano estaba en la escuela primaria. Y cuando se graduó, Randall estaba entre los espectadores con su madre y su padre. El padre de Ren no estaba presente porque no tenía dinero para el billete de autobús, pero lo había telefoneado para expresarle su orgullo.

Eso le había hecho recordar por qué su madre y él vivían con el padre de Randall. Su padre había perdido a toda su familia de golpe y había llorado esa pérdida durante años.

Esa Navidad, después de haberse graduado en primavera, Ren había empezado un máster, que se pagaba con becas porque tenía una mente brillante. Vivía en la residencia de la universidad y había ido a su casa por ver a Randall, cuyo padre había muerto dos años antes.

Y había oído lo que había dicho su madre cuando él se había mostrado sarcástico sobre el árbol de Navidad y sobre la idea de celebrar las navidades. En la universidad le habían enseñado que Dios era un mito, una superstición que frenaba a la gente a la hora de sobresalir en la vida. Su profesora de Física les había asegurado eso en clase. Ren estaba medio enamorado de ella y creía todo lo que decía.

Había ido a casa de su madre con aquella idea en la cabeza. Y entonces ella había hablado de la Navidad y se había mostrado muy ilusionada con un desfile que preparaba su iglesia. Él se había reído de eso, y de ella, por ser tan ignorante como para creer en supersticiones y en mitos antes que en la ciencia. Ella se había echado a llorar y había ido corriendo a la cocina a buscar consuelo en Randall. Allí había dicho cosas que habían destruido el amor que pudiera quedarle a Ren por ella, cosas que él había oído cuando se dirigía a la cocina a disculparse. Había dicho que su segundo esposo era bueno y amable y que el padre de Ren era frío, cruel e insensible. Y había dicho que Ren era igual que su primer esposo y Randall era todo lo que debería ser un hijo.

Ren, destrozado por lo que acababa de oír, se había ido de la casa antes de que ellos salieran de la cocina. Desde entonces no había visto a su madre ni hablado con ella. Pensó que era estúpido guardar rencor durante tanto tiempo. Su madre podía morir. ¿Y cómo se sentiría si esperaba demasiado, como había hecho Delsey?

Aquello era algo en lo que tenía que meditar. Pero no esa noche. Subió el volumen de la televisión y escuchó al locutor explicar lo que era blanqueo de dinero y relacionarlo con unos arrestos que habían hecho ganar al gobierno millones de dólares en una investigación reciente. Por la pantalla pasó la imagen de un ciudadano de Comanche Wells cuyo apellido Ren podría haber reconocido. Pero en ese momento estaba mirando una guía de programación para buscar algo que ver después y, cuando levantó la cabeza, habían pasado ya a otra historia.

Cambió de canal para ver una serie policiaca que había visto en otra ocasión y le había gustado.

Sonó el teléfono. Ren pulsó el botón de pausa y levantó el auricular.

—¿Diga?

—Hola.

Era Randall.

—¿Cómo estás? —preguntó Ren.

—Vendiendo ganado. Te aseguro que estarás orgulloso de mí. ¿Cómo está mi chica?

Ren se puso tenso.

—Tu chica está bien. ¿Sabías que dibuja como una artista profesional?

—Sí, lo sabía —Randall soltó una risita—. ¿Verdad que es genial? Cuando da de comer a los pájaros fuera de casa, tiene que espantarlos para que se vayan. No le tienen miedo.

Ren sabía aquello porque se lo había contado Merrie.

—Ha hecho un dibujo del lobo de Willis.

—¡Oh! No deberías haberle dejado que se acercara a Snowpaw. Es muy temperamental.

—Le puso la cabeza en el regazo y se dejó acariciar por ella.

—¡Dios santo!

—Tiene un verdadero talento con los animales. ¿Recuerdas a Huracán?

—Sí. Espero que ese hombre cumpla condena —comentó Randall con frialdad.

—Sin duda lo hará. No podíamos acercarnos a Huracán ni para quitarle la brida. Tu chica... —las palabras le salieron a Ren como dagas heladas— se acercó a él y el caballo le dejó quitársela. Pensé que los muchachos iban a desmayarse. Tiró a uno de ellos a un montón de chatarra y hubo que darle puntos.

—Domestica lobos y pinta retratos hermosos —Randall soltó una risita—. Es una mujer especial, ¿verdad?

—Sí.

Randall vaciló. Quería decirle a su hermano que ella no era como sus otras chicas, que Merrie era especial. Pero no sabía cómo sacar el tema sin poner a su hermano a la defensiva.

—Delsey ha dicho que tu madre ha llamado hoy —dijo Ren. Nunca decía «mi madre». Siempre decía «tu madre» cuando hablaba de ella con Randall.

Este suspiró.

Ren no cedería nunca.

—Sí. No está bien. Han encontrado un bulto en uno de sus pechos. Le han hecho una biopsia para ver si es cáncer. Todavía no sabe nada.

—Entiendo.

Randall vaciló. Quería a su hermano. Pero, a pesar de todo, también quería a su madre. Odiaba la distancia que había entre los dos únicos familiares que tenía en el mundo.

—Dile que espero que todo salga bien —dijo Ren con rigidez.

Randall se alegró de eso.

—Se lo diré —prometió. La actitud de su hermano había cambiado de pronto y se preguntó si Merrie tendría algo que ver con ello.

—Delsey me ha contado que ella se negó a hablar con su padre y él murió dos días después —continuó Ren—. Dice que está muy mal dejar que corra el tiempo sin intentar arreglar las cosas. Quizá tenga razón.

Randall no dijo nada. Esperó a ver si su hermano continuaba.

—Estoy pensando en ello —confesó este al fin—. De momento no digo nada más.

—Está bien —repuso Randall con suavidad—. Muy bien.

—Mañana por la noche voy a llevar a Meredith a una fiesta porque no quiero ir solo —dijo Ren, intentando parecer indiferente—. No te importa, ¿verdad?

—Claro que no. Obsérvala cuando está con hombres, ¿quieres?

—¿A qué te refieres?

—Es difícil explicarlo. Supongo que con los vaqueros está a gusto, que no es muy tímida, ¿verdad?

—No. Se lleva bien con todos. Hasta con Willis.

—Cuando son hombres de su edad, es diferente —continuó Randall—. Se queda callada e intenta esconderse detrás de mí. No le gusta que se le acerquen mucho los hombres, tenlo en cuenta, ¿de acuerdo? En cualquier fiesta a la que vaya Angie, habrá hombres que beben en exceso. Eso ya lo sabes.

—Cuidaré de ella —contestó Ren, cortante.

—De acuerdo. Gracias. Ella es... especial, ¿sabes?

El rostro de Ren se endureció.

—Es bastante agradable —comentó. Era lo máximo que estaba dispuesto a admitir ante su hermano.

Randall vaciló una vez más.

—Ella no es como la mayoría de las mujeres que llevo al rancho —empezó a decir.

—Sé que te pertenece, no te preocupes por eso —le aseguró Ren.

—Eso no es así exactamente —comentó Randall.

—¡Ren! —gritó Delsey desde la escalera—. Acaba de llamar Willis. Hay un camión en la verja principal. Un camión grande. El conductor dice que trae una entrega.

—¿Qué tipo de entrega? —preguntó Ren enseguida.

—Barriles.

—¿Barriles? ¿De qué?

—Ni idea. Willis tampoco lo sabe. Ha salido hacia la verja.

—Dile que se detenga. Randall, tengo que irme. Te llamaré luego.

—Está bien. Cuídate.

—Tú también.

Ren colgó el teléfono.

—Voy a por mi abrigo. Dile a Willis que llame a J.C. ahora mismo y que los dos se reúnan conmigo a mitad de camino de la puerta. Date prisa.

Ren cargó su rifle Winchester, lo puso en la camioneta a su lado y salió al encuentro de Willis.

—¿Vas armado? —le preguntó a este cuando llegó a su lado.

—Sí. Y le he dicho a J.C. que traiga su cañón.

Ren soltó una risita.

—No exageres. Solo es una magnum del 44, Willis.

—A mí me parece un cañón. Ahí llega.

Un 4x4 grande bajaba por la colina hacia ellos sin resbalar por la nieve, aunque el vehículo no llevaba cadenas.

—Me irrita profundamente que no use cadenas y nunca resbale en la nieve —murmuró Ren.

—Creció en el Territorio Yukon —le dijo Willis—. No creo que esta cantidad de nieve lo importune mucho.

—¿Quiénes eran sus padres? ¿Inuit? —preguntó Ren.

Willis soltó una risita.

—Su padre era un Blackfoot. Su madre era una pequeña irlandesa pelirroja.

—Él no es pelirrojo —señaló Ren.

—Claro que no —contestó el vaquero, divertido.

El 4x4 paró al lado de ellos. De él saltó un hombre alto y ágil con pelo corto negro liso. El abrigo, echado hacia atrás, dejaba ver una Magnum del 44 enorme, y en su mano, grande, empuñaba una pequeña pistola automática.

—¿Qué crees que es eso? —preguntó J.C. Calhoun a Ren, señalando con la cabeza el camión, que seguía parado en la verja.

—Creo que son problemas —repuso Ren.

—Entonces vamos a montar también algunos nosotros —J.C. sonrió, mostrando unos dientes blancos como la nieve.

8

El conductor del camión les sonrió desde la ventanilla.

—Hola —dijo con voz amistosa—. Siento llegar tan tarde, pero había un accidente en la interestatal. Hemos estados dos horas parados hasta que han despejado la carretera.

—¿Qué es lo que lleva ahí? —preguntó Ren.

El conductor del camión vio todas las armas y soltó un silbido.

—¡Eh!, no soy un bandido —dijo, apretando el volante con fuerza—. Soy un camionero común y corriente que viene a hacer una entrega.

—Nosotros no hemos encargado barriles —le dijo Ren.

—Pero yo creo que sí. Mire esto. Aquí está el pedido —lo sacó del bolsillo de la puerta del camión y se lo pasó a Ren—. Barriles.

Ren frunció el ceño. Miró el nombre del comprador y se echó a reír.

—Esto es el rancho Skyhorn —le dijo al camionero al devolverle el papel.

—¿Skyhorn? —el hombre frunció el ceño y miró

a su alrededor—. El hombre que me dio indicaciones dijo que buscara un rancho fuera de la carretera con un silo a un lado de la verja y un árbol grande en la otra.

Ren miró la verja.

—Sí, nosotros tenemos eso, pero Nat Beakly también. Está a dieciséis kilómetros de aquí, en esa dirección —señaló el este—. Su rancho se llama Circle Bar J.

—Ah, maldita sea —el camionero suspiró—. Voy a llegar más tarde aún. Gracias por su ayuda. Siento haberles molestado —miró las armas—. ¿Van a empezar una guerra o esperan una invasión?

Ren soltó una risita.

—Aquí criamos Angus. Algunos valen millones. Digamos que somos muy precavidos.

—Ya me he dado cuenta —el camionero señaló una cámara cercana—. ¿Debo sonreír? —preguntó.

—Solo si su cara es muy conocida en la web del FBI —Ren apretó los labios—. Aquí utilizamos un programa de reconocimiento facial con todas las personas que se acercan.

—Supongo que compensa ser precavidos, ¿eh? —dijo el caminero. Los miró un momento—. Siento haberles sacado de la cama.

—Siempre estamos levantados —repuso Ren—. Y también tenemos francotiradores colocados por la zona —sonrió fríamente—. Como ya he dicho, somos precavidos.

—Bien, seguiré mi camino. Buenas noches —el camionero los despidió con la mano y dio marcha atrás con el camión por el camino de entrada. Cuando llegó a la carretera, volvió a agitar la mano en el aire y tocó el claxon.

—Hay algo sospechoso en ese tipo —comentó J.C., cortante—. Es demasiado curioso.

—Ya lo he notado —Ren se volvió—. Revisa el programa de reconocimiento facial de esta cámara a ver si te aparece alguien.

—Por supuesto —repuso J.C.

—Willis, di a los muchachos que tengan los ojos y los oídos muy abiertos —añadió Ren—. Si esto ha sido un ensayo para ver cómo respondíamos, puede que haya otro intento pronto. ¿Recuerdas la cámara que he pedido que revisaran entre la casa y los pastos?

Willis asintió.

—Yo también —intervino J.C., mirándolo con ojos casi plateados, algo sorprendente en un rostro tan bronceado—. Demasiada coincidencia. Tal vez estuvo antes en la propiedad y algo lo espantó.

Ren miró el camión que se alejaba.

—Tengo la sensación de que a ese hombre le espantan pocas cosas. Willis, espera media hora y llama a Nat Beakly. Te apuesto un desayuno completo, café incluido, a que ese camión no aparece por allí.

—No acepto esa apuesta —declaró Willis, sonriendo.

—Vamos a trabajar —ordenó Ren.

Dieron media vuelta y volvieron a sus vehículos.

Merrie había bajado las escaleras para ir a la cocina a por un vaso de leche cuando entró Ren, llevando todavía el Winchester.

—¡Ha pasado algo! ¿Está aquí él? ¿Me ha encontrado? —preguntó, con expresión de miedo.

Ren apoyó el rifle en un rincón y se acercó a ella. La tomó de los brazos y la atrajo hacia sí.

—Todo va bien. Tenemos hombres armados por todas partes. No llegará hasta ti, te lo prometo.

—No soy una cobarde, de verdad —dijo ella,

contra la suave piel de borrego del abrigo de él—. Es solo... que preferiría luchar con algo que puedo ver, ¿sabes?

—Lo sé —él le bajó la mano por la espalda y ella se puso tensa. La textura del suéter le resultaba extraña a Ren, como si hubiera algo desigual allí.

Sonó el teléfono y contestó dejando un brazo alrededor de Meredith. Escuchó y soltó una risita.

—Está bien, Willis. Gracias. Y dale las gracias a J.C. Supongo que tendré que invitaros a los dos a desayunar mañana. Claro. Buenas noches.

Colgó el teléfono.

—Ha sido un error de verdad. El camionero creía que este era el rancho de Nat Beakly. Ha dicho que lo había retrasado un atasco y esa parte es verdad. En el escáner de la radio de la policía hablan de eso. La autopista interestatal ha estado cerrada dos horas.

—Menos mal —comentó ella.

Él alzó la cara y le sonrió.

—Vete a la cama.

Merrie hizo una mueca.

—Quiero leche. Tengo sed.

—Creo que me va a venir bien tener una vaca lechera en el pasto próximo al granero...

Ella lo miró divertida.

Ren sonrió.

—Si vas a ir a la cocina, ¿por qué no me traes una cerveza?

—Claro que sí.

Él se acercó a colocar el Winchester en el armario de las armas, que luego cerró con llave. Cuando terminó, ella tenía una botella de cerveza fría cerrada en una mano.

—Sari dice que a Paul no le gusta que le abran la cerveza antes de dársela. Pero puede que sea porque es del FBI —añadió con una sonrisa.

Ren tomó la cerveza.

—Podría ser. Gracias.

—De nada —ella vaciló.

—¿Algo más? —preguntó él.

—¿Por qué no tienes latas en vez de botellas?

Ren se sentó.

—Las botellas de cristal acaban desintegrándose en el suelo. Tirar una lata no es ecológico.

—Hay una solución sencilla. No la tires.

Él sonrió con sorna.

—Me gusta cómo sabe la cerveza cuando sale de botellas. Las latas saben a hojalata.

Ella sonrió.

—Eres un intolerante con las latas —lo acusó ella.

Él se echó a reír.

—Vete a dormir, Cenicienta. Mañana por la noche irás al baile.

—Espero que mi vestido sea apropiado —dijo ella, preocupada—. Delsey dijo que sería apropiado, aunque es... bueno, poco ortodoxo.

Ren enarcó las cejas.

—¿Cómo de poco ortodoxo? —preguntó con recelo.

—No enseña nada —se apresuró a decir ella—. Bueno, un poco las piernas, pero nada más —se sonrojó.

Su rubor encantó a Ren. Le sonrió. Sus ojos negros brillaban.

—¿Un poco las piernas? ¡Qué escandaloso!

Ella rio con timidez.

—Supongo que lo habría sido hace cien años.

—Saldremos mañana sobre las seis —dijo él—. Delsey no tendrá que preparar cena, lo cual está bien porque se va a quedar con una vecina a la que van a operar por la mañana. Pasará la noche con ella en el hospital.

—¿Te dejan quedarte por la noche? —preguntó Merrie.

—En Catelow sí —repuso él.

—Eso es maravilloso.

—La pobre mujer está asustada. Tiene sesenta años y no la han «abierto» nunca, como dice ella. Tiene algún problema femenino que necesita una operación. Es prima del difunto marido de Delsey.

—Nosotras no tenemos primas ni tías ni tíos —comentó Merrie con tristeza—. Sari y yo somos las únicas que quedamos de nuestra familia.

—Randall y yo también somos los últimos de la nuestra. Excepto por su madre, claro.

—Ella pintaba, ¿verdad? —preguntó Merrie con suavidad—. El estudio que uso era suyo, ¿verdad?

—Pintaba —dijo Ren. Dio media vuelta.

—Buenas noches —le deseó ella, sin presionarlo más.

—Que duermas bien —contestó él. Pero no se volvió a mirarla.

—¿En qué casa va a ser la fiesta? —preguntó Merrie a Delsey cuando esta la ayudaba a recogerse el pelo con un estilo que parecía salido de los años cuarenta y que iba muy bien con su vestido.

—En casa de Durward Phelps. Está metido en la minería y tiene al menos dos pozos de petróleo activos. Es muy rico. Pero no lo heredó. Es como Ren. Ha trabajado duro por lo que tiene.

—Debe de ser un buen hombre.

—Lo es. Pero su sobrina no. Espero que no esté allí esta noche.

—Es Angie, la mujer con la que salió Ren, ¿verdad?

Delsey asintió mientras le ponía una horquilla enjoyada en la cabeza.

—Ya está, querida. Podrías ser la portada de una

revista de moda —dijo, con genuino orgullo—. Estás preciosa.

—¿Seguro que no avergonzaré a Ren con este vestido? —preguntó Merrie, preocupada.

—Segurísimo. Toma tu abrigo. Es hora de bajar.

—Estoy tan nerviosa que me tiemblan las rodillas. No sé nada de fiestas ni de bailar. Ni siquiera me han besado nunca.

Delsey respiró hondo.

—Bueno, pues cuando vuelvas, sabrás al menos dos de esas cosas, ¿no? —se burló—. Me gustaría estar aquí para que me lo contaras, pero estaré en el hospital con la vecina. Me lo contarás mañana, ¿de acuerdo?

—De acuerdo. Prometido. Muchas gracias por llevarme a comprar el vestido y por ayudarme con el maquillaje y el pelo —movió la cabeza—. Yo no tengo ni idea.

—Estas cosas llevan tiempo. Ya aprenderás. Pero, si Angie te ataca de algún modo, no te quedes parada, ¿me oyes? —dijo con firmeza—. Los abusones después no son nadie. Defiéndete y verás lo deprisa que se hunden.

Merrie sonrió.

—Lo recordaré —dijo.

—Diviértete mucho.

Merrie jamás olvidaría la cara de Ren cuando la vio en la escalera.

Estaba mirando algo en la pantalla de su iPhone, pero alzó la vista al oír sus pasos. Abrió la boca y la miró de arriba abajo, con el elegante vestido de seda rojo con botones de nudo chino negros, cuello alto y aperturas laterales.

—Sé que no es un vestido de fiesta convencional —murmuró ella—. Ni es muy lujoso.

Él se acercó más. Estaba muy atractivo con esmoquin, el pelo peinado y un olor débil a colonia cara mezclado con el olor limpio del jabón. El resultado era devastador.

Alzó la mano y le tocó la mejilla.

—Estás guapísima, Meredith. Guapísima de verdad.

Ella se sonrojó y apartó la vista.

—Gracias.

Ren rio con suavidad.

—Está bien, dejaré de mirarte así. Vámonos, cariño.

A ella le dio un vuelco el corazón al oír el apelativo cariñoso. Él le tomó la mano y la sujetó con firmeza hasta que llegaron donde estaba aparcado el Jaguar rojo.

—Es precioso —comentó ella.

Ren sonrió y la ayudó a subir al coche.

—Por lo general no me gustan los coches deportivos, pero este es excepcional.

Se sentó al volante, se abrochó el cinturón, comprobó que ella se había puesto el suyo y pulsó el botón que arrancaba el motor.

—¿No hay llave de coche? —preguntó ella, sorprendida.

—Es una llave inteligente —él sacó el mando a distancia del bolsillo y se lo enseñó—. Todo electrónico. Para funcionar, solo tiene que estar en algún lugar del vehículo o en el bolsillo. No hay una llave de verdad que meter en el motor. Entras, quitas el freno, pulsas del botón de arranque y listo.

—Nunca he estado en un Jaguar —confesó ella, fascinada con la madera del panel y la consola—. ¡Cuántos controles! Parece la cabina de un avión.

Él soltó una risita.

—Cuando lleguemos a la autopista, te parecerá que estás en uno.

Se acercó a la verja, la abrió con un mando electrónico, la cruzó y volvió a cerrarla tras ellos. Al lado de la verja, una cámara mostraba su imagen al técnico informático que había en la barraca dormitorio de los vaqueros.

—Vamos allá —dijo Ren, pulsando un botón.

El automóvil se lanzó hacia delante. Por la autopista desierta corría gruñendo como la bestia de la jungla cuyo nombre llevaba.

—¡Caray! —Merrie sintió un vuelco en el estómago—. Es rápido.

—Rápido, elegante y muy seguro. Los jaguares están vivos. Tienen rarezas. A veces ronronean, a veces rugen. A veces solo quieren que los sueltes de la correa —pisó el acelerador.

—¿Podemos volver a por mi estómago? —preguntó ella con una sonrisa.

—Déjalo ahí. Lo recogeremos a la vuelta.

Merrie se echó a reír.

La casa era elegante para una zona rural. Era enorme y daba la impresión de que hubieran encendido todas las luces. En la puerta principal de la enorme mansión de ladrillo, de fachada plana y tejado alto, había un mozo que se encargaba de aparcar los coches.

—Con lo que habrá costado construir esto y no tiene porche —suspiró Merrie—. Es triste.

—A algunas personas no les gustan los columpios en el porche —contestó Ren.

Ella lo miró y se echó a reír.

—Supongo que no.

—A ti sí —se burló él.

—Sí. Nosotras tenemos un columpio y todo tipo de muebles que se mueven. Sari y yo nunca podíamos estarnos quietas, así que Mandy procuraba que tuviéramos cosas movibles para sentarnos —se mordió el labio inferior con la vista fija en la puerta—. ¿Habrá mucha gente? —preguntó con preocupación.

Ren le tomó la mano y la atrajo hacia sí.

—No te preocupes por la gente —comentó con suavidad—. Yo te protegeré.

Merrie sintió cosquillas por todo el cuerpo. El corazón se le subió a la garganta al ver cómo la miraba. Tenía la sensación de que podía derretirse allí mismo, a sus pies.

Ren captó la emoción que la embargaba. Él también la sentía. Le apretó más la mano y la llevó a la casa.

—Este es Durward —dijo, cuando la presentó a un hombre alto y de constitución fuerte con pelo canoso rizado y ojos azules brillantes—. Durward, esta es nuestra invitada, Meredith Grayling.

—Encantado de conocerte. Una vez conocí a unos Grayling. La mujer era muy simpática, pero su esposo no me impresionó gran cosa. Ahí está Angie. Ven aquí, querida, y saluda a Ren. Sé amable —añadió en un susurro bastante alto.

La mujer era morena, espectacular, con labios muy rojos y un rostro que quedaría bien en las revistas de moda. Su cutis era inmaculado, sus ojos azules, animados y bonitos. Lo único que arruinaba la imagen era la mueca que tenía en la cara cuando se acercó a Ren, quien se tensó visiblemente.

—Vaya, Ren —dijo con un ronroneo suave—. Has encontrado a alguien para reemplazarme, ¿eh? —se echó a reír—. No te durará. No eres un amante de ensueño.

Ren se puso rígido. Su rostro parecía de piedra.

Merrie le apretó los dedos y miró de frente a la otra mujer.

—Es muy triste —dijo.

—¿Qué es triste? —preguntó Angie con altanería.

—Que tengas tan poca autoestima que necesites rebajar a otros para elevarte tú.

Angie respiró con fuerza.

—Te hago saber que soy modelo. Puedo tener a todos los hombres que quiera.

—Excepto a Ren —repuso Merrie con una sonrisa. Se acercó más a él y lo miró con adoración.

Él le sonrió.

Angie se volvió y miró de hito en hito a su tío.

—Me voy a casa. Dile a Billy que me lleve al aeropuerto ahora mismo.

—Claro, querida —asintió su tío, sonrojado.

—¡Eres una...! —empezó a decir Angie, mirando a Merrie.

Esta canturreó una cancioncilla famosa:

—*«Las piedras y los palos pueden romperme los huesos, pero las palabras nunca me herirán».*

Angie soltó un ruidito exasperado y salió por la puerta.

Ren rodeó a Merrie con un brazo y la atrajo hacia sí.

Durward suspiró.

—Nunca he podido entenderla. Es igual que su madre. Extraña —miró a Meredith y sonrió—. Usted se defiende muy bien.

—Gracias —ella se acercó más a Ren, quien rebosaba orgullo.

—Id a divertiros —dijo Durward—. No dejéis que mi sobrina maleducada os estropee la noche. Hay una banda que toca música de los años cuarenta. Usted estará en su elemento, señorita Grayling. Precioso vestido.

Ella rio.

—Gracias.

Durward se volvió a recibir a una pareja que había detrás de ellos y Ren tiró de ella hacia la siguiente estancia.

—Estás llena de sorpresas, ¿eh? —comentó, guiándola a la pista de baile.

—No me dejo intimidar fácilmente —ella estaba nerviosa—. Ren, no estoy segura de esto.

—Es fácil. Si puedo hacerlo yo, es fácil —repuso él. La rodeó con un brazo, tomó su mano derecha en la de él y empezó a moverse—. Tú solo tienes que seguirme. No, no mires el suelo, mírame a mí.

Ella alzó los ojos a los de él y se sintió tragada por ellos. Como si los dos estuvieran conectados de un modo extraño. Como si hubieran nacido para estar juntos. Nunca en su vida había sentido nada igual.

Ren sentía algo parecido. No le apetecía mucho ir a esa fiesta, pero sabía que, si no iba, Angie diría que tenía miedo. No era cierto, solo estaba incómodo. Habían estado muy unidos, pero había resultado que ella actuaba. Y él no sabía lo vengativa que podía ser cuando rompió con ella tras sorprenderla engañándolo. El asunto de Facebook había sido muy doloroso. A ningún hombre le gustaba que una mujer ridiculizara su habilidad en la cama. Ren había sentido vergüenza y rabia. Pero la belleza que tenía en los brazos lo había defendido como una leona. No estaba acostumbrado a que lo protegiera una mujer y no debería gustarle tanto. Pero le gustaba.

—Eso es —le dijo al oído—. Despacio y con calma, cariño.

Parecía que hablara de algo más que el baile y Merrie sintió algo desconocido. Le cosquilleaba todo el cuerpo. Contuvo el aliento cuando él la atrajo hacia así y sintió la presión de su musculoso cuerpo tan unido al de ella.

Nunca la habían abrazado así. No sabía que la

sensación sería tan... No sabía bien lo que sentía, pero desde luego era excitante. La extraña sensación de hinchazón, los latidos frenéticos de su corazón y la respiración que sonaba como si estuviera corriendo debían de ser eso: excitación.

Miró a Ren, quien le devolvió la mirada con una intimidad que ella no había conocido nunca. Tardaron un minuto en darse cuenta de que había parado la música y estaban a punto de quedarse solos en la pista.

Ren carraspeó, le tomó la mano y la condujo a la mesa del bufet.

—Comer y beber algo ayudará a que esto sea más fácil —dijo con voz profunda.

—Sí —asintió ella, vibrando todavía.

—¿Quieres ponche?

—Sí, por favor.

Él le sirvió un poco en una copa de cristal y se lo tendió. Pero a ella le temblaba la mano y él se la sujetó un momento con las dos suyas.

—No pasa nada —dijo con suavidad—. No hay nada que temer.

Pero sí lo había. Ella lo miró y supo, por primera vez, que él era lo que había esperado toda su vida.

Se estaba enamorando.

Randall no bailó con nadie más. A Merrie le parecía que cada vez era más fácil. Se sentía más y más segura a medida que avanzaba la velada. Se movían juntos como si fueran uno solo. El contacto era muy estimulante y no podía ocultar el efecto que tenía en ella.

Jadeaba moviéndose por la pista de baile con un ritmo lento y perezoso. Ren subió un poco la mano que tenía en la cintura de ella y Merrie se la agarró instintivamente. El vestido era fino y las cicatrices resultaban perceptibles al contacto.

—Perdona —gruñó él. Y volvió a bajar la mano a la cintura.

—No, perdona tú —ella se mordió el labio inferior—. Hay cosas que no sabes de mí —declaró con tristeza.

Ren pensó que se refería a su aventura con Randall. No le gustaba que la tocara de un modo íntimo. Pero respiraba como un corredor de fondo, los latidos de su corazón casi resultaban audibles y temblaba por el abrazo de él. Todo eso no eran muestras de repulsión.

Casi de un modo experimental, la atrajo hacia sí desde las caderas para abajo. Su cuerpo tuvo una reacción inmediata casi embarazosa a la proximidad y la sintió ponerse rígida e intentar apartarse.

Alzó la cabeza y la miró, pero la sujetó donde estaba. Sus ojos eran suaves y sensuales.

—No te meteré prisa —le prometió.

Ella tragó saliva. Estaba muy avergonzada. Empujó levemente el pecho de él.

—¿Por favor? —pidió con voz aguda y agitada.

Sentirlo así la hacía ser consciente de su cuerpo como nunca lo había sido. Tenía miedo de lo que sentía.

Ren vio su rostro sonrojado y se compadeció de ella. La dejó poner espacio entre ambos. Estaba sinceramente agitada. «¡Qué mujer tan extraña!», pensó. No podía entenderla. Justo cuando pensaba que la conocía, ella lo descolocaba de nuevo.

La miró con curiosidad.

—No sé qué pensar de ti, Meredith —dijo con franqueza.

—Soy una mujer corriente —contestó ella, aliviada por que no hubiera insistido.

—No. Decididamente, no eres nada corriente —él la atrajo hacia sí con gentileza y apoyó la cabeza en su frente. Seguían moviéndose al ritmo de la música—. Nada corriente.

A Merrie se le subió el corazón a la garganta. Era muy consciente de su cuerpo, ansiaba algo más que los brazos de él rodeándola. Pero aquel camino llevaba al desastre. Sabía lo que esperaban los hombres de las mujeres. Había visto películas atrevidas en su casa. Pero no podía dejar que Ren le viera la espalda. Se sentiría asqueado. Ella sabía qué aspecto tenía, la había visto en el espejo. Ningún hombre querría tocar a una mujer con cicatrices como las suyas.

Así que se forzó por mostrarse menos receptiva en sus brazos, por bailar sin dejar que la afectara. Cuando terminó la fiesta y subieron al Jaguar para volver a casa, casi lo había conseguido.

Nevaba suavemente y daba la impresión de que fuera a arreciar pronto. Merrie frunció el ceño.

—¡Pobres hombres! —dijo con aire ausente.

—¿Por qué dices eso?

—Tendrán que salir antes de amanecer con esta nieve a ver el ganado y asegurarse de que tiene agua, comida y refugio.

Ren sonrió para sí. Le gustaba que ella se preocupara por sus vaqueros. También se preocupaba por él, pero intentaba alejarse. Se preguntó por qué.

Aparcó en la parte delantera de la casa, abrió la puerta y la dejó salir primero.

—¿Te apetece una última copa? —preguntó.

Ella se volvió y lo miró con sus ojos azul claro, que emitían una luz suave.

—Una copa —repitió él, sonriendo—. Brandy, para

ser específicos. Raramente bebo alcohol fuerte —no añadió que lo había hecho el día en que se había quitado el cinturón, lo había chasqueado en el aire y ella había corrido a la cocina a esconderse detrás de Delsey. No era un hombre cruel y jamás le habría pegado, pero el miedo de ella le dolía todavía. Le dolía mucho.

—Nunca he probado el brandy —confesó ella. Suspiró—. Nunca he tomado ni siquiera una cerveza.

Hay una primera vez para todo —comentó él. Y su voz profunda parecía casi de terciopelo.

Se acercó al armario de los licores y sacó dos copas de brandy y una botella cuadrada de líquido ámbar. Sirvió solo un poco en las grandes copas redondas y le tendió una a Meredith.

—Sujeta la parte curva en la palma de la mano. Eso calienta el brandy.

—¡Oh! —ella balanceó el cristal frío en las manos, frías también por los nervios—. Supongo que es cuestión de aprendizaje —comentó.

—Como casi todo en la vida —asintió él.

Ella se llevó lentamente la copa a los labios y dejó que los tocara el líquido. Hizo una mueca y miró a Ren.

—Dale una oportunidad —le aconsejó él, con una risita.

Merrie se obligó a tomar un sorbo. Quemaba como fuego en la garganta. Dio un respingo y casi se atragantó.

Ren no pudo reprimir una carcajada.

—Corderito inocente —se burló—. Yo te quiero pervertir.

—Lo estás haciendo —asintió ella.

—Prueba otra vez —la animó él.

Ella estaba reacia. Pero lo hizo. Esa vez el líquido

no le quemó tanto y le calentó todo el cuerpo al bajar. Sonrió.

—De acuerdo —dijo—. No está mal.

Ren alzó su copa y la acercó a la de ella.

—Salud.

—Ahora pareces británico —comentó ella, riendo.

—En Irak compartí destino con un par de muchachos de las SAS.

—¿SAS?

—Servicio Especial Aéreo —contestó él—. Son como nuestros Boinas Verdes o los Rangers del Ejército. O como la Legión Extranjera francesa. Tienen una reputación excelente y son famosos por su «Fan Dance», su curso de entrenamiento, que es muy estricto.

Ella le sonrió.

—Te veo brumoso —comentó.

—¿Se te sube el brandy a la cabeza, Meredith? —preguntó él con suavidad.

Ella dejó la copa en la mesa.

—No estoy segura. Me siento muy relajada.

Él dejó también su copa y se acercó más.

—La relajación es buena —susurró, inclinando la cabeza—. Hace que esto sea más fácil.

Rozó los labios de ella con los suyos, los separó lentamente y siguió su contorno en medio de un silencio que respiraba tensión. Subió las manos por la caja torácica de ella y Merrie contuvo el aliento por las sensaciones que eso provocaba en su cuerpo desentrenado.

Se estremeció. A él le gustó esa respuesta. Sus labios rozaron los de ella una y otra vez, tentadores, mientras sus manos se acercaban cada vez más a los pechos. Pero no los tocó ni intentó hacerlo. Prefería provocar así.

Ella quería... más. Pero no sabía bien qué. Jadeaba de tal modo, que estaba segura de que él lo oía, y sentía las piernas flojas.

Rio con nerviosismo.

—Creo que se me van a doblar las piernas —susurró contra la boca de él.

—Eso puedo arreglarlo —él se agachó, la alzó en sus brazos y la llevó hasta el gran sofá color burdeos. Sonreía cuando bajó la cabeza y ella sintió la presión cálida y lenta de la boca de él en la suya.

Cerró los ojos cuando la dejó tumbada y se colocó a su lado. El pecho de él se arqueó sobre el de ella, rozó sus senos duros sin dejar de besarla lentamente.

Merrie sabía que debía protestar por aquello. Una mano de él casi rozaba el borde bajo de su pecho. Quería que parara. No quería que parara. Quería que subiera más la mano, unos centímetros más, hasta el pezón, que ansiaba ese contacto.

Su cuerpo se arqueó involuntariamente en dirección a los dedos de él y gimió de impotencia.

—¿Esto es lo que quieres? —susurró él.

Mientras hablaba, movía tiernamente la mano sobre el pequeño pecho de ella. Sus dedos encontraron el pezón endurecido y lo acariciaron. Ella dio un respingo y se estremeció. Hasta entonces no sabía que la sensación física pudiera tener un efecto tan explosivo en su cerebro. Dejó de pensar por completo.

Él sintió aflojarse su resistencia y rio con suavidad. Se inclinó de nuevo hacia su boca. Pensaba que ya habían dejado de fingir. Ella era suya si la deseaba. Y la deseaba. Con locura.

Se acercó más, movió sensualmente su larga pierna contra la de ella mientras buscaba el cierre del vestido en el cuello de ella y empezaba a desabrocharlo.

Sus dedos se movían entre la tela y la piel con lentitud y habilidad, rozando tentadores. Cuando hubo desabrochado el vestido hasta la cintura, ella estaba impaciente porque sus manos se deslizaran debajo de la tela, hasta el sujetador negro que llevaba con una media enagua debajo del vestido.

—¡Qué sexy eres! —exclamó él en su boca. Deslizó los dedos debajo de la copa del sujetador—. Terriblemente sexy.

Mientras hablaba, movió la mano debajo de la tela, sobre la piel desnuda del pecho. Merrie se arqueó y gritó impotente con la fuerza del placer.

9

Merrie estaba absorta en Ren. Lo deseaba tanto, que no protestó cuando la mano cálida y fuerte de él se movió por la piel desnuda de su pecho. Cuando buscó el cierre delantero del sujetador y lo abrió, ella se quedó tumbada en sus bazos, esperando, esperando...

Él le abrió el sujetador y mostró sus bonitos pechos cremosos. Eran firmes y redondos, con los pezones rosas oscuros y erectos por el deseo. Los acarició con gentileza y bajó la cabeza.

Rozó con los dientes uno de los pezones y ella dio un respingo, empujó su cabeza y gritó de miedo.

Ren alzó la cabeza. Parecía sinceramente asustada. Pensó que era una buena interpretación, pero le siguió la corriente. La deseaba y ella estaba bien dispuesta. Si quería fingir que era una virgen, tal vez fuera porque ese era su modo de excitarse con un hombre.

—No pasa nada, cariño —susurró—. No te haré daño. ¿De acuerdo?

Ella se relajó, nerviosa pero también curiosa y excitada.

—Está bien —consiguió decir, aunque sentía la garganta oprimida.

Él volvió a inclinarse. Esa vez se metió el pecho en la boca y trabajó con la lengua en el pezón, causando sensaciones que ella jamás había conocido. Se agarró a sus hombros con ambas manos y, cuando él empezó a succionar de pronto, le clavó las uñas.

Merrie gritó. Gimió como si se estuviera muriendo y se arqueó hacia él, estremeciéndose, llorando.

—No... pares. Oh, por favor, Ren, no... pares —sollozó.

Él no tenía intención de parar. Colocó su cuerpo sobre el de ella y presionó hacia abajo para que sintiera su dureza íntimamente. Movió la rodilla entre las piernas de ella sin dejar de alimentarse de su pecho, casi ebrio por su respuesta, por la dulzura de la piel de ella bajo los labios.

Merrie sabía que debería pararlo. ¡Pero la sensación era tan buena, tan apropiada! El brandy cálido la había relajado de tal modo que le había reblandecido la mente. Estaba loca por Ren. Y sin duda habría algo más que deseo por parte de él. Tenía que haberlo. Ella le importaba, claro que sí. Todo iría bien. Podía dejarle ir hasta allí, solo hasta allí. La mataría hacerle parar cuando estaba tan extasiada de placer, que creía que su cuerpo iba a explotar.

—¿Tomas la píldora o tengo que usar algo? —preguntó él con voz ronca. Iba bajando la boca por el cuerpo de ella hasta su vientre suave.

—¿La píldora? —preguntó ella, sorprendida.

—No quiero dejarte embarazada.

Eso no era lo que ella esperaba. Obligó a su cuerpo a permanecer inmóvil mientras luchaba porque su cerebro adormecido volviera a funcionar. Empujó el pecho de él con gentileza. Estaba desnudo.

¿Cuándo se había quitado la camisa? Ella no se había dado cuenta de que tenía las manos enterradas en el vello espeso que cubría sus músculos duros.

—Embarazada —repitió.

Él alzó la cabeza y contempló la belleza cremosa del cuerpo de ella.

—Embarazada —ladeó la cabeza y la miró con algo que ella reconoció como cinismo—. Ah, vamos, Meredith, tú eres la chica de Randall. Me lo dijo él. Le gustan las mujeres calientes y experimentadas. No te preocupes. No le importa compartir. No sería la primera vez —añadió con sarcasmo, y la miró como si ella fuera alguien a quien hubiera pagado por pasar la noche juntos.

Merrie sintió de pronto frío y vergüenza. El placer físico la abandonó como si nunca hubiera existido. Tiró de su vestido y se cubrió los pechos desnudos.

—Por favor, déjame levantarme —dijo, con una voz que casi ahogaba la vergüenza.

—¿Que te deje levantarte? —preguntó él—. ¡Por el amor de Dios!, tú vienes aquí conmigo, me excitas hasta que no puedo más, ¿y ahora quieres que pare?

Merrie lo miró con ojos tristes y apagados.

—No soy la chica de Randall —contestó con tristeza—. Soy su amiga. Solo su amiga. Nunca he... —tragó saliva y apartó la vista—. Nunca he hecho esto con nadie.

—A otro perro con ese hueso —contestó él con rabia. Se levantó, rabioso por el deseo insatisfecho—. No te has resistido mucho.

Ella se sentó. Se sentía sucia. Se puso de pie y cerró cómo pudo los botones chinos del vestido, los suficientes para estar decente. Miró la puerta.

Ren estaba furioso. Quería golpear algo.

—¿Es por dinero? —preguntó con dureza—. Puedes tener todo lo que quieras. Más vestidos como ese, más abrigos como los que te he pagado.

Merrie frunció el ceño. Él no sabía que los había pagado ella. Podía habérselo dicho, pero estaba demasiado asqueada. El brandy se le había subido a la cabeza. Quería a Ren. Había creído que ella también le importaba a él. Pero él pensaba que estaba con Randall y que eso la convertía en blanco fácil para una aventura. Recordó que Angie también había estado con Randall. Al parecer, Ren estaba acostumbrado a que las mujeres de Randall tuvieran aventuras con él y pensaba que ella era una más en una larga línea de conquistas breves. No la quería para siempre. Solo necesitaba una mujer para la noche. Y eso era lo más doloroso que le había pasado a ella.

—Me voy a la cama —dijo en medio de una nube de tristeza.

—Será lo mejor —contestó él con dureza—. Ya he tenido demasiadas mujeres desechadas por Randall. Me dais asco.

Merrie cerró los ojos e hizo una mueca de dolor, pero no dejó que él la viera.

—Lo siento —musitó ella.

—¡Quítate de mi vista!

Ella no se daba cuenta de que era el deseo frustrado lo que hablaba por la boca de él. Hacía meses que no estaba con una mujer y su pobre cuerpo hambriento intentaba lidiar con la pérdida de la satisfacción que había anticipado. Él se volvió y se fue a su estudio.

Merrie subió a su habitación y cerró la puerta con llave.

Se quitó el vestido y todo lo que llevaba debajo y lo tiró a la papelera. Sacó ropa limpia y entró en el baño a lavarse el olor de Ren del cuerpo. Después de lo que acababa de pasar, no sería capaz de volver a verlo.

Cuando se puso vaqueros limpios, una sudadera y botas, guardó algunas cosas en una mochila, se puso el abrigo más cálido que tenía y esperó hasta que lo oyó pasar a él por delante de su puerta camino de la cama.

Ren se detuvo ante la puerta de ella. Se sentía todavía traicionado y rabioso, pero no podía quitarse el sabor de ella de la boca. Un sabor como de miel. Se había habituado a tenerla cerca, le gustaba estar con ella, le encantaba cómo era. Sentía haberla tratado de aquel modo. Ella no podía evitar ser lo que era. Tal vez hubiera querido a Randall y por eso había sido su chica. Ren podía olvidar eso. Podía olvidar cualquier cosa, si eso implicaba no perderla. Odiaba haber herido sus sentimientos. Se detuvo en su puerta, intentando buscar las palabras apropiadas para deshacer el daño que había causado. Pero no consiguió encontrarlas. Un whisky solo, unido al brandy de antes, le habían nublado el cerebro.

Siguió andando de mala gana. Se disculparía por la mañana. Tal vez pudiera hacer las paces con ella. La chica ya tenía bastante estrés con el asesino que la acosaba, no necesitaba también que él la tratara con agresividad. Ren estaba sinceramente arrepentido.

Merrie oyó los pasos de él pararse ante su puerta. Se sentó en la cama con los dientes apretados. Si él habría la puerta... Pero no tenía llave. Ella se relajó un poco. No, él no tenía llave y ya no la deseaba. Lo había dejado muy claro. Probablemente iba a decirle que se marchara. Cerró los ojos, sufriendo, y escuchó. Un minuto después, los pasos de él siguieron su camino y desaparecieron lentamente por el pasillo. Se cerró una puerta y Merrie soltó el aliento que había contenido.

Se secó otra tanda de lágrimas. ¿Qué esperaba, después de todo? Sabía que había estado prometido con Angie, que había sido una de las chicas de Randall. Al parecer, muchas de las chicas de Randall habían estado en el rancho y habían tenido algo con Ren.

Y él pensaba que ella era una más. Le había encantado que la besara, la abrazara y la tocara. Había creído que era amor. Solo era lujuria. La deseaba, pero solo para una o dos noches, no para siempre.

Tal vez el tipo de amor que leía en las novelas románticas no era real. Pensó en Paul y en Sari y se dio cuenta de que, para algunas personas, sí lo era. Pero no para ella. No con aquel hombre. Con él nunca.

Esperó hasta que estuvo segura de que él no saldría de su habitación. Tomó la mochila con la tarjeta de crédito y el dinero y abrió la puerta. Tendría que dejar todo lo demás, no podía llevárselo. Bajó abajo y buscó una compañía de taxis en la guía de teléfonos. No había ninguna en Catelow que funcionara de noche. Llamó a Billings y consiguió que una empresa de limusinas accediera a ir en su busca. Dio su número de tarjeta y la dirección del rancho y les pidió que se dieran prisa. Le dijeron que el conductor ya estaba en camino.

Salió por la puerta sintiendo náuseas. No había dejado una nota, pero Ren sabría por qué se había ido. Lamentaba mucho no poder despedirse de Delsey, pero no podía hacer nada al respecto.

Nevaba más que antes. Miró a su alrededor, pero no había nadie a quien pudiera pedirle que la llevara hasta la verja principal, que estaba al menos a medio kilómetro de distancia de allí. Bien mirado, era la misma distancia que había a los establos, solo que por otro camino. La verja principal, donde llegaría la limusina, le parecía mucho más lejos, y tenía que atravesar dos verjas más para llegar hasta ella.

Pero ¿no decían que el viaje más largo empieza con un solo paso?

Cuando llegó a la primera valla, se arrepentía de no haberse puesto guantes y un gorro mejor que el de lana de colores que llevaba. Los calcetines estaban empapados dentro de sus botas de vestir, porque la nieve les caía encima. Sentía los pies tan congelados como sus pobres manos.

La verja tenía un pestillo sencillo. Eso le sorprendió, porque Ren le había dicho que había alarmas que saltaban si alguien abría esas puertas por la noche. Recordó que había un programa de reconocimiento facial en cámaras ocultas que no se veían fácilmente. Miró a su alrededor y no vio ninguna cámara en la oscuridad iluminada por la nieve. Quizá no estuvieran mirando las verjas a esa hora de la madrugada.

Cerró la puerta tras de sí y siguió andando. Temblaba de frío. Había otra verja en la distancia. Parecía estar muy lejos. En Texas en aquella época del año eso no habría sido un problema. Pero Wyoming era muy diferente. No estaba acostumbrada al frío y la nieve. Y parecía que no iba a tener la oportunidad de acostumbrarse.

Tocó el teléfono de prepago que llevaba en el bolsillo. Estaba cargado, así que podría llamar a Paul desde el aeropuerto y pedirle que fuera a recogerla con el avión privado de la familia. No estaba incluido en la lista de bienes adscritos a los cargos de blanqueo de dinero, por lo que, al igual que los caballos de carreras, seguía siendo propiedad de la familia.

Se rio de su estupidez. Se había enamorado. Pero para Ren solo había sido un blanco fácil, porque creía que era la chica de Randall. Era muy descorazonador. Jamás había sentido algo así, y tenía que sentirlo por primera vez con un hombre insensible que consideraba a las mujeres objetos de placer.

Recordó con angustia la ternura de los labios de Ren en su boca suave, el movimiento lento y hábil de sus manos en el cuerpo de ella, la paciencia que mostraba con ella. Angie había dicho que era un amante terrible. Merrie sabía que no era verdad. Ren era experto y sofisticado, un maestro de la sensualidad. Si ella hubiera sido la mujer experimentada que él esperaba, probablemente no le habría importado acostarse con él. Pero era religiosa. No seguía al rebaño.

Se sentía traicionada. Se sentía sucia y barata. Quería estar en su casa con su hermana. Si la encontraba el asesino, muy bien. De todos modos, no veía un futuro para ella sin Ren y él no la quería, salvo en un sentido. Eso le dolía tanto que las lágrimas corrieron de nuevo por sus mejillas. Se las secó con rabia. Él no merecía sus lágrimas.

Siguió andando.

Ren estaba sentado debajo de un árbol con Meredith en los brazos. Ella le sonreía con ojos llenos de amor. Había un pitido extraño en los oídos de él. Ella lo miraba con curiosidad y a él lo despertó de pronto el sonido del teléfono.

Levantó el auricular medio dormido.

—¿Qué? —preguntó.

—¿Sabe que su invitada ha pasado la primera valla y se dirige a la verja principal andando sobre la nieve sin bufanda ni guantes? —preguntó J.C.

—¿Qué?

Ren salió rápidamente de la cama y empezó a buscar su ropa.

—Cierra la segunda verja. Y me refiero a que la bloquees —ordenó—. Voy para allá.

—Muy bien, jefe.

Ren bajó corriendo las escaleras, abrochándose la camisa por el camino. Agarró un abrigo, un gorro, una bufanda, la llave del Jaguar y salió por la puerta. El automóvil seguía aparcado al lado de los escalones. Los recuerdos que eso le trajo le hicieron fruncir el ceño. Subió al vehículo, lo puso en marcha y salió disparado camino abajo.

Abrió la primera verja, la cruzó, la cerró y siguió avanzando. Notó que la cerradura electrónica no estaba conectada. Había olvidado hacerlo a su regreso a casa, en su anticipación por estar a solas con Meredith. Había sido un descuido. La alcanzó a poca distancia de la última verja.

Ella oyó el coche antes de verlo. Adivinó quién lo conducía y echó a correr, combatiendo las lágrimas.

Ren la alcanzó fácilmente antes de que fuera muy lejos. La tomó en sus brazos, ignorando los esfuerzos de ella por soltarse, y la metió en el asiento del acompañante.

—¡Quédate ahí! —dijo con frialdad cuando ella intentó volver a salir.

A Merrie le temblaba el labio inferior y las lágrimas rodaban por sus mejillas. Estaba demasiado cansada para que eso le importara y tenía mucho frío. Se abrazó el cuerpo en torno al pecho y se negó a mirarlo.

Ren sintió el dolor hasta los talones. Quería disculparse, pero no encontraba las palabras apropiadas. Ella parecía destrozada. Una mujer experimentada no se comportaría así. Había visto las suficientes para estar seguro de eso. Ella ni siquiera lo miraba.

Había salido del rancho andando en una tormenta de nieve. «Orgullo», pensó él.

Era orgullosa. No se quedaría donde no la trataban bien.

—He llamado a un servicio de limusinas —comentó ella con voz tensa—. El conductor estará esperando en la verja principal. Por favor, dile que puede cobrarme por las molestias y que lo siento.

Ren llamó a J.C y le trasladó el mensaje. Colgó. No tardarían en llegar a la casa.

Cuando llegaron, llegaba también Delsey, en una camioneta pequeña. Aparcó al lado de ellos y le sorprendió verlos salir con ropa normal en lugar de con la ropa elegante de noche.

—¿Qué ha pasado? —preguntó, sorprendida al ver llorar a Merrie.

—Hemos tenido un malentendido —repuso Ren, tenso—. Súbela arriba y métela en la bañera. Está medio congelada.

—Lo haré. Ven, querida. Yo cuidaré de ti —dio Delsey, rodeándola con un brazo.

Merrie subió los escalones con ella, sollozando. Ren se quedó en la puerta, con la nieve cayéndole encima, y sin sentir siquiera los copos en la cara. Le dolía verla así y saber que él era la causa.

Merrie tomó una ducha caliente y volvió a ponerse los vaqueros y la sudadera. Luego, mientras esperaba a que Delsey le llevara una taza de té caliente, sacó el teléfono de prepago y llamó a su casa.

—¿Merrie? —preguntó Sari, adormilada. Hubo una pausa—. Oye, son las tres de la mañana. ¿Qué pasa?

Merrie intentó no llorar.

—He tenido un problemilla aquí.

—¿El asesino?

—No. He tenido un desencuentro con Ren. ¿Puede venir Paul a buscarme ahora mismo? Siento que sea tan tarde, pero no quiero seguir aquí. Le pediré a Delsey que me lleve al aeropuerto de Catelow. Ahí puede aterrizar un avión pequeño, lo he comprobado —Merrie hizo una pausa—. Lo siento mucho. Sé que pensabais que estaría más segura aquí.

—Hay un nuevo problema —repuso Sari—. Dejaré que te lo cuente Paul cuando llegue allí. Está bien que quieras volver a casa. Pensábamos pedirte mañana que lo hicieras.

—¿Qué ha pasado? —preguntó Merrie—. Tú no estás en peligro, ¿verdad?

—No. No, yo estoy bien, muy protegida —repuso Sari con una risita. Hizo una pausa. Tapó el teléfono con la mano y habló con su esposo. Luego volvió a la conversación—. Paul dice que saldrá para el aeropuerto en cuanto se vista y saque al piloto de la cama.

—Lo siento.

—Eres mi hermana. Te quiero. Cállate.

Merrie se echó a reír.

—Está bien. Gracias.

—Nos vemos pronto.

Delsey le llevó una taza de té muy caliente y lo dejó en la mesilla de noche.

—Esto te ayudará a entrar en calor. ¿Por qué no te pones el camisón?

—Porque me voy a casa. Sari va a enviar a Paul a recogerme. Estará en el aeropuerto en unas dos horas. ¿Crees que alguien puede llevarme allí?

—Por supuesto que sí. ¿Dos horas? Los aviones de pasajeros son muy lentos.

—Tenemos un Learjet —repuso Merrie—. Es muy rápido.

—¿Un Learjet?

Merrie tomó la taza de té y dio un sorbo.

—Gracias por el té. Me quedaré aquí quieta hasta que llame Paul. ¿Te parece bien?

Delsey veía más de lo que la otra creía. Le dio una palmada en el hombro.

—¿Sabes? —dijo con suavidad—. Ren no está acostumbrado a las mujeres como tú. Está acostumbrado a las que Randall suele traer aquí. Angie era una de ellas. Creo que pensó que, si Randall te había traído a casa con él, tenías que ser igual que ellas —hizo una mueca—. Yo podría haberlo sacado de su error, pero para mí no es fácil hablar de esas cosas con él. Es demasiado reservado.

Respiró hondo.

—No sabe lo que siente, pero siente cosas. Es muy sensible.

Merrie tomó un sorbo de la taza y no contestó.

—Pero basta de charla. Tómate el té. ¿Seguro que estás bien? —preguntó Delsey.

—Solo tengo frío. No me paré a buscar los guantes y la bufanda. Tendría que haberlo hecho. Y las botas se han empapado. Son botas de vestir y olvidé lo profunda que era la nieve —alzó el pie para mostrar la zapatilla deportiva que llevaba—. Con estas no llegaré lejos, pero al menos están secas —movió la cabeza—. Pensé que sería fácil llegar a la carretera.

—En Wyoming nada es fácil cuando empieza a

nevar —repuso Delsey—. Si me necesitas, llámame. ¿De acuerdo?

—De acuerdo.

Ren estaba sentado a la mesa con una taza de café caliente que había preparado él mismo. Cuando entró Delsey, alzó la cabeza.

—Ha llamado a su hermana —dijo esta—. Su cuñado viene a buscarla. Llegará pronto al aeropuerto. Yo la llevaré hasta allí.

Ren sintió frío por dentro. Se concentró en su café.

—Comprendo.

—Ella no es como usted cree —soltó Delsey, incómoda—. Me dijo que su padre nunca la dejó salir con chicos. Dijo que nunca la habían besado. No es una de las mujeres de Randall.

Ren palideció al oír eso. Si era cierto, había cometido un error monumental. Peor todavía de lo que pensaba.

Tomó otro sorbo de café.

—Enviaremos a alguien a buscarlo al aeropuerto y traerlo aquí —dijo después—. Quiero hablar con él antes de que se vayan.

A Paul lo esperaba en el aeropuerto un hombre con una camioneta que llegaba el logotipo del rancho Skyhorn en el costado: Cuernos de toro cruzados en un campo rojo.

—Soy Tubbs —se presentó el hombre—. En el aeropuerto me han dicho que usted es el único cliente que esperan, así que usted debe de ser Paul Fiore.

Este soltó una risita.

—Ese soy yo. Está bien, vámonos.

***

Tubbs lo llevó a la casa. Ren salió a abrirle y le estrechó la mano.

—Merrie dice que quiere venir a casa —dijo Paul—. Y está bien que lo haga. Acabamos de enterarnos de que saben que está aquí.

Ren palideció.

—¿El asesino la ha localizado aquí? —preguntó—. ¿Cómo?

—Por la tarjeta de crédito. La utilizó en una tienda de la zona. La detectó un hombre que creemos que la busca por encargo del asesino. Utiliza tecnología punta para ayudarle a encontrar a sus objetivos. Es muy listo.

—Utilizó su tarjeta de crédito —Ren se sintió como un idiota. Por eso ella no le había dado las gracias por los abrigos o el vestido. Los había pagado ella.

Frunció el ceño.

—Hace poco compró artículos muy caros —dijo—. Para empezar, un vestido de noche que era el más caro de la tienda. Y es una tienda de alto *standing*.

—No le ha contado nada de sí misma, ¿verdad? —preguntó Paul.

—No mucho, no.

—Tiene doscientos millones de dólares —comentó Paul con sencillez. Vio la sorpresa en la cara de Ren—. Se los dejó su madre. Escondió el dinero en Suiza para sus hijas de modo que su padre no pudiera tocarlo.

—Doscientos millones —Ren no podía asimilar que ella fuera tan rica. Se comportaba como una mujer que no tuviera nada.

—¡Eh!, solo es dinero —bromeó Paul—. ¿Puedo

tomar café? Anoche estuve hasta tarde trabajando en un robo en San Antonio y estoy medio muerto.

—Claro que sí. ¿Querrá el piloto? —preguntó Ren.

—Tiene un termo de café y un buen libro. Odia a la gente. Es buen piloto —Paul se sentó—. ¿Qué tal? —preguntó a Delsey con una sonrisa amplia—. Soy Paul Fiore.

—Encantada de conocerle —repuso ella. Pensó que era un hombre muy atractivo, con su pelo moreno ondulado y sus ojos marrones oscuros.

—Hábleme de Merrie —pidió Ren con suavidad. Paul se encogió de hombros.

—No hay mucho que decir. El viejo las golpeaba. Las dos tienen cicatrices en la espalda. Usaba el cinturón doblado, con la hebilla por delante.

Ren gimió en alto. Por eso no quería ella que le pusiera la mano en la espalda en la fiesta. Y antes de eso la había abrazado y había notado una forma rara en la parte de atrás del suéter.

—Era un fanático. Quería que todas las toallas hicieran juego, que estuvieran perfectamente ordenadas. Una vez le pegó a Merrie por haber descolocado la alfombra del baño. Y, cuando ella intentó salir con un chico con dieciséis años, hizo que le dieran una paliza al chico y lo echaran de la ciudad. Azotó a Merrie con el cinturón por haber permitido que se le acercara un chico.

—¡Qué vida ha debido de tener ella! —musitó Ren, pesaroso.

—Ni chicos ni citas ni fiestas, solo casa y televisión. Y la iglesia, claro. Las dejaba ir allí. Isabel me dijo que, después de la muerte de su madre, la religión era el único apoyo que tenían. Era un maniático del control. Y tenía adicción a la heroína además de lesión cerebral. La droga acabó por matarlo. Es decir, tuvo un infarto porque la droga le debilitó el corazón. Pero fue la droga, en cualquier caso.

—¡Pobres chicas!

—Desde luego. El adiestrador tenía que alejarlo de los caballos de carreras. Golpeó tanto a uno, que hubo que sacrificarlo. Este año hemos ganado el premio Preakness con Grayling's Pride —añadió con una sonrisa—. El año próximo seremos más ambiciosos con él.

—¿Caballos de carreras?

Paul asintió.

—Los establos Grayling son muy conocidos. Su padre tenía intereses muy diversos. La mayoría del dinero que ganaba era ilegal, pero la madre de las chicas las dejó bien provistas. Los caballos de carreras eran suyos. Nunca habían tenido nada lujoso. Fueron de compras antes de mi boda con Isabel y compraron ropa. Mi esposa iba a trabajar con un traje de treinta dólares. Antes de su muerte, su padre se negaba a permitirles trabajar ni siquiera media jornada. Cuando murió, intentaba casar a Isabel con un príncipe de Oriente Medio que había elegido para ella con el fin de sacar dinero para su defensa. Mi esposa se negó. Fue a por ella, pero los guardaespaldas de ella echaron la puerta abajo. Él murió antes de que pudieran sacarlo de la habitación. Mi esposa se culpa todavía, pero ella no hizo nada. Se murió solo.

—Lo siento —murmuró Ren, a quien todo aquello le producía dolor de corazón. ¡Pobre Meredith! Y él la había tratado como a una conquista fácil. Cerró los ojos cuando una ola de dolor le provocó náuseas.

—¿Puede pedirle a Merrie que baje, por favor? —preguntó Paul a Delsey. Miró su reloj—. Tengo que estar en el trabajo en unas horas. No me gusta robarle tiempo al Gobierno —añadió con una risita.

—Su esposa debe de tener millones también —dijo Ren cuando Delsey subía la escalera.

Paul se encogió de hombros.

—Sí. Y yo también. Un regalo inesperado de su padre —mintió—. Sari había insistido en compartir su fortuna con él, pero, para salvaguardar el orgullo de Paul, decían que el padre de ella le había dejado ese dinero en su testamento.

—Pero usted sigue trabajando.

—Claro —Paul rio—. Adoro mi trabajo. Isabel también ama el suyo. No estamos hechos para fiestas y clubs de campo.

—Yo tampoco —repuso Ren—. Me gustar estar cerca del ganado.

—Me encantan los caballos —confesó Paul—. No montamos los de carreras, claro, pero tenemos algunos cuartos de milla valiosos que vendemos para crianza.

—Yo creía que Meredith era casi pobre. No actúa como una mujer rica.

—Su hermana tampoco. Isabel dice que su madre era así. Usaba ropa normal y trabajaba en el jardín —apretó los labios—. Hay muchas probabilidades de que la matara su padre. Mi esposa quiere exhumar el cadáver y hacer una autopsia que no esté amañada, como la primera. El padre sobornó a alguien y el veredicto fue muerte accidental.

—Una vergüenza.

—Sí que lo fue. Si hacemos la exhumación, solo servirá para causar más dolor a las chicas. Él ya está muerto y su madre también. La vida sigue.

—O eso parece —Ren alzó la vista. Merrie bajaba las escaleras con la maleta, la mochila y su cuaderno grande de dibujo.

—¡Paul!

Dejó sus cosas en el sofá y corrió a abrazarlo.

—Muchas gracias por venir.

Él le dio unas palmaditas en la espalda.

—De nada, chica. Si lo tienes todo, deberíamos irnos ya.

—Estoy lista.

—Os llevaré al aeropuerto —se ofreció Delsey, al ver la incomodidad de Ren, que miraba con angustia a Merrie.

—Gracias —dijo esta. La abrazó—. Y gracias por ser tan buena conmigo.

—Ha sido un placer. Te voy a echar de menos —contestó Delsey.

Merrie apoyó la cabeza en su hombro.

—Yo también a ti.

—Buen viaje, querida. Que no te pase nada.

—Gracias. Tú cuídate mucho.

Delsey sonrió.

Merrie se volvió hacia Ren con el corazón latiéndole con fuerza. No se atrevió a subir la vista más allá de su garganta.

—Gracias por haberme admitido aquí —dijo con educación—. No puedo llevarme ahora todos los lienzos, pero, si no te importa pedir a alguien que los empaquete y me los envíe, te enviaré una etiqueta con la dirección. Tenemos cuenta con el servicio de mensajería de FedEx.

—Está bien —repuso él con rigidez.

—Estoy lista —le dijo ella a Paul.

Cuando estaban en la puerta esperando a que Delsey volviera con su abrigo, Ren la miró con expresión de arrepentimiento. Su mirada era muy tormentosa.

—No te conocía en absoluto, Meredith —musitó—. Lo siento.

Una disculpa era lo último que ella esperaba. Se sonrojó.

—Gracias, Ren —fue todo lo que pudo decir. Le lanzó una última mirada, hizo un gesto de pena y salió por la puerta con Paul y con Delsey.

Ren se quedó en la sala de estar, donde permaneció varios minutos clavado en el sitio. Todo el color y toda la vida habían desaparecido de pronto de la casa y esta estaba vacía, gris y solitaria.

Hasta ese momento no se había dado cuenta de lo que sentía por Meredith. Y ya era demasiado tarde para arreglarlo y volver a empezar. Ella se marchaba y el último recuerdo que tendría de él sería uno de vergüenza y bochorno.

Gimió en alto al recordar lo que le había hecho y lo que le había dicho. La había hecho sentirse barata e inútil. Y no era ni mucho menos lo que pensaba de ella.

Fue a su estudio y abrió la puerta. Allí estaba el retrato que le había hecho. Y también el cuadro de Huracán. Cerca había un cuaderno de dibujo con un boceto de Delsey. También había uno de Tubbs y de otros hombres. La amplitud de su talento lo seguía dejando atónito.

Se sentía bien allí, entre sus cuadros. A su madre le había gustado también dibujar, aunque no era el mismo tipo de artista que Meredith. Su madre dibujaba flores. Las pintaba solas, en macetas, en árboles, en un jardín... pero siempre flores. Dibujaba muy bien. Ren apretó los dientes. La había sacado de su vida por un comentario angustiado, comentario que había provocado él mismo con su cinismo. Le había hecho daño y ella había reaccionado de ese modo. Era así de sencillo, pero eso había determinado su relación durante años. Él no perdonaba a la gente, pero debería haberla perdonado a ella.

Hojeó el cuaderno de Meredith. Allí, en la última página que había usado, había un autorretrato. Era solo un boceto, pero lo conmovió. Todo lo que era ella estaba plasmado en aquel dibujo. Había mucha vulnerabilidad, compasión y bondad en sus grandes ojos claros.

—Lo siento mucho, cariño —susurró, tocando el papel con los dedos.

Respiró hondo. Sin pensar en lo que hacía, arrancó el dibujo del cuaderno y se lo llevó a su habitación.

En el pueblo había una tienda de enmarcar. Había perdido a Meredith, quizá para siempre. Pero tendría el dibujo para que se la recordara.

Pensó entonces en lo que había dicho Paul Fiore. El acosador de Meredith había estado allí y había burlado todo el equipo sofisticado que Ren había colocado en el rancho.

Recordó al camionero que le había hecho sospechar. Pensó en Beakly y en su situación económica y tuvo una inspiración.

Tomó su teléfono móvil y llamó a J.C.

—¿Umm? —contestó este, claramente desde la cama.

—Podrás volver a dormir en un minuto. Mañana a primera hora quiero que vayas a ver a Beakly y le preguntes cuánto le pagó el camionero para que dijera que tenía un cargamento para él.

—¿Qué?

—Es solo una corazonada. Puede que no sea nada.

—Está bien. Mañana a primera hora.

—Gracias. Siento haberte despertado.

—No importa. Tenía un sueño horrible —contestó J.C. antes de colgar.

Ren dejó el teléfono. Se levantaría por la mañana y Meredith no estaría en la mesa del desayuno. No estaría allí para ir a montar con él a ver el ganado. No la vería tejiendo gorros delante de la tele.

Una oleada de dolor le hizo cerrar los ojos. De todos los errores que había cometido en su vida, aquel seguramente era el peor. Peor incluso que el de su compromiso con la traicionera Angie.

Eso le recordó cómo lo había defendido Meredith de Angie en la fiesta de Durward. Y deseó poder apagar su cerebro para ser capaz de dormir.

Cuando al fin se quedó dormido, era casi de día, y apenas durmió dos horas antes de despertarse y salir con sus hombres. Al menos el agotamiento por la falta de sueño ayudaba a que dejara de darle muchas vueltas al tema de Meredith.

10

Merrie guardó silencio durante casi todo el camino a casa. Se dio cuenta de que Paul estaba muy cansado y lo convenció para que cerrara los ojos y así no tendría que explicarle por qué lo había llamado para que fuera a buscarla.

Ya tendría bastante con las preguntas de su hermana cuando llegara a casa. De eso estaba segura.

El asesino a sueldo la había encontrado por su propia estupidez. No debería haber usado su tarjeta de crédito. Recordó las miradas de extrañeza de Ren cuando ella le mencionó el vestido y los abrigos, y se dio cuenta, demasiado tarde, de que él seguía pensando que había comprado todas aquellas prendas caras con su tarjeta.

Delsey probablemente no le había comentado que había pagado con su propio dinero. Por supuesto, Ren no sabía cuánto dinero tenía ella. De haberlo sabido, quizá no se habría lanzado con tanto ímpetu sobre ella.

Se sonrojó al recordar el ansia de él y el placer sexual que producía en ella. Era un hombre experimentado y se notaba. Rio en silencio. Probablemente había tenido tantas mujeres que no recordaba ni sus caras, y ella había escapado por los pelos.

Pero eso no impedía que siguiera reprimiendo las lágrimas cuando aterrizaron en el aeropuerto de Jacobsville. Se las secó para que no las viera Paul y sonrió para él.

La comedia duró solo hasta que entró en la casa. Sari la esperaba con los brazos abiertos. Sabía sin que se lo dijeran que Merrie no había vuelto a causa del asesino. Había huido de un hombre que le importaba demasiado.

Le dijo que Mandy dormía todavía.

—Se alegrará mucho de tenerte en casa. Te ha echado mucho de menos. Todos te hemos echado de menos. Sobre todo yo.

Merrie la abrazó.

—No nos hemos separado casi nunca. Me he divertido y he aprendido cosas del rancho, pero es agradable volver a estar en casa —dijo, casi llorando de nuevo.

—Ven arriba —contestó su hermana—. Te arroparé y te contaré un cuento.

—Gracias —dijo Merrie con tristeza—. Necesito mimos.

—Acuéstate, cariño —dijo Sari a Paul con una sonrisa amorosa—. Puedes dormir al menos tres horas más antes de que tengas que levantarte para trabajar.

—Eres un ángel —él sonrió—. Gracias.

—Gracias por venir a por mí, Paul —dijo Merrie—. Siento haberte llamado tan tarde.

—Eso no importa —comentó él—. Trabajo para el Gobierno. Puedo dormir de pie de ser necesario.

—Eso es verdad —dijo Sari cuando las dos hermanas subieron arriba—. Lo he visto alguna vez dormir de pie.

—Es muy bueno. Tienes mucha suerte —Merrie se dejó caer en la cama con un suspiro—. ¡Ojalá yo tuviera la misma!

—¿Quieres hablar de ello? —preguntó Sari, sentándose a su lado.

—Él pensó que era la chica de Randall y me trató de acuerdo con eso —dijo Merrie con rigidez—. Cuando le dije que no, creyó que era un juego mío. Se enfureció.

Sari hizo una mueca y la abrazó.

—Imaginaba que sería algo así. Deberías haberle dicho cómo nos hemos criado.

—Lo intenté. Creo que no me creyó desde el principio —Merrie se apartó y se secó los ojos con un pañuelo que sacó del bolsillo—. No es un mal hombre —añadió—. Pero otra de las chicas de Randall se hospedó en el rancho y lo sedujo hasta que se prometió con ella. Cuando descubrió que solo quería su dinero y no a él, rompió el compromiso. Y ella le dijo a la gente en Internet que era un mal amante.

—Es un modo asqueroso de vengarse de un hombre —comentó Sari—. Hemos llevado casos de personas que creían que estaban acosando a alguien de modo anónimo y descubrieron en los tribunales que no era así.

—Sí, parece que no se dan cuenta de que se puede rastrear una dirección IP —asintió Merrie. Respiró con fuerza—. Ren me pidió que fuera a una fiesta con él. Sabía que su exprometida estaría allí —sonrió con tristeza—. Le dije que lo dejara en paz.

—¿Mi hermanita bien educada luchó por un hombre? —se burló Sari.

Merrie rio con suavidad.

—Sí, supongo que sí. Ren quedó impresionado —dejó de sonreír—. Luego fuimos a casa —tragó saliva. El recuerdo le escocía. Bajó los ojos—. Creía que le importaba, no me daba cuenta de que un hombre puede estar así con una mujer y no sentir otra cosa que deseo —alzó la vista con tristeza—. Supongo que soy una estúpida.

—Recuerdo lo que yo sentía con Paul —contestó Sari—. Ya sabes cómo fue lo mío. Él creía que yo era muy joven y no me tomaba en serio. Y lo atormentaba un pasado del que yo no sabía nada. El camino hasta el altar fue muy pedregoso —sonrió—. Pero míranos ahora.

Merrie asintió.

—El vuestro es un amor de cuento de hadas —frunció el ceño—. El mío se parece más a una historia de terror.

—Puede que él cambie con el tiempo —comentó Sari.

—No es probable. Al menos en lo que me concierne a mí.

—Todavía es temprano. Duérmete y relájate. Ahora estás en casa. Aquí nadie te hará daño.

—¿Y los vengadores siguen por aquí?

Sari se echó a reír.

—Sí. Les hemos hecho instalar más equipos de vigilancia. Y tenemos un huésped.

—¿Ah, sí? ¿Quién?

Sari le dio una palmadita en la mano.

—Cada cosa a su tiempo. Duérmete. Hablaremos por la mañana. Tengo el día libre porque pasado mañana trabajaré horas extras por un intercambio con otro fiscal.

—Eres una fiscal buena.

—Pelota —gruñó Sari.

Merrie se echó a reír.

***

Tuvo un sueño atormentado. Estaba en brazos de Ren, ahogándose en sus besos, cuando él se apartó y la dejó a un lado.

Se levantó y se alejó sin mirar atrás. Ella lo llamaba una y otra vez, pero él seguía andando. Ella se levantaba y echaba a correr. Llevaba un vestido largo y caro de gasa con unos tacones increíblemente altos. Al correr, tropezó con la falda larga y empezó a caer. Llamó a Ren para que la salvara, pero él ya se había ido. Cayó por un agujero y empezó a caer y a caer...

Se despertó de golpe, con el corazón latiéndole con fuerza. Solo era un sueño. Pero le había parecido muy real. Sobre todo la parte en la que caía. Pensó en Ren como estaba la última vez que lo había visto, retraído, callado y reservado. Suponía que Paul le había contado algunas verdades de su pasado y probablemente se había dado cuenta de lo mucho que se había equivocado con ella.

Pero era demasiado tarde para que eso importara. El enfado de Ren le dolería durante mucho tiempo. Aunque se sintiera culpable por haber intentado seducirla sin darse cuenta de lo verde que estaba en ese terreno, eso no quería decir que la quisiera. Merrie recordó la alegría que había sentido en su compañía, el placer de estar simplemente sentados juntos y viendo las noticias en la tele por la noche. Se había habituado a estar con él. Su vida entera había cambiado en el espacio de un día. Sabía que no volvería a ver a Ren y nada le dolía tanto como eso, ni siquiera las palabras duras de él.

Se preguntó si le contaría a Randall por qué se había ido del rancho. Probablemente no. Quería a su hermano. Pensaba que ella estaba con él, así que quizá no quisiera admitir que la había deseado. Aunque había tenido éxito con otras mujeres de Randall, como él mismo había confesado.

Bajó a desayunar vestida con vaqueros y camiseta, con el pelo recogido en una coleta y sin maquillaje. No le importaba tener mal aspecto teniendo en cuenta lo mal que se sentía por dentro.

Cuando llegó a la mesa, se detuvo sorprendida. En la habitación había otro hombre y no era Paul ni ninguno de los vengadores.

Era un hombre voluminoso, de nariz grande, con pómulos altos y boca cincelada. Su cabello era negro y ondulado. Sus ojos, grandes y oscuros. Se parecía a Paul pero tenía un aire peligroso. Entonces se acordó de que lo había pintado a partir de fotografías que le había dado Paul. Un regalo de cumpleaños que le había encargado este para su primo Mikey.

—¡El primo Mikey! —exclamó. Se sonrojó de vergüenza cuando él enarcó las cejas sobre los ojos oscuros—. Perdón —añadió con rapidez. Se sentó—. Yo pinté...

—¡Ah! La cuñada —él sonrió—. Sí. El parecido es excelente. El cuchillo en la mesa a mi lado fue un toque genial —añadió, apretando los labios.

—¡Oh! Déjalo ya. Está más roja que un camión de bomberos, tonto —comentó Paul, reuniéndose con ellos.

—Perdón —Mikey soltó una risita—. No he podido resistirme —ladeó la cabeza y miró a Merrie—. No eres como yo pensaba, princesita —añadió.

—¿Y qué esperabas? —preguntó ella con curiosidad.

Él tomó una taza de café que le pasó Paul y le dio las gracias antes de contestar.

—Una adivina con una bola de cristal. Y quizá un pañuelo en la cabeza.

Merrie enarcó las cejas.

—Soy un hombre malo —musitó él. Y no lo decía

con tono de disculpa ni de arrogancia—. Pintaste al verdadero yo. Y no sabías nada de mí.

—¡Oh! —ella sonrió—. Parece que veo dentro de la gente. Paul no me dijo nada de quién eras ni lo que hacías. Solo me dio las fotografías, me dijo que eras su primo y me preguntó si podía pintarte para un regalo. Y yo le dije que sí.

—Pues es increíble —repuso él—. Lo enmarqué y lo puse encima de la chimenea en mi sala de estar —añadió—. No tengo muchas visitas, pero llama la atención de los que van —soltó una carcajada muy ruidosa.

—¿Qué tiene tanta gracia? —preguntó Merrie.

—Un gran jefe de la mafia, uno grande de verdad, que controla medio estado del norte, quería saber quién eras para pedirte que lo pintaras.

Merrie abrió mucho los ojos.

—¿Y qué le dijiste?

—Que era un regalo y no sabía quién lo había hecho —dijo él. Se puso serio y la miró con ojos mucho más viejos de la edad que tenía—. No te conviene mezclarte con un tipo así a menos que sea el fin del mundo.

—Gracias por protegerme —dijo ella, que entendía lo que le decía.

—De nada —él miró su plato y frunció el ceño—. No quiero ser grosero, pero ¿qué narices es esta cosa blanca? —preguntó señalando.

—Son gachas de maíz —contestó Mandy, que entró en la estancia con un bol de mimbre lleno de galletas y tapado con una tela blanca de lino—. ¡Merrie! —exclamó. Se acercó a abrazarla—. Es un placer tenerte en casa —dijo, reprimiendo las lágrimas.

—Yo también te he echado de menos —Merrie suspiró. Era agradable estar en casa, donde la querían de verdad.

—Venga, ya basta —Mandy rio, reprimiendo lágrimas de alegría—. Siéntate. Sacaré todas las mermeladas. Él —señaló a Mikey— haría casi cualquier cosa por mi mermelada de arándanos casera.

—Casi cualquier cosa —asintió el grandullón con una sonrisa—. Vale, vamos, háblame de esto —señaló su plato—. Parece esa cosa que usas para pulir piedras —tocó la comida con el tenedor.

—Es lo que tienes cuando machacas maíz —musitó Mandy, sonriendo—. Tú sabes mucho de machacar, ¿no Mikey? —se burló.

Él arrugó la nariz.

—¡Eh! Yo no hice eso de lo que me acusan —respondió con hostilidad fingida—. ¿Poner a un hombre en una picadora? Eso es muy vulgar.

—Prueba las gachas —dijo Mandy—. Les he puesto mantequilla.

Mikey miró su plato dudoso, pero se metió una cucharada en la boca.

—¡Eh! No está mal. Sabe a polenta.

Mandy rio.

—Te lo he dicho.

Él movió la cabeza.

—Gachas. Sombreros de vaquero. Caballos y ganado —miró a Paul con una mueca—. ¿Qué demonios hace un buen chico de Jersey como tú en un lugar como este?

Paul miró a Sari con amor.

—Vivir el sueño americano.

Su esposa le sonrió. Mikey movió la cabeza.

—Pues podéis quedároslo. No hay casinos ni bares propiamente dichos. Ni siquiera un *nightclub* que se precie. Es el fin del mundo, eso es lo que es.

—Tenemos mariposas, libélulas, paseos en carros de heno y ferias del condado —protestó Merrie—. Eso es mejor que los clubs.

—Me va a dar urticaria en cualquier momento —le prometió Mikey, con expresión beligerante.

Ella sonrió.

En ese momento se abrió la puerta y se oyeron pasos de botas.

—Por fin hemos instalado las cámaras nuevas —anunció Barton, el más grueso de los dos guardaespaldas—. ¡Eh! ¿Eso son gachas de maíz? Las has hecho solo para mí, ¿verdad, cariño? —tomó a Mandy del brazo y la besó en la mejilla.

Ella se ruborizó.

—No es verdad. Las he hecho por ella —señaló a Merrie.

—Bienvenida a casa, señorita Grayling —Rogers, el más alto de los guardaespaldas, la saludó con una sonrisa.

—Gracias. Me han dicho que tenía compañía en Wyoming —comentó ella—. Hice una cosa muy estúpida. Usé mi tarjeta de crédito en una tienda.

—Nadie es perfecto —le aseguró Barton. Se sentó con su compañero.

—Excepto yo —declaró Mikey. Tomó un sorbo de café y fulminó con los ojos a los guardaespaldas cuando estos lo miraron.

—La perfección personificada —dijo Rogers con brusquedad.

—Modelo de perfección —asintió Barton.

Merrie los miró atónita.

—Acabó con los dos en un combate cuerpo a cuerpo en menos de treinta segundos —le explicó Paul.

Merrie apretó los labios y reprimió la risa.

—Operaciones especiales en Oriente Medio —explicó Mikey con una sonrisa—. Fui un chico malo.

—Debes de serlo si pudiste con esos dos —asintió ella.

Los guardaespaldas se las arreglaron para parecer a la vez tímidos y cautivados.

Paul soltó una risita.

—Aunque no lo creas, estuvieron en la misma unidad. Primero en Afganistán y después en Irak.

—Tiempos duros —comentó Mikey.

—Supongo —asintió su primo.

—¿Qué clase de cámaras? —preguntó Paul a Barton.

—Secreto profesional —repuso el interpelado apretando los labios—. Lo siento.

—¡Por el amor de Dios! Estoy en el FBI —exclamó Paul.

—Tenemos más rango que tú —respondió Rogers.

Paul lo miró de hito en hito.

—Nadie tiene más rango que el FBI. Nosotros inventamos el secreto profesional.

—¿Ah, sí? —preguntó Mikey—. Y entonces, ¿por qué no sabes lo del platillo volante que se estrelló en Roswell, Nuevo México, y toda la tecnología que encontraron en él? Seguro que ellos lo saben —añadió, señalando a los guardaespaldas con la barbilla.

—Yo no sé nada —contestó Barton, con despreocupación.

—Yo sé todavía menos —lo secundó Rogers.

—Probablemente hasta saben dónde están los cuerpos —se burló Mikey.

Rogers y Barton intercambiaron miradas de regocijo, pero guardaron silencio.

—¿Lo ves? —preguntó Mikey. Los señaló con la cuchara y miró a su primo—. ¿Y tú qué sabes? —añadió—. Cómo atrapar a ladrones de bancos.

—¡Eh!, alguien tiene que cazar a los criminales corrientes —repuso Paul—. Es tu dinero el que protegemos.

—Yo ni siquiera tengo dinero suficiente para comprarme unos zapatos buenos —repuso Mikey.

—¡Oh, qué pena me das! —se burló Paul—. Vende el Mercedes y cómpratelos.

—Me gusta el Mercedes —contestó Mikey. Se quedó pensativo—. Supongo que podría vender el Rolls. De todos modos, nunca lo conduzco. Es demasiado pretencioso.

—¿Demasiado pretencioso? —preguntó Paul.

—Sí, hace que la pasma se fije en ti —contestó su primo—. Que se fije de verdad.

—Pues eso no debe de ser bueno si estás siguiendo a alguien, ¿eh?

—Déjalo —murmuró Mikey—. La princesita se va a creer que soy tan malo como tú le dices a la gente que soy.

Merrie se echó a reír, porque la señalaba a ella.

—No, solo eres tan malo como tú te crees —replicó. Ladeó la cabeza y lo miró con calor—. No eres malo, a menos que la gente haga daño a alguien que te importa.

Mikey se sonrojó un poco.

—Eres muy aguda.

—Como una tachuela —se burló ella.

Él sonrió. Sonrió con los ojos y con la boca.

Ella leyó muchas cosas en su rostro. Dolor. Terror. Amor. Muerte. Esperanza. Angustia. Soledad.

—Fue muy difícil capturarte en el cuadro —comentó, pensando en alto.

—Prueba con una red —dijo Paul.

—¡Déjalo ya! —intervino Mikey—. O les diré lo que le hiciste a la abuela cuando nadie miraba.

—¡Tenía diez años!

—Pero estuvo mal.

—No fue para tanto.

—Te dieron una buena paliza —Mikey sonrió—. ¡Pobre Paul!

—Te chivaste tú.

—De eso nada —Mikey soltó una risita—. Yo solo señalé cuando le hiciste ese gesto con la mano en el aire.

—Es lo mismo. Yo lo hacía a espaldas de ella.

—Después de que yo señalara, ya no —repuso Mikey.

—¡Qué malos! —los riñó Mandy.

Los dos le sonrieron. En ese momento se parecían tanto, que Merrie y Sari intercambiaron miradas divertidas.

Varios días después, Merrie seguía pensando en Ren y preocupada por el asesino. Cash Grier había ido a la casa a hablar con Mikey.

Se habían metido juntos en una habitación. Aunque la llegada les pareció de mal agüero, no tardaron en oírse risas apagadas procedentes del estudio. Se enteraron de que Cash había estado con un grupo de operaciones especiales cerca de donde estaba destinado Mikey durante su etapa con los militares. En aquel momento intercambiaban recuerdos, y no todos debían de ser traumáticos, a juzgar por las risas.

Pero Cash se marchó, Mikey salió, Paul seguía trabajando, Sari había vuelto a casa para el almuerzo y Merrie vagaba por allí, inmersa en sus pensamientos y en su tristeza.

Los guardaespaldas patrullaban fuera. Mandy cocinaba. Merrie se mostraba taciturna.

Sari la vio desde la escalera, vigilando, preocupándose.

—Tienes demasiado tiempo libre para tu bien —comentó—. Piensas demasiado.

—No puedo evitarlo —repuso Merrie. Respiró hondo y se retocó la coleta—. Era de esperar que me lanzara así con el primer hombre que me hiciera un poco de caso. Fui una idiota.

—Tú no sabías lo que pensaba de ti —repuso Sari—. Randall tendría que haber sido claro con él.

—Randall es un encanto, pero es atolondrado —explicó Merrie—. Le dijo a Ren que yo era su amiga, pero todos sabemos cómo se usa esa palabra hoy en día —hizo una mueca—. Nunca pensé que... —tragó saliva—. Bueno, vivir para ver. La próxima vez no seré tan ingenua.

—¡Pobrecita mía! —Sari la abrazó—. ¿Por qué no vas a la ciudad y hablas con Brand Taylor? Dijiste que querías comprarle la galería de arte. Este es un buen momento para sondearlo.

—¡Qué buena idea! —exclamó Merrie.

—Puedes llevarte a los guardaespaldas.

—¡Oh, por el amor de Dios! ¿En Jacobsville? Hasta un asesino profesional se lo pensaría dos veces antes de intentar matarme en medio de la ciudad. Suponiendo que esté aquí. Me fui de Wyoming de noche. Probablemente estará acampado cerca del rancho de Ren esperando que me asome a alguna ventana. Paul me trajo aquí en el avión privado, con nuestro piloto. Aunque el asesino inspeccionara los vuelos comerciales, no se enteraría de nada, y Delsey nos llevó al aeropuerto de Catelow. No dejamos ningún rastro, ni en papel ni digital.

—Puede que tengas razón, pero creo que debemos preguntarles a los guardaespaldas qué opinan ellos.

Merrie la besó en la mejilla.

—Es bonito que te preocupes por mí, pero ahora estás exagerando. Le diré al chófer que traiga la limusina. Lleva cristales blindados. Y el chófer nuevo es un expolicía, ¿verdad?

—Sí, así es. Tenía referencias y las comprobamos. Es muy amable.

—Yo no lo sé. Lo contrataste cuando estaba en Wyoming.

—Puedes aceptar mi palabra. Es muy amable. También tiene permiso de armas y lleva una automática del 45.

—¿Seguro que no sigue los pasos de Morris? —preguntó Merrie, en alusión al antiguo chófer, que estaba en prisión esperando juicio por intento de asesinato tras haberle disparado dos tiros a Sari.

Era uno de los dos asesinos a sueldo contratados por Timothy Leeds para matar a las hermanas Grayling.

—Estoy segura. Paul también lo investigó. El chófer tiene familia en Corpus Christi, que respondieron por él. Lo mismo que el antiguo jefe de policía de aquí, donde trabajó antes —Sari sonrió—. Te estás volviendo recelosa. Me alegro.

Merrie rio.

—Supongo que sí. Después de lo que hemos pasado últimamente, creo que estamos todos un poco nerviosos.

—Estoy de acuerdo —musitó su hermana.

—Y también estoy ampliando mi vocabulario —Merrie apretó los labios—. Uno de los vaqueros de Ren se golpeó el pulgar con un martillo cerca de la ventana de la cocina y aprendí algunas palabra nuevas —hizo una mueca al recordar a Ren.

—Seguro que disfrutaste alguna parte de la visita.

—Disfruté mucho. Había un caballo, Huracán. Uno de los hombres lo había golpeado con saña y no dejaba que nadie se le acercara, pero me dejó quitarle la brida, que no habían podido retirar. Hasta me dejó curarle las heridas. Ren se enfureció porque me había dicho que no me acercara a él.

—Los caballos pueden ser muy peligrosos. Ya lo sabes.

—Sí. Pero este pobre tenía muchos dolores y mucho miedo. Creo que sintió que éramos espíritus afines. Después lo pinté y... ¡Oh! ¡El lobo de Willis!

—¿El qué de Willis? ¿Quién es Willis?

—El capataz del rancho de Ren. Tiene un lobo de mascota. Perdió una pierna en un cepo para osos y él lo rescató y lo domesticó. Lo lleva a los colegios a enseñar a los niños lo que es la vida salvaje —Merrie frunció el ceño—. Le prometí pintarlo, pero mi cuaderno de dibujo sigue en el rancho. Tengo que enviar cajas y etiquetas allí. Delsey empaquetará mis cosas y me las mandará si se lo pido.

—¿Quién es Delsey?

—El ama de llaves. Es muy cariñosa. Ha sido muy buena conmigo —Merrie bajó los ojos—. Y Ren también, hasta...

Sari la abrazó.

—El tiempo cura todas las heridas, eso es verdad. Oye, ya casi es noviembre. Acción de Gracias llegará sin que te des cuenta. Tenemos que encargar adornos de Navidad nuevos para el árbol.

—Ren no permite que Delsey ponga un árbol de Navidad salvo en su habitación —comentó Merrie—. Me hizo esconderme la cruz debajo de la sudadera para que no se viera.

Sari frunció el ceño.

—¿Por qué?

—Su madre celebra la Navidad. Él fue a una de esas universidades liberales del norte y, cuando volvió a casa de vacaciones, hizo comentarios sarcásticos sobre que la religión no era más que una superstición y se burló de la gente que cree en un poder más alto. Hirió los sentimientos de su madre y ella dijo algunas cosas sobre el padre de Ren y este la oyó. Salió por la puerta y se fue a vivir en el rancho con su padre. Sacó el rancho de la ruina y ha construido un imperio. Pero no ha vuelto a hablar con su madre. Es rencoroso.

Sari respiró hondo.

—Eso es triste. A veces me gustaría que nuestra madre viviera todavía. ¡Era tan buena!

—Creo que la madre de Ren también debe de serlo. Él me dejó usar su estudio para pintar. Dijo que a ella le gustaba pintar flores.

Sari sonrió.

—Y una mujer que ama las flores no puede ser muy mala.

—Exactamente. Espero que él ceda algún día y hable con ella. Delsey me dijo que su madre se estaba haciendo análisis y está preocupada por una biopsia —Merrie miró a su hermana—. A veces crees que tienes todo el tiempo del mundo para reconciliarte y no es cierto.

—Conozco muchos casos así. El rencor es triste.

—Cierto. Ren está muy solo. No tiene a nadie fuera de Delsey y Randall. Es... reservado. Vive solo, dentro de sí mismo. No deja que nadie entre ahí. Supongo que Angie dinamitó el amor que llevaba dentro.

—Puede que cambie algún día, querida.

—O puede que no —Merrie estaba triste—. Yo creía que podríamos tener un buen futuro juntos. Y aquí estoy, de vuelta en casa —suspiró—. Pero supongo que podría ser peor. Le pedí a Delsey que preparara gachas de maíz y me dijo que no sabía.

Sari se echó a reír.

—Paul dice que en el norte no se comen.

—No puedo imaginar no comerlas nunca —repuso Merrie—. Eso debe de ser la semilla del *barbaricismo*.

—Esa palabra no existe —dijo su hermana.

—Claro que sí. Acabo de inventarla. Es mi palabra. Y no intentes apropiártela o te acusaré de plagio.

—Lo que tú digas. *Barbaricismo* —Sari movió la cabeza.

—Voy a llevar mi palabra nueva a la ciudad y la voy a compartir con Brand Taylor. Vamos. Estaré segura.

Sari cedió con un suspiro.

—Está bien. Quizá tengas razón.

—Yo siempre tengo razón —le aseguró Merrie—. Soy una artista. Los artistas sabemos cosas.

—Eso no lo voy a discutir.

El chófer se mostró amable y educado. Sari lo había contratado por recomendación de Paul. Cuando los guardaespaldas no estaban cerca, estaba el señor Jones.

Dejó a Merrie en la galería de arte de Brand Taylor en Jacobsville y se quedó esperándola fuera en el vehículo.

—Señorita Grayling —la saludó Brand. Le estrechó la mano, sonriente—. Esperaba que viniera algún día. Tengo entendido que tiene interés en comprar una galería de arte y yo quiero retirarme a las Bahamas.

—¿A las Bahamas? —preguntó ella, riendo.

—Sí, me voy a convertir en un turista de playa profesional. Quizá no vuelva a ponerme un traje nunca más —comentó él, señalando la ropa elegante que llevaba.

—Si lo dice en serio, me encantaría comprar —repuso Merrie con una sonrisa.

—En ese caso, ¿discutimos las opciones?

***

Merrie salió de la galería muy contenta. El señor Taylor y ella habían acordado un precio. Por supuesto, habría que hacer una evaluación del inventario y dos agentes inmobiliarios distintos valorarían también la propiedad. Merrie estaba dispuesta a pagar la valoración más alta, para asegurar de que él pudiera cumplir su sueño de playero profesional y Taylor estaba encantado.

Ella subió en el asiento de atrás de la limusina, con la cabeza llena de sueños y ambiciones que nunca antes había tenido ocasión de cumplir. Su padre jamás le habría permitido comprar una galería de arte.

Sería un pobre sustituto de Ren, pero tendría algo en lo que ocuparse. Algo en lo que poder enterrar su corazón roto.

Quizá con el tiempo pudiera olvidar la sensación de estar en los brazos fuertes de Ren y de la boca de él devorando la suya. Había sentido hambre de ella, mucha hambre. Se recordó que probablemente llevaría tiempo sin estar con una mujer. Por eso estaba hambriento, no era nada personal.

Estaba tan sumida en sus pensamientos que no se daba cuenta de que el señor Jones hablaba con ella.

—¡Oh! Lo siento mucho. Estaba soñando con tener un negocio propio —dijo con una risita—. ¿Qué decía?

—Le preguntaba a dónde quiere ir ahora —repuso él con una sonrisa.

—Al café Barbara's —contestó ella—. Voy a comprar una de sus tartas de chocolate para el almuerzo.

—No es mala idea —declaró él.

—Desde luego que no.

***

Ren bajaba de la cabina de una enorme máquina alimentadora de heno, un artilugio que tomaba las grandes alpacas de heno y las picaba para convertirlas en comida con aditivos, que echaba en los comederos a través de un largo tubo curvado.

—¡Eh, jefe! —lo llamó J.C.

Ren se caló el sombrero y se apretó más la bufanda antes de reunirse con él.

Hacía más frío que el día anterior y seguía nevando.

—¿Qué ocurre? —preguntó.

—He ido a ver a Beakly.

—¿Y?

—Tenías razón. Le pagaron dos mil dólares para que confirmara la historia del camionero —repuso J.C. cortante.

Ren soltó el aliento y vio cómo el frío lo convertía en vapor al salir de la boca caliente.

—Quizá sea algo bueno que Meredith se haya ido a casa —musitó. Todavía le dolía recordar lo que le había hecho. Si pensaba mucho más en eso, se volvería loco.

—Quizá. Espero que la vigilen de cerca. Los asesinos a sueldo son habilidosos y meticulosos, y no suelen atacar hasta que bajas la guardia.

—¿Y tú cómo sabes eso, Calhoun? —preguntó Ren.

J.C. no contestó. Se limitó a mirarlo con ojos plateados tan fríos como la nieve que los rodeaba.

—Seguro que está bien protegida —comentó Ren—. Su cuñado es un agente del FBI y la familia es rica.

—Nada de eso importará —contestó J.C.—. Ese hombre es un camaleón. Se presentó de pronto, con un disfraz que nos engañó a los dos. Vino al rancho delante de nuestras narices y desactivó dos cámaras de circuito cerrado. Sí, está en vídeo —añadió—.

Teníamos otra cámara oculta que no vio. Captó una buena imagen de él de cerca.

Ren apretó los labios.

—Imprímela. Se la mandaré al agente del FBI a su oficina de San Antonio. Tal vez no sirva de mucho. Seguro que ya tendrán una descripción certera de ese hombre. Pero puede que les ayude.

—Buena idea —contestó J.C.—. Nunca se sabe lo que puede ayudar a resolver un caso.

11

Merrie apoyó la cabeza en el asiento, sonriendo por su buena suerte. Brand Taylor entendía mucho de arte y tenía reputación de saber valorarlo. En las infrecuentes visitas de ella a su tienda para comprar material artístico, le había enseñado algunas cosas sobre pintura. La tienda la tenía en una habitación separada de la galería. En una ciudad tan pequeña como Jacobsville, había que diversificar el negocio para mantenerse a flote.

Ella confiaba en que quisiera quedarse el tiempo suficiente para enseñarle a llevar la empresa. Conocía bastante bien el lado artístico, pero dirigir un negocio era otra cuestión. Eso requería entrenamiento. Tal vez se matriculara en algunos cursos empresariales en la universidad pública de la zona donde había estudiado arte.

Pero esa idea no la atraía. No tenía interés por los números ni por llevar registros. Eso convertiría un trabajo nuevo y emocionante en algo increíblemente aburrido, tedioso.

La alternativa podía ser contratar a un encargado para esa parte. Eso la animó. Sari le había sugerido que contratara también los servicios de un buen contable. No era mala idea. Si otra persona se ocupaba del día a día administrativo del negocio, ella podría hacer lo que más le gustaba. Comprar y vender arte. Y podría pintar.

Al menos la preocupación por su nuevo negocio alejaría de su mente lo que más la ocupaba en ese momento: Ren. Sin él, la vida perdía color. La idea de no volver a verlo le daba náuseas. Lo quería. Y le resultaba doloroso recordar el modo en que se habían despedido.

Cuando cerraba los ojos, podía ver el retrato que le había hecho, en el que lo había captado tan bien. A él le había sorprendido y encantado el resultado final. Merrie se preguntó qué haría con el lienzo. Probablemente esconderlo en una alacena, porque no querría que le recordara a ella. Aunque solo hubiera querido sexo con ella, no le gustaría revivir lo mal que la había tratado. Era un hombre amable por dentro, pero escondía esa parte de sí bajo un exterior bronco.

Merrie lo conocía muy bien. Había sufrido tanto, que se había retirado del mundo, de la gente. Vivía aislado y pasaba la vida cuidando el ganado. Amaba a los animales. Los animales no podían hacerle daño y su negocio le proporcionaba algo que cuidar, que proteger.

Amaba la tierra tanto como al ganado. Le había hablado de sus planes para mejorar los pastos, para experimentar con hierbas nativas y para conservar agua en su propiedad. Era un buen administrador de la tierra. Tenían mucho en común. Merrie también amaba la jardinería y los animales. Si no le hubiera hecho tanto daño, probablemente seguiría todavía en Wyoming, aprendiendo con él.

Pero eso no estaba en su destino. Él no quería alguien que viviera con él y lo amara. Solo quería una mujer para alguna noche que otra, cuando necesitara un cuerpo. Quizá había amado a Angie, que lo había tratado mal. Desde luego, no la quería a ella.

A Merrie le habría gustado poder ahogar sus sentimientos por él. Eso haría su vida más fácil. Se dijo que llevaría tiempo. No podía esperar que un dolor tan profundo se curara en unos días. Solo tenía que pasar por lo peor del dolor emocional y después podría empezar a curarse.

La limusina frenó y ella miró por la ventanilla de cristales ahumados. El señor Jones aparcaba en un espacio en paralelo cerca de una intersección en las afueras de Jacobsville. Era una ferretería grande y estaban en la única plaza de aparcamiento paralela a la autopista y sin nada que la separara de esta.

—Señor Jones, ¿por qué paramos aquí?

Él no volvió la cabeza.

—Tengo que comprobar los neumáticos, señorita Grayling —respondió—. Me da la impresión de que puede haber uno pinchado. Solo será un segundo.

—Está bien —ella se recostó de nuevo en el asiento. Confiaba en que no estuvieran allí mucho tiempo. Tenía hambre y estaba deseando tomar un café.

No se dio cuenta de que el señor Jones no se agachaba a mirar ninguna rueda, sino que hablaba por el móvil y miraba en dirección a la larga recta de autopista que llevaba a Victoria Road.

Echó a andar alejándose. Merrie tenía los ojos cerrados y no lo vio irse. No se dio cuenta de lo que ocurría ni siquiera cuando sintió el impacto y el cristal cayó roto a su alrededor en una especie de cámara lenta. Sufrió una sacudida violenta. No llevaba el cinturón y la fuerza del impacto la arrojó contra la otra puerta. Lo último que vio antes de perder el conocimiento fue lo que parecía la rejilla de una camioneta gigante.

—¡Qué estupidez la mía! —gimió Paul, que caminaba nervioso con Sari por la sala de estar de la zona de quirófanos del hospital de Jacobsville—. ¡Qué gran error! Me fie de la palabra de un exjefe de policía en vez de investigarlo yo también.

—Tú no podías saber que tenía vínculos con la mafia, Paul —Sari le pasó un brazo por la cintura.

Tenía los ojos rojos de llorar. Merrie estaba muy mal. El impacto le había dañado los pulmones y el estómago. En ese momento estaban quitándole el bazo y el apéndice, que habían resultado afectados en el impacto. Tenía costillas rotas y una cadera dañada. Además de todo eso, tenía también una pequeña conmoción. Pero estaba viva. Gracias a Dios, estaba viva.

—Tendría que haber sospechado de todo el mundo —Paul la abrazó—. Lo siento mucho.

Sari le devolvió el abrazo.

—Se pondrá bien. El doctor Coltrain es el mejor cirujano del hospital.

—Lo sé. Lo sé, cariño.

Se sentaron. La espera era lo peor de todo. No sabían qué más podía encontrarse Coltrain cuando se pusiera a reparar los otros problemas. No había dicho gran cosa, pero eso en sí mismo era toda una declaración para la gente que lo conocía bien. Como Sari. Hacía años que era médico de Merrie y de ella.

—¿Dónde está el primo Mikey? —preguntó.

—Gritándole a la gente —contestó Paul—. Aprecia a Merrie.

—No es un mal hombre —comentó Sari.

—Sí lo es —respondió su marido—. Pero a veces

es bueno tener a un hombre malo a tu lado. Está hablando con un jefe de la mafia amigo suyo. Cree que el asesino podría desistir si se lo piden amablemente.

—Tú dijiste que para el asesino a sueldo sería cuestión de honor cumplir un encargo.

—Eso es cierto. Pero tiene vínculos con Jersey. Puede que tenga alguno con el gran jefe. Si es así, este puede ayudar a presionarlo para que dé por finalizado el contrato.

—O sea que hay esperanza —comentó Sari, agarrándose a un clavo ardiendo.

Paul le tomó la mano entre las suyas y se la llevó a los labios.

—Siempre hay esperanza.

Ella le sonrió.

Él respiró hondo.

—¿Deberías llamar al ranchero de Wyoming? —preguntó—. Se quedó bastante destrozado cuando le conté la verdad sobre Merrie. Sé que tiene sentimientos por ella.

—Si quiere saber algo de ella, que llame y pregunte —repuso Sari, que criticaba todavía el modo en que Ren había tratado a su hermana.

—Tienes razón —repuso Paul.

Fue a buscar café para los dos. Sari se frotó un ojo y él supo lo que eso significaba: se avecinaba una migraña. Cuando estaba angustiada le daban más a menudo. Un café fuerte quizá la mantuviera a raya hasta que tuvieran un informe completo sobre las heridas de Merrie.

Cuando se alejó, Sari vio a un hombre alto y fuerte que se acercaba a ella con el uniforme de jefe de policía. Sonrió. Cash Grier tenía más de cuarenta años, pero habría podido pasar por treinta. Había llevado una vida que muchos hombres envidiaban y estaba casado con una estrella de cine con la que tenía una hija y un hijo.

—¿Cómo está? —preguntó, dejándose caer en una silla enfrente de Sari.

—No sabemos. Hay muchas lesiones y perderá el bazo y el apéndice —ella movió la cabeza—. El chófer se ha largado. Hizo que un ex jefe de policía mintiera por él cuando Paul lo investigó.

—No os sintáis mal por eso —comentó Cash—. Cualquier puede tener un desliz. Hemos emitido una orden de captura contra el chófer —añadió con frialdad—. Lo encontraremos.

—La llevó a una trampa, ¿verdad? —preguntó Sari, a quien todavía le costaba creer lo que había pasado.

—Sí. Por la información que hemos recopilado entre los testigos, aparcó en un lugar donde podía golpearla fácilmente un vehículo en marcha, salió, llamó a alguien y se alejó justo antes del impacto.

—¿Y el otro vehículo?

—Una camioneta Dodge Ram de 1996, robada, por supuesto. El conductor saltó en el último momento y ha desaparecido.

—Por supuesto.

—Estamos registrando los hospitales de la zona por si aparece un hombre con lesiones múltiples y probablemente algún hueso roto —continuó Cash—. Pero, entre nosotros, ese hombre es demasiado listo para dejarse pillar así.

—Eso es lo que nos han dicho.

—Creo que tu invitado sabe algo del asesino a sueldo —añadió el policía—. ¿Puedo ir a tu casa y volver a hablar con él?

Sari se las arregló para sonreír.

—Claro que sí. Ven a casa siempre que quieras.

—Gracias. Pero esperaremos hasta que tengas

noticias —añadió él. Inclinó la cabeza a un lado—. Serán principalmente los golpes los que tendrán que controlar —dijo—. Cuando a Tippy la golpeó su padrastro en Nueva York, estuvo varios días en el hospital. Tenía lesiones en los pulmones. Le dieron antibióticos y salió bien. Merrie también se curará.

Sari asintió.

—Gracias.

—Quería... Un momento —su teléfono había empezado a vibrar. Se levantó, pulsó un botón y escuchó. Contestó con expresión sombría y devolvió el teléfono a su funda—. Acaban de encontrar un cuerpo en Victoria Road.

—A ver si lo adivino. ¿U hombre alto de pelo plateado que se hacía llamar señor Jones? —preguntó ella con cautela.

Cash enarcó las cejas.

—Eres muy lista. ¿Nunca has pensado en buscar trabajo como ayudante del fiscal del distrito?

—Si no estuviera tan triste, me reiría —contestó ella, con una sonrisa débil—. Supongo que ya es imposible interrogarlo sobre la persona que lo contrató.

—Ni adónde fue su jefe —asintió él—. ¡Lástima! Tal vez supiera algo de él que nos diera una pista.

—¿Cómo lo han matado? —preguntó ella.

—Dos disparos a bocajarro —contestó él—. Estilo ejecución. Es la primera regla de un asesinato. Matar al asesino.

Sari asintió. Respiró hondo.

—¡Oh! Me gustaría que el tiempo pasara más deprisa.

—Cuando tengas mi edad, no pensarás así —contestó él con ojos brillantes.

Paul se acercó por el pasillo con dos tazas de café.

—Hola, jefe —saludó—. ¿Quieres un café? Puedo ir a por más.

Cash hizo una mueca.

—Soy un aficionado al café. Tenemos un hospital bueno, pero a esa máquina expendedora habría que meterla en la cárcel por falsificar productos de cafeína.

Paul sonrió.

—Quiero mirar cuando intentes ponerle las esposas.

—No es tan malo como la pobre máquina expendedora de refrescos de Palo Verde de la que me habló Garon Grier.

Paul enarcó las cejas.

Cash soltó una risita.

—Ocurrió antes de que Grace y él se casaran. Parece que la máquina tenía la costumbre de tragarse el dinero y no soltar los refrescos. Así que acabó golpeada accidentalmente por un bate de béisbol... varias veces —alzó una mano antes de que Paul pudiera preguntar cómo era posible que alguien golpeara accidentalmente una máquina expendedora con un bate. Sonrió ampliamente—. Garon no preguntó por el agresor, pero apostaría dinero a que llevaba uniforme en aquel momento.

Paul rio a su pesar.

—Yo tuve una aspiradora una vez que sufrió el mismo accidente.

—Yo también —contestó Cash con una sonrisa—. Almas gemelas.

—Yo le disparé a la mía.

—Yo la pateé.

—¿Te sientes mejor, cariño? —preguntó Paul a su esposa, que sostenía la taza de café caliente contra la sien.

—No mucho, no —respondió ella con tristeza—. No me he traído las pastillas para la migraña.

—Llamaré a Mandy y le diré que te las mande con uno de los vengadores —Paul se alejó un momento a hacer la llamada.

—Nunca he tenido una migraña —comentó Cash, serio—. Pero conozco a gente que las tiene. Mala suerte, letrada.

—Es la historia de mi vida —repuso ella, con una mueca—. Cuando estoy angustiada, tengo más y más fuertes.

Paul volvió en ese momento.

—Mandy te las envía con Barton —anunció.

—Gracias, cariño —ella le apretó la mano que él le puso en el hombro.

—Vuelvo al trabajo —dijo Cash—. No hace falta que diga que, si Tippy y yo podemos ayudar en algo, lo haremos, aunque sea solo para acompañar a Merrie mientras se recupera.

—Gracias —contestó Sari—. Lo digo de verdad.

Cash se encogió de hombros.

—Tenemos que cuidarnos unos a otros. Es una de las cosas buenas de las ciudades pequeñas —miró a Paul—. Tú no estabas cuando lo he dicho. Han encontrado al señor Jones en una zanja cerca de la señal de límites de Victoria Road.

—Muerto, ¿verdad? —preguntó Paul, cortante.

—Sí. Ahora estamos siguiéndole el rastro a la camioneta. Es alquilada. El asesino dejó la hoja del alquiler en la guantera. Muy torpe por su parte.

—Quizá no era el asesino a sueldo.

—¿Quieres decir que subcontrató el trabajo? —preguntó Cash—. Eso sería un enfoque novedoso.

—Dímelo a mí. Investigaré por mi cuenta —comentó Paul.

—Quiere decir que le preguntará a Mikey —intervino Sari.

—Mikey sabe cosas.

—Sí, eso es verdad —dijo el jefe de policía—. Tiene contactos y una mente privilegiada.

—Cash vino a casa a hablar con él —explicó Sari a su esposo—. Resulta que sirvieron en ultramar muy cerca y tienen conocidos comunes.

—Así es —Cash soltó una risita—. Tu primo puede contar bastantes historias. Es increíble que, con la vida que lleva, no le importe hablar con policías.

—Es curioso pero le gustan los polis —repuso Paul con una risita—. En su casa juega al póquer todos los viernes por la noche con un grupo de inspectores de la comisaría más próxima.

—A mí también me gusta el póquer —comentó Cash.

—Pues te doy un consejo. Nunca te metas en una partida con Mikey.

—¿Hace trampas?

—No lo necesita. Le han prohibido el paso en todos los casinos de Las Vegas y algunos del extranjero. Te puedo asegurar que, si entra en el Bow Tie de Paradise Island, en las Bahamas, Marcus Carera sale a recibirlo en la puerta.

Cash se echó a reír.

—¡Qué suerte!

—Sí. ¡Lástima que le prohibieran la entrada! Pero para entonces ya tenía el Rolls. Y podría comprar un país pequeño del Tercer Mundo con el dinero que tiene en bancos suizos.

En ese momento se acercó Barton, uno de los guardaespaldas, con un frasco de pastillas.

—Mandy ha dicho que las necesitabas urgentemente —le dio el frasco a Sari.

—Gracias —ella sonrió—. Es una misión de misericordia —le dijo a Cash.

—Esta vez aceptaré la palabra de ella —dijo este

al recién llegado, apretando los labios—. No me fío de los hombres que comen ojos de ovejas.

Barton alzó los ojos al cielo.

—Oiga, eso es un gusto que adquirí porque era la única maldita cosa que podía comer en el pueblo donde me escondía.

—¡Eh!, al menos no vuela a gente con granadas de mano —lo defendió Paul.

—Yo ya no hago eso —dijo una voz profunda y divertida detrás de ellos.

Todos se giraron a la vez. El doctor Carson Farwalker estaba allí con una bata blanca de laboratorio, un estetoscopio alrededor del cuello y una tabla sujetapapeles en la mano.

—Por suerte, tampoco tenemos muchos cocodrilos en Texas —musitó Cash, en alusión a un incidente en Sudamérica, en el que Farwalker y Stanton Rourke habían alimentado a uno con un asesino a sangre fría.

Carson soltó una risita.

—Por suerte. Me envía el doctor Coltrain a decirles que Merrie va bien —añadió, ya serio—. Está con las últimas suturas. La sacarán a recuperación en unos diez minutos.

—¡Oh! ¡Gracias a Dios! —contestó Sari. Lágrimas calientes de alegría rodaron por sus mejillas—. ¡Gracias, Dios mío!

—Buenas noticias —dijo Paul—. Gracias, Carson.

—Acaban de traer al exchófer —dijo este—. El doctor Coltrain realizará la autopsia, probablemente hoy mismo, más tarde. Quizá eso les dé algunas respuestas.

—Veremos.

Carson asintió y se alejó. Cash se marchó un minuto después.

Paul abrazó a Sari.

—Todo va bien, cariño —dijo con suavidad—. Todo va a salir bien.

—Hay que capturar al asesino —le dijo ella al oído—. Es preciso. Si no, la próxima vez...

—Sí. Si no, la próxima vez quizá no tengamos tanta suerte. No te preocupes, hay mucha gente buscándolo. Lo encontraremos, mi amor, lo encontraremos.

Ese mismo día, por la tarde, Merrie abrió los ojos en la sala de recuperación y miró el rostro de su hermana.

—Me siento como si me hubiera caído por un precipicio —dijo con voz débil.

Sari le apretó la mano.

—Ya me lo imagino. Estás bien, preciosa. El doctor Coltrain te ha remendado. Ahora lo único que tienes que hacer es curarte.

Merrie consiguió sonreír.

—Tengo mucho sueño.

—Vuelve a dormirte. Uno de nosotros estará contigo en todo momento —le prometió Sari—. En todo momento.

Merrie cerró los ojos y se durmió.

Cuando Sari volvió a la sala de espera, Paul tenía compañía.

Con él había un hombre alto y muy atractivo, sorbiendo un café con aire taciturno.

—Hola, Sari —dijo Randall, el hermano de Ren, levantándose para estrecharle la mano—. ¿Cómo está ella?

—Débil, pero se repondrá —contestó la interpelada, débilmente. Se sentó al otro lado de Paul y aceptó una taza de café solo—. Ha sido un día muy duro.

—Me lo ha contado Paul —comentó Randall—. ¿Por qué se marchó de Skyhorn?

—Utilizó su tarjeta de crédito en Catelow —contestó Paul, que no quería mencionar la verdadera razón por la que Merrie había suplicado volver a casa—. El asesino a sueldo le siguió el rastro hasta el rancho de tu hermano.

Randall apretó los dientes.

—¡Caray! Lo siento. Aunque sigo pensando que estaría más segura allí que aquí. Es un lugar tan aislado que el menor movimiento levanta sospechas. Aunque Ren me ha hablado de un camionero que casi consiguió entrar en la propiedad. Pagó a un vecino para que jurara que se había equivocado de dirección en una entrega. Mi hermano cree que buscaba un modo de entrar que no despertara sospechas.

—Merrie está con nosotros ahora —repuso Sari, cortante—. Cuidaremos de ella.

—¿Qué ocurre? —preguntó Randall con brusquedad—. Porque Ren se emborrachó. Y me refiero a emborracharse de verdad. Nunca lo había visto hacer eso, ni siquiera cuando se enteró de que Angie lo engañaba y rompió su compromiso.

—¿Se emborrachó? —preguntó Paul.

—Terriblemente, según Willis —asintió Randall—. Pasó un día entero sin levantar cabeza.

Paul tenía alguna idea de a qué se había debido eso. Miró a Sari y se dio cuenta de que ella pensaba lo mismo.

—Le dije a Ren que Merrie era mi chica —Randall hizo una mueca—. Si le di la impresión equivocada y eso hizo que él la... bueno, la ofendiera, lo siento mucho.

—Ella usó su tarjeta de crédito, eso fue todo —insistió Paul—. Después de eso, tuvimos que traerla a casa.

—Sí, pero lo que le ha ocurrido hoy no ha sido un accidente, ¿verdad? —preguntó Randall, preocupado.

—Probablemente no —contestó Paul.

Randall movió la cabeza.

—Lo siento mucho. Tengo la sensación de que todo esto es culpa mía.

—Las cosas pasan —musitó Sari.

—Ren me pidió que viniera por aquí. De todos modos iba a ir a San Antonio a ver a un comprador en potencia. Quería que viera a Merrie y le pidiera disculpas. No me dijo por qué.

—Parece que llega unos días tarde —comentó Sari con frialdad.

—No es un mal hombre —lo defendió Randall—. Ha tenido una vida dura y eso lo ha vuelto amargado. Pero mi hermano no se emborracha porque sí. Tu hermana significa algo para él.

Sari se ablandó un poco.

—Cuando la lleven a una habitación, se lo diré —musitó.

—Está bien. Gracias —Randall anotó un número en un papel que arrancó de una libretita que llevaba en el bolsillo de la chaqueta y se lo tendió—. Es mi teléfono. Siempre lo llevo encima. Si no es mucho pedir...

—Sí, te tendré informado —contestó Sari—. Y gracias por haber venido.

—Habría preferido que fuera en otras circunstancias —comentó Randall con sinceridad—. Merrie es muy especial. Siento ser tan libertino. Si no lo fuera, quizá probaría suerte con ella. Será una esposa maravillosa algún día.

—No creo que ella esté pensando en eso —contestó Sari—. Está entusiasmada con comprar una tienda de arte y una galería aquí en la ciudad.

Randall asintió.

—Entiendo.

—Es una ciudad agradable. Parecida a Catelow —intervino Paul—. Dile a Ren que ella se pondrá bien, ¿de acuerdo?

—Se lo diré. Os tendré en mis pensamientos. Y en mis oraciones —añadió. Vio la expresión de Sari y sonrió—. Yo también fui a la universidad, pero no me dejé influenciar tan fácilmente como Ren. A él lo fascinó una profesora de Física que era antirreligiosa. No sé si se dio cuenta, pero en él influyó más la persona que el tema. Estaba loco por la profesora.

—Merrie y yo teníamos poco aparte de la religión cuando murió mamá —explicó Sari con una sonrisa triste—. Tu hermano quizá vea cambiar sus prioridades algún día, cuando afronte una pérdida mucho más personal que la de una vaca o un toro.

—Yo llevo años diciendo eso. Mi madre se enfrenta a la posibilidad de tener que recibir tratamiento para el cáncer. Ren lleva mucho tiempo sin hablar con ella, pero parece que se está ablandando un poco —repuso Randall—. Sean cuales sean sus defectos, es mi hermano y lo quiero.

—A Merrie y a mí nos habría gustado tener un hermano —comentó Sari.

—Y a mí tener una hermana pequeña —respondió Randall—. Cuidaos mucho.

Les estrechó la mano y se marchó.

—Creo que debes ser menos dura con Ren, querida —dijo Paul con gentileza—. Los hombres no somos perfectos —apretó los labios—. Bueno, yo sí —corrigió con ojos brillantes—. Pero no puedes pedirle al resto de la población masculina que sea como yo, ¿verdad?

Ella lo abrazó riendo y apoyó la cabeza en su hombro con un suspiro.

—Supongo que no. Si se emborrachó tanto, puede que sienta algo por Merrie —admitió—. A menos que sea solo su conciencia culpable.

—Yo nunca me he emborrachado por una conciencia culpable solo —él le besó el pelo rojizo—. Pero me emborraché como una cuba cuando me fui de aquí la primera vez, después de contarle una mentira a tu padre —la estrechó contra sí—. Sufría mucho. Sospecho que el ranchero de Wyoming también sufre. Si estaba combatiendo sus sentimientos y asumió que Merrie era una chica con experiencia, probablemente se estará machacando por lo que le hizo.

—Si ella no hubiera venido a casa... —empezó a decir ella.

—Isabel —comentó él con gentileza—. Si no hubiera venido, el asesino habría encontrado el modo de entrar en el rancho. Quizá encontrara un modo que Ren desconoce o quizá hubiera marcado ya una posición que le daba acceso a la ventana de Merrie con un rifle de alta potencia. Este idiota hizo un trabajo chapucero. Chocó una camioneta con la limusina y no la mató. Si fue otro tipo y el asesino sigue todavía en Wyoming con su rifle, quizá desconozca el intento de asesinato de aquí.

Sari abrió mucho los ojos.

—¿Quieres decir que puede haber dos asesinos? —preguntó. Sentía que se le helaba la sangre solo de pensarlo.

—Estaba vigilando ambos sitios. Puede que no sepa de cierto que Merrie se ha ido de Skyhorn, pero sería estúpido no estar pendiente también de Jacobsville y Comanche Wells.

—¿Qué clase de asesino a sueldo utiliza una camioneta como arma homicida? —preguntó ella.

—Alguien que no sabe qué demonios hace, probablemente —contestó Paul—. Mikey oyó el rumor de que el asesino a sueldo tiene un pariente lejano en Houston. Eso no está lejos de aquí.

Sari se abrazó el pecho.

—Esto va de mal en peor. ¿Crees que bastará con un guardia en la puerta? —preguntó. Su rostro se tensó—. Y esta vez, más vale que comprobemos dos veces los antecedentes de todos los que contratemos para proteger a Merrie.

—Voy dos pasos por delante de ti —le aseguró Paul—. Creo que...

Se interrumpió al ver que Mikey se acercaba a ellos. Iba sin sombrero y su cabello espeso y ondulado brillaba como si acabara de salir de una llovizna. Llevaba un traje que probablemente costaba más que las dos limusinas de la familia Grayling juntas, un traje azul de rayas, combinado con una camisa blanca inmaculada y una corbata de un tono bermellón que realzaba su complexión aceitunada.

Cuando se acercó a ellos, vieron una chispa de regocijo en sus ojos negros, tan parecidos a los de Paul.

—¿Tienes buenas noticias para variar? —le preguntó este.

—Tal vez. ¿Cómo está la princesita?

—Ha salido bien de la operación —contestó Sari—. Sigue bastante mal.

El rostro de Mikey se endureció.

—El hombre que lo hizo no llegará lejos —comentó, mirando a su alrededor para asegurarse de que no los oían—. He comprado información.

—¡Eh, vamos! —empezó a decir Paul.

Mikey alzó una mano.

—Tú no sabes nada de nada —le dijo a su primo—. Y punto.

—Trabajo para el FBI —le recordó Paul.

—La princesita de ahí dentro —Mikey señaló con la cabeza en dirección a recuperación— es una entre un millón. Y nadie, y quiero decir nadie, que le haga daño, se puede ir de rositas.

—Eres un buen hombre, primo Mikey —comentó Sari.

Él apartó los ojos con aire tímido.

—Si hubiera conocido a alguien como ella hace años, quizá mi vida habría sido diferente.

Paul y Sari intercambiaron miradas especulativas.

—Sí, sí, hace años ella estaba en pañales, ya lo sé —murmuró Mikey—. Solo lo decía. En cualquier caso, el agresor de la camioneta tiene antecedentes en Houston por intento de asesinato. Mató a un hombre hace dos años en lo que se consideró un horrible accidente, cuando estrelló una camioneta contra su minifurgoneta en un cruce.

—¡Maldición! —gruñó Paul.

—Quedó libre porque los dos testigos sufrieron de repente pérdida de memoria y no pudieron contar lo que vieron —siguió Mikey—. Uno de ellos fue visto poco después con un Mercedes nuevecito.

—O sea que no le pasó nada —murmuró Paul.

—Quedó libre —repitió Mikey.

—Lo quiero vivo —anunció Paul—. Puede que tenga alguna idea de dónde está el ejecutor y lo que planea.

—No es probable —Mikey se dejó caer en una silla a su lado y se inclinó hacia delante con los codos en las rodillas—. Conozco al ejecutor —dijo con suavidad—. Sé cómo funciona, cómo prepara un golpe. He hecho algo de reconocimiento alrededor de vuestra casa —añadió—. Barton y Rogers han venido conmigo. Hemos colocado artilugios en todos los espacios que puede ocupar él. Tendría que ser un fantasma para atravesarlos.

—Eso es en casa —comentó Paul—. Pero Merrie estará varios días aquí. No puedes cerrar un hospital por una paciente.

—¿Eso crees? —preguntó Mikey con una sonrisa.

—Está bien. ¿Qué te propones? —quiso saber Paul, que conocía aquella sonrisa.

—Tengo algunas personas que van a trabajar aquí temporalmente. De hecho —añadió, señalando a un hombre con un cubo y una fregona—, ahí tienes a uno.

Paul enarcó las cejas al ver que el hombre miraba a su alrededor como si fuera un fugitivo.

—Mikey, ninguno de estos hombres tendrá su foto en la sección de Busca y Captura del FBI, ¿verdad? —preguntó.

—En este país no —contestó su primo, divertido—. Relájate. Ni siquiera hago nada ilegal. Son ciudadanos honrados. Al administrador del hospital le gustan mucho.

—¿Por qué le gustan? —inquirió Paul.

—Le he mencionado cuánto apoyo yo los sindicatos y le he dicho que he notado que en este hospital pequeño no hay ninguno.

—¡Por Dios, Mikey! —exclamó su primo.

—Es todo por una buena causa. Por tener a la princesita a salvo. Y ya sabes que se consiguen más cosas con una pistola y una sonrisa, que solo con una sonrisa.

Sari intentaba no reír, pero le costaba mucho contenerse.

—¿Lo ves? —preguntó Paul, señalando al otro—.

Este sería yo si hubiera hecho otras elecciones en mi vida.

—No es tan malo —lo defendió Sari. Sonrió a Mikey—. Gracias por todo.

Mikey le devolvió la sonrisa.

Randall había decidido que el accidente de Merrie no era algo para contarle a su hermano por teléfono, así que, de camino a Denver para ver a otro cliente, se desvió por Catelow, Wyoming.

Cuando llegó, Ren estaba sentado en la mesa del comedor.

Alzó la vista del puré de patatas que le servía Delsey en ese momento. Los dos lo miraron sorprendidos.

—Tú tenías que estar en Denver —dijo Ren. Enarcó las cejas—. ¿Le ha ocurrido algo a tu... a nuestra madre? —corrigió.

Randall respiró hondo.

—No. Todavía no sabemos el resultado de la biopsia.

Ren se relajó.

—Está bien. Siéntate. Delsey ha preparado asado de cerdo y puré de patatas.

—Mi comida favorita —Randall la besó en la mejilla—. Eres un encanto.

—Halagador —rio ella. Se retiró a la cocina para buscar el café.

Randall se sentó a la mesa. Ren tenía mal aspecto. Sus ojos estaban inyectados en sangre y había medias lunas de color púrpura debajo de sus ojos negros.

—Parece que lleves días sin dormir —comentó Randall.

—Es la verdad —Ren lo miró con irritación—.

Podrías haberme dicho que ella no era una de tus amantes.

Su hermano suspiró.

—Intentaba protegerla —comentó—. Es el ser humano más inocente que he conocido en mi vida. Tenía miedo de que, si no te decía que era mi chica, tú pudieras... Bueno... —se encogió de hombros—. Paul dijo que ella volvió a Comanche Wells porque utilizó su tarjeta de crédito en Catelow y el asesino le siguió el rastro hasta aquí.

Ren comió un trozo de asado sin saborearlo.

—Vino a buscarla. Tampoco me dijiste que era rica. Yo creí que era pobre.

—Deberías ver Graylings. Es allí donde viven Sari, Paul y ella. Los establos son la comidilla de Texas. Crían caballos de carreras.

—Me lo dijo Paul —Ren evitó la pregunta todo lo que pudo—. ¿La has visto? ¿Le dijiste lo que te pedí?

—No pude hablar con ella —contestó Randall. Aquello era más duro de lo que había pensado.

—¿Por qué no?

Delsey entró con el café y lo dejó en la mesa.

—¿Cómo está nuestra Merrie? —preguntó.

Randall respiró hondo.

—Acababan de sacarla del quirófano cuando llegué. ¡Ren!

Este había saltado de la silla y lo había tomado de ambos hombros, que apretaba con miedo.

—¿Quirófano? ¿Qué le ha pasado? ¿Se pondrá bien?

Delsey y él estaban pendientes de lo que fuera a decir Randall.

—Parece ser que había dos posibles asesinos —explicó este. Hizo una mueca cuando Ren aflojó un poco la presión—. El de Texas lanzó una camioneta contra la limusina en la que iba ella, conducida por un cómplice del asesino. Paul había investigado al chófer, pero este había comprado buenas referencias.

—¿Asesinos? ¿A por nuestra Merrie? —exclamó Delsey, sentándose. Todo aquello era nuevo para ella, puesto que nadie la había dicho la verdad.

—¡Oh, Dios mío! —dijo Ren con voz ronca—. ¡Dios mío!

—Lo están buscando —continuó Randall—. El chófer apareció muerto en una zanja justo después de que llevaran a Merrie al hospital. Creen que se había vendido. Todavía no han localizado al conductor de la camioneta.

—¡Dios mío! —a Ren le daba vueltas la cabeza—. ¿Qué he hecho? —gimió.

Randall no sabía qué decir. Las disculpas parecían fuera de lugar.

—Tienes que quedarte aquí y dirigir esto —dijo Ren—. Anula lo de Denver.

—¿Adónde va usted? —preguntó Delsey.

—A Texas.

12

El doctor Coltrain entró a ver a Merrie en la UCI. No le gustaron sus constantes vitales. La presión arterial estaba bajando y seguía dormida. Sabía que antes había estado despierta y había hablado con su hermana, pero estaba yendo para atrás y no sabía por qué.

Estaba muy preocupado.

Estaba seguro de que habían reparado todos los traumatismos posibles. Pero a veces la gente moría incluso en los mejores escenarios. Y él no quería perder a Merrie.

Sari casi se volvió loca cuando Coltrain salió a hablar con ellos y les dijo lo que ocurría.

—Todo irá bien —le aseguró el doctor, con más convicción de la que sentía—. He pedido que la lleven a la UCI. La tendremos ahí un par de días.

Sari lo miró con sus ojos azules brillantes, esforzándose por concentrarse en su rostro. La migraña iba mejor, pero sentía náuseas.

—Me gustaría que te fueras a casa, cariño —dijo Paul, con gentileza, estrechándola contra su amplio pecho.

—No puedo —sollozó ella—. Tú sabes que no puedo.

—Les avisaré en cuanto haya algún cambió —prometió Coltrain con gentileza.

—Gracias —repuso Paul.

Cuando el doctor se alejó, volvió su atención a Sari.

—Tienes que tener fe —le susurró al oído—. No te des por vencida ahora.

Ella le clavó las uñas en la espalda.

—Tengo mucho miedo.

—Sí —él la estrechó con fuerza—. Yo también.

Mientras hablaban, un hombre alto que llevaba un abrigo de piel de borrego, vaqueros de diseño, botas de piel hechas a mano y un sombrero Stetson calado sobre los ojos, se acercó al mostrador de las enfermeras.

—Meredith Grayling —dijo con rigidez—. Tengo entendido que es una paciente de aquí.

Sari alzó sus ojos enrojecidos. Antes de que Paul pudiera detenerla, se levantó y se acercó al hombre alto.

—Si es usted Ren Colter, la puerta está por ahí —dijo con ferocidad, señalando la salida.

Él la miró. Su rostro estaba pálido y demacrado. Hizo un gesto de dolor.

—Usted es Sari, la hermana —musitó.

Ella se mordió el labio inferior y asintió.

Paul se acercó y le pasó un brazo por los hombros. Tendió la mano a Ren.

—Está alterada —explicó—. Han llevado a Merrie a la UCI. No responde tan bien como esperaban después de la operación.

Ren inhaló con fuerza y apartó la vista. Se moría por dentro. ¡Había cometido tantos errores! No sabía cómo iba a seguir adelante si perdía a Meredith. Y sería culpa suya. Lo había estropeado todo. La había asustado, insultado, hecho que huyera de su casa para caer en brazos de un asesino.

—Deja de machacarte —le dijo Paul—. Eso no te ayudará. Ven a sentarte.

—Me volveré loco si tengo que estar sentado —replicó Ren.

Sari lo miró por el lateral del pecho de Paul. Vio angustia en su cara y eso la ablandó. Se movió nerviosa.

—Randall te ha dicho lo de Merrie.

—Sí —él la miró—. No os parecéis mucho, pero tenéis los mismos ojos. Los de ella son tan claros que a veces parecen grises pálidos en vez de azules. Grises como la niebla sobre el río a primera hora de la mañana —él apartó la vista e intentó tragar el nudo que tenía en la garganta. Se metió las manos en los bolsillos—. ¿Han encontrado ya al asesino?

—Seguimos buscando —repuso Paul—. Tenemos gente por todas partes, incluido un hombre que conoce al asesino profesional. No creemos que esto lo hiciera él. No podía saber que Merrie había vuelto a casa, puesto que la trajimos en el avión de la familia. Creemos que sigue vigilando tu rancho y que envió a un familiar para que viera si ocurría algo aquí. Y quizá para que acabara con ella si surgía la oportunidad.

—Ese familiar deseará no haber nacido, eso te lo prometo —dijo Ren entre dientes.

—Ponte a la cola —murmuró Sari.

—¡Ah, ah, ah! —advirtió Paul—. Yo trabajo para el FBI y tú eres una funcionaria del estado —le dijo a su esposa.

—Te compraré tapones para los oídos —replicó ella.

Los guardaespaldas entraron en ese momento por la puerta, con armas a los costados. Se acercaron a Sari y Paul, pero se detuvieron en seco al ver a Ren.

Sari vio boquiabierta que Rogers y Barton se ponían firmes y saludaban militarmente al ranchero de Wyoming.

Este les devolvió el saludo con un gesto de sorpresa.

—¿Qué narices hacéis vosotros dos aquí? —preguntó, después de estrecharles la mano.

—Trabajamos para ellos —Barton señaló a Sari y Paul—. Vigilamos la casa.

—No se nos ocurrió que un imbécil intentaría estrellar una camioneta contra la limusina —añadió Rogers, sombrío.

—Nadie podría haberlo previsto —le dijo Paul—. ¿De qué lo conocéis? —preguntó, señalando a Ren con el pulgar.

—Era el capitán de nuestra compañía en Irak —repuso Rogers.

—El mejor oficial que tuvimos —añadió Barton.

—No es verdad, pero gracias —replicó Ren. Miró por encima de los hombros de los otros dos—. ¡Maldita sea! —exclamó, apretando los labios—. Es la semana de los reencuentros.

Todos se volvieron a mirar a Mikey, que avanzaba hacia ellos. Cuando vio a Ren, frenó un poco el paso e hizo una mueca.

—¡Vamos, capitán! Solo fueron un poco de madera y unos cuantos clavos.

—Te apoderaste de la mitad de la madera que había en el cobertizo de materiales para hacer una cantina en el campamento base —contestó Ren con brusquedad—. E instalaste dos mujeres de moral sospechosa...

—Se sentían solas —protestó Mikey—. El burdel

de la zona acababa de cerrar y no tenían dinero suficiente para volver a su país.

—¡Qué montón de mentiras! —murmuró Ren.

Mikey sonrió.

—Tiene que admitir, señor, que la moral subió un ochenta por ciento.

—Y las ETS también —replicó Ren.

—¡Eh!, para eso están los doctores, ¿no? —preguntó Mikey con ojos brillantes. Vio los ojos enrojecidos de Sari—. ¿Qué ocurre? ¿Le ha pasado algo a la princesita?

—La han llevado a la UCI —le explicó Paul—. El doctor no ha dicho gran cosa, pero no responde tan bien como él querría.

—¡Maldición! —musitó Mikey.

—Hay un hospital muy bueno en San Antonio... —empezó a decir Ren.

—En Comanche Wells tenemos el mejor cirujano que hay en dos estados —lo interrumpió Sari—. El doctor Coltrain no la perderá, estoy segura.

Ren asintió.

—De acuerdo.

Su rostro era un espejo de culpabilidad y preocupación. Mikey frunció el ceño.

—¿Conoces a la familia?

—Conozco a Meredith —repuso Ren—. Estuvo en mi casa en Wyoming.

—El ranchero de Wyoming —asintió Mikey—. ¿Adivinas quién está acampando en tu propiedad con un MSR?

—¿Qué es un MSR? —preguntó Sari.

—Un rifle Remington Modular Sniper —contestó Mikey—. Certero hasta una distancia de un kilómetro. A nuestro hombre le gusta mucho.

—¿Cómo se coló en tu rancho? —preguntó Sari a Ren.

—Empezó conduciendo camiones cuando terminó el instituto —intervino Mikey.

—¿Tú lo conoces? —preguntó Ren.

Mikey asintió.

—Antes jugamos en el mismo equipo —respondió—. Pero ya no. Nadie puede hacerle daño a la princesita mientras yo esté aquí.

Ren respiró hondo.

—¿Cuándo sabremos algo? —preguntó.

—Cuando lo sepamos —contestó Paul con filosofía—. Más vale que nos sentemos y nos pongamos cómodos.

—Nosotros no —dijo Barton—. Hemos descubierto algo.

—¿Qué? —preguntaron cuatro voces al unísono.

—Bueno, no es gran cosa —continuó Barton—. El jefe de policía tenía el recibo del alquiler de la camioneta. Lo ha investigado y la camioneta la alquiló un tal Ronnie Bates. Vive en Houston.

Paul entrecerró los ojos.

—¿Y cómo habéis descubierto eso? Grier no comparte información cuando está trabajando en un caso.

—Su secretaria estaba rellenando el informe —repuso Barton—. Y yo miré por casualidad por encima de su hombro.

—¿Y se puede saber qué hacíais allí?

Barton carraspeó.

—¿Qué? —insistió Paul.

—Está bien, me he saltado un semáforo en rojo. Demándame —murmuró Barton—. Estaba pagando la multa cuando vi el recibo. Solo se me ocurre un recibo de alquiler de camioneta que pueda tener interés para la policía en este momento. Tiene que ser él.

—No me extraña que Eb Scott te aprecie tanto —dijo Paul con una risita.

Mikey no decía nada. Solo escuchaba. Pero en sus labios bien cincelados había una sonrisa extraña.

Paul lo miró.

—Escúpelo —dijo.

—¿Qué tengo que escupir? —preguntó Mikey con aire inocente.

—Estás sonriendo. Tú nunca sonríes.

—También sonreía en su sesión disciplinaria —comentó Ren con sequedad—. Justo antes de que entrara un general de tres estrellas y dijera que Mikey robaba material para la cantina por orden suya y quién demonios nos creíamos que éramos. Por suerte para él, lo dejaron marchar con solo una reprimenda.

—Sí —Mikey suspiró sonriente—. El general me llevaba a partidas de póquer en la parte de atrás del club de oficiales. Y le gustaba mucho ganar.

Ren movió la cabeza.

De camino allí había tenido mucho tiempo para pensar. Estaba reconsiderando gran parte de su vida, sobre todo la parte relativa a la fe. Meredith era muy creyente. Llevaba siempre la cruz. Su hermano también era creyente. Y su madre... Bueno, ella nunca había perdido la fe. Ren había cambiado su sistema de valores en la universidad. Randall le había recordado con gentileza que su enamoramiento de la profesora de Física había tenido mucho que ver con su cambió de opiniones. Tras pensar en ello, se dio cuenta de que su hermano tenía razón.

Decían que la fe obraba maravillas. Él no había entrado en una iglesia en años. Pero encontró la capilla del pequeño hospital y entró vacilante. Se sentó en el último banco y miró el altar con ojos atormentados. Quizá no fuera lógico, pero tal vez sí hubiera un poder superior, un poder que se preocupaba por la humanidad y escuchaba las plegarias. Respiró hondo e inclinó la cabeza.

Sari, que volvía del lavabo, se asomó por casualidad a la capilla y vio al ranchero alto de Wyoming sentado allí, en el último banco. Verlo logró que se soltara un nudo que había en su interior. Si Merrie tenía ese efecto en un hombre, quizá el amor pudiera obrar milagros. Sonrió para sí y siguió su camino.

Una hora después, el doctor Coltrain salió a la sala de espera.

—No tengo nada nuevo que comunicar —dijo con calma—, pero se mantiene ahí.

Sari lo miró fijamente.

—Usted sigue preocupado —dijo, porque lo conocía bastante para ver más allá de su cara de póquer.

Él respiró hondo.

—Los traumatismos por contusión son difíciles de predecir, sobre todo en los órganos internos. Creo que se pondrá bien, pero no puedo darles garantías.

—Lo sé —dijo Sari.

—Si quieren trasladarla a San Antonio o pedir una segunda opinión, me parece bien —añadió Coltrain.

Sari negó con la cabeza.

—Creo que moverla sería un error —comentó—. Ella confía en usted y yo también.

—¿Puedo verla? —preguntó Ren.

Coltrain enarcó las cejas, pero Sari sabía que Merrie tenía sentimientos por aquel ranchero, aunque él le hubiera hecho daño. Recordó cómo estaba en la capilla, con la cabeza inclinada. Él también sentía algo por su hermana. Dejar que la viera podía ayudarla. Se colocó a su lado.

—Deje que entre —pidió al doctor—. Por favor.

Ren la miró sorprendido.

—Gracias —gruñó.

Ella asintió con la cabeza.

Coltrain lo llevó a la UCI.

—Cinco minutos —dijo—. Ni uno más —y los dejó solos.

Ren se acercó a Merrie despacio y deslizó sus dedos entre los de ella, inmóviles sobre la cama. Había una enfermera cerca, pero no podía oírlos.

Merrie estaba muy pálida y, cuando le tomó la mano, le pareció que los latidos de su corazón eran débiles e irregulares. La mano estaba fría. Un escalofrío recorrió el cuerpo de Ren. Había estado con hombres heridos en combate que estaban en aquel estado. Hombres que tenían aquellos síntomas y no habían sobrevivido. No tenía nada de raro que el doctor Coltrain estuviera preocupado.

Se inclinó para hablarle al oído.

—Estoy aquí, Meredith —dijo con suavidad—. Vamos, cariño. Tú puedes superar esto. Eres fuerte. Te prometí que te enseñaría cómo marcamos el ganado en Skyhorn en primavera, ¿recuerdas? Tienes que seguir aquí para eso.

Ella no se movió, pero sus párpados aletearon un poco.

Él rozó su mejilla contra la cara fría de ella.

—Tengo que resarcirte de muchas cosas, Meredith —susurró—. Ni siquiera sé por dónde empezar. Siento lo que hice y lo que dije. Quiero la oportunidad de reemplazar esos malos recuerdos con otros mejores. Así que tienes que vivir. Tienes que hacerlo, Meredith —le apretó la mano—. Te ayudaré a luchar. No te dejaré nunca más.

Oyó que la respiración de ella se hacía más fuerte. Le rozó tiernamente los labios con los suyos y sintió resurgir la vida en ella, sintió renacer la esperanza.

—Cuando despiertes, estaré esperando. Estaré aquí, cariño.

Los párpados de ella aletearon de nuevo. Y de pronto se abrieron, muy despacio. Y lo miró.

—Meredith —susurró él con voz ronca. Se le quebró la voz. Sintió humedad en los ojos cuando aquellos hermosos ojos azul claro, que parecían casi grises con la luz, se fijaron en los suyos negros—. Mi niña —susurró, con voz preñada de sentimiento. Se inclinó para rozar de nuevo su boca con los labios—. Vuelve a mí.

Ella parpadeó. Sentía mucho dolor. Era difícil respirar.

—¿Ren? —preguntó con voz débil.

—Sí, estoy aquí.

—No te... vayas —consiguió decir ella.

Él le apretó los dedos.

—Jamás —musitó—. No me iré nunca más.

Ella intentó sonreír, pero no lo consiguió.

—Está bien —susurró. Y volvió a cerrar los ojos.

El doctor Coltrain entró en la estancia.

—Ha abierto los ojos —le dijo Ren—. Me ha mirado y ha hablado.

El doctor respiró hondo.

—¡Gracias a Dios! —susurró.

Ren no sabía qué pensar. Miró a la mujer dormida con confusión en el corazón y en los ojos.

—Hace años que no hablo con Dios —dijo con brusquedad—. Creía que era un mito —movió la cabeza—. He rezado más en la última hora que en toda mi puñetera vida.

Coltrain le puso una mano en el hombro.

—Los milagros existen —musitó.

Ren se las arregló para sonreír.

—Quiero quedarme a su lado.

—Como mínimo esta noche estará en la UCI. Pero, si sigue mejorando, mañana la pasaremos a una habitación normal.

Ren asintió.

—Dígaselo a los otros —le pidió el doctor—. Habrá confeti y matasuegras, pero recuérdeles que esto es un hospital —añadió con una risita.

—Gracias, doctor —contestó Ren con profunda gratitud.

Coltrain le sonrió.

—Largo de aquí. Estoy ocupado.

Ren le soltó la mano a Meredith. Cuando Coltrain se inclinó sobre ella con el estetoscopio en los oídos, él salió para decírselo a los otros.

—Gracias —le dijo Sari cuando asimilaron la noticia. Lo miró a los ojos—. Siento haberme mostrado tan antipática al principio.

—No te culpo por estar enfadada —repuso Ren—. Yo me he dado de tortas mentalmente durante todo el camino desde Wyoming.

—Si se hubiera quedado, quizá estuviera ya muerta —comentó Sari—. Mikey dice que ese hombre probablemente haya estudiado todos los lugares posibles de tu rancho desde donde disparar con un rifle de francotirador.

—No lo dudo, pero, si lo hiciera, se llevaría algunas sorpresas. ¿Recuerdas a J.C. Calhoun? —preguntó Ren a Barton.

Este lanzó un silbido.

—Me acuerdo de Calhoun. ¿Trabaja para ti?

—Desde hace seis años —repuso Ren—. Hemos

tenido un par de intentos contra mis sementales, pero luego se corrió la voz. Entregó dos cuatreros al departamento del sheriff y empezaron a cantar antes de que los interrogaran —soltó una risita.

—Sí, produce ese efecto en mucha gente —asintió Barton.

—No recuerdo a Calhoun —comentó Mikey—. Supongo que fue después de mi época.

—Llegó cuando te trasladaron de Afganistán a Irak —contestó Ren.

—No fue un traslado deseado —dijo Mikey—. Ni mi general pudo mover hilos suficientes para que siguiera en la base. Odié Irak —añadió—. Encargaron a mi unidad que se ocupara de trasladar a pesos pesados de la política por la ciudad. No perdimos ningún político, pero sí dos de nuestros mejores hombres en un ataque bomba.

—Mal asunto —asintió Ren—. Yo estuve al mando de una unidad de francotiradores en Irak.

—Que fue donde te conocimos —intervino Barton.

—Hubo disparos y llamé por radio para preguntar quién era el hijo de perra que casi me había arrancado la cabeza cuando me dirigía a la base —Ren sonrió con timidez—. Resultó que el hijo de perra —señaló a Barton— había matado a un francotirador al que yo no había visto y que me apuntaba por detrás. Me disculpé profusamente.

—No es verdad —replicó Barton.

Ren se encogió de hombros.

—Dije que no debería haber hablado como lo hice.

—Viniendo de él, eso es una disculpa —declaró Mikey.

Barton sonrió.

—De acuerdo.

Ren miró a Sari.

—Me quedo con Sari. Dormiré de pie apoyado en una pared si ese necesario, pero no saldré de este hospital.

—Nadie te pide que lo hagas —contestó ella. Respiró hondo—. Gracias. Gracias por venir hasta aquí y por darle a Merrie un incentivo para despertar.

—De nada. Tengo que resarcirla de muchas cosas. Solo quiero tiempo para hacerlo.

—Ese doctor es muy bueno —comentó Mikey.

—Se portaba muy bien con nosotras cuando teníamos que venir aquí por algo —Sari sonrió—. Merrie y yo pasamos mucho por su consulta.

—¿Por qué? —preguntó Ren con curiosidad.

—Nuestro padre podía ser brutal. Tuvimos varios incidentes cuando estábamos ambas en el instituto —comentó Sari con amargura.

Ren frunció el ceño.

—No parece que fuera un buen padre.

—Créeme, no lo era —contestó ella.

Ren dedujo que había muchas cosas que todavía desconocía de Meredith. Pero se alegraba de tener la ocasión de volver a empezar con ella.

Varias horas después, seguían en la sala de espera. El doctor Coltrain se mostraba cautelosamente optimista. Sari y Ren se habían turnado para ver a Merrie en las visitas de pocos minutos que les permitían mientras siguiera en la unidad de cuidados intensivos.

A medianoche, Sari y Paul insistieron en que Ren fuera a su casa con ellos.

—Ella estará bien, pero tú no lo estarás si no descansas algo —le dijo Paul con firmeza—. Volveremos mañana a primera hora.

Ren terminó por ceder. Llevaba días sin dormir.

—¿Os llamarán si le pasa algo? —miró en dirección al mostrador de las enfermeras.

—Sí, nos llamarán —le aseguró Sari—. Tienen los móviles de los dos.

—Pero eso da igual —intervino Paul con una sonrisa.

—¿Da igual? —preguntó Ren, sorprendido.

Paul señaló la puerta, por donde entraba Mikey con Mandy. Esta les sonrió y se sentó en la sala de espera con una gran bolsa de tejer.

—Yo estaré aquí si necesita algo —dijo—. Váyanse a casa a dormir —añadió, incluyéndolos a todos en su mirada—. A mi niña no le pasará nada mientras yo esté aquí.

—O yo —añadió Mikey, sentándose a su lado—. Hay que proteger a la cocinera, ¿verdad? —sonrió a Mandy—. El mejor asado de ternera que he comido en mi vida.

Ella se ruborizó.

—¡Señor Mikey! —protestó.

—La mejor cocinera de Texas —añadió Paul. Se inclinó a darle un beso en la mejilla—. Gracias, querida.

—Sabía que no os iríais si no se quedaba alguien de la familia —dijo Mandy—. Tenéis que dormir. Llamaré si hay algún cambio, pero no lo habrá. Ahora tiene una razón para vivir —añadió, mirando a Ren con calor.

—Está bien —contestó Sari. Abrazó a la mujer—. Si necesitas algo...

—Si lo necesita, se lo traeré yo —Mikey soltó una risita—. Marchaos a casa.

Se marcharon, no muy convencidos, pero demasiado cansados para discutir.

***

Ren se quedó sin aliento cuando vio Graylings por primera vez.

—Ella me dijo que vivía en un rancho pequeño —miró boquiabierto la enorme mansión, con todas sus luces encendidas, que parecían dar la bienvenida en la oscuridad, más allá de las vallas blancas y de los altos robles y mezquites.

—Es pequeño para el estándar de Texas —comentó Sari con una sonrisa de cansancio—. Pero tenemos algunos de los caballos de carreras más famosos del mundo. Y mucha seguridad, aprobada por el FBI —sonrió a su esposo.

—Parece que se me da mejor la seguridad que contratar chóferes de limusinas —comentó este con sequedad.

—Fue mala suerte —contestó Sari—. Se coló aquí con apoyos comprados. Tú no podías saberlo.

—Muy cierto —asintió Barton, sentado al lado de Ren y enfrente de Sari y Paul—. Investigar su vida no habría servido de nada. Asumo que el asesino profesional preparó su comprobación de identidad. El tipo de Houston, en cambio, no era muy listo. ¿Qué clase de asesino en potencia deja la hoja de alquiler de la furgoneta en la guantera?

—Uno muy torpe —contestó Paul—. Y le va a costar caro.

—Cuenta con ello —asintió Sari—. Cuando lo capturemos, el señor Kemp le dará una buena lección.

—Desde luego que sí —asintió Paul.

Rogers paró la limusina en la puerta delantera. Salieron todos y Paul abrió la puerta de la casa, una mansión de suelos de roble pulido, alfombras persas y arañas de cristal hechas en Italia.

Ren lanzó un silbido suave. El rancho Skyhorn tenía muebles cómodos, pero nada tan lujoso como aquello. Notó que en la pared había dos cuadros torcidos que parecían originales.

Sari lo vio mirándolos.

—Lo hice yo —señaló un paisaje con un caballo de carreras al fondo—. Merrie, el otro —señaló un cuadro de un golden retriever.

—¿Tú pintas? —preguntó Ren.

—Yo muevo los cuadros para que no estén rectos —aclaró ella. Su rostro se tensó—. Es una cuestión de venganza.

—Su padre era un perfeccionista —aclaró Paul.

Ren movió la cabeza.

—En mi despacho hay un cuadro que lleva siglos torcido. Enderezarlo no es una de mis prioridades —comentó.

—Ven arriba y te prestaré un pijama —se ofreció Paul—. Supongo que no te entretuviste a preparar una maleta.

—Nada —asintió Ren—. En cuanto Randall me dijo que Meredith estaba en el hospital, fui directamente al aeropuerto.

Una mirada a su rostro rígido bastó para que los otros supieran lo que sentía. Todavía había angustia en sus ojos.

—Vamos arriba —propuso Paul—. Rogers y Barton harán guardia.

Ren siguió a la pareja por la escalinata curva.

—El perro era de Meredith, ¿verdad? —preguntó—. El del cuadro de abajo.

—Sí —Sari se detuvo y se volvió—. ¿Te lo contó?

Él asintió.

—En mi rancho, nadie maltrata a los animales. Tuvimos un vaquero que golpeó a un caballo y casi no pudo entrar en su camioneta cuando acabé con

él. Hice que lo detuvieran y lo denuncié por crueldad contra los animales —movió la cabeza—. Nunca he entendido cómo puede alguien golpear a un
animal indefenso.

Sari sonrió. Al parecer, su hermanita había elegido a un ganador. A menos que fuera solo la culpa
lo que había hecho que Ren fuera desde Wyoming
con tanta prisa, que no se había detenido ni siquiera a preparar una maleta. Admiraba eso en él. De-
mostraba que lo que sentía por su hermana era algo
fuerte.

Randall no esperaba dormir, pero se durmió La
cama que le dieron era enorme, en un dormitorio
del doble de tamaño del suyo en Skyhorn. Estaba
tan cansado, que probablemente no le habría importado una cama estrecha en la que le colgaran los
pies. En Irak había dormido a menudo en el suelo,
con una piedra por almohada.

Despertó al amanecer. Estaba acostumbrado a
madrugar en el rancho. Después de una ducha rápida, telefoneó a Willis para enterarse de lo que ocurría en su casa.

—Esto ha estado animado —comentó el vaquero, con un tono de misterio.

—¿Por qué? —preguntó Ren.

—Snowpaw descubrió a un intruso.

A Ren le dio un vuelco el corazón.

—¿Llevaba un rifle de francotirador? —preguntó.

—¡Demonios! ¿Cómo sabe eso, jefe?

—Soy adivino —ladró Ren—. ¿Qué pasó?

—Snowpaw salió tras él sin dejar de gruñir. Incluso con tres patas, fue más rápido que el hombre.
Lo tumbó y lo vapuleó un poco antes de que huyera.

El hombre logró hacerse con el rifle y salir corriendo. Saltó una valla para escapar del lobo. Cuando le disparé, él apuntaba a Snowpaw con su rifle.

—¿Le diste? —preguntó Ren.

—No tuve esa suerte. Estaba oscuro y yo no uso el rifle a menudo. Pero creo que le rocé el abrigo y eso bastó para que saliera huyendo.

Ren estaba lívido. Aquello era lo que había predicho Paul. El asesino había vigilado Skyhorn, pensando que Meredith seguía allí. Al parecer, el primo de Texas que había atacado la limusina no había podido contactar con él todavía. El conductor probablemente estaría escondido, si no estaba buscando un médico. Teniendo en cuenta cómo había acabado la camioneta, el hombre que la conducía no podía haber salido completamente ileso.

—¿Cuándo fue eso? —preguntó.

—Ayer sobre medianoche. Esta mañana hemos registrado esto y encontrado un par de lugares donde estuvo acuclillado. Uno cerca de la casa.

—En el lado donde estaba el dormitorio de Meredith —adivinó Ren.

—Puede que sea adivino de verdad —se burló Willis.

—No es probable. Coge a J.C. y un par de hombres y registrad todos los lugares donde pueda acampar un francotirador. Dudo que vuelva, pero podría ser.

—Lo haremos. ¿Cómo está la señorita Meredith?

—No muy bien. Pero está viva y creen que lo superará.

—Me parece terrible que alguien pueda atacar a esa mujer tan amable —comentó Willis—. Snowpaw la adoró enseguida. Y suele odiar a las mujeres.

—Ya me he dado cuenta. Cuida del rancho en mi ausencia. No sé cuánto tiempo estaré aquí. No me iré hasta que Meredith esté totalmente fuera de peligro.

—Lo haré, jefe. Cuídese.

—Lo mismo digo.

Ren bajó a desayunar.

Le habría gustado cambiarse de ropa, pero podía esperar un poco más. Iría de compras cuando se tomara un descanso. No tenía intención de salir pronto de Jacobsville.

Mandy estaba en casa, y llevó bandejas con huevos, beicon y galletas a la mesa del comedor.

—Meredith está bien. Y Mikey sigue allí —le dijo a Ren cuando se reunió con los demás—. Siéntese y coma antes de volver al hospital.

—Gracias.

—Yo también la quiero —comentó Mandy. Le divirtió ver que él se sonrojaba. Terminó de poner la comida en la mesa.

—¿Has dormido? —preguntó Paul.

—No demasiado —confesó Ren—. Esta mañana he llamado al capataz de mi rancho. Vieron huir a un hombre con un rifle de francotirador que estaba apostado cerca de la habitación de Meredith —añadió con aire sombrío.

—O sea que todavía no lo sabe —comentó Paul.

—Eso parece. Al menos, no lo sabía anoche.

—¿Tus hombres le dispararon? —preguntó Sari.

—Una bala le rozó el abrigo. Pero Snowpaw lo vapuleó un poco por el camino.

—¿Snowpaw? —preguntó Paul.

—El lobo de Willis —Ren sonrió con tristeza—. La primera vez que vio a Meredith, fue directamente hasta ella, le puso la cabeza en el regazo y le dejó acariciarlo —movió la cabeza—. Ninguna otra mujer ha podido acercarse nunca a él.

—Eso explica el dibujo de lobo que hay en el

cuaderno que trajo a casa —comentó Sari—. El lobo solo tiene tres patas.

Ren asintió. Se sirvió huevos y beicon

—Una trampa para osos. Nosotros no las usamos, pero hay un vecino que sí. Aunque dejó de usarlas después de que Willis tuviera una «conversación» con él —sonrió—. Willis tiene casi tan mal genio como J.C. Calhoun.

—Bonito nombre. Me refiero al del lobo —dijo Sari.

—Es el nombre de un lobo ficticio que sale en un videojuego al que juega Willis y que se titula *World of Warcraft* —contestó Ren—. Tienes que derrotar a un orco a cuya familia mataron los ogros. Cuando completas la misión, Snowpaw, el lobo del orco, se va a tu casa a vivir contigo. Es una misión un poco triste.

—¿Tú juegas? —preguntó Paul.

Ren negó con la cabeza.

—No tengo tiempo para videojuegos ni para casi nada más. Estoy muy ocupado con el rancho.

—Cuando llegamos a casa anoche, tenía seis llamadas perdidas en mi iPhone —comentó Paul, con una sonrisa—. Todas de colegas. Hasta me puso un mensaje el agente especial al mando. Son un grupo estupendo.

Sari asintió.

—La familia es muy importante para ellos.

—Todos tienen hijos —Paul miró a Sari con adoración—. Nosotros lo intentaremos cuando todo esto se calme. De momento nos concentramos en nuestras carreras. Sari es una fiscal fantástica.

Ren miró los muebles lujosos que los rodeaban. Movió la cabeza.

—¿Todo esto y trabajáis los dos?

—Tengo entendido que tú tampoco pasas hambre —comentó Paul, que lo había investigado antes de que Merrie fuera a su casa—. Tú trabajas. Y tu trabajo es más duro que los nuestros.

—Cuando empecé a levantar el rancho, el trabajo se volvió lo más importante para mí. Solo frené cuando me prometí para casarme, hace unos seis meses —el rostro de Ren se endureció—. Pensaba que ella estaba loca por mí y resultó que solo estaba loca por mi dinero. Cuando la dejé, se vengó de mí difamándome en las redes sociales —sonrió con tristeza—. La noche que viniste a buscar a Meredith, la había llevado a una fiesta conmigo.

Sus ojos se oscurecieron.

—Se enfrentó a mi exprometida sin vacilar y la derrotó sin usar ni una sola palabrota. De hecho, la puso en fuga —apretó los dientes al recordar lo que había ocurrido luego—. Estaba nervioso —confesó—. Me convencí de que Meredith era como Angie porque ella también era una de las chicas de Randall —movió la cabeza—. El mayor error de mi vida.

—Todos cometemos errores —dijo Paul, recordando su tempestuoso camino hasta el altar. Miró a Sari con ojos amorosos—. A veces somos afortunados y tenemos luego tiempo para corregirlos.

—Eso es lo que yo espero —musitó Ren—. Una segunda oportunidad.

—Ella se va a poner... —Sari se interrumpió porque sonaba su teléfono—. ¿Diga?

Se le iluminaron los ojos.

—Gracias, Mikey. Gracias. Sí, se lo diré a Paul —cortó la llamada—. Merrie sigue mejorando, y lo han pillado.

—¿A quién? —preguntó Paul.

—Al hombre que conducía la camioneta.

—¿Dónde lo tienen? Quiero charlar un rato con él —comentó Paul.

—Yo también —dijo Ren. Y su expresión era fría como el hielo.

Sari hizo una mueca.

—Lo tiene el Departamento de Policía de Houston —contestó—. Esta mañana ha llamado a Mikey uno de sus contactos. Al parecer, el asesino estaba lo bastante confiado para volver a su casa. Paul le había puesto una orden de búsqueda y captura —explicó a Ren—. La policía de Houston solo ha tenido que llamar a la puerta y detenerlo.

—Estupendo —Paul suspiró—. Ahora todos podemos discutir quién tiene jurisdicción sobre él, hasta que llegue uno de sus amigos y lo saque bajo fianza.

—¿Y si llamó al asesino en Wyoming y le dijo lo que pasaba antes de que lo detuvieran? —preguntó Sari—. ¿Qué pasa entonces?

13

Aquí tenemos la mejor seguridad de Texas —le recordó Paul—. Y a los vengadores.

Ren rio con suavidad.

—Los llamamos así —explicó Paul—. Ya sabes, Barton y Rogers. En los tebeos y en las películas, Barton era Ojo de Halcón y Rogers, el Capitán América.

—Son buenos —asintió Ren—. ¿Y quién es ese Eb Scott que os los prestó? Meredith me habló de él.

—Eb tiene una academia de antiterrorismo aquí en Jacobsville. Es muy conocido en el mundo de la seguridad y entrena a todo tipo de gente. Incluso —añadió Sari apretando los labios— se rumorea que a gente del Gobierno. Todo lo que tiene es de última generación. Es un mercenario retirado. Igual que la mayoría de la gente a la que enseña en su academia.

—No había oído hablar de ella. Por otra parte —Ren suspiró—, llevo una vida reservada. El rancho está bastante aislado del mundo real. Fundamentalmente vemos películas en DVD o en la tele de pago —vaciló, sonriente, con la vista perdida en la lejanía—. Tengo vídeos sobre cómo marcamos el ganado en el rancho y Meredith los veía mientras tejía. Me sorprendió. No me parecía el tipo de mujer al que le gustaran esas cosas. Es frágil en un sentido, pero muy fuerte en otros.

—Es dura —aclaró Sari—. Mi padre nunca nos dejaba acercarnos a los caballos buenos. Podíamos montar algunos viejos y que no fueran purasangre. Crio algunos caballos cuarto de milla para vender, pero no por mucho tiempo. Despidió al único empleado que teníamos que sabía criarlos. Después de eso, volvió a los purasangre. Paul y yo hemos vuelto a criar caballos cuarto de milla.

—Nosotros tenemos muchos caballos de montar —dijo Ren—. El rancho es grande y necesitamos unos cuantos cuarto de milla para manejar el ganado.

—Tú crías Angus, ¿verdad? —preguntó Sari.

—Black Angus purasangre. Y toros sementales, vacas y novillas. No tenemos terneras para carne. Me encanta la ternera, pero no me gusta criarla —sonrió un poco avergonzado—. Es difícil comerse algo que has criado desde que nació.

Sari le sonrió con calor y él le devolvió la sonrisa.

Paul miró su reloj.

—Tengo que ir a San Antonio unos minutos —le dijo a Sari—. Hay un par de proyectos que tengo que revisar. ¿Estarás bien?

—Yo la acompañaré —prometió Ren.

Paul se relajó un poco.

—De acuerdo.

—Estaré bien —le aseguró Sari—. Tengo que pasar por la oficina a la hora del almuerzo y hablar con el señor Kemp —dijo. El señor Kemp era el fiscal del distrito.

—Yo me quedaré con Meredith —declaró Ren.

—Yo me voy a dormir —intervino Mandy, cuando terminó sus huevos y beicon—. Tengo sueño.

—Gracias por haberte quedado con ella —le dijo Paul—. Eres la mejor.

Mandy les sonrió a todos.

—Me levantaré a tiempo de preparar la cena, no temáis.

Cuando Ren y Paul entraban en el hospital, Mikey les salió al encuentro cerca de la puerta principal.

—¿Cómo va todo? —preguntó Paul.

Mikey hizo una mueca.

—No muy bien —vio la expresión helada de Paul—. No, no, no lo digo por la princesita. Es el tipo de Houston, el de la camioneta.

—Mikey... —empezó a decir Paul con rabia.

—No ha sido mi hombre —lo interrumpió su primo—. Alguien se lo ha cargado en su celda.

—¿Cómo? —preguntó Paul.

—Eso todavía no está claro. Tenía asma. Bebió algo que creen que estaba adulterado con una sustancia a la que era alérgico. Le produjo una reacción violenta y llamaron a un médico. Este llegó, vio los síntomas de asma y le puso una inyección de epinefrina.

—Eso es lo que le ponían siempre a un amigo mío que tenía asma —dijo Paul.

—Sí, bueno, pues ese hombre tenía una arritmia y la epinefrina le produjo una parada cardiaca. No pudieron salvarlo.

—Aquí tuvimos un caso así —recordó Paul—. La secretaria de Cash Grier tenía asma. Tuvo un ataque en su oficina y Carson Farwalker, que entonces era un mercenario, además de un antiguo enfermero del Ejército, se cercioró de que no tuviera problemas de corazón antes de inyectarle epinefrina. Dijo que, si tenía algún problema de arritmia, eso la mataría.

—Un hombre listo —señaló Ren.

—Mucho. Era médico de verdad, pero no se lo dijo a nadie hasta que se casó con Carlie —contó Paul—. Antes de eso era un hombre malo.

—Cuéntale al capitán lo del cocodrilo —le dijo Mikey, señalando a Ren.

—¿Qué cocodrilo? —preguntó este.

—Un hombre llamado Rourke y Carson echaron a un hombre que había torturado a una chica a un cocodrilo en Barrera, en Sudamérica. Rourke después se casó con la mujer. Ahora viven aquí.

Sari se adelantó unos pasos.

—Voy al mostrador de enfermeras —se disculpó. Se alejó y los dejó hablando—. Soy Sari Fiore. Meredith Grayling es mi hermana —dijo a una enfermera—. ¿Puede decirme cómo se encuentra?

—Está bastante bien —contestó la mujer con una sonrisa—. Ya la hemos llevado a la planta. Está en la habitación 230. Pueden entrar a verla.

—Gracias —repuso Sari, muy aliviada—. Ha sido una noche muy larga —explicó.

La enfermera sonrió.

—Ya me lo imagino.

Sari volvió con los otros.

—Ha salido de la UCI y está en una habitación.

—¿En cuál? —preguntó Ren.

—La 230. Ve delante —lo animó ella—. No importa.

Ren le sonrió con nerviosismo.

—Gracias.

***

Acababan de terminar de bañar a Merrie y estaba sentada con una toalla delante y la espalda desnuda de espaldas a la puerta cuando entró Ren, quien se detuvo en seco y dio media vuelta.

—Lo siento —dijo—. Volveré luego.

Salió por la puerta y Merrie sintió que los ojos se le llenaban de lágrimas. Estaba segura de que había visto sus cicatrices. No volvería. También estaba segura de eso.

—Ya está, querida —dijo la auxiliar con buen ánimo—. Deje que la ayude con el camisón. Es uno limpio.

Merrie se dejó poner el camisón del hospital y se tumbó en la cama. Se sentía muerta por dentro. No quería que Ren viera nunca sus cicatrices.

La auxiliar salió de la habitación y él volvió a entrar al instante.

Merrie lo miró sorprendida.

—¿Qué? —preguntó él, de pie al lado de la cama.

—Me has visto la espalda, ¿verdad? —preguntó ella, preocupada. Se sonrojó.

Él la miró con sorna.

—Meredith, yo también tengo cicatrices en la espalda y en la parte de atrás de los muslos causadas por un ataque bomba cuando estaba en Irak. Las cicatrices no importan. Estar vivo sí.

Ella lo miró fijamente.

—¡Oh! —susurró.

Él se colocó al lado de la cama, se inclinó y la besó levemente en la boca.

—Idiota —susurró. Y sonrió.

Merrie estaba atónita. Lo miró con ojos brillantes llenos de esperanza.

—Has vuelto.

—Pues claro que he vuelto —se burló él. Se dejó caer en una silla al lado de la cama—. Han encontrado al hombre que te atacó con la camioneta.

—¿Me prestas un bate de béisbol? Me gustaría hablar con él —dijo ella con frialdad.

—Demasiado tarde. Está en la morgue de Houston.

—¿En la morgue?

—Hizo un trabajo chapuza. Imagino que el hombre que lo contrató ordenó que acabaran con él. Y en su celda.

—¿Y el asesino profesional? ¿Se sabe algo más? —preguntó ella con preocupación.

—Anoche logró entrar en el rancho, supuestamente antes de que hubiera hablado con el del ataque en Jacobsville. Snowpaw lo encontró, pero consiguió huir.

—¿Snowpaw? —Merrie contuvo el aliento—. ¿El lobo está bien? ¿No le hizo nada?

—No, está bien —le aseguró Ren, conmovido por el interés que mostraba ella por el animal.

Merrie sonrió.

—¡Es tan hermoso, tan tierno! —su pecho subió y bajó con las respiraciones—. Espero que lo mordiera —murmuró—. No volverá al rancho, ¿verdad?

—Ya no. Hemos incrementado la seguridad. Nadie podrá atravesarla para llegar hasta ti.

Ella no asimiló del todo ese comentario. Seguía un poco grogui por la anestesia y no pensaba con claridad. Observó el rostro de él.

—Pareces cansado.

—Deberías ver a los demás —repuso Ren—. Mandy acaba de acostarse. Mikey y ella han estado toda la noche en la sala de espera mientras nosotros dormíamos. Yo me quedé dormido enseguida —le tomó una mano y se la llevó a los labios—. No quería dejarte, pero estaba muerto.

Ella lo observó, maravillada.

—Estuviste en la UCI —recordó de pronto—. Hablaste conmigo.

—Sí —el rostro de él se endureció—. Nos has dado un buen susto, cariño.

Merrie se sonrojó un poco por el placer de oírle llamarla así. Sus ojos claros se iluminaron observando el rostro de él.

Ren sonrió. Le gustaba hacerla sonrojar.

—Cuando salgas de aquí, te voy a llevar a casa conmigo, a Wyoming, aunque para ello tenga que luchar con toda tu familia.

—¿Llevarme a casa? —repitió ella.

Él le besó la palma.

—Tenemos asuntos pendientes —dijo, con voz profunda y suave como el terciopelo. Su mirada enfatizaba sus palabras.

—Ren, yo no... Es decir, yo no puedo... —ella apretó los dientes y su rostro se contorsionó.

—Sé todo eso —repuso él—. No te preocupes. Todo irá bien.

—¿Lo crees de verdad? —preguntó ella con preocupación.

—Tu cuñado es un buen agente. Y hasta tienes a la mafia de tu parte —comentó él, chasqueando la lengua—. Me gusta Mikey. Estaba muy preocupado por ti. Dijo que nadie podía hacerle daño a la princesita mientras él estuviera aquí.

—¿Princesita?

Ren soltó una risita.

—Así es como te llama.

—¡Caray! Yo ni siquiera estaba segura de caerle bien.

—Le gustas —él hizo una mueca—. Pero no demasiado, o yo no hablaría bien de él.

Merrie observó los ojos negros de Ren hasta que el placer se volvió demasiado intenso y bajó la vista a su pecho amplio.

Él le apretó los dedos.

—¡Eh!

Ella alzó la vista, ruborizada.

—No te voy a dejar —musitó él con voz profunda—. Nunca, Meredith.

Ella contuvo el aliento. Lo que él le decía con los ojos era demasiado maravilloso para creerlo.

—Lo siento, cariño —siguió él, con voz ronca—. Siento mucho todo lo que hice.

—Tú estabas sufriendo y amargado por lo que pasó con Angie —contestó ella—. Lo comprendo.

Ren respiró fuerte.

—Hacerte daño a ti no arregló en nada la amargura. La empeoró. Cuando Randall me dijo que estabas en el hospital, fui directo al aeropuerto. Lo que llevo puesto ahora es todo lo que traje conmigo —sonrió débilmente—. Así que supongo que iré de compras mientras tú almuerzas hoy.

Merrie sonrió suavemente. Le impresionaba que él lo hubiera dejado todo de pronto para verla. El rostro de él expresaba emociones. No fingía, era cierto que sentía algo por ella.

—¿Esta noche has dormido en Graylings? —preguntó.

Él rio con suavidad.

—¡Menuda casa! —exclamó—. Skyhorn parece una chabola a su lado.

—Me encanta tu casa —repuso ella—. Es hermosa por dentro. Es cálida y cómoda, y hasta los muebles encajan en eso. Además, no está bien comparar casas. La nuestra está como la dejó mi padre —añadió con frialdad—. Sari y yo la vamos a reformar en cuanto desaparezca la amenaza del asesino a sueldo. Que espero que sea pronto.

—Yo también lo espero, querida. Pero, entre tanto, estás muy bien protegida.

—Lo dices por nuestros guardaespaldas.

—También por ellos. Pero parece que el primo Mikey ha colocado algunas personas más por aquí para ayudarte.

—O sea que es eso —murmuró ella.

—¿Eso qué?

—Las enfermeras han dicho que había hombres raros con escobas y fregonas o empujando carritos con bandejas por el hospital. No saben por qué los han contratado, pero les da la impresión de que no hacen nada.

—Oh, sí hacen algo. Vigilan tu habitación.

Ella sonrió.

—Mikey es un pirata.

Ren soltó una risita.

—Es un pirata simpático. Y un buen tipo para tenerlo de tu lado.

—Sí que lo es —Merrie resopló—. Creo que me están dando analgésicos todavía. Tengo mucho sueño.

—¿Por qué no duermes un rato y yo voy a ver qué tiene que ofrecer Jacobsville en el apartado de ropa masculina? —preguntó él.

—Tiene principalmente botas, vaqueros y camisas vaqueras —contestó ella, adormilada.

—Puede que encuentre algo más elegante que eso.

—No demasiado elegante o podrían confundirte con el asesino a sueldo.

—Soy demasiado alto —bromeó él—. Todo el mundo sabe que los asesinos a sueldo son pequeños y calvos.

—¿Ah, sí? —ella sonrió una vez más y se quedó dormida.

Ren se levantó, la besó suavemente en la frente y salió de la habitación. Muy cerca de la puerta había un hombre apoyado en una fregona y otro en un cepillo de barrer. Le sonrieron.

Les devolvió la sonrisa y siguió andando.

***

Para su sorpresa, encontró una tienda de ropa masculina bastante exclusiva en la calle principal de Jacobsville.

Compró pantalones, camisas y una chaqueta, junto con un sombrero Stetson nuevo, el primero que se compraba en años.

Metió todo en el coche de lujo que había alquilado antes de ir de compras y entró a comer en el café más próximo.

Le sorprendió que la gente alzara la vista de sus platos para mirarlo. Se acercó a la barra, consciente de ser observado, y pidió una hamburguesa y patatas fritas.

—Usted no es de por aquí —dijo una mujer rubia de edad mediana y aspecto agradable.

—No, soy de Wyoming —contestó él. Pagó la cuenta.

—Usted es Ren Colter.

Él miró a la mujer sorprendido.

—Bueno, sí.

—¿Cómo está Merrie? —preguntó un cliente detrás de él—. ¿Se va a poner bien?

—Sí. Ya ha salido de la UCI y está mucho mejor —contestó Ren.

Un hombre alto, vestido con traje de negocios y con un sombrero Stetson que debía de ser tan caro como el de Ren, se detuvo a su lado de camino hacia la puerta.

—Dígale que los Ballenger han preguntado por ella, ¿de acuerdo? Soy Justin. Mi hermano Calhoun y yo somos los dueños del cebadero de aquí.

Ren sonrió y le estrechó la mano.

—Ustedes me cebaron un ganado hace dos años —dijo—. Fue un buen trabajo.

Justin soltó una risita.

—Gracias. Ahora dirijo casi todo el negocio solo, pues mi hermano se presentó al Senado y en la actualidad es el senador más joven de Texas en Washington. No para mucho por casa.

—Si encuentra el modo de mantener al Gobierno fuera de nuestros ranchos —comentó Ren chasqueando la lengua—, le enviaré una postal de Navidad todos los años.

—Eso mismo le dije yo —asintió Justin.

—¿Qué haces perdiendo el tiempo aquí? —preguntó Cash Grier a Justin con severidad fingida—. Tienes dos novillos en la autopista justo fuera de los límites de la ciudad. Hayes Carson dice que te va a multar por alimentar a tu ganado en terreno del condado.

Justin rio y le estrechó la mano a Cash.

—Son tiempos duros y la hierba es escasa en el otoño —dijo—. Ven a cenar un día de estos y trae a Tippy y a los niños.

—No salimos mucho por las tardes —replicó Cash—. Nos sentamos a ver dormir al bebé.

—He pasado por eso —repuso Justin—. Ahora todos mis muchachos están en la universidad —movió la cabeza—. El tiempo vuela.

—Eso es muy cierto. Nos vemos.

—Hasta la vista.

Cash miró a Ren.

—¿Ya ha pedido? —preguntó.

—Sí.

—Barbara, ¿qué tal un bol de chili con carne y un café solo para el mal financiado Departamento de Policía?

—Marchando, jefe.

Cash dejó un billete de cinco dólares en el mostrador y guio a Ren a una mesa cerca de la ventana.

—¡La policía! Esconded las armas automáticas —dijo un vaquero.

—Tú no tienes armas automáticas, Fowler —repuso Cash.

—¿Cómo lo sabes? —bromeó Harley Fowler—. Puedo llevar una en la bota.

—Ningún arma que se respete metería el cañón ahí —contestó Cash con desdén.

—¿Quién es el forastero alto? —preguntó Harley—. ¿Es el hombre de la señorita Merrie?

Ren soltó una carcajada.

—El mismo —repuso Cash con una sonrisa.

—Si necesita ayuda con ese coyote que la persigue, solo tiene que decirlo —declaró Harley—. Reuniremos un pelotón y saldremos a cazarlo.

—No en mi ciudad. De eso nada —lo desanimó Cash.

—En su ciudad no, jefe —asintió Harley—. Por ahí, en el quinto pino.

Cash movió una mano en el aire.

—Cómete el bocadillo y vete a trabajar o llamaré a Cy Parks y le diré que estás pidiendo un linchamiento.

—No, solo café y sándwich —Harley sonrió—. ¿La señorita Merrie está bien?

—Está bastante bien, gracias —contestó Ren.

—Es encantadora —siguió Harley—. Hizo un cuadro de mi esposa. El parecido es tan grande que pensé que era una fotografía.

—Tiene mucho talento —asintió Ren.

—Dígale que todos preguntamos por ella.

—Se lo diré.

Cash sonrió a Barbara, que llevó a la mesa su chili con carne y café y la hamburguesa y patatas fritas de Ren, también con café.

—Gracias —dijo Cash.

—Hay que tener a la policía bien alimentada y contenta —respondió Barbara—. O el crimen se llevará parte de mis beneficios.

—Si quieres hacerme feliz, ve el jueves en mi lugar a dar el discurso en el Rotary Club —comentó Cash, sombrío.

—Lo harás muy bien.

—Odio hablar en público. La vida era más fácil hace diez años.

—¿Arrastrándote por la jungla con ropa de camuflaje? Dame un respiro —Barbara se echó a reír y alzó los ojos al cielo—. Si necesitáis algo más, dadme un grito.

—Gracias.

Ren miraba a Cash por encima de su hamburguesa.

—¿Ropa de camuflaje?

—Sí.

Ren mordió la hamburguesa y tomó un trago de café.

—Barton fue francotirador en mi unidad en Irak. Llevaba ropa de camuflaje.

—Yo me gané la vida así mucho tiempo —repuso Cash—. Y también un par de habitantes más de aquí, incluido uno de nuestros doctores, Carson Farwalker.

—Estaba en el hospital.

—Es un buen hombre.

—Yo tuve a dos hombres más de esta zona en mi unidad. Cag Hart y Blake Kemp.

—Cag dirige Hart Ranch Properties, que tienen la oficina central aquí en Jacobsville. Blake Kemp es nuestro fiscal del distrito.

—Oí que la hermana de Meredith mencionaba el nombre de Kemp. Trabaja para él, ¿verdad?

—Sí. Acaba de empezar, pero hace bien su trabajo.

—Quiere mucho a su hermana.

Cash asintió.

—Estaban las dos solas frente a su padre —su rostro se tensó—. Un mal bicho. Yo no era jefe de policía cuando eran jóvenes. De haberlo sido, lo habría encerrado y no me habría importado nada el dinero que tuviera.

—Meredith me ha contado algo —musitó Ren—. Ha tenido una vida dura.

—Las dos la han tenido. Pero con la muerte del viejo empieza a brillar el sol. Sobre todo para Sari —añadió con una sonrisa—. Paul y ella tuvieron un camino accidentado hasta llegar al altar. Ella no le hablaba cuando él volvió aquí. Así que él la tomó en volandas, la llevó al coche y allí hablaron.

Ren soltó una risita.

—Un hombre decidido.

—Uno de los mejores que hay en las fuerzas del orden. Toda su familia está en el lado opuesto de la ley.

—Mikey.

Cash enarcó las cejas.

Ren se encogió de hombros.

—Yo mandaba una compañía en Irak. Mikey estaba en mi unidad. Barton y Rogers también.

—El mundo es un pañuelo.

—Desde luego —Ren tomó un sorbo de café.

—¿Sabes que esta mañana han detenido al conductor de la camioneta en Houston y que ya está muerto? —preguntó Cash.

Ren asintió.

—Nos lo dijo Mikey.

—Alguien se lo ha cargado en la celda Creen que le dieron algo que le provocó un ataque de asma y un doctor le puso una jeringa de epinefrina en el corazón.

—Y tenía arritmia —comentó Ren.

—Así es —corroboró Cash—. Mi secretaria, la esposa de Carson Farwalker, también tiene asma. Por suerte, ella no tiene el problema de arritmia. Pero aprendí con ella lo que no puedes hacer para el asma si tienes un desorden de arritmia.

—O sea que el asesino está muerto. No creo que él supiera nada que hubiera podido ayudarnos a capturar al otro —comentó Ren—. Sabemos a quién persigue y no creo que tarde en llegar aquí.

—Tenemos mucha seguridad —le recordó Cash.

Ren lo miró a los ojos.

—También la tenía Kennedy.

Cash suspiró.

—Desgraciadamente, es cierto que, si un hombre está dispuesto a cambiar su vida por la tuya, no hay ningún modo seguro de pararlo.

—Lo que esperamos es que este no quiera cambiar su vida por la de Meredith —contestó Ren—. Si fuera un suicida, habría muerto hace tiempo.

—Cierto.

Ren terminó su comida y el café.

—Ahora que ya puedo cambiarme de ropa, vuelvo al hospital —dijo con una sonrisa—. Cuando me enteré del accidente de Meredith, no me entretuve a hacer la maleta.

—Eso te hará ganar puntos con su familia —Cash sonrió.

—Cierto. Ha sido un placer hablar contigo.

—Me pasaré luego a ver cómo está.

—Se lo diré.

Ren llevó sus compras a Graylings y se cambió de ropa antes de volver a la ciudad a ver a Meredith.

Ella alzó la vista, sonriente, cuando entró en la habitación.

—Estás distinto.

—Nunca me has visto con esta ropa —contestó él.

Llevaba un pantalón de sastre azul oscuro y un suéter negro de cuello alto debajo de una chaqueta informal. En la mano sostenía el nuevo sombrero Stetson de color crema.

—Estás muy bien —comentó ella.

Ren sonrió y se inclinó a besarla con ternura en los labios.

—He comido hamburguesa y patatas fritas y charlado con el jefe de policía y con varios desconocidos.

—¿Ah, sí?

Él asintió. Lanzó el sombrero a una silla vacía, se sentó al lado de la cama en otra silla y tomó una mano de ella entre las suyas.

—Mucha gente te envía recuerdos. Tendrás que preguntarle a Grier quiénes son. Yo he perdido la cuenta.

Merrie sonrió.

—Yo conozco a todo el mundo. Mi padre no nos dejaba relacionarnos, pero, desde que murió, he pasado mucho tiempo en el café.

—La dueña es muy amable. Te envía saludos.

—Barbara —asintió ella—. Su hijo es teniente en el Departamento de Policía de San Antonio. ¿Has hablado con el jefe Grier del conductor de la camioneta?

Ren enarcó las cejas.

—¿Sabes algo más?

—El primo Mikey entró a verme antes de irse a almorzar. Cree que tiene una idea para detener al asesino a sueldo.

—¿En serio? ¿Cómo?

—No me lo ha dicho. Dice que hablaremos de eso cuando esté en casa —ella hizo una mueca—.

Pero creo que para eso faltan todavía unos días —se movió incómoda—. Me duele todo.

—Las heridas tardan tiempo en curar —comentó él—. Pero muy pronto estarás mejor. Entretanto, aquí estarás bien protegida y la policía está pendiente de cualquier forastero que aparezca por el hospital.

—¿Y en casa? —se preocupó ella.

—Mikey se ha llevado a Rogers y a Barton a buscar lugares donde se pueda apostar un francotirador.

Merrie respiró hondo. Frunció el ceño.

—Me duele un poco al respirar —confesó.

—Las contusiones —repuso él—. Es normal.

Ella lo miró con curiosidad.

—El impacto te arrojó hasta la puerta —explicó—. Golpeó tus órganos internos. Por eso te dan antibióticos. Les preocupa que tengas neumonía.

—¡Oh! No sabía por qué.

Ren cruzó las piernas.

—Te curarás —dijo. Le sonrió—. Lo peor ya ha quedado atrás. A partir de ahora irás cada vez mejor.

—Eso espero —ella vaciló—. Ren, ¿has sabido algo de tu madre?

Él inhaló con fuerza.

—No. Randall dijo que todavía no tienen los resultados de la biopsia.

—Cuando los tengan, ¿irás a verla si ella te lo pide?

Él parecía atormentado. Estudió la mano de ella en la suya antes de contestar.

—He tomado algunas decisiones malas en mi vida. Lo tuyo fue la peor —dijo. La miró a los ojos—. Pero la de mi madre fue la segunda peor. Lo que dijo de mí me dolió mucho, pero tendría que haberme quedado y haberlo hablado con ella. El orgullo me hizo salir por la puerta.

—Nadie es perfecto.

—Y yo menos que nadie, cariño —comentó él. Le sonrió. En los ojos de ella se veía el placer que le producía aquel apelativo cariñoso—. Por otra parte, estaba lo bastante rabioso para construir un imperio ganadero solo por despecho. Quería que mi padre triunfara, mostrarle a mi madre que había sido un gran error dejarlo. Me he hecho rico. Pero el dinero no es suficiente.

—Nunca lo es —contestó ella—. Es agradable tenerlo, pero la felicidad no depende del dinero.

—Me ha costado un poco aprender eso —Ren se inclinó hacia delante—. Lo peor fue dejar atrás a mi hermano —confesó con una sonrisa de melancolía—. Quise a Randall desde el día en que nació. No hay nada que yo no haría por él.

—Él siente lo mismo por ti —Merrie lo miró a los ojos—. Te dijo que era su chica porque quería protegerme —se sonrojó—. No era cierto. Nunca ha sido nada más que un amigo. Nunca podría serlo.

—Tendría que haberme dado cuenta. Todas las señales estaban allí —él se llevó la mano de ella a la boca—. Estaba ciego.

—Te habían hecho daño. Pensabas que yo era como ella.

—Sí, ¡qué idiota! —Ren le mordisqueó el dedo índice—. Tú no te pareces nada a ella. Ella era oropel. Tú eres oro puro.

Merrie se sonrojó.

—Gracias.

—Me gusta tu hermana. Cuando llegué, quería pelearse conmigo, pero, cuando se dio cuenta de lo que significas para mí, se mostró menos antagonista.

—¿Y qué significo para ti? —quiso saber ella.

Ren respiró con fuerza.

—Oye, tengo que decirte...

Merrie estaba pendiente de sus palabras, pero se abrió la puerta y entró Sari, quien desconocía lo que acababa de interrumpir.

—Hola —dijo. Fue directa a la cama. Sonrió a Ren y se inclinó a besar a su hermana en la frente—. ¿Cómo estás?

Merrie seguía casi sin aliento. Y lamentaba que la llegada de Sari hubiera sido tan inoportuna. Pero sonrió igualmente.

—Estoy mejor. Solo dolorida.

Su hermana suspiró.

—He hablado con Paul. Dice que su oficina le ha seguido la pista al asesino hasta San Antonio.

A Merrie le dio un vuelco el corazón.

—¡Oh, vaya!

—No te preocupes —dio Sari con firmeza. Notó también que Ren había palidecido—. Hay gente vigilándolo Además, Mikey ha estado también muy ocupado.

—¿Qué se propone? —quiso saber Merrie.

—Lo descubrirás en cuanto llegues a casa. Me he encargado de que tengas todo el material artístico que puedas necesitar. Brand Taylor te envía recuerdos y espera que te mejores pronto.

—Le he comprado el negocio —le dijo Merrie a Ren. Y se sintió culpable en cuanto vio la expresión de él, claramente taciturna—. Contrataré un administrador —dijo. Y él se animó un poco.

Merrie recordó entonces lo que había dicho su hermana.

—¿Por qué necesito mucho material artístico? —preguntó.

—Mikey viene hacia aquí —se escabulló Sari—. Él te lo dirá.

Ren la miró con curiosidad y le pareció que tenía aspecto culpable.

Intercambió una mirada con él y se volvió hacia su hermana.

14

Cuando Ren se disponía a hablar, se abrió la puerta y entró Mikey. Los miró a todos y sonrió.

Merrie lo saludó con timidez.

—Hola, primo Mikey.

—Hola, princesita. ¿Te sientes mejor?

—Mucho mejor, gracias. Y gracias por haberte quedado anoche con Mandy en la sala de espera para que no tuviera que estar sola y todos los demás pudieran dormir algo.

—De nada.

—Si alguna vez puedo hacer algo por ti... —empezó a decir ella.

Él carraspeó.

—Bueno, en realidad, sobre eso...

—¿Qué? —lo alentó Merrie.

Él se acercó a la cama, mirando a Ren con cautela.

—Seguro que ya te han dicho que ese hombre, el asesino a sueldo, tiene fama de no fallar nunca, ¿no?

Ella frunció el ceño.

—Sí.

—Y que, como cobró el dinero, se siente obligado a hacerlo.

—Sí.

—Pues bien, he hablado con alguna gente que conozco —hundió los hombros—, De hecho, he hablado con el jefe supremo.

Merrie abrió mucho los ojos. Ren y ella lo miraron expectantes.

—El jefazo vio el cuadro que pintaste de mí. ¿Recuerdas que te dije que había quedado impresionado?

—Lo recuerdo.

—La cuestión es que quiere un retrato suyo. Dice que, si se lo pintas, él se ocupará de retirar al asesino.

A Merrie se le iluminó la cara.

—¿Anulará el contrato? —preguntó, contenta.

—Algo así, sí.

—Me encantaría pintarlo —declaró ella con sinceridad.

Ren se mostraba menos entusiasta.

—Meredith... —dijo.

Ella lo interrumpió.

—No podemos vigilar todas las puertas, todas las ventanas y todas las calles. Si consiguió entrar en tu rancho, y ya sabes la seguridad que tienes tú, puede entrar en cualquier parte.

—Ya lo sé —contestó Ren.

—Solo es un cuadro —Merrie miró a Mikey—. Ese hombre no tiene órdenes judiciales pendientes en Texas, ¿verdad?

Mikey soltó una risita.

—No. En Texas no.

—A Paul le dará un ataque —comentó Ren.

—Si se trata de salvarte la vida, no le dará —intervino Mikey—. Es un buen cliente que quiere que le hagas un retrato. Vio tu trabajo en una galería, le pareces un genio y quiere que le hagas un cuadro para ponerlo encima de la chimenea. ¿Qué tiene eso de malo?

—Dicho así, nada —contestó Ren.

—¿Lo ves? Todo bien. A Paul no le importará.

—El doctor Coltrain dice que podré irme a casa el viernes —comentó Merrie.

—Se lo diré —contestó Mikey—. Para entonces estarás mucho mejor. Podrás pintar sentada, ¿verdad?

Ella se echó a reír. Probablemente trabajaría a partir de fotografías, como había hecho cuando había pintado el retrato de Mikey por encargo de Paul años atrás.

—Claro. Lo haré.

—Se lo diré.

—¿Puede anular el contrato antes de que yo pinte el cuadro? —quiso saber ella.

—Eso lo sabremos hoy. Volveré luego —contestó Mikey. Salió de la habitación con una sonrisa enigmática.

Sari salió para ir a su oficina y en la habitación quedaron solo dos personas.

—Cuando se entere Paul, nos va a echar la bronca a todos —comentó Ren.

—Si no está buscado en Texas, no es asunto de Paul —señaló Merrie—. Por otra parte, es mi vida. ¿Cuántos problemas puede causar que pinte un cuadro?

—Espero que tengas razón, cariño —él le estrechó la mano—. Yo solo quiero que vivas. Cueste lo que cueste. Lo que sea.

La mirada que le dirigió hizo brincar de alegría el corazón de Merrie. Pensaba en el futuro, no solo en un cuadro que podía salvarle la vida, sino también en un nuevo comienzo con el único hombre al que había deseado.

—Me gusta Jacobsville —declaró Ren, inesperadamente. Se llevó ambas manos de ella a los labios y las besó—. Se parece mucho a Catelow. Todo el mundo lo sabe todo.

—Sí —dijo ella. El efecto que tenía la boca de él en su pulso era de lo más excitante.

Ren le mordisqueó la parte carnosa del pulgar.

—Tienes muchos amigos aquí.

—He vivido aquí toda mi vida —la voz de ella sonaba débil, sin aliento.

Él fue deslizando los labios por su muñeca.

—Yo he vivido en Catelow gran parte de mi vida —dijo. El sabor de la piel suave de ella le aceleraba el corazón. No recordaba a ninguna otra mujer cuyo contacto le hubiera causado tanto placer.

A Merrie cada vez le costaba más trabajo respirar. Alzó la vista, lo miró a los ojos y el corazón se le subió a la garganta. La mirada de él era intensa, depredadora.

—Te he echado de menos —susurró Ren—. El mundo entero se oscureció cuando te fuiste de Skyhorn.

—Yo también te he echado de menos —musitó ella, vacilante.

Él se puso de pie y se inclinó sobre ella, con una mano apoyada al lado de su cabeza en la almohada y mirándola a los ojos.

—No volverás a dejarme —dijo en voz muy baja, seduciendo la boca de ella con la suya, rozando sus labios en un silencio tan lleno de tensión, que ella tuvo la sensación de que iba a explotar—. Nunca te daré razones para huir, Meredith. Nunca más.

Ella no podía hablar. Sentía todo el cuerpo hinchado, pesado. Alzó la mano y le tocó la mejilla, fascinada con la expresión de su rostro.

—Las palabras no pueden transmitir lo que transmite esto —dijo él. Se inclinó hacia la boca suave de ella.

Fue un beso diferente a todos los demás que le había dado. Más tierno, lento, lleno de respeto, cariño y asombro. Ella cerró los ojos y llevó la mano a la nuca de él, a su cuello fuerte, para sujetar su rostro cerca del de ella mientras él exploraba su boca.

Gimió con suavidad y la boca de él se volvió más exigente. La puerta se abrió de pronto y se separaron.

—Es hora de las medicinas —anunció la enfermera. Apretó los labios—. Lo siento —añadió, al ver las caras de ambos sonrojadas por el deseo.

Ren se puso de pie y empezó a recitar la tabla de multiplicar en su cabeza porque lo que sentía resultaba muy evidente.

Carraspeó.

—Voy a por un café y vuelvo enseguida —salió por la puerta. Merrie seguía intentando recuperar el aliento. Tomó el vasito con las pastillas que le tendía la enfermera, pero le temblaba la mano.

—Es muy atractivo —comentó la enfermera—. ¿Hace mucho que se conocen?

—Toda la vida. Bueno, no es verdad, pero esa es la sensación que tengo —corrigió Merrie con una sonrisa vergonzosa.

—Eso mismo me pasó a mí con mi esposo —dijo la enfermera—. La primera vez que lo vi, ya lo conocía. Nunca he entendido cómo —sonrió—. Tenemos tres hijos. No sabía que fuera posible ser tan feliz.

—Espero descubrir eso por mí misma —confesó Merrie con una risita.

Ren volvió unos minutos después con un café solo. Se dejó caer en la silla y sonrió. Ella estaba deliciosamente sonrojada. Y un poco despeinada.

—Nos ha pillado in fraganti —comentó. Y rio cuando ella se ruborizó—. Seremos la comidilla del hospital. Anticipo que dentro de poco nos pondrán carabinas.

Ella sonrió.

—Me da igual.

Él se echó a reír.

—Más vale que nos refrenemos un poco hasta que te cures —dijo. Sus ojos negros recorrieron el cuerpo de ella tapado con la sábana—. Esto podría volverse demasiado intenso para ti. Al menos por el momento.

—¿Demasiado intenso? —preguntó ella.

Él sonrió.

—Ya lo verás.

El viernes llevaron a Merrie a su casa en la limusina. Seguía inestable y algo dolorida, pero había mejorado tanto, que se sentía una persona nueva.

Cuando la limusina aparcó en la puerta de Graylings, Ren salió primero, la tomó con cuidado en sus brazos y la llevó dentro.

—Peso mucho —protestó ella—. Hay escaleras.

Él se echó a reír.

—Querida, yo levanto cargas del doble de tu peso todos los días —le dijo. Le sonrió y empezó a subir las escaleras—. Tú pesas muy poco. Tienes que comer más.

—Yo llevo años diciéndole eso, señor Ren —dijo Mandy desde la puerta de la cocina—. Bienvenida a casa, Merrie.

—Gracias, Mandy. Es muy agradable estar aquí.

—Cuando te hayas instalado, te subiré el almuerzo. He preparado estofado de ostras.

—Mi plato favorito.

—Lo sé —Mandy volvió a entrar en la cocina sonriente.

—Me malcría —dijo Merrie. Miró el rostro duro de Ren con ojos amorosos.

—Si sigues mirándome así, te meterás en un lío —murmuró él.

—¿De verdad? —ella le dio besitos en el pómulo, la nariz y la barbilla. Era muy estimulante tocarlo y besarlo. Se aferró a su cuello—. ¿Un lío muy gordo?

—De los de cerrar la puerta con llave y no salir en una semana —murmuró él, cuando llegaron a lo que ella indicó que era su habitación.

La colocó sobre un muslo para girar el picaporte y entró con ella. Cerró la puerta antes de llevarla a la cama y depositarla con gentileza sobre el edredón.

—Al fin en casa —dijo con voz ronca.

—Sí —ella no se soltó de su cuello y a él no pareció importarle. Se tumbó en la cama a su lado y se inclinó hacia su boca.

Merrie se relajó, disfrutando del modo lento y experto en que la boca de él exploraba la suya. Era tierno y ansioso. Igual que ella. Suspiró bajo su boca y tiró de su cuello.

—¿Esto es lo que quieres? —preguntó él en voz baja. Se tumbó pegado a ella, con una mano en su caja torácica.

—Sí —consiguió decir ella, en medio de lo que sonó como un gemido de placer. Se arqueó con un gesto de impotencia. Quería algo más, algo que no sabía lo que era.

Ren vio que los pezones empujaban la parte delantera de su camisa y sonrió para sí. Empezó a desabrochar los botones.

Ella quería que siguiera, pero parecía preocupada.

—Mandy va a subir el almuerzo ahora —susurró

él en su boca. Terminó de abrir los botones y deslizó la mano dentro, muy despacio, debajo del sujetador de encaje.

Merrie se arqueó, estremeciéndose, cuando la tocó con gentileza. Buscó los ojos de él con los suyos.

—No estoy jugando —dijo él con voz ronca—. Esto no es un juego.

Ella volvió a estremecerse.

—Tú me perteneces —susurró él contra su boca—. Eres mía. Solo mía.

Merrie se agarró a él, que le provocaba un placer como nunca había soñado. Los analgésicos evitaban que le dolieran las heridas. Aunque adoraba el hambre que traslucía la boca de él, esta giró bruscamente y entró dentro de la blusa de ella, debajo del sujetador que él había desabrochado mientras la besaba. Curvó los labios sobre el pecho desnudo de ella y succionó con fuerza.

Ella se arqueó y lanzó un grito. El placer era tan envolvente, que se estremeció cuando la boca de él se alimentó en su carne suave con el pezón endurecido. Ren se acercó más, apretó las caderas contra las de ella con un deseo imperioso, pero cuidadoso, incluso en medio de la pasión, de apoyarse en los antebrazos y evitarle su peso.

Merrie sintió su pene erecto con asombro maravillado y algo de miedo. No parecía tener control del todo y ella sabía que no podría pararlo. Pero tampoco quería pararlo. Lo amaba.

Al instante, él se apartó de ella, mirando impotente el bonito pecho pequeño con su pezón rosado y las débiles marcas rojas que había dejado su boca en ella.

—¡Oh, vaya! —susurró.

Se sentó en la cama, se estremeció y lanzó un gemido de deseo insatisfecho. Su cuerpo era un tormento. Consiguió levantarse y se acercó a la ventana, desde donde miró los pastos vallados de más allá de la casa. Temblaba de deseo no saciado.

—Lo siento —musitó ella, disgustada por su reacción. Se colocó de nuevo el sujetador y la blusa. Él parecía destrozado—. Lo siento, Ren.

—Estoy bien —contestó él, con voz más tranquila—. Ha sido culpa mía. Me he precipitado mucho. Acabas de salir del hospital —frunció el ceño—. ¿Te he hecho daño?

—¡Oh, no! —repuso ella con suavidad. Consiguió sonreír—. Sigo tomando analgésicos —explicó. Todavía podía saborear la boca de él en la suya. Era maravilloso besarlo.

Ren respiró hondo una vez más y acabó por volverse hacia ella. Merrie vio, sorprendida, que no parecía enfadado. De hecho, sonreía como un hombre al que le hubiera tocado la lotería.

—No sé por qué me preocupaba que nunca me perdonaras —dijo él con una sonrisa.

Ella no entendió lo que quería decir.

—Somos muy explosivos juntos —comentó él, mirándola a los ojos—. Me encanta.

Merrie se relajó un poco. Rio avergonzada.

—A mí también.

—Cuando estés bien del todo, tenemos que tomar algunas decisiones —comentó él con suavidad.

Ella se mordió el labio inferior.

—Ren, soy anticuada...

—Eso no es problema, cariño.

—Pero...

Se abrió la puerta y entró Mandy con una bandeja donde había colocado un plato de estofado de ostras y un *cappuccino*.

—También he preparado tu café favorito —le dijo a Merrie—. Señor Ren, abajo hay un buen bistec y ensalada para los vengadores y para usted.

Él sonrió.

—Gracias, Mandy.

—De nada. Aquí tienes, querida —la mujer colocó la bandeja con patas encima de sus piernas sin hacer comentarios sobre sus labios hinchados y sus mejillas sonrojadas—. Come antes de que se enfríe.

—Gracias.

—Eres mi niña querida —musitó Mandy—. Tengo que cuidar de ti.

—Bajo a comer y después vuelvo —dijo Ren. Sonrió con aire posesivo.

—Está bien —respondió la joven, sonriendo de felicidad.

Él soltó una risita y salió de la habitación.

Volvió cuando ambos habían terminado el almuerzo, pero, antes de que pudiera hablar con ella y decirle lo que pensaba decirle, sonó una conmoción abajo.

Ren se levantó del lateral de la cama, abrió la puerta y escuchó.

—...ya le he dicho que no puede hacer eso —decía Barton a alguien—. Ya tenemos suficiente seguridad.

—Pues ahora tenéis más —contestó una voz grave y profunda—. ¿Dónde está la chica? Y quiero ver más cuadros de ella. Es muy buena.

Hubo un suspiro audible.

—Está arriba.

—¿Estos son de ella? —preguntó la voz—. Buen trabajo.

Ren supuso que miraban los dos cuadros que Sari y Meredith habían torcido adrede en el vestíbulo de abajo.

Se oyeron pasos y un momento después entró

Mikey, seguido por un hombre grande e imponente, con cicatrices en la cara y aspecto felino. Tenía un rostro ancho, con labios cincelados y pelo moreno ondulado entremezclado de canas. Parecía un profesional de lucha libre. Era grande y amenazador. Sus ojos eran negros, como los de Ren.

—¿Tú eres la chica? —preguntó a Merrie. Sonrió y la sonrisa relajó la expresión dura y amenazadora de su rostro.

—Soy Meredith Grayling —se presentó ella.

—Tony. Tony Garza —dijo él—. Creo que a él ya lo conoces —señaló a Mikey con el pulgar.

Ella rio.

—Es el primo Mikey.

Tony Garza enarcó las cejas.

—¿Es tu primo?

—Es primo de Paul, pero es de la familia —comentó ella, y Mikey sonrió con timidez.

—Ha dicho que me vas a pintar un retrato —dijo Garza.

¿Aquel era el jefe de la mafia?

—Creí que... Bueno... Cuando pinté su retrato —ella señaló a Mikey—, Paul me envió fotografías...

—Si vas a hacer un retrato, lo mejor es el modelo real —comentó él—. Siento mucho lo que te ha pasado. Nadie volverá a hacerte daño. No tienes que preocuparte más por eso, ¿de acuerdo?

Merrie se sonrojó. Sonrió.

—Gracias, señor Garza.

—Llámame Tony. Me voy a instalar aquí unos días. Mikey ha dicho que no había problemas. ¿Los hay?

Merrie se echó a reír.

—Claro que no. Tenemos sitio de sobra.

—Ellos pueden dormir en cualquier parte —Garza señaló a dos hombres voluminosos que había cerca de él.

—Abajo hay un dormitorio vacío que tiene dos camas —contestó la joven—. Nuestros guardaespaldas duermen en la puerta de al lado.

—Esos tipos —Tony asintió—. He oído que son bastante buenos.

—Es verdad.

—Los míos también. Este es Beppo —Garza señaló a uno—. Y ese es Big Ben —señaló al otro.

Los hombres saludaron con la cabeza. No sonrieron. Bajo sus chaquetas se adivinaban unos bultos sospechosos que parecían pistolas.

—No nos entrometeremos en nada —añadió Tony—. Hay un restaurante bueno en la ciudad.

—No me importa cocinar para más gente, si está aquí para salvar a mi niña —declaró Mandy desde el umbral—. Siempre preparo demasiada comida de todos modos. Puedo hacer lasaña casera —añadió.

—¡Querida! —exclamó Tony con entusiasmo. Se inclinó a besar su mejilla arrugada.

Mandy se sonrojó como una jovencita.

—¡Señor Tony! —protestó.

Él enarcó las cejas.

—Soy de Georgia —intentó explicar ella—. Nosotros siempre hablamos así a la gente que...

—Me gusta —musitó él.

Ella sonrió.

—Muy bien.

—Mis muchachos y yo nos vamos a instalar. La pintura no corre prisa —dijo Tony—. Bueno, un poco sí. Creo que ya hay gente del FBI por aquí y la policía de la zona nos tiene bajo vigilancia, por no hablar del Departamento del Sheriff.

—El del FBI es mi cuñado. Vive aquí —explicó Merrie.

—¡Oh! Pues imagino que traerá compañía —suspiró Tony.

—No se entrometerán, me aseguraré de ello —prometió ella.

—Muy bien, chica. Eres sensata —contestó él con ojos brillantes. Hizo una seña a los hombres y salieron todos. Mandy los siguió con una risita.

—Parece que ya estoy segura —comentó Merrie.

—Instigación y complicidad —murmuró él, secamente—. Si acabas en la cárcel, haré algo malo para que me detengan también a mí.

—¡Ah! —exclamó ella.

Ren sonrió. Se inclinó y le dio un beso leve.

—Somos un equipo —susurró—. Nadie podrá separarnos.

Y ella sonrió encantada.

Esa noche le preocupaba estar sola. Sari se había ofrecido a quedarse con ella, pero Merrie le había asegurado que estaría bien. Paul y su hermana se habían acostado, pero ella seguía despierta pensando en el asesino. Tony había dicho que no le pasaría nada, pero ¿tendría razón?

Abrieron la puerta y la dejaron abierta. Entró Ren con un pantalón de pijama de color burdeos y un bata abierta a juego. Se subió a la cama con ella, se tumbó encima del edredón y la atrajo hacia sí.

—Ahora duérmete —dijo. La besó en la frente—. Los dos sabemos que no dormirás nada si estás sola.

Ella contuvo el aliento, sorprendida por la percepción y por el cariño evidente de él.

—¿Cómo lo sabías? —preguntó.

—No estoy seguro. A lo mejor soy adivino.

—Mi familia...

—La puerta está abierta —le recordó él con una risita—. Y se quedará así.

—¡Oh! Entonces bien.

Ren se colocó de cara a ella. Su rostro apenas resultaba visible con el poco resplandor que se filtraba de las luces de seguridad de fuera de la casa.

—No me tienes miedo, ¿verdad? —murmuró.

—¡Oh, no! —susurró ella—. En absoluto.

Ren sonrió y la besó en la boca con lentitud y ternura. Introdujo una mano debajo del edredón y debajo del camisón de seda para tocarle el pecho.

Ella deslizó los dedos en el vello espeso que cubría los músculos duros del pecho de él, encantada con la sensación que producían.

Él contuvo el aliento.

—¿Te gusta eso? —preguntó Merrie.

—Me gusta.

Ren bajó la boca por su garganta, por su cuello y por la piel sedosa del pecho. Abrió la boca sobre el pezón endurecido y succionó.

Ella se arqueó, estremeciéndose y con la respiración jadeante.

—¡Oh! —gimió él. Apartó el edredón y el camisón y dejó caer su bata al suelo—. ¡Meredith!

Recorrió el cuerpo de ella con la boca. Ella se retorció en la cama, agradecida a los analgésicos, porque, de no ser por ellos, estaría muerta de dolor. Le encantaba la pasión de Ren y se aferraba a él, que la llevaba de una cima de placer a otra, en una auténtica fiebre de necesidad. Él bajó la boca por su vientre suave y la apretó fuerte en la piel suave de ella. Perdía el control muy deprisa. ¡Ella respondía tan bien! Lo deseaba tanto como la deseaba él. Merrie no podía pararlo y no estaba seguro de poder pararse solo.

Aquello estaba mal. Ella no se había recuperado del todo. Acababa de salir del hospital. Además, si seguían, ella nunca lo superaría, no se lo perdonaría. Lo culparía a él y se culparía a sí misma.

Se apartó, temblando de deseo denegado.

—No, cariño —susurró—. Ayúdame.

—¿Qué? —tartamudeó ella.

Ren la abrazó, esforzándose por ignorar la exquisita sensación de los pechos desnudos de ella en su torso, y la estrechó contra sí, acunándola.

—Espera hasta que pase —dijo entre dientes—. No, cariño, no te muevas así contra mí. Me duele. Me duele mucho, ¿comprendes?

—No —susurró ella. Pero se detuvo igualmente y se dejó abrazar. Y la necesidad se fue disipando.

Después de lo que pareció un largo rato, él volvió a colocarle el camisón, la tapó con el edredón, se puso la bata y la estrechó de nuevo contra sí.

Merrie respiró hondo. Todavía sentía un dolorcillo, pero no mucho.

—¿Cómo sabías cómo hacer eso? —preguntó.

—En otra época, cuando era adolescente, aprendí a sofocar los fuegos —él soltó una risa breve—. Nunca me gustaron las chicas que se entregaban a cualquier chico que se lo pidiera. Las chicas con las que salía yo entonces se parecían a ti.

A ella no le gustaba imaginarlo con otras mujeres. Y menos después de saber lo experto que era en aquel tema. Él no había aprendido lo que sabía en los libros y ella estaba celosa.

Ren le rozó la oreja con los labios.

—Hace meses que no estoy con nadie. Y mientras viva, ya nunca habrá nadie más aparte de ti —le dijo al oído.

Ella contuvo el aliento. Lo que él decía era muy profundo.

—¿De verdad?

—De verdad.

Merrie le alisó el pelo negro.

—Pero te has parado...

Ren le besó la mejilla y fue bajando los labios por la garganta.

—Contigo es un mundo nuevo. Además del hecho de que te estás recuperando de un ataque, no tengo nada para protegerte y tampoco quiero que luego lamentes nuestra primera vez. Cuando hagamos un bebé, será después de estar casados, ¿no te parece?

—¿Casados?

Él alzó la cabeza y la miró con sorna.

—Eres virgen y tu familia está ahí al lado. ¿Te imaginas lo que haría tu hermana si te sedujera?

Hubo un sonido fuera de la habitación.

—Imagino que tendría que llevarte al mar y tirarte por la borda con un ancla atada a la pierna —dijo la voz divertida de Sari desde el umbral.

—¡Maldición! —Ren suspiró—. Pillado con las manos en la masa.

Sari se echó a reír. Entró en la habitación con un salto de cama y encendió la luz de la mesilla. Les sonrió.

—No hace falta que pregunte si os ibais a portar bien. Estáis los dos vestidos y con la puerta abierta. ¿Asumo que Merrie no podía dormir?

—No, no podía —repuso esta con una risita.

—Yo solo le contaba un cuento para dormir —comentó Ren.

—Eso podría ser verdad, excepto por la cara que tenéis los dos —musitó Sari.

—Pues tú no te pongas en plan mojigato —replicó Merrie con una sonrisa—. ¿O ya no recuerdas lo que le hiciste a Paul la noche que te rescataron? ¡Y tú no dejaste la puerta abierta!

Sari se ruborizó.

—Mandy habla demasiado —dijo.

—O sea que la sartén no puede decirle nada al cazo —añadió Merrie, riendo.

—Supongo que no —contestó su hermana—. Bueno, si estás bien, me vuelvo a la cama —terminó con ojos brillantes.

—Estoy bien —le aseguró Merrie. Miró a Ren con el corazón en los ojos—. Quiere casarse conmigo.

—¿Ah, sí? —preguntó Sari, sorprendida.

—Sí —contestó Ren, mirando a Merrie—. Más de lo que quiero seguir respirando.

—¡Vaya! —exclamó Sari—. Y supongo que viviréis en Wyoming.

—Hay Skype —contestó su hermana, sonriente—. Y vendremos de visita. Y tú también vendrás a Wyoming.

—Hay Skype —asintió Sari. Sonrió—. Yo quiero que seas feliz, querida. Aunque sea en Wyoming.

—Gracias —musitó Merrie.

Sari suspiró.

—Me vuelvo a la cama. Parece ser que mañana tienes que trabajar.

—Eso parece —Merrie enarcó las cejas—. ¿No es emocionante? Tenemos al Padrino en nuestra casa.

—Procura que sea el mejor cuadro que has pintado en tu vida —se burló Sari.

—Puedes apostar a que lo será —Merrie respiró hondo—. Es un gran alivio, ¿sabes? ¡Bendito sea Mikey por haberlo organizado!

—Estoy de acuerdo —contestó su hermana—. Buenas noches.

—Buenas noches —dijeron los otros dos al unísono.

Sari se fue y dejó la puerta abierta.

Ren estrechó a Merrie contra sí.

—Duérmete. Cuando termines el cuadro, fijaremos la fecha de la boda y decidiremos el lugar, los anillos y esas cosas.

—De acuerdo —ella se acurrucó contra él—. Nunca en mi vida he sido tan feliz.

—Ni yo tampoco, cariño —susurró él, abrazándola—. Ni yo tampoco.

A la mañana siguiente, Merrie se instaló a trabajar en su estudio. Tony Garza era un modelo fascinante. Su rostro daba la impresión de estar tallado en piedra, con rasgos cincelados. Parecía una estatua esculpida por Miguel Ángel.

Se lo dijo así a su modelo y este se echó a reír.

—¿Qué es lo que tiene gracia? —preguntó ella, añadiendo una línea al boceto que hacía como preliminar al cuadro.

Según la historia de mi familia, Miguel Ángel es uno de mis antepasados.

—¡Caray! —ella rio—. Estoy impresionada.

Él la miró sin mover la cabeza.

—El cuadro que pintaste de Mikey... ¿Tu cuñado te dijo cómo se ganaba la vida su primo?

—No. Solo me dio las fotos y me pidió que le hiciera un retrato. Los detalles los añadí yo.

—¿Cómo lo sabías? El cuchillo en la mesa, la cortina roja, la oscuridad detrás de él... Todo muy profundo.

Merrie sonrió avergonzada.

—No lo sé. A veces veo dentro de la gente, capto cómo es en realidad. Con Mikey fue difícil, porque normalmente no lo hago con fotos.

Tony inclinó a un lado la cabeza.

—¿Cómo me vas a pintar a mí? —preguntó—. ¿Con qué fondo?

—Aún no lo sé —contestó ella con sinceridad—. Empiezo a trabajar y luego... eso sale del lienzo.

—Muy bien —replicó él, con una sonrisa—. Pues supongo que los dos aprenderemos algo cuando llegue el momento.

Merrie sonrió. Ella también empezaba a preguntarse por el resultado.

La cena fue muy divertida. A la mesa se sentaron los vengadores, Paul, Mikey, Tony Garza, sus dos guardaespaldas y un hombre alto y bien parecido que llegó con Paul, pero que no fue presentado. Mandy reía para sí mientras llenaba la mesa de comida. El plato estrella, por supuesto, era la lasaña.

—Es igualita a la que hacía mi madre —exclamó Tony cuando la probó—. Mujer, deberías abrir un restaurante.

—No puedo —Mandy suspiró—. Las chicas se morirían de hambre. Además, Barbara, la dueña de un café de la ciudad, la hace aún mejor.

—Está deliciosa —dijo Merrie.

Los demás se mostraron de acuerdo.

Paul miró a su alrededor y movió la cabeza.

—¡Dios mío! Este grupo es una locura. Parecemos un capítulo de *Ley y orden* —comentó.

—Un primo mío fue actor invitado en un capítulo de esa serie —le informó Tony—. Interpretaba a un poli —hizo una mueca—. Lo repudiamos.

Paul se echó a reír.

—Yo sé lo que es eso —murmuró.

—Sí, tú eres un chaquetero —bromeó Tony.

—No soy tan malo —se defendió Paul—. Atraigo a mujeres hermosas —se inclinó a besar a su esposa.

—No, querido —protestó Sari—. Yo atraigo a hombres apuestos. Solo tienes que mirar a tu alrededor.

Todos los demás se echaron a reír, incluido el hombre misterioso que había ido con Paul.

—¿Se nos permite preguntar de qué lado está? —intervino Merrie, señalándolo.

Todos lo miraron. Tony Garza apretó los labios.

—Bueno, del FBI no es, esto te lo aseguro —dijo. Volvió a su lasaña.

—¿Cómo lo sabes? —preguntó Paul, sorprendido.

—Porque os he investigado a casi todos en los últimos veinte años —Tony sonrió—. Y nunca olvido una cara.

—¿Tiene razón? —preguntó Merrie al extraño.

Este, que era alto, de cabello moreno espeso y ojos oscuros, les sonrió.

—No soy del FBI —dijo con una voz que era casi tan profunda como la de Tony—. Pero soy de los buenos.

Ren se echó a reír.

—Yo podría deciros quién es, pero no lo haré.

—¿Y cómo lo sabes? —preguntó el hombre sin identificar.

—Tu primo es amigo mío. Es el sheriff de Catelow —Ren miró a los otros—. Su apellido es Banks. Su primo, que vive en San Antonio, se llama Colter.

Este se echó a reír.

—Me has descubierto. Soy un Ranger de Texas —repuso Banks—. Pero estoy fuera de servicio. Y estoy aquí porque quería conocer a vuestro invitado.

Entonces todos miraron a Banks. Tony Garza también.

15

—¿Querías conocerme? —le preguntó Tony porque Banks lo miraba fijamente—. ¿Por qué?

—Hace un par de años le salvaste la vida a un amigo mío. Participó en una redada en Jersey, una importante contra el crimen organizado. Uno de los agresores lo tenía encañonado en el suelo con una pistola del 45. Tú le impediste disparar.

Tony frunció el ceño. Luego asintió.

—Sí, lo recuerdo. El hombre de la pistola era uno de los míos —sonrió avergonzado—. Sé lo que pasa cuando le pegas un tiro a un federal —añadió—. No es bueno para el negocio.

—Fuera cual fuera el motivo, mi amigo te lo agradeció. Solo quería decírtelo. Él no puede, sigue trabajando como infiltrado. No en Jersey —añadió enseguida.

Tony se echó a reír.

—Pues muy bien. Pero yo no lo hice por motivos nobles ni nada de eso, simplemente era bueno para el negocio.

—He oído que pintas —le dijo Banks a Merrie.

Esta le sonrió.

—Solo es un hobby, pero me encanta.

—Me gustaría ver algún cuadro tuyo —añadió él.

Ren puso una mano encima de la de ella en la mesa.

—Nos encantará enseñártelo —dijo, para asegurarse de que Banks supiera que estaba con ella.

El Ranger de Texas lo entendió en el acto y sonrió.

—Claro, será un placer.

Ren fue con Merrie, que todavía estaba débil, a enseñar el estudio en el que trabajaba ella, en la parte de atrás de la casa. Sus lienzos estaban alineados a lo largo de las paredes.

Banks soltó un silbido.

—Esto no es un hobby —protestó—. Es una carrera ya bastante consolidada. Nunca he visto nada igual.

—Gracias —musitó Merrie.

Él movió la cabeza.

—Ves el interior de la gente, ¿verdad? —preguntó con aire ausente. Miraba un retrato de Mandy hecho mucho tiempo atrás.

Ella sonrió.

—Es una bendición y una maldición.

—Más bendición que maldición —repuso Banks. Miró a Ren y sonrió—. A las buenas siempre se las llevan pronto —añadió.

Merrie se sonrojó. Ren la atrajo hacia sí y le besó el pelo.

—Sí —contestó con calor—. Siempre.

Merrie trabajó los días siguientes en el retrato de Tony.

Era un proceso lento, porque tenía que tomar descansos frecuentes. Pero iba bien. Al día siguiente añadiría unos detalles que se le habían ocurrido y le mostraría el retrato a Tony por primera vez.

Ren y ella seguían compartiendo la cama por la noche, con la puerta abierta de par en par, para regocijo del resto de la casa.

Una noche, él le recitó un poema y la emocionó con su voz profunda en la suave oscuridad, iluminada solo por una luz de noche.

«...*y todavía fluye la noche en torno a tu cama. Callado, extraño y como amoroso, tu sueño. Y una sagrada alegría fluye por la tierra. Y santidad por lo profundo*».

—¡Oh! Es precioso —dijo Sari desde la puerta.

—Es de Rupert Brooke —dijo Ren, riendo—. Tú me recitaste un poema suyo en casa —le recordó a Merrie—. Era uno de mis poetas favoritos en la universidad. Lo mataron en la I Guerra Mundial. Esto es de un poema suyo titulado *The Charm*.

—Me gustaría que mi esposo me recitara poemas, pero no creo que se sepa ninguno —comentó Sari.

—¡Me sé un poema! —protestó Paul, reuniéndose con ella. Ambos estaban en pijama—. ¿Preparada? Ahí va. «*Que llueva, que llueva, la virgen de la cueva...*».

—¡Eres un paleto! —exclamó Sari. Le dio un golpe. Él se echó a reír y salió corriendo y ella lo persiguió, riendo también.

Merrie rio contra la garganta de Ren, aferrada a él.

—Son muy felices juntos —murmuró adormilada—. Es maravilloso verlos así. Pasaron unos años duros los dos.

Él la atrajo hacia sí con gentileza.

—Tú y yo seremos igual de felices —le murmuró al oído—. Tú pones color en mi mundo, Meredith. Haría cualquier cosa por ti.

—¿Cualquier cosa?

—Por supuesto.

—Pues recita otro poema.

Ren se echó reír y la besó con ternura.

—De acuerdo, ahí va —y buscó otro poema en su memoria.

Tony Garza se quedó mirando el cuadro, con ambas manos en los bolsillos, la cabeza inclinada a un lado, los ojos oscuros semicerrados y sin decir nada del retrato.

Merrie lo había captado a la perfección. El fondo era sorprendente. Detrás de él había una ventana, donde se veía un jardín, parte del cual estaba cubierto por una especie de enredaderas, que subían por palos delicados. En una de ellas había tomates rojos maduros, tan realistas que el espectador casi podía saborearlos. Tony estaba apoyado en un escritorio, con sus grandes manos a los lados, en el borde de la mesa de roble. Sus uñas eran inmaculadas. En el dedo pequeño, llevaba un anillo con un rubí. En una mano, tenía una delgada cicatriz con una forma extraña. En la cintura, se veía una cadena, como de un reloj de bolsillo. Era de oro. Al extremo de ella, Merrie había pintado una cruz celta, una cosa extraña que ni ella misma conseguía entender, porque no se imaginaba a Tony religioso. En la pared, detrás de la cabeza de Tony, había una pequeña silueta negra de la cabeza de una mujer en un cuadro enmarcado. El fondo de todo el lienzo era de un exuberante tono burdeos, con pliegues como de terciopelo a ambos lados.

Tony respiró hondo. Movió la cabeza.

Merrie se limitó a observarlo. Sabía que le gustaba.

Él se giró y la miró con afecto.

—Es verdad que ves muy adentro, querida —comentó.

—¿Puedes decirme lo que significan esas cosas? —preguntó ella—. Si no es mucho pedir, claro.

Él enarcó las cejas.

—¿Las has pintado tú y no sabes lo que significan?

Merrie negó con la cabeza. Su mirada era tan inocente como la de un niño.

—Yo pinto lo que me viene.

Tony rio son suavidad.

—Un auténtico don —se volvió de nuevo hacia el cuadro—. Me encanta cocinar. Yo también sé hacer lasaña, aunque la mía no es tan buena como la de Mandy. Cultivo tomates y hierbas. Me gusta el huerto —vaciló—. La cicatriz del dorso de la mano me la hizo un chico de una banda rival cuando tenía catorce años. Quería matarme, pero un amigo mío lo paró justo a tiempo. El símbolo es el símbolo de su banda.

—Nunca te lo has borrado —comentó ella.

—Me recuerda que, por muy seguros que parezca que estamos de algo, la vida está llena de cosas inesperadas. También me recuerda que no debo confiarme mucho respecto a mis habilidades —Tony hizo una pausa. Cerró los puños dentro de los bolsillos—. La cruz del reloj de bolsillo es de mi madre. Era católica, muy religiosa. El reloj me lo pongo pocas veces, solo en ocasiones especiales. Pero dejo la cruz en su cadena en honor a ella. Mi madre rezó por mí todos los días de su vida. Siempre esperaba que me convirtiera en alguien... mejor de lo que soy.

Se encogió de hombros.

—La gente es como es. Puedes cambiar cosas

en la superficie, pero no por dentro —se giró hacia ella—. Es una obra maestra. Quiero pagarte por él.

Merrie sonrió y negó con la cabeza.

—Yo no cobro por mi trabajo.

—Sé que vives en una casa hermosa, pero los federales le quitaron todo el dinero a tu padre debido a sus actividades.

Ella rio suavemente.

—Mi madre tenía mucho dinero. Nos dejó millones a Sari y a mí en su testamento, así que no necesito dinero. Pero, si quieres hacer algo con lo que me habrías pagado por el retrato, ¿puedes donarlo a la iglesia de tu madre?

Él sonrió con cariño sincero.

—Me gustas mucho —comentó—. Si hubiera tenido una hija, me habría gustado que fuera exactamente como tú.

—Eso es lo más bonito que me han dicho en mucho tiempo —comentó Merrie.

Tony simplemente sonrió.

—¿Estás seguro de que ese hombre no vendrá por aquí cuando te hayas ido y la matará cuando nadie lo espera? —preguntó Paul a Tony, preocupado.

—No lo hará. Todo eso está arreglado. ¿Has visto el retrato que me ha hecho?

Paul asintió.

—El mejor trabajo que ha hecho jamás, y eso es decir mucho.

Tony ladeó la cabeza.

—¿Tú no te meterás en líos por haberme hospedado aquí?

—No. Le he dicho a la gente que estabas en la calle pidiendo limosna y Merrie te acogió aquí hasta que encontraras un hogar —comentó Paul con ojos brillantes.

Tony le dio un puñetazo cariñoso en el hombro.

—Cuídate.

Paul soltó una risita.

—¿No te quedas a la boda? Ren y Merrie se casan en tres días. Esta mañana han ido a pedir la licencia y comprar los anillos.

—¿Tres días? ¿Por qué no? No tengo que estar en ningún sitio especial por el momento.

—Pues entonces estás invitado. Y Merrie quiere pedirte algo.

—¿Ah, sí? ¿Qué?

—Te lo dirá esta noche.

Cuando Merrie se lo pidió, Tony tuvo que apartar la vista para que nadie viera cómo le brillaban los ojos. Ella le pidió que la llevara al altar.

—Si no quieres, no es obligatorio... —empezó a decir ella, temerosa de haberlo insultado.

—Será un honor —consiguió decir él con voz ronca. Se secó los ojos con el dorso de una mano y se volvió hacia ella—. Lo digo en serio.

Ella sonrió.

—Entonces de acuerdo. Gracias.

Tony respiró hondo.

—De nada. Tendré que preparar un traje apropiado. ¡Eh, Big Ben! —llamó a uno de sus hombres.

—¿Sí, señor?

—Vete a San Antonio y cómprame un esmoquin con todos los complementos. No olvides los gemelos.

—Sí, señor.

—Ya sabes mi talla —Tony sacó una tarjeta dorada y se la lanzó—. Llámame si tienes algún problema.

—De acuerdo, jefe.

—¿Un esmoquin? —preguntó Barton, que había oído el final de la conversación—. ¿Se va a casar, señor Garza?

—No. Parece que voy a ir en lugar el padre de la novia —repuso Tony, con ojos brillantes.

—¿En serio?

—En serio —le aseguró Merrie—. Da igual que yo sea rubia y él no —añadió con ironía.

Tony soltó una carcajada.

—¿Qué pasa? —preguntó ella.

Él casi no podía parar de reír.

—Oye, ¿sabes en qué me convierte esto? En el Padrino.

—Eso nadie lo pone en duda —declaró Barton. Chasqueó la lengua y siguió su camino.

Merrie encontró el vestido de novia perfecto en la boutique Marcella's de Jacobsville. Metros de encaje blanco sobre blanco satén, con unja cola larga y un velo delicado culminado por una tiara. Era de manga larga y cuello redondo. Sari, que la ayudó a probárselo, le dijo que parecía una princesa.

—Todavía no me lo acabo de creer —dijo Merrie—. Yo salí huyendo de Wyoming porque creía que me odiaba.

—Es evidente que no era así. Además, se va a casar contigo en la iglesia.

—Esa ha sido la mayor sorpresa de todas.

—No lo sería si lo hubieras visto en la capilla del hospital —comentó Sari, solemne—. Después de lo que me habías contado de él, para mí eso fue una indicación de lo profundos que eran sus sentimientos por ti.

Merrie asintió.

—Ha cambiado. Y es un cambio muy bueno —dijo con suavidad—. Pero todavía no ha dicho lo que siente.

—Paul tampoco me lo decía, pero yo lo sabía —contestó Sari—. Lo sabía por su modo de mirarme. Y Ren te mira igual, preciosa. Tú eres todo su mundo.

—Él también es el mío.

—Ha sido muy bonito por tu parte que le pidieras a Tony que te llevara al altar. Ese hombre no es lo que parece, ¿verdad?

—En absoluto. Confiaba en que no te importara —contestó Merrie—. No me habría gustado nada que nuestro padre hubiera sido el padrino y no me atrevía a pedírselo a nadie de aquí para no herir los sentimientos de otra persona. El señor Garza me pareció la mejor opción y todavía me sorprende lo mucho que lo conmovió eso.

—Mikey dice que estuvo casado hace años y su mujer murió joven. Él quería hijos, pero no los tuvieron.

—Quizá sea por eso.

Sari sonrió.

—Tal vez. Ahora vamos a comprar ropa de calle.

—Nada atrevido —musitó Merrie—. Vamos a Tánger de luna de miel y no quiero que la gente se sienta incómoda. Allí son muy distintas las actitudes.

—Tú no te has puesto nada atrevido en toda tu vida —se burló Sari—. Encajarás perfectamente en Marruecos.

—Es un lugar muy exótico para una luna de miel —Merrie suspiró—. Estoy sorprendida de mí misma. Hace dos meses era muy desgraciada y nunca había tenido una cita.

—¡Cómo cambian las cosas! —comentó Sari, riendo.

—¿Crees que no pasa nada por que viaje tan lejos? Tony dice que estoy segura, pero yo todavía me preocupo.

—Si Tony dice que estás segura, es que lo estás. Créeme, si él ha cancelado el encargo, ya está cancelado. Nadie en su sano juicio lo engañaría a él.

—Está bien —Merrie rio—. ¡Oh, qué feliz soy!

Sari la abrazó.

—Yo me alegro mucho por ti —vaciló—. Ren ha tenido una llamada de Randall hoy, ¿verdad?

—Sí. La biopsia ha dado positivo —contestó Merrie—. Me encargaré de que vayamos a verla antes de salir para Marruecos. Como iremos en el avión privado y tenemos la reserva de los hoteles, al menos no tendremos que preocuparnos de comprar billetes en un avión lleno de gente.

—¿Él quiere ir a ver a su madre? —preguntó Sari.

—Pues creo que sí. Randall dijo que lleva ya un tiempo ablandándose con respecto a ella —Merrie sonrió—. Los miembros de una familia tienen que apoyarse, siempre que se pueda.

—Claro que sí —asintió Sari.

La boda fue todo un acontecimiento. La pequeña iglesia metodista de Jacobsville, a la que Sari y Merrie habían acudido siempre, estaba llena a rebosar. El reverendo Jake Blair, el pastor, sonrió al extraño grupo que ocupaba el lado de la novia en la iglesia. En el lado del novio, también había gente rara. Algunos llevaban ropa de combate, pues tenían el tiempo justo de pasar por la boda de camino al servicio activo.

Merrie era tan feliz que casi flotaba cuando Sari puso los toques finales en las horquillas que sujetaban su largo cabello rubio.

—Ya está —dijo su hermana—. Estás perfecta.

Merrie se levantó.

—Tengo mucho miedo —declaró. Y se sonrojó, porque quería casarse con Ren más de lo que había querido nunca nada.

—Todo irá bien —le aseguró Sari—. Todo el mundo tiene miedo. Es un gran paso. Solo tienes que respirar hondo y relajarte.

Merrie respiró hondo, pero eso no la relajó.

—Salió en busca de Tony Garza, que la esperaba y estaba muy apuesto con su traje de boda. Ella se acercó sonriente y le agarró el brazo.

Él movió la cabeza.

—Eres la novia más hermosa que he visto nunca, junto con mi difunta esposa. Estás guapísima.

—Gracias —ella sonrió.

—Agárrame y no dejes que me caiga, porque estoy muy nervioso —le susurró él al oído.

Merrie se echó a reír. Empezó a sonar la marcha nupcial y todos los ojos se volvieron hacia la parte de atrás de la iglesia. La bajó con Tony hasta el altar, donde la esperaba Ren.

La ceremonia pareció terminar enseguida. Cuando se dieron los «sí quiero», Ren la besó con mucha ternura. Merrie lo miró con el corazón en los ojos. Él le secó las lágrimas y volvió a besarla. A continuación salieron por el pasillo entre vítores.

El salón parroquial estaba tan lleno como había estado la iglesia. El café de Barbara se encargaba del *catering*. Ren le dio tarta a Merrie mientras el fotógrafo que habían contratado sacaba fotos para el álbum de la boda.

—No está mal la concurrencia —dijo Cash Grier con una sonrisa. Tippy, su hermosa esposa pelirroja, iba a su lado colgada de su brazo—. Creo que veo algunas caras familiares de la lista de los más buscados del FBI —añadió en voz baja.

—Ese no es modo de hablar de mi padre adoptivo —se burló Merrie.

Cash suspiró.

—Todos tenemos que soportar nuestra cruz. ¿Ves ese señor alto y digno que está con Hayes Carson y su esposa Minette?

Merrie y Ren miraron al sheriff y su mujer.

—Es conocido en muchos lugares como El Jefe —susurró Cash—. Dirige el mayor cartel de drogas del hemisferio norte.

—¿Qué? —Ren soltó una carcajada—. ¿Y no lo habéis detenido?

—No ha violado la ley en el Condado de Jacobs —contestó Cash—. Tiene una nieta recién nacida. No va a poner eso en peligro por hacer negocios. Al menos, no a este lado de la frontera —añadió, chasqueando la lengua.

—Nunca se sabe cómo es la gente —comentó Tippy—. Estás preciosa, Merrie. Felicidades. Espero que seáis tan felices como nosotros.

—Gracias.

Ren asintió. Apretó la mano a Merrie.

—Espero que tengamos cincuenta años juntos —le dijo a su esposa—. Más, si tenemos suerte.

Ella suspiró y lo miró con adoración. El fotógrafo hizo una foto. De todas las fotos del álbum de la boda, esa sería la favorita de ella.

Ren y Merrie pasaron por casa de la madre de él de camino a Nueva York, donde tomaron el avión para Bélgica. Desde allí volarían a Casablanca y después a Tánger. Sería un viaje largo, pero Merrie y

Ren querían un lugar exótico y memorable. El norte de África les parecía eso a los dos.

Retha, la madre de Ren, era una mujer pequeña y delicada, rubia y con ojos marrones. Se emocionó tanto al ver a su hijo en la sala de estar de su casa, que casi se desmayó. Se acercó a él con lágrimas en los ojos.

—Todo irá bien —dijo él. Se acercó a tomar las manos frías de ella en las suyas—. He investigado un poco. Si está limitado a esa zona —musitó con delicadeza—, es casi seguro que te recuperarás.

—¡Oh!, eso espero —contestó Retha. Examinó el rostro duro y firme de él—. Estás... distinto, Ren. ¡Ha pasado tanto tiempo!

—Demasiado —replicó él—. Tendría que haberme quedado aquella Navidad. Fue un error marcharme así.

Su madre consiguió sonreír.

—A veces Dios nos pone a prueba. Todo sucede por una razón. Me hace muy feliz que hayáis venido a verme.

Ren respiró hondo.

—A mí también.

Retha miró a la hermosa rubia sentada en el sofá.

—¿Y quién es esta? —preguntó.

—Meredith Grayling Colter. Mi esposa. Nos hemos casado esta mañana en Jacobsville, Texas. Ella es de allí. Es una artista.

—Como yo —Retha sonrió. Se acercó a abrazar a Merrie—. Te deseo alegría y felicidad con mi hijo.

—Gracias. Lo cuidaré bien.

A Retha le brillaban mucho los ojos. Forzó una sonrisa.

—Te tomo la palabra.

Merrie la abrazó y la meció un poco mientras Retha lloraba.

—Vamos, vamos —musitó—. Todo irá bien. Estoy deseando tener una madre otra vez. Perdí a la mía cuando era niña. Y tú también pintas. Yo he usado tu estudio en el rancho de Ren.

Retha se apartó, secándose las lágrimas, y rio.

—Randall me dijo que tienes genio en los dedos. Dijo que pintas a la gente como es en realidad.

—Supongo que sí. Adoro pintar.

Retha tocó su pelo rubio suave.

—Después de criar dos hijos, me encanta tener una hija —murmuró.

Merrie le sonrió.

—¿Cuándo van a operarte? —preguntó Ren.

Retha hizo una mueca.

—Dentro de dos semanas. Ya estoy muy nerviosa. Harán cirugía reconstructiva al mismo tiempo. La recuperación será larga.

—Estaremos aquí para la operación —dijo Ren. Miró a Merrie y ella asintió—. Puedes venir a recuperarte a Skyhorn si quieres —añadió con cierta rigidez—. Nosotros te cuidaremos.

Retha estaba visiblemente sorprendida.

—¿Tú me dejarías ir allí?

—Eres mi madre. Claro que puedes venir allí. También es tu casa.

—Lo fue una vez. He hecho algunas cosas mal en mi vida —dijo Retha con calma—. Unas cuantas. Pero si puedes perdonarme por haberte hecho daño...

—Me toca a mí pedir perdón —la interrumpió Ren—. Yo te he hecho más daño.

Su madre lo miró a los ojos.

—Es hora de que los dos dejemos atrás el pasado. Tenemos por delante un futuro mucho más feliz.

Él sonrió con gentileza.

—Eso es verdad —la atrajo hacia sí y la abrazó hasta que dejó de llorar.

***

El viaje hasta Tánger fue largo y agotador. Llegaron de madrugada y les dio la impresión de que tardaban siglos en pasar el control de pasaportes y la aduana. Había sido una suerte que Merrie hubiera solicitado, y obtenido, un pasaporte antes de que muriera su padre. Este lo había organizado porque había planeado casarla con un primo del príncipe de Oriente Medio que había elegido para Sari.

—Tendremos que ir andando desde aquí hasta Tánger —comentó ella, cansada—. No habrá taxis a estas horas.

—Sí habrá, no te preocupes —le aseguró Ren.

Tenía razón. Cuando salieron del aeropuerto, había una fila de taxis esperando delante. El taxista guardó las maletas en el maletero, los invitó a entrar en el automóvil y salió para la ciudad.

A Merrie, que nunca había salido de su país, todo le resultaba emocionante. En ese momento estaba algo adormilada, pero miraba las luces que iluminaban la carretera hasta la ciudad. Había gente en las calles, algunas personas con chilabas, otras con ropa europea, todas moviéndose sin prisa y parándose a hablar con sus conocidos.

El taxi paró delante de un hotel, donde nada indicaba que fuera un hotel de cinco estrellas, tal y como Ren le había asegurado.

Pero cuando entraron, el lujo era inconfundible. A Merrie la fascinó hasta tal punto, que casi no se fijó en que Ren los inscribía en la recepción. Cuando terminó, se acercó un botones a acompañarlos a la habitación.

Esta tenía contraventanas que se abrían a un patio, donde se veían jardines esculpidos y una piscina. El aire olía a especias desconocidas y a brisa marina. Merrie respiró hondo antes de volver a cerrar la ventana.

—Esto es muy hermoso —comentó, adormilada—. Estoy deseando empezar a explorar.

—Yo también —Ren soltó una risita—. Pero, para el tipo de exploración que tengo en mente, prefiero esperar a que estés despierta —se burló—. Te estás durmiendo de pie, cariño.

—Me parece que sí. Lo siento —ella suspiró, apoyada en él—. Anoche no dormí mucho porque estaba nerviosa por la ceremonia. Tenía miedo de pisarme el dobladillo del vestido y caerme sobre los bancos.

Él se echó a reír.

—Pues no ha pasado.

Ella bostezó.

—Lo siento mucho —gimió—. Quería estar despierta...

Ren la abrazó y la besó con ternura.

—Tenemos el resto de nuestras vidas. Esta noche descansa, ¿de acuerdo?

Merrie sonrió contra su pecho.

—De acuerdo.

La despertó el olor a café caliente recién hecho. Siguió el aroma con los ojos todavía cerrados y oyó una risa profunda.

—Está bueno —le dijo él. Le tendió la taza y la ayudó a sostenerla—. Acabo de tomarme el mío. Si te vistes, bajaremos a desayunar. Tengo entendido que hay un bufet especial.

—Me muero de hambre —declaró ella.

—Yo también. Date prisa. Te espero fuera.

Merrie lo miró con preocupación. Él había salido sin mirar atrás, vestido con pantalón sastre y un polo verde. Ella lo deseaba, aunque quedaba todavía un pequeño rescoldo de miedo en su mente.

Ren llevaba meses sin estar con una mujer y la deseaba mucho. ¿Eso no significaba que podía perder el control y hacerle daño? Había oído historias de terror a otras chicas cuando estaba en el instituto, sobre sueños de amor que habían quedado destrozados por un amante desconsiderado.

Aunque Ren no sería desconsiderado. Se sonrojó de placer recordando su primer encuentro la noche de la fiesta. Intentó no recordar cómo había terminado. Ren se había puesto furioso.

Pero ese mismo hombre había ido al hospital, se había sentado con ella, la había animado, no la había dejado ni un momento, ni siquiera cuando había vuelto a su casa. La había acompañado todas las noches para cerciorarse de que se sintiera segura y protegida.

¿Habría querido casarse con ella solo porque se sentía culpable por el modo en que la había tratado? Merrie no lo creía así. Por culpa podía sentirse mal, podía pedir perdón e incluso podía ir al hospital a ver cómo estaba. Pero el ateo confirmado que había ido a la capilla del hospital cuando ella estaba en estado crítico no era un hombre que sintiera solo culpa. Aquello a él le había cambiado la vida. Lo había cambiado a él.

También la había cambiado a ella ver la felicidad que él sentía solo por estar a su lado. No quería a otros hombres cerca de ella. Era posesivo. Sonrió para sí. Por supuesto, no lo admitiría nunca, pero le gustaba que fuera posesivo, pues ella sentía lo mismo.

Se levantó y se puso un vestido de verano amarillo. Le caía hasta los tobillos en pliegues suaves y por arriba llevaba tirantes. Era alto por la espalda y cubría las cicatrices que tenía ella de la brutalidad de su padre.

Le había sorprendido y encantado que a Ren no le importaran las cicatrices. Eso era una muestra más de lo que sentía por ella.

Tomó un bolso pequeño y salió por la puerta en su busca.

16

El bufet era extraordinario. Contenía todas las opciones de desayuno conocidas por el hombre, incluidas varias clases de pan fresco, fruta y, lo más sorprendente, beicon y jamón. Teniendo en cuenta que Tánger era una ciudad musulmana, no era habitual encontrar cerdo en la carta. El camarero, que llevaba un fez rojo, rio ante su sorpresa y les explicó que era una concesión que hacían a los extranjeros, quienes sí podían comer cerdo.

Desayunaron en el patio del hotel, un lugar precioso, con sillas delicadas en torno a mesas redondas, con manteles de lino, porcelana de china y cubiertos buenos. Había flores en todas las mesas y, en medio del patio, una fuente que recordaba una pileta norteamericana para pájaros. A Merrie, que había viajado muy poco, le parecía todo fascinante.

Pidió información al camarero y este les habló de las atracciones turísticas de la ciudad.

—También tenemos un Mercedes con chófer que estará a su servicio durante su estancia aquí —dijo sonriente—. Solo tienen que decirle a dónde quieren ir. No pueden perderse el zoco, en la parte vieja de la ciudad. Es único. Podrán tomar té con menta y comprar alfombras hechas a mano.

—¡Lo estoy deseando! —exclamó Merrie.

Los altavoces de las mezquitas llamaron a la oración. Su llamada resonó por toda la ciudad, transformada en un cántico dulce y hermoso.

—Es precioso —dijo Merrie a su camarero.

Este sonrió.

—Tenemos religiones diferentes, pero creo que, en cierto sentido, todos somos parecidos —miró la cruz que llevaba ella—. Tenemos creencias que valoramos, en un mundo que quiere acabar con la religión.

—Yo no tengo intención de renunciar a la mía —comentó ella con una sonrisa animosa.

—Ni yo a la mía —contestó el camarero—. Así que tenemos eso en común, ¿no? —sonrió.

—Aquí todo el mundo habla idiomas —dijo Merrie, cuando visitaban las cuevas donde los piratas bárbaros guardaban su botín siglos atrás. Eran bereberes, como la mayor parte de la población de Tánger—. Me siento muy ignorante. ¿Has notado que nuestro chófer habla francés, español e incluso japonés? Por no mencionar que su inglés es perfecto.

—Europa y África tienen más nacionalidades que América. Europa tiene muchos países y mucha gente viene de vacaciones aquí. Las personas que trabajan en turismo tienen que hablar muchos otros idiomas.

Caminaban tomados de la mano.

—Debería aprender español por lo menos —murmuró ella.

—Sería práctico —Ren la observó—. ¿Estarás contenta viviendo en Wyoming?

Merrie lo miró con ternura.

—Estaré contenta en cualquier lugar, siempre que esté contigo —contestó con suavidad.

Ren contuvo el aliento al mirarle la cara. Se acercó un paso más. Merrie entreabrió los labios y él bajó la vista al corpiño del vestido y vio dos puntos duros. Empezó a palpitarle el cuerpo.

Merrie sentía los pechos tensos. La molestaba la tela. Quería sentir la brisa marina en el cuerpo, sin ropa. Quería yacer en brazos de Ren a la luz del día y conocerlo en todos los sentidos.

Él miró al conductor y le dijo que tenía una cita y necesitaban volver al hotel. Ya explorarían las cuevas otro día.

El chófer sonrió y los llevó de regreso al hotel.

Ren no habló. La presión que sentía en la garganta se lo impedía. En el coche, tomó la mano de Merrie y le acarició sensualmente los dedos. Estaba ardiendo. Nunca había deseado nada tanto como deseaba a su esposa. Su cuerpo vivía una agonía.

Ella captaba la tensión que lo invadía. Sentía la misma necesidad. El tiempo que tardaron en llegar al hotel, cruzar el vestíbulo y subir a su habitación fue angustioso.

Ren cerró la puerta tras ellos. Su rostro parecía de piedra.

A Merrie le gustaba mucho cómo la miraba. Alzó una mano y desató los cordones que sujetaban el vestido. Lo dejó caer, ahogándose en los ojos grandes y sorprendidos de él.

—Meredith...

Ren se acercó y la alzó en sus brazos. Deslizó la boca por el pezón duro de ella, jugó con él con la lengua, se lo introdujo en la boca y empezó a succionar.

—¡Oh, Ren! —gimió ella, aferrándose a él.

Él apartó la ropa de la cama, la colocó en el centro de esta y se tumbó a su lado.

Ella se arqueó ante la insistencia de la boca de él, que la exploraba en un silencio que vibraba por la tensión. Merrie sintió la boca de él en su vientre plano, en las caderas y bajando por sus largas piernas. Él le besó el interior de los muslos, encantado con el modo en que ella arqueaba el cuerpo, con los gemidos que eran música en sus oídos.

La desvistió entre besos suaves, excitándola para que no tuviese miedo. Estaba tan hambrienta de él, que no podía estar nerviosa. Le sorprendía ser tan apasionada. No se había dado cuenta de lo que sería estar con un hombre al que amaba.

Ren la besó en la boca con dulzura e insistencia. Ella sintió que la tocaba donde ningún hombre la había tocado nunca y lanzó un respingo.

—Lo sé —susurró él contra su boca—. Es embarazoso. Pero necesario. Y será mucho más dulce de lo que crees. Más dulce que la miel, querida mía —musitó él. Inició un ritmo que a ella la hizo gritar, sorprendida por el placer que provocaba.

—¡Madre... mía! —exclamó.

—Y es solo el principio —susurró él, haciendo magia en el cuerpo inexperto de ella.

La observaba en todo momento, loco por poseerla, pero decidido a asegurarse de que estuviera preparada para él. Le mordisqueó el labio inferior, aceleró el ritmo y la vio gritar y estremecerse con el orgasmo, el primero de su vida.

—¡Ren! —sollozó ella, cuando el placer empezó a remitir.

—No voy a parar —susurró él—. Espera solo un minuto.

Merrie lo vio desnudarse. Estaba tan embelesada que no le resultó chocante. Lo deseaba todo de él y onduló involuntariamente las caderas cuando él se volvió hacia ella, claramente excitado.

Ren se colocó a su lado en la cama. La besó en la boca y buscó con los dedos un lugar suave y delicado. Ella se estremeció un poco, pero abrió las piernas.

La mano de él volvió a moverse, a producir de nuevo placer. Pero esa vez fue un placer esquivo. Merrie se arqueó, con el cuerpo exigente, los ojos semicerrados, mostrando el deseo que tenía de él.

—Sí —susurró él.

La besó en la boca sin dejar de acariciarla. Esa vez el camino era fácil. Su lengua entró despacio en la boca de ella, en el beso más íntimo que habían compartido nunca. Mientras, movió las caderas entre las piernas de ella y Merrie lo sintió como nunca antes, piel contra piel.

—Despacio —susurró él en su boca cuando empezó a poseerla—. Relájate, cariño —dijo con voz ronca—. Intenta relajarte.

—Ya lo... intento —musitó ella. Lo miraba a los ojos cuando la penetró—. ¡Oh, Ren! ¡Es tan...!

—Íntimo —terminó él en su lugar—. Sí, es íntimo —dijo.

Apretó los dientes. Tenía que frenar. Era la primera vez para ella. No se atrevía a ir deprisa, aunque estaba loco por poseerla. Sentía que el cuerpo de ella lo aceptaba, sentía su calor a medida que entraba más y más en ella.

—¡Ren!

Merrie se arqueó hacia él. El ritmo rápido y fuerte de las caderas de él creaba una tensión que la asustaba. Se aferró a él, le suplicó que no parara, le pidió que sí, que aquello terminara... Y de pronto se arqueó y le rogó que no terminara nunca.

Él la embistió sin contenerse más. Estaba tan

impotente como ella, buscando acabar con la tensión que rompía en dos su cuerpo. Casi lo tenía ya, casi, casi. Clavó las caderas en las de ella, arqueó la espalda y gritó. Sollozó cuando el placer estalló dentro de él y dentro de ella y convulsionó una y otra vez en una vorágine de placer como no había conocido jamás.

Ella sintió el momento en el que él alcanzó placer y alcanzó también el suyo casi en el mismo instante. Gritó por la sorpresa. No había palabras para describir la palpitación, casi el placer doloroso que la hacía retorcerse. Aquel fuego la mataba. Se estremeció una y otra vez, con su cuerpo reflejando la satisfacción que le daba a él. Había temido que le doliera cuando no podía sentir dolor. El placer era tan intenso, tan elevado, tan completo, que por unos segundos interminables existió solo como una parte de Ren. Luego, igual de rápido, el placer se fue. Ella se estremeció, se movió con frenesí, intentando recuperarlo.

—Shh —susurró él.

Movió las caderas contra las de ella. El minúsculo movimiento la volvió a satisfacer. Él lo observó ocurrir, sonrió encantado cuando el rostro de ella se contrajo, sollozó y se arqueó estremeciéndose cada vez que volvía el clímax.

Pero después se quedó inmóvil y la detuvo también a ella.

—Te dolerá luego —le susurró con ternura.

La besó en la cara, donde le secó las lágrimas con los labios, y le acarició la espalda, las cicatrices que no le importaban en absoluto.

—Nunca pensé... —empezó a decir ella—. Jamás soñé... —se estremeció—. El placer era tan fuerte, que creía que me moría.

—Sí —él le besó los párpados.

Merrie abrió los ojos y lo miró.

—Al principio tenía miedo —dijo.

—Yo también, cariño.

—¿Tú? —preguntó ella, sorprendida.

—Eras virgen —contestó él—. Tenía miedo de hacerte daño. Llevaba tanto tiempo sin hacerlo, que tenía miedo de perder el control y asustarte.

Ella recorrió su rostro con las yemas de los dedos.

—No creía que fuera a ser tan... —sonrió—. No encuentro las palabras.

—Los poetas llevan generaciones buscándolas —comentó él—. Nadie encuentra las palabras —la besó suavemente en los labios—. Quédate quieta, puede que esto te resulte incómodo.

Empezó a salir de ella. Merrie hizo un gesto de dolor. Él también, pero se dejó caer de espaldas con un largo suspiro.

—Perdona —dijo él.

—No pasa nada. No he podido evitarlo.

Ren volvió la cabeza y la vio mirándolo.

—¿Te sorprende? —preguntó.

—Bueno, sí, un poco —repuso ella—. Estudiamos anatomía para pintar retratos al natural, así que sé las cosas básicas, como dónde se unen los músculos y dónde están... otras cosas —lo miró a los ojos. Suspiró—. Pero tú no eres como esos dibujos —añadió con timidez—. Te pareces más a algunas estatuas griegas que hay en los museos, solo que mejor.

Él se echó a reír.

—No digas eso. Ya tengo bastante ego.

—No me importa —ella se pegó a él, disfrutando de la sensación de piel contra piel—. Ahora vuelvo a tener sueño.

—Yo también. Dormiremos un rato y después iremos a explorar un poco más.

—Quiero explorarte a ti un poco más —murmuró ella—. Pero estoy...

—Dolorida —terminó él en su lugar. Sonrió—. No importa.

—¿Ren? ¿Tú también estás dolorido?

Él rio.

—Un poco —volvió la cabeza y la miró—. Me gusta estar así, Meredith —dijo, cuando ella lo miró con aire culpable—. Y tenemos toda la vida para compensar el tiempo perdido.

Ella sonrió con ternura.

—De acuerdo.

Ren la estrechó en sus brazos y le apoyó la cabeza en su hombro.

—He olvidado preguntarte si querías que usara algo.

—¿Usar algo?

—Control de natalidad —contestó él, adormilado—. Para no quedarte embarazada.

Ella respiró con fuerza.

—¡Dios mío!

Él alzó la cabeza y la miró a los ojos. Ella sonreía radiante. Ren soltó una risita.

—Está bien. Supongo que ya tienes edad.

—Definitivamente, sí —contestó ella, con alegría—. Además, si tenemos bastantes hijos, quizá el rancho familiar no acabe en el mercado el día que nos muramos.

Él se echó a reír.

—No. Y supongo que esa es una razón válida para tener hijos.

—Por supuesto.

—Tú no has vivido aún, querida —comentó él un momento después—. Has estado prisionera en Graylings. ¿No quieres ver algo del mundo antes de atarte en casa con niños?

—Estoy viendo el mundo —repuso ella—. Estamos en un país extranjero y veremos varios más de camino a casa —se sentó en la cama, orgullosa en su desnudez, encantada con el modo en que la exploraban las manos de él—. Soy casera —añadió con gentileza—. No tengo grandes deseos de viajar, de fundar un gran negocio ni de ser una artista famosa. Solo quiero vivir en el rancho contigo y construir in hogar. Un hogar de verdad.

Ren apretó los dientes para no mostrar lo que sentía. Casi toda su vida había sido un solitario. Quería a Randall, pero con Ren ignorando tantos años a su madre, nunca habían sido una familia de verdad. Meredith había cambiado eso, había iluminado los rincones oscuros de su vida y lo había hecho feliz. No recordaba haber sido feliz antes, ni siquiera cuando creía estar enamorado de Angie.

—Lo siento, creo que soy un poco avasalladora —dijo ella en voz baja.

Y fue perdiendo confianza en sí misma porque él tardaba en contestar.

Ren la estrechó en sus brazos y la giró, de modo que quedó apoyado en ella.

—Nunca he tenido un hogar de verdad —dijo con voz ronca—. Delsey se ha esforzado por crear uno en Skyhorn, pero siempre le faltaba algo —alisó el cabello rubio despeinado de ella—. Te quiero tal y como te veo ahora mismo —susurró con voz ronca—. Despeinada y preocupada por mi causa.

Merrie le sonrió y recorrió su barbilla con el dedo.

—Me has despeinado tú —dijo.

—Por supuesto —repuso él. Recorrió sus pechos hinchados con la mano, entreteniéndose más en los pezones tensos—. Eres la mujer más hermosa que he conocido. Por dentro y por fuera.

—Eso es un halago.

—No lo es —Ren se inclinó a besarle los pechos—. Quiero construir un hogar contigo. Quiero niños.

Solo quiero estar seguro de que no lamentarás no haber tenido algo de libertad antes.

—La libertad es solo una palabra —ella suspiró—. Las personas que son realmente libres no quieren raíces ni compromiso —sonrió—. Yo quiero una vida real, con raíces, estabilidad de hijos. Eso es la libertad para mí.

Él introdujo los dedos en su cabello largo.

—Yo puedo ser difícil.

—Yo también —replicó ella. Le echó los brazos al cuello y se puso seria—. Te quiero muchísimo —susurró, y le sorprendió ver la emoción que expresaban los ojos de él—. Más que a nada en el mundo.

Los pómulos de él enrojecieron. Su mandíbula se tensó cuando la miró dibujándola con los ojos, deleitándose en su belleza, en la ternura que irradiaba de ella. Apoyó la frente en la de ella.

—No sé si alguna vez le he dicho esas palabras a alguien —dijo en un susurro ronco—. Pero las siento cuando te miro y cuando te abrazo —la atrajo hacia sí, tan cerca que ella podía sentir cada centímetro de él contra su cuerpo—. ¿Te basta con eso?

Merrie sintió que la invadía la alegría como una fuente que se desbordara. Rio y se aferró a él con las lágrimas rodando por sus mejillas.

—¡Oh, Ren! Sí, me basta. Es más que suficiente.

Él notó la humedad y levantó la cabeza.

—¿Por qué lloras?

—Tenía miedo de que solo quisieras acostarte conmigo —contestó ella.

Ren la miró con sorna.

—Ningún hombre está tan loco como para casarse con una mujer solo por una noche de cama —murmuró—. Y menos con una virgen.

Ella lo miró fijamente.

—¡Oh!

—No sabes nada de hombres. Eso me encanta —él sonrió y se inclinó a besarla con ansia—. ¿Por qué crees que me porté tan mal contigo la noche de la fiesta? —preguntó—. Sabía que me moría por ti. Combatía lo que sentía porque tenía miedo. Después de lo de Angie, me entró miedo. Tú parecías demasiado buena para ser verdad.

—¿Ah, sí? —preguntó ella sin aliento.

—Y Randall no dejaba de decirme que eras su chica —Ren hizo un gesto de dolor—. Creía que quería decir que eras suya en todos los sentidos. Estaba furioso. Me sentía atrapado. No era mi intención hacerte daño —añadió. Los remordimientos eran palpables en su voz y en sus ojos negros—. Cuando me dijeron que querías llegar hasta la puerta andando por la nieve para alejarte de mí, me habría dado de patadas yo mismo. Entonces supe de verdad lo que sentía. Y ya era demasiado tarde.

—Pensaba que me odiabas —confesó ella.

—Me odiaba a mí mismo. Tú ya estabas en peligro y yo te dejé más expuesta. El asesino había entrado en mi propiedad y yo no lo sabía. Podría haberte disparado cuando caminabas —añadió con voz ronca—. Cuando te fuiste, pensé en todo eso —cerró los ojos—. Habría muerto contigo, Meredith. Porque nada de lo que tengo en el mundo compensaría nunca tu pérdida.

—¡Oh, Ren! —ella se acurrucó contra él y se abrazó a su cuello—. Eso es lo mismo que sentía yo.

Él la estrechó contra sí.

—Paul vino a buscarte y me contó lo que habías sufrido en tu casa. Después de tu marcha, me emborraché a conciencia. Nunca me he odiado tanto.

—Yo intenté odiarte también, pero no pude. ¡Me fui a casa con tanto dolor!

—Nunca sabrás lo que sentí cuando vino Randall a decirme que estabas hospitalizada. Me volví loco. Volé inmediatamente a Jacobsville —hizo una mueca—. Creí que Sari me iba a hacer picadillo. Estaba furiosa. Pero, cuando vio lo destrozado que estaba, reculó un poco. Te quiere mucho.

—Somos hermanas —comentó Merrie—. En nuestro tormento de vida, solo nos teníamos la una a la otra. Yo la quiero igual.

Ren la abrazó con más fuerza.

—Tuvimos un comienzo complicado —dijo—, pero todo irá mejor a partir de ahora. Para los dos.

Ella respiró hondo, tan feliz que podía morir de felicidad.

—Espero que Tony Garza tuviera razón en lo del asesino. No quiero morir y dejarte ahora cuando acabamos de encontrarnos.

—Lo prometió. Yo no lo conozco, pero Mikey sí. Dijo que Tony tiene más poder del que nos damos cuenta y que, cuando promete algo, lo cumple.

—Me siento mejor —confesó ella—. Es terrorífico saber que te quieren matar. Dicen que el hombre que contrató al asesino lo está pasando mal en la cárcel. No es muy equilibrado y quería mucho a su madre. La mató nuestro padre. ¡Qué desastre!

—Las cosas acabarán saliendo como tienen que salir a pesar de nosotros —dijo él con una sonrisa en la voz—. Me alegro de no tener que preocuparme por perderte cada minuto del día.

—Yo también —suspiró ella—. Tengo sueño.

—Dormiremos un rato. ¿Estás cómoda?

—Mucho.

Ren rio y le besó el suave pelo.

Juntos eran como niños, llenos de amor por la vida y el uno por el otro. Ren la llevó a la ducha con él y la lavó, antes de convencerla de que hiciera lo mismo por él. Bajaron de la mano, entraron en el coche de la mano y de la mano recorrieron como turistas la ciudad más emocionante de África.

Cada día que pasaba, Merrie se enamoraba más de su esposo. Este perdió su expresión de preocupación constante y empezó a relajarse. Fueron de compras, pasearon, montaron en camello y recorrieron el zoco admirando alfombras caras, aunque él la hacía descansar a menudo, pues ella estaba todavía recuperándose. Eligieron alfombras que les gustaban a los dos y las enviaron a Wyoming. Junto con ellas, Merrie envió hermosos caftanes bordados a mano para Sari, Mandy, Delsey, para sí misma y también para la madre de Ren.

—Ha sido el viaje más emocionante de mi vida —le dijo a su esposo de camino al aeropuerto.

Él le apretó la mano.

—Sí, para mí también —le sonrió—. Volveremos aquí.

—Me encantaría —repuso ella, y lo decía en serio.

Primero fueron a Texas, a ver cómo estaba todo en Graylings.

Cuando llegaron, encontraron a primo Mikey cenando con Paul, Sari y Mandy.

—¿Qué? ¿Ya no hay vengadores? —bromeó Merrie, abrazando a su hermana y a Paul.

—No es necesario —contestó Mikey—. Estás segura, princesita —dijo con una sonrisa—. Tony envió un mensaje desde Jersey diciendo que la situación estaba resuelta.

—Me alegro mucho —suspiró Merrie—. Ha sido muy amable por parte del asesino consentir en renunciar al encargo.

—Claro que sí —Mikey no la miró a los ojos. Miró su reloj—. Voy a perder mi vuelo.

—Puedes irte a casa en el avión de la familia —le dijo Paul—. Eres familia, ¿no?

Mikey rio.

—Supongo que sí —apretó los labios y miró a los recién casados—. No hace falta preguntar si os habéis divertido.

—Marruecos es extraordinario —declaró Merrie—. Lo voy a pintar.

Ren la atrajo hacia sí.

—Encargaremos pinturas y lienzos —dijo.

—No desaparezcas, da señales de vida —le pidió Paul a Mikey.

Este se encogió de hombros.

—Puede que venga de visita de vez en cuando —miró a Merrie con una sonrisa—. Creo que Tony le va diciendo a la gente que tiene una hija adoptiva que pinta como un antepasado famoso suyo.

Ella sonrió.

—Es muy amable de su parte.

Mikey le dio un golpecito en la nariz.

—No olvides que la gente es lo que es —contestó—. No esperes que Tony cante en el coro de la iglesia y ayude a ancianitas a cruzar la calle.

—Puede que sea malo, pero todo el mundo tiene algo bueno —le recordó ella.

—Algunas personas tienen más que otras —añadió Mikey. Lanzó una mirada astuta a Paul y este se la devolvió.

—Contadnos cómo ha sido el viaje —los animó Sari.

—Yo me despido por el momento —Mikey besó en la mejilla a las dos hermanas y estrechó las manos de los hombres—. Me voy al aeropuerto.

—Te llevará la limusina —indicó Paul.

—Gracias de nuevo —le dijo Merrie.

—Eres una buena chica —contestó él—. No dejes que la vida te desilusione mucho.

—Lo intentaré —prometió ella—. Y tú intenta no ser tan pesimista.

Él se encogió de hombros.

—Los leopardos no cambian sus manchas. Nos vemos.

—¿Qué ha querido decir con eso de los leopardos? —preguntó Merrie cuando tomaban café y comían pastel con crema agria preparado por Mandy.

Paul suspiró.

—Ha habido novedades.

Merrie enarcó las cejas.

Paul frunció el ceño.

—Encontraron al asesino a sueldo.

—¿Lo encontraron? —preguntó Merrie—. ¿Lo van a procesar? ¿Tendré que declarar?

—No lo van a detener —dijo su cuñado—. Verás, lo encontraron, pero estaba en un barril de petróleo en un río de Jersey.

Merrie lo miró boquiabierta. Ren frunció el ceño.

—Nadie sabe quién lo hizo —continuó Paul—. Podemos especular, pero nunca lo sabremos con seguridad.

—¿Tony? —preguntó Merrie.

Paul se encogió de hombros.

—No se sabe. Pero, puestos a imaginar cosas, yo me preguntaría si el asesino a sueldo decidió que su reputación era más importante que las órdenes de Tony. Y nadie le puede decir que no a este.

Merrie tenía la sensación de que se iba a desmayar.

—¿Quieres decir que me iba a matar de todos modos para que su reputación siguiera intacta?

—Eso es lo que cree Mikey. Pero no lo sabe, ¿eh? —se apresuró a añadir Paul—. Es una mera suposición.

Merrie se llevó una mano a la garganta.

—Ahora me siento segura.

—Siempre lo has estado —Paul miró su reloj—. Lo que me recuerda... Si Mikey se ha ido en la limusina, tengo que conducir hasta el aeropuerto de San Antonio. El avión aterrizará pronto.

—¿Avión? ¿Qué avión? —preguntó Merrie.

—Los vengadores vuelven de Marruecos. Bueno —añadió, al ver las caras de Merrie y Ren—, no nos atrevíamos a correr riesgos sin saber de cierto dónde estaba el asesino. Así que Rogers y Barton os han acompañado en vuestra luna de miel. Han sido muy discretos —sonrió—. Se han hospedado en el mismo hotel, pero llevaban túnicas y barbas falsas. Como los dos hablan bereber, se han mezclado con la gente sin problemas.

—¡Santo cielo! —Merrie se echó a reír.

Ren sonrió.

—Yo no los he visto. Se han camuflado bien.

—Han mantenido las distancias. Pero, si alguien os hubiera amenazado, lo habrían encontrado. Incluso en Marruecos.

Merrie se apoyó en el hombro de Ren y sonrió.

—Mi padre adoptivo y ellos me han cuidado —musitó.

Estaba agradecida, aunque le sabía mal que el asesino profesional hubiera muerto. Por otra parte, si siguiera con vida, tendría otros encargos y habría otras pobres víctimas.

—A partir de ahora, cuidar de ti será tarea mía —comentó Ren.

—Eso es cierto —bromeó ella.

La madre de Ren pasó por el quirófano y el cirujano les dijo a Randall y a Ren que había quitado hasta el último rastro de cáncer. Unas pocas semanas de radiación y quimio y estaría como nueva.

Ren y Merrie se quedaron con ella en Chicago mientras Randall se ocupaba de Skyhorn e iba a verla cuando podía.

—Te estás convirtiendo en un gran ranchero —bromeó Ren, abrazando a su hermano en la sala de espera cuando su madre se encontraba en su última sesión de quimio—. Estoy orgulloso de ti.

Randall se sonrojó.

—Es un gran elogio viniendo de ti. Gracias.

—También es tu rancho —repuso Ren, sonriente.

—Bueno, yo soy más bien el socio aprendiz. Pero creo que el marketing se me da de miedo.

—Mejor que nunca.

—Hay venta de producción en tres meses —dijo Randall—. Tendremos que montar algo interesante para los rancheros hambrientos que vengan a comprar nuestro ganado.

—Nos las arreglaremos. De momento estoy deseando que lleguen las navidades —contestó Ren, para sorpresa de todos—. Pondremos un árbol y comeremos pavo relleno. No nos privaremos de nada.

—¿Te encuentras bien? —preguntó Randall.

—Mejor que nunca —Ren miró a Merrie con amor en los ojos—. Será la mejor Navidad que hemos celebrado jamás. Mamá también vendrá con nosotros.

—¡Cuántos cambios en tan poco tiempo! —dijo Randall—. Me da vueltas la cabeza.

—A mí también —Ren sonrió a su esposa—. Pero no por los cambios.

Merrie se apretó contra él.

—Es cierto que va a ser la mejor Navidad de todas —musitó. Suspiró—. Y yo he tenido un regalo sólido y grande antes de tiempo —añadió. Miró a Ren con ojos brillantes.

Este soltó una risita. Mientras Randall ayudaba a su madre a ir al coche, miró a su esposa.

—Puedes desenvolverlo siempre que te apetezca —susurró.

—¡Oh! —murmuró ella—. Me gusta desenvolverlo a él.

—A él también le gusta —susurró Ren—. Y también te ha comprado un regalo antes de tiempo.

—¿Ah, sí? ¿Qué es?

—Una radio.

Merrie frunció el ceño.

—¿Qué?

Él la miró con sorna.

—Delsey ha mencionado que tenemos que hablar con Willis sobre los gemidos tan altos que lanza su lobo.

Ella se puso muy colorada.

—A tu esposo le gustan mucho esos gemidos —bromeó él—. Así que te he comprado una radio para ahogar el sonido y que solo los oiga yo. Y esta noche nos desenvolveremos el uno al otro y veremos todo lo apasionados que podemos ser.

—Muy ardientes —dijo ella.

—Mucho —asintió él con una sonrisa.

Horas después, con la madre de Ren instalada en su habitación, Delsey cuidando de ella y Randall fuera con el ganado, Merrie entró con su marido en la habitación y él cerró la puerta con llave.

—A Papá Noel no le importará que abramos los regalos antes de tiempo, ¿verdad? —preguntó ella.

Dio un respingo cuando Ren la arrojó sobre la cama y la besó mientras le quitaba capas de ropa.

—No le importará en absoluto, créeme. Somos amigos y se lo he preguntado. ¿Eso te gusta?

Ella se arqueó con un respingo.

—Será mejor que pongas la radio —dijo.

Ren buscó una emisora de country y subió el volumen.

—¿Está bastante alta? —preguntó. Buscó carne desnuda y la invadió con su boca.

—Puede. Repite eso.

—¿Esto?

—Sí. Eso.

Cuando estuvieron desnudos, él se colocó encima. Su cuerpo la deseaba tanto como aquella primera vez en Marruecos. La excitó deprisa, con urgencia, y la penetró con tanta fuerza, que ella gritó cuando la asaltó el placer.

—Es cada vez mejor —gruñó él, embistiendo con ansia.

—Mejor y mejor —consiguió decir ella.

Él la llevó a alturas que nunca habían alcanzado, sudando y gimiendo, y ella respondió de un modo salvaje a su pasión. Cuando llegó la culminación, fue tan profunda, que ella casi perdió el conocimiento. Él embestía con fuerza, con un ritmo furioso. Ella respondía con la misma desesperación, ahogándose en la fiebre que prendían juntos, arqueándose con un placer angustiado en una postura tan distorsionada, que creyó que se iba a romper en mil pedazos. Y después de eso llegó una satisfacción nueva y mayor, que nunca habían logrado. Merrie gimió durante todo el orgasmo, suplicándole que no parara mientras alcanzaba el clímax una y otra vez.

—Nunca así —susurró él, aturdido—. Jamás en mi vida.

—Desde luego, en la mía nunca —susurró ella a su vez.

Ren respiró con fuerza y se colocó de lado, llevándola con él.

La música, olvidada, seguía sonando. Alzó la mano y bajó el volumen..

—Me gusta la radio —comentó ella—. Deberíamos ponerla más a menudo.

—Completamente de acuerdo —asintió él con una carcajada.

Ella pasó los dedos por los labios de él.

—Te quiero.

—Y yo te quiero a ti.

Merrie respiró hondo con satisfacción.

—Me gusta tener aquí a tu madre —dijo después de un breve silencio.

—A mí también. Mañana pondremos el árbol.

—¿Tienes adornos?

—Claro que sí. Un lazo aquí, unas bridas por allá, alguna espuela que otra...

Ella le dio un puñetazo en el brazo.

—Necesitamos adornos.

—Le diré a Willis que vaya a comprar adornos. Y un árbol, ya de paso.

—No.

—¿No?

—Elegir el árbol es lo más divertido de todo. Eso tenemos que hacerlo tú y yo.

—¿En serio? —Ren sonrió contra la boca de ella—. Está bien. Pero me deberás una.

—Umm —ella suspiró—. ¿Qué te deberé?

—Al menos una canción alta en la radio.

Merrie se echó a reír.

—Te daré dos.

Ren la atrajo hacia sí y apagó la luz. Ella sonreía en la oscuridad, pegada al hombre al que tanto amaba.

FLOR DE DESEO

DIANA PALMER

1

La esbelta rubia ocupaba el centro del escenario, iluminada por un potente foco. Su largo cabello rubio platino relucía y, mientras cantaba, tenía los hermosos ojos azules medio cerrados. Su voz, tan clara e intensa como el tañido una campana a última hora de la tarde, mantenía hechizados a los espectadores.

Heather Shaw solo tenía veinte años, pero poseía la presencia escénica de una artista mucho más experimentada. Aquel era su primer gran concierto, aunque no su primera actuación en público. Aquella noche era la culminación de dos años de trabajo, el momento que había estado ansiando desde que se separó de Cole.

Las últimas notas de su canción se vieron acompañadas por un potente y entusiasta aplauso. A pesar de ello, Heather se sintió poseía por un extraño vacío. Estaba allí, de pie, muy hermosa con su vestido de encaje negro, preguntándose si de verdad aquello sería el éxito.

Cuando se marchó del rancho, Cole le había advertido que el éxito no era el resplandeciente tesoro que ella imaginaba.

—No será suficiente —le había advertido él con su voz fría y controlada—. Echarás de menos Big Spur.

Mientras se desmaquillaba y se ponía su ropa de calle, Heather suspiró. Era ya más de medianoche y lo único que deseaba era meterse en la cama. Cole tenía razón. Echaba mucho de menos Big Spur.

Se montó en su deportivo con una triste sonrisa. Tal vez sería mejor si abandonara su sueño y regresara al rancho. La lluvia envolvía el coche y hacía que los cristales se empañaran. Se echó a temblar, sin saber si era por el frío o por la repentina oleada de nostalgia que se acababa de apoderar de ella.

Un semáforo la obligó a detenerse. Mientras observaba el asfalto empapado y vacío a través del parabrisas, se preguntó qué le diría Cole si pudiera ser testigo de la soledad que tenía reflejada en los ojos en aquellos momentos.

El semáforo cambió. Pisó el acelerador. De repente, tenía mucha prisa por regresar a su casa y refugiarse en su cálido apartamento. Avanzó a toda velocidad por la estrecha calle. No se dio cuenta del coche que se dirigía hacia ella en sentido contrario hasta que dobló una esquina. Entonces, ya fue demasiado tarde. Contuvo la respiración y dio un volantazo. Los neumáticos chirriaron sobre el asfalto. Después, vinieron el quejido del metal aplastándose y el escalofriante sonido de los cristales rotos.

Cuando Heather se despertó, todo estaba oscuro. Se sintió muy sola y asustada. Su esbelto cuerpo se movió ansiosamente entre las sábanas de algodón de la estrecha cama de hospital. Quería gritar, pero no podía. Se llevó los dedos a la garganta con frustración y las lágrimas le inundaron los ojos. Deseó fervientemente que Cole estuviera a su lado.

Miró hacia la ventana y frunció el ceño. Seguramente él habría acudido a su lado en cuanto se hubiera enterado del accidente. A pesar de sus desacuerdos, el hermanastro al que ella adoraba jamás la dejaría sola en un momento como aquel. Cole podía ser muy duro, pero jamás cruel.

Se echó a temblar. La calefacción estaba encendida, pero hacía mucho frío en la habitación. Hubiera dado cualquier cosa por uno de los edredones que Emma, su madrastra, solía hacer en las largas y frías noches de invierno.

La puerta se abrió y una sonriente enfermera entró con una bandeja.

—Hora de cenar —dijo con voz agradable.

Heather trató de responder, pero le pasó lo mismo que la noche anterior, cuando la sacaron del amasijo de hierros en el que se había convertido su deportivo.

No logró emitir sonido alguno a excepción de un ronco quejido. El miedo se reflejó en su delicado rostro.

La enfermera la miró y leyó la expresión de su rostro.

—No es permanente —le aseguró—. Es consecuencia del shock por el accidente. Volverás a hablar, cielo.

Heather quería recordarle que ella era una cantante profesional. Que acababa de conseguir su primer éxito. ¿Por qué tenía que ocurrirle algo así en aquellos momentos?

Sintió náuseas y cerró los ojos. Ojalá no hubiera estado lloviendo. Ojalá hubiera escuchado a Cole y se hubiera comprado un coche más grande... Los ojos se le llenaron de lágrimas. Miró hacia la mesilla de noche e indicó con gestos la frustración que le producía no tener nada para escribir.

—Te traeré un cuaderno —le prometió la enfermera—. Vuelvo enseguida.

La enfermera terminó de colocarle la bandeja sobre la mesa auxiliar y se marchó. Heather la observó y se sintió perdida y muy sola.

Gil Austin no había ido a verla aún. Era periodista, y su mejor amigo en Houston. Se había otorgado el papel de su protector y se había ocupado de ella casi con el mismo celo y sentimiento de protección que Cole. Los dos hombres tenían incluso la misma edad. Sin embargo, el parecido terminaba allí. Gil tenía el cabello claro y ojos verdes y siempre estaba sonriendo. Cole tenía el cabello oscuro, ojos grises y su rostro tenía una apariencia pétrea, dura. Su vida era el enorme rancho que el padre de Heather y él habían construido juntos. Big Spur era su mundo y Cole jamás se cansaba de él. Ninguna mujer había conseguido distraerlo lo suficiente como para conseguir que él se comprometiera. A Cole no le gustaban las ataduras de ningún tipo.

—¡Por fin! —exclamó una voz aliviada desde la puerta.

Gil Austin entró en la habitación y cerró la puerta. Entonces, se acercó a la cama con gesto de preocupación.

—Johnson me envió a Miami para ocuparme de una historia. Si no hubiera estado fuera de la ciudad, me habría enterado del accidente mucho antes. Lo siento, tesoro...

Ella trató de hablar, pero el esfuerzo fue inútil. Se limitó a asentir. Gil le agarró la mano y se la apretó con fuerza.

—¿Estás herida de gravedad?

Ella volvió a negar con la cabeza y se señaló la garganta mientras trataba de sonreír.

En ese momento, la enfermera regresó con un

cuaderno y un bolígrafo. Se los entregó a Heather y sonrió a Gil.

—¿Es usted su hermanastro?

Gil negó con la cabeza y frunció el ceño.

—¿No se lo han notificado aún?

—Por supuesto que sí —respondió la enfermera—. La señorita llevaba el nombre y el número en su bolso. El médico de urgencia lo llamó. Eso fue... muy temprano esta mañana —añadió tras mirar a Heather.

Gil también la miró. Ella estaba muy ocupada escribiendo en el cuaderno.

—Se está tomando su tiempo, ¿no? —comentó Gil.

La enfermera asintió.

—Si has terminado ya con la cena, me llevaré la bandeja. Llámame si necesitas algo —añadió con una sonrisa.

Heather le devolvió la sonrisa y le entregó a Gil una nota en la que le explicaba cómo había ocurrido el accidente y le pedía que se asegurara de que se lo habían notificado a Cole.

Si lo supiera, ya estaría aquí, había escrito.

Gil frunció el ceño. Sabía bien lo mucho que ella adoraba a Cole Everett, pero también sabía que Cole no aprobaba que su hermanastra hubiera empezado una carrera en el mundo de la canción. No estaba seguro de que Everett no estuviera tratando de enseñarle una dolorosa lección a Heather con su ausencia. El ranchero tenía reputación de ser un hombre difícil y temperamental. Gil no lo conocía personalmente, pero lo que había oído sobre él le hacía echarse a temblar. Everett era multimillonario y tenía un cierto poder en la política texana. Un hombre con esa clase de riqueza e influencia sería arrogante por naturaleza, pero lo de Everett era caso aparte.

—Iré a comprobarlo, ¿quieres? —dijo Gil forzando una sonrisa que no sentía.

Heather parecía tan indefensa que ansiaba protegerla. A pesar de las semanas que llevaban saliendo, ella no permitía que se le acercara. Se preguntó si, para ella, alguien había podido alguna vez compararse con Everett. La admiración que Heather sentía hacia él era casi sobrenatural.

Cuando fue a preguntar, se le informó que, efectivamente, el señor Everett había sido avisado sobre el estado de su hermanastra. La enfermera jefe no sabía por qué aún no había acudido, pero prometió que alguien volvería a llamarle una segunda vez.

Gil permaneció con Heather hasta que terminó el horario de visitas. Cuando le dijo que tenía que marcharse, ella se aferró a él. Gil le prometió que regresaría a la mañana siguiente muy temprano y ella contuvo las lágrimas hasta que él cerró la puerta a sus espaldas.

Estar sola le aterraba. No podía dejar de pensar en su incapacidad para comunicarse. Le habían dicho que volvería a hablar, que aquello era tan solo algo temporal. El médico le había explicado que se trataba de una parálisis de la laringe producida por el estrés y la histeria. Cuando se recuperara del shock del accidente, volvería a hablar. ¿Y a cantar también? Se mordió el labio inferior. Si por lo menos Cole estuviera allí, no tendría tanto miedo...

El sonido de una voz fría y airada la sacó de sus pensamientos. Parpadeó y se incorporó en la cama y miró fijamente la puerta, desde la que parecía traspasar la voz.

—¡No quiero excusas! —gritaba—. ¡Quiero saber por qué no me notificaron lo ocurrido!

¡Era Cole! Miró esperanzada hacia la puerta. Se escuchó una voz que murmuraba algo para aplacarle. Entonces, la puerta se abrió y su hermanastro entró en la habitación.

Su rostro era duro y muy bronceado. Los ojos plateados relucían bajo el ceño fruncido. Alto, moreno, descaradamente masculino, se erguía sobre la pequeña enfermera que lo miraba desde la puerta. Los ojos de Heather se llenaron de lágrimas al verlo. De repente, todas las discusiones que había habido entre ellos se esfumaron. Heather extendió los brazos como si fuera una niña buscando consuelo.

Cole la miró durante unos instantes. Entonces, arrojó su sombrero sobre una silla y se inclinó sobre ella para abrazarla, estrechándola contra su fuerte torso mientras se sentaba junto a ella sobre la cama.

Heather se echó a llorar, y le mojó la camisa marrón con las lágrimas.

—No lo sabía —murmuró él—. Habría venido hace horas si alguien se hubiera molestado en notificármelo.

—Señor Everett, se le llamó —protestó la enfermera—. Se lo digo sinceramente. El médico le llamó mientras yo estaba en la sala. Le oí dejar el mensaje.

Cole la miró con desaprobación.

—Nadie habló conmigo —afirmó.

La enfermera tragó saliva.

—Por supuesto, eso es posible. Sentimos mucho lo ocurrido —susurró antes de marcharse y cerrar la puerta.

Cole centró su atención en Heather.

—¿Ha sido grave? —le preguntó suavemente.

Ella negó con la cabeza y trató de sonreír. Lo adoraba. Cole era la persona más importante para ella. A pesar de sus constantes peleas, de rebelarse contra su arrogancia, lo adoraba obsesivamente y no lo ocultaba. Había sido así desde el principio, cuando tenía trece años y Emma y Cole fueron a vivir a Big Spur.

Cole la miró y se fijó en el hematoma que ella tenía en la clavícula. Extendió la mano y lo tocó suavemente, haciendo que ella se encogiera.

—Estás magullada —le dijo—. Ya te advertí sobre ese cochecito...

Heather se mordió el labio. Deseaba tan desesperadamente poder hablar, discutir. Cole por su parte, la miró con rostro impasible aunque, durante un instante, algo brilló en su mirada.

—¿Han mandado a alguien a por tu ropa? —le preguntó.

No ha habido tiempo, escribió ella.

—Yo te traeré tus cosas —dijo él.

Se puso de pie. La mirada de Heather se prendió en el atractivo traje de estilo texano que vestía. No pudo evitar fijarse en el modo en el que enfatizaba sus anchos hombros y su estrecha cintura ni la manera en la que el pantalón ceñía sus poderosos muslos como si fuera una segunda piel. Había algo tan sensual en él, el modo en el que se movía...

Heather aplastó aquel turbador pensamiento.

¿A casa?, preguntó ella sin pronunciar sonido alguno, tan solo con el movimiento de los labios

Cole levantó las cejas.

—¿Tu apartamento o el rancho? —preguntó.

Heather tomó el cuaderno y empezó a escribir. Odió su propia debilidad.

Al rancho.

—No estarás tan mal —prometió él—. A Emma le vendrá bien la compañía. Yo he estado fuera mucho tiempo.

Con el ganado y en invierno, escribió ella en el cuaderno.

Una rara sonrisa se dibujó en el rostro de Cole. Heather se preguntó si él utilizaría aquella sonrisa con otras mujeres. Resultaba devastadora.

Se rebulló en la cama, tratando de aliviar el dolor que parecía afectarle de repente a todo el cuerpo. Él extendió la mano y le tocó la venda que cubría una de las muchas abrasiones que tenía en el brazo.

—¿Te duele, nena? —le preguntó él.

Era el único hombre que la llamaba así. No era una palabra que le gustara a ella demasiado, pero Cole hacía que sonara especial.

Negó con la cabeza y extendió la mano para acariciar los dedos de él con los suyos. Aquel gesto pareció molestarle. Retiró la mano como si Heather le hubiera quemado y se levantó de la cama mientras se metía las dos manos en los bolsillos y se ponía a pasear por la pequeña habitación de hotel.

Heather se sintió rechazada. Cole se estaba comportando de un modo muy distante. Era como si no quisiera estar en la misma habitación con ella.

De repente, respiró profundamente, como con impaciencia, y regresó a su lado.

—¿Cómo puedo hablar contigo así? —gruñó.

Ella le indicó el cuaderno y el bolígrafo.

—Lo sé, pero no es lo mismo. ¿Cuánto tiempo falta para que puedas volver a hablar?

Heather se encogió de hombros.

—Iré a hablar con el médico —dijo, sin esperar a que ella pudiera explicarse, como de costumbre.

Tenía una actitud tan arrogante que ella le sonrió, dejando que todo el cariño que sentía por él se le reflejara en los ojos.

Pero Cole acalló aquella mirada con la frialdad habitual.

—No me mires así —le espetó.

Heather se quedó confusa y herida. Entonces, observó que él se daba la vuelta y agarraba su sombrero.

—Regresaré por la mañana —le dijo él sin mirarla—. Te traeré un vestido.

Ella lo miró asombrada. Algo muy malo debía de pasarle a Cole para que la tratara tan fríamente. Se preguntó de qué se trataría.

Regresó a la mañana siguiente, después de que Heather se hubiera duchado y hubiera desayunado, con una pequeña bolsa de viaje que contenía un vestido y algunos objetos de aseo.

—Te puedes marchar mañana —le dijo secamente mientras se sentaba en la butaca que había junto a la cama—. Le he dicho al doctor que se hará cargo de tu tratamiento el médico de la familia.

Heather ocultó una sonrisa tras la mano. Se imaginó a Cole dándole órdenes al menudo médico que se ocupaba de su caso.

—Tengo que volar a Nueva Orleans hoy —añadió él—, pero trataré de regresar antes de que te duermas esta noche.

Él la hizo sentirse como si fuera un bebé que necesitara un osito de peluche y un biberón antes de dormir. Le dedicó una mirada de desprecio.

—¿Quieres arañarme, gatita?

Ella asintió airadamente.

Los ojos grises de Cole recorrieron la sábana que cubría el menudo cuerpo de Heather.

—No podrías conmigo.

Ella golpeó la cama con el puño cerrado mientras que Cole soltaba una carcajada. Entonces, se levantó y Heather se percató de lo imponente que estaba con el traje gris que llevaba. Cole se rebuscó en un bolsillo para sacarse un cigarrillo, que se colocó inmediatamente entre los esculpidos labios.

—Es una costumbre —dijo—. En realidad, ni siquiera me gusta el sabor —añadió. Se quitó el cigarrillo de los labios y se inclinó sobre ella para darle un beso en la mejilla—. No le des problemas al médico mientras yo no esté.

Eso es lo que haces tú, no yo, escribió ella en el cuaderno.

—Mocosa —le dijo él en tono jocoso—. Te veo esta noche.

Heather le dedicó una radiante sonrisa, pero no trató de tocarle la mano como había hecho el día anterior. Resultaba cada vez más evidente que él no quería que le tocara.

Gil fue a visitarla más tarde y se admiró al verla con el vestido de gasa azul claro que Cole le había llevado.

—Estás para comerte —susurró él en tono sugerente.

La comida del hospital te dará indigestión, escribió ella con una sonrisa.

—Sí, supongo que sí, pero yo no soy un paciente. ¿De dónde has sacado ese vestido?

Es del hospital, mintió ella sobre el papel.

—Pues menudo hospital tan elegante. Ningún paciente masculino querría que les dieran el alta a las pacientes si todas van vestidas así. ¿Y dónde está tu hermanastro? —le preguntó mientras se sentaba en la butaca—. Me han dicho que vino aquí anoche hecho una fiera —añadió con una sonrisa—. He oído que al menos dos enfermeras están siendo tratadas por estrés.

Estaba muy enfadado.

—Se debería haber comido al que tenía que haberle llamado y no a las pobres enfermeras.

Heather suspiró. *Las enfermeras estaban aquí.*

—Ah, claro. Y el que olvidó darle el mensaje no estaba. Ojalá supiera el nombre de ese tipo. Le enviaría flores por anticipado.

Heather sonrió. Gil era tan divertido... Hacía que

desaparecieran todas las sombras. Mientras estaba a su lado, se le olvidaban sus temores y podía relajarse.

Estaba contándole historias de sus primeros años como reportero cuando la puerta se abrió. Cole entró en la habitación y se quedó atónito al ver a Gil Austin sentado cómodamente sobre la cama de Heather. Se quedó inmóvil en la puerta, aunque su actitud denotaba peligro. A ella no le gustó el modo en el que miró a Gil.

—Supongo que eres el hermanastro —bromeó Gil mientras se levantaba para saludar al recién llegado.

A Cole el comentario no le hizo ninguna gracia. Miró al Gil y tensó por completo el cuerpo.

Gil se aclaró la garganta, desconcertado por aquella actitud.

—Me llamo Gil Austin. Me ocupo de la sección de Ocio del *News Herald*... y Heather es mi chica —añadió mirando posesivamente a la joven.

Los ojos de Cole parecieron estar a punto de explotar. Tensó aún más la mandíbula.

—Un periodista —dijo, haciendo que la palabra sonara como un insulto. Entonces, lo miró con desprecio y se giró hacia Heather—. Vendré a por ti a primera hora de la mañana —le informó secamente—. ¿Hay algo que quieras de tu apartamento? Estarás en el rancho unas cuantas semanas.

Mi abrigo, escribió Heather.

Sonrió al ver el gesto de Cole. Era muy supersticiosa con el abrigo de armiño que Cole le había regalado por su decimoctavo cumpleaños. Jamás viajaba sin él.

—Te lo traeré —prometió él—. ¿Algo más?

Mi bolso. El viejo, el que está en el armario.

Cole frunció el ceño.

En él guardo papeles muy importantes. Y mi dinero.

—No necesitas dinero para regresar a casa.

Ella suspiró con irritación. Deseó poder hablar... Quería decirle que no necesitaba que él le diera dinero, pero Cole pareció interpretar el sentimiento que se le reflejaba en los ojos y levantó la cabeza con gesto arrogante.

—¿Puedo hacer algo? —preguntó Gil. Parecía sentirse al margen.

—Nos las podemos arreglar —replicó Cole casi sin mirarlo a la cara.

—Me gustaría ir a visitar a Heather mientras se esté recuperando —insistió Gil.

Cole se volvió para contestarle y prácticamente le atravesó con la mirada.

—Lo último que va a necesitar ahora serán visitas —le dijo él secamente.

Heather lo miró atónita. Cole siempre se había mostrado muy posesivo, pero en aquellos momentos se estaba comportando como si fuera su dueño. ¿Por qué no podía tener visitas?

—Heather necesita paz y tranquilidad para superar el trauma del accidente. Se recuperará mucho más rápidamente con su familia —añadió Cole—, y voy a llevármelos a todos a Nassau durante una semana más o menos. Ya te llamará cuando esté recuperada.

Gil dudó. Heather nunca había visto que él se quedara sin palabras.

—Descansa, nena —le dijo Cole mientras le daba un beso sobre el cabello—. Vendré pronto, así que no te quedes levantada hasta muy tarde con tu novio —añadió con cierta ironía—. Buenas noches, Austin —añadió.

Gil se aclaró la garganta.

—Tienes razón. Parece muy cansada. Buenas noches, cariño —susurró, resistiéndose a la necesidad de darle un beso antes de marcharse. Everett tenía un aspecto muy peligroso—. Me alegro de haberte conocido, Cole —comentó. Entonces, miró de nuevo a Heather—. Estaremos en contacto.

—Sobre mi cadáver —murmuró Cole cuando Gil se hubo marchado.

¿Por qué no te cae bien?, escribió ella inmediatamente.

—Es demasiado mayor para ti —replicó Cole.

A mí me gusta, respondió ella sobre el papel.

Cole no se dignó en responderla.

—Emma te está preparando tus platos favoritos —comentó él—. Echó a la señora Jones de la cocina para empezar a prepararlo todo. ¡Cómo son las madres!

Heather sonrió. A pesar de que Emma solo era su madrastra, era tan querida para Heather como si existiera vínculo de sangre entre ellas. Suspiró y cerró los ojos. Tal vez sí que necesitaba estar sola un rato. Tal vez le sentaría bien alejarse de todos los que le pudieran recordar a su profesión y la vida tan poco satisfactoria que se había labrado para sí en Houston.

Abrió los ojos de repente y vio que Cole la estaba observando. Bajó la mirada inmediatamente y se preguntó por qué el pulso se le había acelerado de aquel modo.

—Buenas noches, nena —dijo él secamente. Se marchó antes de que ella pudiera poner su pulso bajo control.

2

El vuelo a Branntville les llevó muy poco tiempo. Mientras aterrizaban, Heather observó el baldío paisaje con nostalgia de la primavera. Sonrió al recordar las flores y los árboles cubiertos de hojas de cien tonalidades diferentes. Cole apartó la mirada de los controles el tiempo suficiente para analizar la expresión del rostro de su acompañante.

—¿Y estabas dispuesta a renunciar a todo esto para cantar en un club? —le preguntó—. ¿Sigues pensando que mereció la pena cambiar este aire limpio por una sala repleta de gente?

Heather meneó la cabeza con impaciencia y lo miró con desaprobación.

Cole sonrió.

—Está bien, girasol —comentó con una sonrisa. Acababa de utilizar el apodo con el que él solía llamarla en la infancia—. Lo he captado.

Heather apartó la mirada. Cole tenía un oscuro encanto que debía de ser devastador cuando quería algo de una mujer. Observó las masculinas manos sobre los controles del Cessna. Tenían los dedos largos y eran morenas y fuertes. Su boca también era fuerte, con una sensualidad que Heather tan solo había empezado a notar. Aquel pensamiento le hizo fruncir el ceño. ¿Sería un amante cariñoso? Se sonrojó al recordar una noche del año anterior, cuando lo vio besando a Tessa en su fiesta de cumpleaños. La boca resultaba dura. No había ni un centímetro de espacio entre su cuerpo y el de Tessa... La imagen había resultado bastante turbadora para Heather, aunque en aquel momento no comprendió por qué. Ese recuerdo la llevó a la conclusión de que Cole no sería cariñoso. Era un hombre de extremos y sentía que sus pasiones serían fuertes. No se satisfaría con los breves e inocentes besos que le daba a Gil Austin.

Se regañó mentalmente. Sus propios pensamientos la estaban escandalizando. Se puso a mirar por la ventana y observó las vallas blancas que marcaban los límites de Big Spur.

Minutos más tarde, vio la casa de ladrillo, rodeadas de robles y plantas. Recorrió mentalmente el interior, con su enorme vestíbulo y la espectacular escalera que llevaba a la planta superior y que parecía enmarcar una enorme araña de cristal que colgaba del techo. Las habitaciones eran grandes y luminosas y, además, la casa contaba con un enorme garaje, una piscina, pista de tenis y una rosaleda. Parecía sacada de un libro de cuentos, del Viejo Sur. Esto no era de extrañar, dado que los Shaw habían emigrado al este de Texas desde Georgia. El bisabuelo de Heather había descubierto la casa en los días de las grandes migraciones del ganado.

En aquellos momentos, el rancho le pertenecía técnicamente a Emma, dado que el difunto padre de Heather se la había dejado en herencia. Heather jamás había protestado por ello, dado que Emma la adoraba y la había criado como a su propia hija. Heather la quería mucho también, lo que hacía que le doliera recordar que su propia madre había sido una persona bastante fría, elegante y sofisticada, pero carente de sentimientos.

Por fin, empezaron a aterrizar. Cole hizo bajar al Cessna sobre la pista de aterrizaje, situada en el centro de cientos de hectáreas de tierra ganadera de primera calidad. Cole y el padre de Heather habían ido mejorando el rancho a lo largo de los años y, como resultado, Cole tenía una de las mejores fincas de Texas, famosa por su ganado y por sus toros. Heather se sentía muy orgullosa de su hermanastro. Tenía una cabeza bien amueblada para los negocios e irradiaba poder.

El avión se detuvo por fin cerca del hangar. Cole apagó el motor.

—Ya estamos en casa —le dijo con un fuerte sentimiento de orgullo.

Heather sonrió. Al sentir que Cole le observaba ávidamente los labios, sintió que se le aceleraban los latidos de su corazón. Se quedó atónita al sentir aquella mirada, una mirada que no había experimentando nunca. Se dio la vuelta rápidamente y trató de abrir la puerta.

—¿Te ocurre algo, nena? —le preguntó Cole con un extraño tono de voz.

Se inclinó sobre ella. Su fuerte brazo rozó por un momento los senos de Heather y su aliento jugueteó en su cabello mientras le abría la puerta.

Ella descendió rápidamente. Creyó oír una suave carcajada a sus espaldas.

Uno de los empleados del rancho había ido al hangar a recogerlos. Heather se apresuró a instalarse en el asiento trasero antes de que Cole pudiera colocarla en la parte delantera con él. Su rostro impasible no denotaba nada, pero a ella le daba la sensación de que Cole se lo estaba pasando muy bien a su costa. Recordó la extraña mirada que vio en sus ojos, un brillo completamente adulto que jamás había visto en ellos. Cole siempre la había tratado como su hermana pequeña, pero en aquella mirada no había habido nada que fuera remotamente filial. Recordó que no había lazos de sangre que la protegieran de Cole. Su inocencia no sería un impedimento para un hombre tan experimentado como él. Si podía turbarla de ese modo con solo mirarla, solo Dios sabía lo que ocurriría si él la tocaba...

Aquel pensamiento le provocó una gran excitación. Notó que se había sonrojado, por lo que bajó el rostro para que Cole no se percatara, aunque él estaba charlando con su empleado sobre asuntos del rancho.

Nunca antes había considerado a Cole de aquel modo. Resultaba algo aterrador. Lo había visto con otras mujeres, pero siempre se había sentido protegida de su devastadora masculinidad. En aquellos momentos, el escudo había caído y, por primera vez, se sentía vulnerable.

Se mordió el labio inferior. Quería volver a sentirse protegida y olvidarse de todo lo que había estado pensando. Cole era demasiado peligroso para una inexperta en el amor como ella.

Pasaron al lado del río. Heather recordó que estuvo a punto de ahogarse en él el primer verano que Cole y Emma vivieron en Big Spur. Cole la sacó del agua y, desde entonces, había pasado a ocupar un papel muy importante en la vida de Heather, formando parte de todas las decisiones de importancia que ella había tenido que tomar. Fiestas, amigos, viajes... Cole siempre tenía algo que decir, incluso antes de que el padre de Heather falleciera. El hecho de que ella se educara en un exclusivo internado femenino en Suiza también había sido idea suya. Sin embargo, en lo de cantar, Heather había conseguido salirse con la suya. Emma la había apoyado, en especial desde que un representante de artistas muy famoso dijera maravillas de ella. Poco a poco, fue abriéndose camino hasta que llegó la gran oportunidad: dos semanas actuando en un club de Houston, que empezaron justo la noche en la que ella tuvo su accidente.

—... por lo demás, todo ha ido a la perfección —le decía el peón a Cole—. Bill me ha dicho que le dijera que sentía mucho no haberle avisado del accidente de la señorita Shaw. Tenía mucho lío y...

—Eso no es excusa ninguna —le espetó Cole—. ¡Le voy a arrancar la piel a tiras por eso!

Heather conocía bien el mal genio de Cole, aunque con ella nunca lo había mostrado. Por el contrario, Cole siempre había tolerado y soportado el mal genio de Heather sin que esto le afectara en absoluto. Cole lo había ignorado o le había hecho a Heather cambiar de actitud con firmeza. Ella jamás se había opuesto a él hasta que le había planteado el tema de su carrera profesional como cantante. Sin embargo, estaba convencida de que jamás lo habría conseguido sin la ayuda de Emma. Jamás había visto que nadie fuera rival para Cole. Sintió pena por Bill, fuera quien fuera. Cole podía ser muy cruel.

Por fin llegaron a la casa. Emanaba de ella una elegancia austera. Estaba rodeada de enormes robles y de plantas de todo tipo. En cuanto el coche se detuvo, Emma Everett Shaw salió de la casa y echó a correr hacia ellos como un torbellino. Sus ojos castaños brillaban de emoción y tenía los brazos abiertos en un gesto de cálida bienvenida.

Heather echó a correr también hacia ella. Las dos mujeres se abrazaron con fuerza entre sollozos.

—Cariño mío... —susurró Emma, acunándola—. Pobrecita mía... Ahora estás a salvo. Estás en casa, conmigo.

Esas palabras hicieron que Heather llorara aún más. ¿Cuántas veces en su vida había escuchado aquellas palabras de consuelo en brazos de Emma? Su madrastra olía a harina y especias en vez de al caro perfume que solía utilizar su madre. Era una mujer sin pretensiones, a la que no parecía importarle ni su riqueza ni su posición. Además, era muy solidaria. Heather le había visto ayudar económicamente a la gente, sobre todo a familias, que tenía problemas y nadie sabía exactamente cuánto dinero donaba a obras benéficas. Su madre nunca había sido así, por lo que Heather amaba a Emma de un modo en el que jamás había podido querer a la frágil figura de porcelana que había sido su progenitora.

—Ya basta —dijo Cole. Separó a las dos mujeres y agarró a Heather por el brazo para hacerla subir por las escaleras—. No me importan unas cuantas lágrimas, pero no os podéis dejar llevar por la histeria frente a la puerta de casa.

Heather se revolvió contra él y lo miró con desaprobación. Detrás de ellos, Emma comenzó a subir rápidamente las escaleras, musitando algo. Heather sonrió. Era su manera de rebelarse pasivamente contra su hijo. Se podía decir que Emma musitaba con mucho estilo.

Cuando estuvieron en la puerta de la casa, Emma sonrió.

—Sube a descansar un poco, tesoro —le dijo suavemente—. Yo te llevaré un poco de chocolate caliente. ¿Te gustaría?

Heather asintió con entusiasmo y se detuvo un instante para observar a Cole con hostilidad antes de comenzar a subir la escalera para dirigirse a su habitación.

Abrió la puerta y sonrió al ver su dormitorio, decorado por completo en color rosa, a excepción de la moqueta, que era beige como la del resto de la casa. Se sentó junto a la ventana e ignoró por completo a Cole cuando él entró en el dormitorio para llevarle el equipaje.

Tras dejarlo en el suelo, Cole se le acercó. Vio que Heather estaba observando los corrales en los que estaba parte del ganado y los caballos. Ella suspiró al recordar la increíble sensación de montar a caballo y galopar a través de los campos.

—Cuando estés un poco más fuerte, te llevaré a montar a caballo —le dijo él de repente, como si le hubiera leído el pensamiento—. Es decir, si no se te ha olvidado...

Ella volvió a mirarlo con desaprobación y negó con la cabeza.

Cole esbozó una sonrisa burlona.

—Casi veo lo que estás pensando —musitó, haciendo que ella se sintiera más niña que mujer.

Heather reaccionó dándole un golpe. Era la única alternativa a las palabras que no podía pronunciar. Sin embargo, resultó igual de ineficaz. Él le agarró la muñeca y la hizo levantarse. Con la otra mano, la estrechó contra su cuerpo y le enredó los dedos entre los mechones de cabello para obligarla a mirarlo a los ojos.

—No me tientes —le dijo mientras la observaba atentamente—. No eres demasiado grande como para darte un azote, girasol.

Ella se resistió, pero solo consiguió que Cole la estrechara con más fuerza. Nunca antes la había agarrado así y Heather jamás se había enfrentado físicamente a él.

Le empujó y él terminó con la desigual pelea muy fácilmente.

La estrechó de nuevo con fuerza y colocó su rostro muy cerca del de ella, tanto que Heather podía notar su cálido aliento sobre la frente.

—¿Sigues enfrentándote a mí? —gruñó—. ¿Cuándo vas a aprender que si alguien tiene que ceder entre nosotros, esa vas a ser tú?

Heather se rebulló y trató de soltarse. Los ojos le brillaban de furia. *¡Te odio!* Se lo dijo tan solo moviendo los labios y sin pronunciar palabra.

—No, no me odias. Odias no poder discutir conmigo, pero no me odias. Yo jamás permitiré que eso ocurra, Heather.

Al escuchar su nombre en labios de Cole frunció el ceño. Cole raramente la llamaba por su nombre. Entonces, él le apartó el cabello del rostro.

—Volverás a hablar —le dijo con un tono de voz muy cariñoso—. Y también volverás a cantar, pero tienes que creer en ti misma. La vida es un desafío, Heather, no un regalo. Nada se nos da sin un poco de esfuerzo por nuestra parte.

Heather trató de decirle que ella había trabajado mucho, a pesar de tener también mucho talento. Sin embargo, sin la voz, solo podía hablar con los ojos. Cole los examinó con una tranquila intensidad que aceleró el pulso de Heather. En el silencio que reinaba en la habitación, todos los sentimientos parecían aumentados. Le tocó la boca con un largo dedo y trazó muy suavemente el contorno. Seguía el movimiento con los ojos...

Heather separó involuntariamente los labios y suspiró suavemente. Cuando Cole volvió a mirarla a los ojos, algo en ellos le hizo a querer apartarse de él y salir huyendo. Nunca antes había experimentado la electricidad que se estaba acumulando entre ellos en ese momento, con la misma intensidad que la de una tormenta de verano.

—Cole... —murmuró ella sin pensar. La palabra surgió con increíble facilidad. Heather se quedó atónita al escuchar el sonido de su propia voz.

—Has tardado mucho tiempo, Heather —dijo él con una sonrisa.

En qué, dijo moviendo los labios. No se atrevía a volver a intentar hablar.

—En preguntarte lo que sentirías si yo te besara...

Heather se sonrojó al escuchar aquellas palabras. De repente, todo había cambiado. Se estaba viendo obligada a admitir algo que llevaba sumergido en su subconsciente durante años: que sentía algo hacia Cole como hombre.

Los dos se miraron. Se hicieron en silencio miles de preguntas y esperaron respuestas. El tiempo pareció detenerse entre ellos.

3

Los pasos de Emma en el rellano rompieron el hechizo. Cole soltó a Heather de mala gana y ella evitó mirarlo a los ojos mientras volvía a colocarse junto a la ventana.

—Aquí estoy —anunció Emma con una sonrisa.

Miró a su hijo y a su hijastra, pero no mencionó nada sobre la tensión que parecía reinar en la habitación. Colocó la bandeja sobre la mesilla de noche. Había una humeante taza de chocolate caliente y una porción de pastel de queso. De repente, Heather se dio cuenta del hambre que tenía.

Sonrió y le dio las gracias moviendo los labios. Emma sonrió.

—No te olvides de Tessa, cariño —le dijo Emma a su hijo mientras se sentaba en una butaca que había junto a la cama.

—Como si pudiera —replicó él con una sonrisa. Entonces, sin mirar a Heather, se dirigió a la puerta—. Creo que Heather se está recuperando muy deprisa. Acaba de poder decir mi nombre en voz alta —añadió antes de salir del dormitorio y cerrar la puerta.

Tessa. Heather sintió un profundo vacío al recordar a la muchacha de cabello negro, estrecha cintura y ojos negros que mantenían siempre en ascuas a los hombres en las fiestas. Era hija única de un ranchero de la zona y estaba muy mimada. Conseguía todo lo que quería. Y llevaba años deseando a Cole.

—Es el cumpleaños de Tessa —decía Emma como si Heather le estuviera prestando toda su atención—. Cole la va a llevar en el avión a un concierto en San Antonio. Pobrecita. Se ha pasado semanas tratando de elegir el vestido adecuado.

«Pobrecita, sí», pensó Heather. Tessa sería capaz de hacer cualquier cosa con tal de conseguir a Cole. Atacaba a todo lo que amenazara con apartarlo de su lado. La última visita de Heather al rancho se había visto arruinada por los celos de Tessa. De algún modo, se las había arreglado para evitar que Heather pudiera pasar tiempo a solas con Cole durante los tres días que ella había podido permanecer con su familia entre concierto y concierto.

Tessa sentía envidia de la carrera profesional de Heather, de su ropa, de su belleza... Aprovechaba cualquier oportunidad para lanzarle un comentario hiriente, comentarios que ni Cole ni Emma parecían notar. Era como ser atacada por un enemigo invisible. Tessa siempre había sido el peor enemigo de Heather. Al menos, esta sabía por fin cómo protegerse. En el pasado, cuando la madre de Heather vivía, se había sentido más vulnerable.

Tessa era seis años mayor que Heather y, aún en su adolescencia, era muy sofisticada para su edad. Era la clase de mujer que atraía irremediablemente a Deirdre Shaw. Por ello, se pasaba más tiempo en Big Spur que en su casa y Heather tan solo recibía unas cuantas migajas del afecto de su madre. Cuando Deirdre enfermó de neumonía, llamó a Tessa para que cuidara de ella. En el entierro que se celebró unas cuantas semanas después, Heather se sintió tan distante de su madre como lo había estado en vida.

Dos años después, Emma Everett, que se había quedado viuda recientemente, accedió a casarse con Jed Shaw y adoptar a Heather. Sus familias siempre habían estado muy unidas por la amistad de Jed con Jace Everett. Como Emma y Jed estaban sufriendo la soledad de la viudedad, a todo el mundo le pareció lo más natural que se casaran. Emma y Cole se mudaron a Big Spur y, por primera vez en su vida, Heather se vio rodeada del afecto y del calor que siempre había deseado.

Cole... Un temblor le recorrió el cuerpo. Siempre lo había considerado un hermano mayor. ¿Y si la besaba? Aquel pensamiento era nuevo y resultaba bastante impactante, como si estuviera prohibido considerar la intimidad con Cole. Sin embargo, no tenían lazos de sangre. No eran parientes. Eso la colocaba a ella en una posición vulnerable. Significaba que Cole podía besarla, tocarla y que no había razón alguna para que él se contuviera. Incluso podría hacerle el amor...

Se sonrojó vivamente. Ciertamente su inocencia la protegería... ¿no? A pesar del afecto que Cole siempre había sentido hacia ella, era un hombre. Aquel día, en sus ojos, había visto algo que la había convencido de que su actitud hacia ella había cambiado. Cole era la clase de hombre que no aceptaría límites. Tenía demasiada experiencia como para volver a la adolescencia por una mujer y Heather no sabía cómo iba a protegerse si él decidía que la deseaba.

Con un suspiro, se irguió. Tal vez había malinterpretado la situación. Tal vez él solo había estado bromeando...

Volvió a centrarse en la conversación de Emma sobre el rancho y sobre sus esfuerzos para crear una guardería para los niños de las madres trabajadoras de la zona. Eso era. Se había imaginado el interés de Cole. Sin embargo, aún podía escuchar su masculina voz, tranquila y peligrosa, despertando anhelos dormidos en su interior.

Tres días más tarde, Heather estaba completamente convencida de que se lo había imaginado todo. Cole se mostraba agradable, pero distante. No había nada romántico en su actitud. No se salía de su rutina para estar con ella, pero tampoco la evitaba. Volvía a ser el de siempre, al menos aparentemente. Heather comenzó a relajarse al ver que su voz y la seguridad en sí misma volvían lentamente. Sin embargo, en ocasiones, sorprendía aquellos ojos plateados observándola. En una de ellas, aquella mirada contenía una ira extraña, casi parecida al odio, cuya intensidad la enervaba. ¿Qué había hecho ella para que Cole sintiera tanta antipatía hacia ella? Tal vez se lamentaba del comentario que había hecho y esperaba que ella fuera lo suficientemente adulta como para no tomárselo en serio.

Al día siguiente, Tessa apareció con la misma energía de un ejército conquistador, llena de falsa dulzura y taimadas sonrisas. Seguía tonteando con Cole como siempre, mientras que Heather los observaban con un nuevo vacío en el corazón.

—Sentí mucho lo de tu accidente —suspiró Tessa—. Nunca se te ha dado muy bien conducir, ¿verdad, cariño? Me acuerdo del día en que atravesaste la valla del corral con el Ferrari de Cole —añadió entre risas—. ¡Qué horror! Cole se puso furioso, ¿verdad, cariño? —añadió mirando con adoración al hombre que estaba sentado a su lado en el sofá.

Cole fumaba un cigarrillo en silencio. Entornó los ojos y miró a Heather con deliberación. Ella llevaba un mono de seda beige que le ceñía las esbeltas curvas como una segunda piel.

Heather le miró las botas en vez de mirarle el rostro y se sintió alarmada ante la reacción que tuvo por la descarada mirada de Cole. Una vez más, volvió a repetirse que no estaba interesado en ella.

Tessa seguía con su monólogo.

—Nos lo pasamos muy bien en San Antonio —le decía a Heather—. Fue un concierto de Bach, tan agradable de escuchar... Nada como esta música moderna tan vulgar —añadió con desagrado—. No me gusta la música pop.

A Heather aquello le pareció una pulla en toda regla. Tessa sabía muy bien que Heather cantaba música pop. O lo había hecho hasta el accidente.

—¿Has probado a cantar desde el accidente? —le preguntó Tessa con fingida preocupación—. Cole me ha dicho que te pone muy nerviosa pensar cómo será tu voz ahora... Supongo que esto podría significar el fin de tu carrera, ¿no?

Heather se levantó y se marchó de la sala sin mirar atrás. Le dolía demasiado aquel comentario.

—Oh, no debería haberle dicho eso, ¿verdad? —murmuró Tessa como si lo lamentara—. Pobrecita...

Heather siguió andando sin mirar atrás.

Aquella noche, permaneció despierta hasta muy tarde. Las duras palabras de Tessa aún le escocían. ¿Volvería de nuevo a cantar? ¿Tendría el valor para regresar a Houston y volver a retomar su carrera?

Los recuerdos del vacío, de la soledad, de las largas horas en oscuros clubes ocuparon su pensamiento.

De repente, la puerta se abrió y Cole entró, cerrando la puerta a sus espaldas. Llevaba un traje oscuro con una camisa blanca y estaba muy guapo. Se había quitado la corbata y tenía los primeros botones de la camisa desabrochados. Su aspecto era muy masculino y sensual. Heather se sintió muy vulnerable con su camisón rosa, a pesar de que el edredón la cubría hasta la cintura. Tuvo que contenerse para no taparse con él hasta el cuello, en especial cuando los brillantes ojos de Cole se centraron en las curvas de los pequeños pero turgentes senos.

—¿No puedes dormir? —le preguntó.

Ella tragó saliva y negó con la cabeza.

Cole se detuvo junto a la cama y la miró descaradamente.

—¿Estás nerviosa, nena? —quiso saber. Esbozó una ligera sonrisa al ver que ella se cubría hasta la barbilla.

Heather se sonrojó y lo miró a los ojos. Cole soltó una ligera carcajada.

—Eres una santita —bromeó—. Probablemente sé más sobre el cuerpo de una mujer que tú.

«No lo dudo ni por un instante», pensó ella.

Cole se inclinó sobre ella y le acarició tiernamente el cabello.

—¿Qué te pasa? —insistió—. ¿Te ha disgustado Tessa?

Ella se mordió el labio inferior y apartó la mirada.

—Sí —murmuró.

—Ella no lo comprende. Tessa jamás ha querido tener una profesión. Ella prefiere trabajar como ama de casa.

Heather lo miró con curiosidad. Se produjo un profundo silencio.

Cole entornó la mirada.

—No, no me acuesto con ella —dijo.

Ella reaccionó con asombro. Ni siquiera se le había pasado por la cabeza.

—Y aunque lo hiciera —añadió él—, no sería asunto tuyo.

Heather se quedó boquiabierta, pero fue incapaz de pronunciar sonido alguno. No podía comprender por qué Cole había reaccionado de aquel modo.

—Sin embargo, a ti jamás te ha interesado ese lado de mi vida, ¿verdad, Heather? Tú nunca te has preguntado si yo estaba con mujeres.

Eso era cierto, pero Heather estaba empezando a sentir una curiosidad sobre Cole en aquel sentido que la escandalizaba.

Él se echó a reír, pero sin alegría alguna.

—Menos mal, nena. No habría futuro alguno en ello. Te saco trece años.

Heather nunca había pensado en la diferencia de edad que había entre ellos. No le había importado. Sin embargo, de repente sí que parecía importar. Al menos a Cole.

—Nos vamos a Nassau a primeros de mes —comentó—. Yo necesito un descanso tanto como tú y a Emma le vendrá bien marcharse de aquí un tiempo. El sol te ayudará a relajarte.

Heather sonrió. Nassau era un lugar que siempre había querido visitar, pero Cole estaba tan ocupado que las vacaciones con él eran muy poco frecuentes. Tal vez aquel viaje les proporcionaría la oportunidad de conseguir unir el abismo que estaba empezando a separarles.

—Niña preciosa —murmuró él con una sonrisa—. Reluces cuando me sonríes.

Heather sonrió aún más ampliamente y extendió una mano involuntariamente para agarrar la de él. Sintió que Cole se tensaba y que la apartaba inmediatamente.

La sonrisa se le borró a Heather de los labios. Giró el rostro con expresión herida. El rechazo silencioso de Cole le había dolido tanto como si le hubieran clavado un cuchillo.

—Duerme un poco, Heather —le recomendó él antes de marcharse—. Todo se habrá olvidado por la mañana.

No fue así. Ni a la mañana siguiente ni a la otra. El mal genio de Cole pareció convertirse en perpetuo a lo largo de los días posteriores. Cada vez resultaba más peligroso estar a su lado.

—Solo le he preguntado si podía ir en coche a la ciudad —protestaba uno de los vaqueros delante de Emma—, y me ha tirado las bridas.

—Gracias a Dios que se las había quitado al caballo —bromeó Emma para tranquilizarle—. Ya sabes cómo es Cole, Brandy.

—Sí, señora, pero normalmente solo se pone así cuando hay algún problema. No entiendo qué le pasa.

—Pues imagínate que ha pasado algo y ya está.

Brandy lanzó un suspiro.

—A Herb le tiró una tabla —musitó antes de marcharse—. Y él solo le preguntó si podía ir a casa de Johnson a ver a su chica.

Heather ahogó una sonrisa y sacudió la cabeza. Emma la miró.

—Tú no sabes lo que le pasa, ¿verdad, Heather?

—Pregúntaselo a Tessa —replicó ella demasiado rápidamente—. Lleva así desde la noche que la llevó al baile del club de campo.

—Es cierto —recordó Emma—, pero me parece

recordar que pasó por tu dormitorio antes de irse a la cama.

Heather se miró los pies.

—Solo para ver por qué estaba despierta —replicó ella.

—Te mira mucho —comentó Emma—. No me digas que no te has fijado.

—Sí, me he dado cuenta —admitió ella. Su ira también le había dolido a ella porque no comprendía lo que había hecho para causarla. Sin embargo, no estaba dispuesta confesárselo a Emma.

—Lleva siete años o más cuidándote —le recordó Emma—. Ahora eres independiente. Ya no lo necesitas. Creo que le está costando aceptarlo. Es muy posesivo hacia ti.

—Lo descubrí en el hospital —suspiró Heather.

—Y los demás también —musitó Emma—. Se puso hecho una fiera cuando el hospital le llamó para preguntarle por qué no había ido a verte. Pobre Bill... Creo que no va a poder superar nunca lo que le dijo Cole. Aquella noche, actuó como un salvaje. ¿Sabes que se montó en el avión sin que lo revisaran antes? Creo que es la primera vez.

—Gil no le cayó bien...

—¿El periodista? —preguntó Emma riendo—. Ya sabes que odia a los reporteros. Se ha sentido demasiado acosado por ellos a lo largo de los años. Tal vez creyó que el señor Austin solo estaba tratando de acceder a él a través de ti.

Heather no se había parado a considerarlo desde aquel punto de vista.

—Sí, podría ser...

—¡Y también... oh! —exclamó Emma. Se había quedado pálida y tenía la frente perlada de sudor.

—¡Emma! ¿Qué te pasa? —gritó Heather mientras sujetaba a su madrastra—. ¿Qué tienes?

—Es una indigestión —musitó ella con un hilo de voz—. Me pone de tan mal humor... Al final voy a tener que ir a ver a un médico. Hasta ahora tenía la esperanza de que desapareciera solo.

—¿Y estás segura de que solo es una indigestión?

—Sí, cariño, estoy segura —susurró Emma mientras trataba de ponerse recta y de recuperar la compostura—. Me pasa muchas veces. Solo tengo que tomar sal de frutas o un antiácido y se me pasa. No es nada más que una indigestión.

Heather se tranquilizó. No podría soportar que algo le ocurriera a Emma. Le dolería demasiado perderla.

Tessa regresó al día siguiente. Se pegó a Cole como una lapa y a él no pareció importarle. Heather quería gritar. Siempre le había molestado verlos juntos, pero jamás de aquel modo. Estaba mirando a Cole desde otra perspectiva.

Aquella tarde, parecía gozar con todas las atenciones que Tessa le dedicaba. Parecía estar pendiente de ella en todo momento mientras charlaban en el salón e incluso permitió que ella entrelazara los dedos con los suyos. Estaban hablando de negocios. Tessa sabía mucho sobre cómo dirigir un rancho y tenía un astuto sentido para los negocios, pero, en aquellos momentos, estaba demasiado ocupada coqueteando. Heather sintió que los celos se apoderaban de ella cuando, de camino hacia su dormitorio, miró al salón. Deseó que la atención, las caricias y las palabras de Cole se dirigieran a ella. Incluso anhelaba el roce de sus labios... Aquel sentimiento la asustó profundamente.

Unos celos como aquellos normalmente acompañaban al amor. Sin embargo, Cole era su hermanastro. A pesar de que siempre lo había tenido en un pedestal, no podía erigirse en objeto de deseo para ella... ¿O sí podía?

A media tarde, Heather se dirigió hacia el corral vestida con unos vaqueros y una camisa de algodón azul cubierta con un grueso jersey para protegerse del frío. El cielo estaba cubierto de oscuras nubes que amenazaban tormenta.

En el corral, Cole le estaba poniendo una silla a un caballo que Alonzo estaba domando. Resultaba fácil reconocer inmediatamente su alta figura entre los demás hombres. Cuando montó sobre el caballo, este comenzó a dar saltos frenéticamente para tratar de derribarlo. Sin embargo, Cole se dejaba llevar por los movimientos, pero sin despegarse de la silla. Con una mano se sujetaba el sombrero mientras con la otra trataba de controlar al furioso animal. Los muchachos lo vitoreaban y animaban.

El caballo se rindió mucho antes que Cole. Se quedó quieto, resoplando con fuerza y con las patas temblorosas por el tremendo esfuerzo. Cole desmontó y le dio un cariñoso golpe sobre las crines. Entonces, comenzó a hablar al animal de la misma manera que lo había hecho con Heather cuando ella se asustaba.

Cuando se percató de su presencia, el rostro de Cole pareció endurecerse aún más. Justo en aquel momento, comenzaron a caer las primeras gotas de lluvia. Les dijo algo a los hombres y entonces se dirigió hacia ella. Le rodeó la cintura con un brazo y la condujo al establo justo en el momento en el que el cielo pareció abrirse.

—En estos momentos no te puedes permitir un resfriado —le dijo—. ¡Corre!

Heather echó a correr a su lado. Cuando los dos llegaron al establo, ella tenía el rostro arrebolado y los ojos muy brillantes. Se apartó el cabello revuelto del rostro y sonrió a Cole.

Él la miró y se sacó un cigarrillo del bolsillo. Se acercó hacia la puerta y lo encendió.

—No sabía que seguías montando caballos broncos —dijo ella para romper el tenso silencio.

—Hay muchas cosas que no sabes sobre mí —replicó él sin mirarla. Se reclinó sobre la pared del establo y se puso a contemplar la lluvia.

Eso era cierto. Cole siempre había estado rodeado de misterio. Era un hombre muy reservado, que no permitía que nadie, ni siquiera su hermanastra, se le acercara demasiado.

—Cole, ¿qué te he hecho? —le preguntó ella de repente, incapaz de soportar tanta frialdad ni un minuto más.

—¿Y qué te hace pensar que me has hecho algo? —repuso él sin mirarla.

—No sé... —susurró ella mirando el suelo—. Últimamente estás muy distante conmigo.

Cole se echó a reír aunque sin alegría alguna.

—No te rías —le pidió ella—. Siempre estuvimos muy unidos, incluso cuando discutíamos. Sin embargo, todo ha cambiado ahora y no comprendo el porqué.

Cole dio una larga calada al cigarrillo. Entonces, sin previo aviso, giró el rostro para mirarla. La intensidad del contacto dejó a Heather sin aliento.

—Tú tomaste la decisión, no yo.

—¿Qué decisión?

—De darle la espalda a la familia y labrarte una carrera profesional.

—Y jamás me vas a perdonar por eso, ¿verdad? Ha sido la primera vez en mi vida que fui en tu contra y lo recordarás hasta la tumba. ¡Yo te adoraba, Cole! —exclamó. Se sentía muy dolida.

—¿Cuándo comprenderás que no quiero que me adores como si fuera un héroe? —le espetó él.

—¿Y qué es lo que quieres?

Cole arrojó la colilla al exterior y se dirigió hacia ella antes de que Heather pudiera adivinar la intención en sus ojos. Se encogió contra la pared de tablones de madera al sentir que él colocaba las manos a ambos lados de su cabeza y que la inmovilizaba con su cuerpo. Heather sintió el fuerte torso, cálido y firme a través de las capas de ropa, apretándose contra sus suaves senos; el liso vientre y las poderosas piernas en íntimo contacto con las suyas.

—Deja que te demuestre lo que quiero —gruñó.

Lo que Heather vio en sus ojos le aceleró el pulso.

—Cole, no puedes... —susurró con voz temblorosa. Él le miró los labios.

—¿Por qué no puedo? —le desafió—. Lo único que te ha faltado es ponerte de rodillas y suplicármelo desde que saliste del hospital.

Heather abrió la boca para negarlo, pero la cabeza de él se inclinó rápidamente. Atrapó los labios entreabiertos de Heather con los suyos y ella sintió su calidez por primera vez. El cuerpo se le tensó cuando él comenzó a retorcerle los labios bajo los suyos sin una pizca de delicadeza. Estaba enfadado y el beso era el modo de demostrar esa ira. Heather gimió débilmente bajo el doloroso aplastamiento al que le estaba sometiendo la boca y el cuerpo de Cole.

Él se retiró con la respiración acelerada y los ojos relucientes. Estudió los de ella, que se habían llenado de lágrimas, sin piedad.

—¿Qué te ha parecido? —le preguntó con voz ronca.

—No... no lo sé —susurró ella, aturdida por el contacto íntimo con el poderoso cuerpo de Cole.

—Tú lo deseabas —dijo él en tono acusador.

—Ya no —musitó ella entre sollozos—. Por favor, déjame marchar.

Cole dudó y, un instante después, dio un paso atrás para observarla. Vio las lágrimas en sus ojos y la extrema palidez de su rostro. Entonces, Heather no le permitió ver más. Salió corriendo del establo, sin importarle la lluvia torrencial que la empapó antes de que pudiera llegar a la seguridad de la casa.

4

Heather alegó un fuerte dolor de cabeza para no tener que bajar a cenar. Por suerte, Emma no hizo preguntas. Lo que no sabía era que su madrastra había visto inmediatamente el rubor que le cubría el rostro y la confusión que había en sus ojos.

Se encerró en su habitación y miró atónita la imagen que le devolvía el espejo. Aquel rostro era el de una desconocida. Ojos muy abiertos, mejillas arreboladas y la pasión reflejada en los labios. A pesar del tiempo que había pasado, aún podía saborear la calidez de la boca de Cole en la suya.

Cerró los ojos para no verse. Su cuerpo aún sentía el contacto con el de él. Nunca antes se había dado cuenta de lo fuerte que era. Ningún esfuerzo que ella hubiera podido hacer habría podido librarla de él, aunque se había sentido demasiado sorprendida como para poder reaccionar. ¡Y él había tenido la audacia de decir que ella lo tentaba!

¿Cómo iba a tentarlo? Heather jamás se habría atrevido a medir su inexperiencia con la experiencia de él. Ni siquiera una virgen hubiera podido escapar de aquellos brazos sin comprender que él había poseído muchas mujeres. Dio las gracias porque él no se hubiera mostrado también persuasivo. Si lo hubiera sido, jamás habría podido resistirse.

Se acercó a la ventana para observar la lluvia. ¿Lo había tentado? Si mirarlo o tocarlo suponía una tentación, ¿por qué no había ocurrido aquello muchos años atrás? Suspiró y sacudió la cabeza. Cole siempre había sabido que Heather lo tenía en un pedestal. ¿Por qué de repente había decidido bajar de él a trompicones?

La pregunta la mantuvo despierta gran parte de la noche. Quería salir corriendo. Sentía miedo de Cole de una manera nueva y excitante. Lo había vislumbrado como amante y le asustaba sentirse vulnerable ante él.

Pensó en abandonar Big Spur y regresar a Houston. Podía llamar a alguno de sus muchos contactos en el mundo del espectáculo para que le preparara un concierto. ¿Pero era eso lo que deseaba realmente? Aún no había puesto a prueba su voz y sabía que sus dudas provenían del sentimiento de desgana ante la idea de tomar decisiones apresuradas sobre su carrera musical. Su música había sido lo que había provocado la ruptura entre Cole y ella... ¿Debería seguir con su ambición a pesar de las objeciones de él?

En realidad, ya había empezado a cuestionar su carrera profesional antes del accidente. Las dudas habían vuelto para seguir turbándola.

En el estado tan debilitado en el que se encontraba, ¿cómo iba a poder ajustarse al agotador ritmo de las actuaciones? Dos espectáculos todas las noches durante seis días a la semana, además de los ensayos constantes. ¿Cómo iba a poder enfrentarse a la creciente soledad que la asaltaba cada vez que huía de Big Spur y de Cole?

***

A la mañana siguiente, bajó las escaleras de mala gana vestida con unos vaqueros y un jersey de cuello de pico en color amarillo. Se había recogido el cabello en la nuca de un modo muy sofisticado. Esperaba de corazón que Cole no estuviera en casa.

Desgraciadamente, él seguía sentado a la mesa del desayuno. Estaba solo y parecía pensativo. Jugueteaba con la taza de café, que evidentemente estaba vacía, pero tenía a pesar de todo un aspecto imponente. Heather se detuvo en la puerta sin saber qué hacer. Sentía un profundo deseo de salir corriendo.

Entonces, como si sintiera su presencia, Cole giró la cabeza y la miró.

Lo ocurrido el día anterior se interponía entre ellos. Involuntariamente, Heather le miró los labios y recordó vivamente su contacto. Recordaba incluso el aroma que emanaba de él, la limpia calidez de su rostro, el contacto de su cuerpo...

—Puedes entrar —dijo él con tono enfadado—. No va a desaparecer.

Heather levantó la cabeza con orgullo. Se negó a preguntarle a qué se refería. Se sentó a dos sillas de distancia de él y agarró la cafetera. Los dedos le temblaban ligeramente mientras se llenaba una taza.

—¿Dónde está Emma? —le preguntó para entablar conversación.

—Se ha ido a la ciudad para ver al médico.

—¿Le ocurre algo? —preguntó ella muy preocupada.

—No. Es tan solo la indigestión de la que se lleva quejando últimamente. Al final he logrado convencerla para que vaya al médico. Bueno, ¿hay otros temas de conversación de los que te gustaría hablar antes de que charlemos de lo que realmente nos ocupa el pensamiento a los dos?

—No quiero hablar de ello, Cole —susurró.

—¿Te hice daño, Heather? —le preguntó como si no hubiera escuchado lo que ella le había dicho. Además, ella jamás le había escuchado aquel tono de voz.

Heather se sonrojó y tan solo consiguió negar con la cabeza.

Cole murmuró algo. Después, se reclinó en la silla con un violento movimiento y la miró fijamente.

—¿Quieres hacer el favor de mirarme, maldita sea?

Heather levantó los ojos con aprensión. Todo lo que sentía, la confusión y el dolor, se le reflejaron en el rostro.

—¿No te has dado cuenta de que todas las miradas que me has dedicado últimamente han sido una invitación abierta? —le preguntó él—. Hemos vivido siete años como hermano y hermana, pero no hay que olvidar que no nos une ni una sola gota de sangre. Ni siquiera un pariente lejano. No hay nada que me detenga, Heather.

Ella apartó la mirada y tragó saliva.

—Yo... no estaba tratando de... de tentarte —susurró—. Te he mirado... como siempre lo he hecho.

—No.

De repente, ella giró la cabeza para mirarle.

—Te aseguro que, de ahora en adelante, llevaré los ojos cerrados —le espetó.

—¿Acaso me tienes miedo?

—¡Estoy aterrada! —replicó ella.

—¿Por qué? ¿Porque te hice daño?

—No fuiste muy delicado...

—No soy un hombre delicado. Tengo la sangre caliente y me gusta que mis mujeres la tengan también. Nunca he hecho el amor con una adolescente. Fui brusco contigo porque estoy acostumbrado a mujeres que conocen las reglas. Y tú no.

Heather se sonrojó de ira. Sentía que él acababa de hacer trizas su orgullo.

—¡No soy una adolescente!

—Pues besas como si lo fueras.

—¡Eso no fue un beso! —exclamó ella indignada—. ¡Fue un asalto!

Cole echó la cabeza hacia atrás y soltó una carcajada.

—¡Eso es lo que fue! —insistió ella.

—¿Te han hecho alguna vez el amor adecuadamente? —quiso saber Cole. Tenía un cierto brillo en los ojos.

—¿Y qué tiene eso que ver?

—Mucho. Aparentemente, estás acostumbrada a hombres que se conforman con besitos delicados en los labios y un abrazo de vez en cuando. A mí me gusta besar apasionadamente —añadió mirando los labios de Heather—. Mis besos son duros y profundos. Me gusta sentir el cuerpo de una mujer contra el mío.

—Ya lo he notado —susurró ella tratando de ignorar la vergüenza que se estaba apoderando de ella.

—¿De verdad? Estabas tan rígida que parecías de piedra. Si hubieras dejado que ese cuerpo tuyo tan joven se relajara contra el mío, no te habría dolido —replicó él con una pícara sonrisa—. Tal vez incluso te habría gustado.

—¡Cole! —exclamó ella escandalizada.

Él se echó a reír y se levantó de la silla.

—Bueno, probaremos de nuevo cuando crezcas un poco —dijo él observándola con arrogancia mientras se disponía a salir de la sala—. No me gusta hacer el amor a niñas.

—¡Eres...! ¡Eres una bestia egocéntrica y soberbia!

Cole no respondió. Se limitó a seguir andando. Ella vació la taza de café de un trago. Se sentía tan furiosa que tuvo unos profundos deseos de romper algo. Ningún otro hombre le había inspirado tanta violencia de sentimientos como Cole. Era capaz de despertar en ella incluso el instinto asesino.

—Veo llamas saliéndote del cabello —le dijo Emma cuando Heather se reunió con ella en el salón unas horas más tarde.

—Quiero quemar a Cole en una pira —replicó ella sin pensar.

—¿Qué es lo que te ha hecho? —preguntó Emma con una sonrisa en los labios.

—¡Dirás mejor qué es lo que no me ha hecho! —exclamó Heather. Los ojos azules le ardían de ira—. ¡Es el hombre más irritante y enloquecedor que he conocido nunca!

—Fuego y hielo —comentó Emma con una tierna sonrisa—. Igual que su padre. Jason también era así.

Heather reparó en el cariño con el que su madrastra hablaba.

—Lo amabas mucho, ¿verdad?

—Hasta lo más profundo de mi alma. Cuando murió, estuve a punto de morir con él. Cole fue la única razón por la que no me tiré por un acantilado. Por supuesto, tu padre supuso un gran consuelo para mí años después, pero Jason lo era todo para mí.

—¿Se parecía a Cole?

—Mucho. Era muy guapo. Siempre había mujeres detrás de él, a pesar de que ya estaba casado. De hecho, tu propia madre flirteaba con él descaradamente. Sin embargo, a mí no me importaba. Jason jamás tuvo ojos para nadie excepto para mí.

—¿Dónde le conociste?

—En un rodeo. Era uno de los ganaderos y mi hermano montaba uno de los broncos que él había llevado. Lo miré y supe que me moriría si no podía tenerlo. Él debió de sentir lo mismo porque nos casamos seis días después —suspiró.

—¡Dios mío! —exclamó Heather. Emma y ella jamás habían hablado sobre el padre de Cole hasta aquel momento y se sentía fascinada—. ¡Un noviazgo efímero!

—Fue una locura, pero Jason siempre se dejaba llevar por sus impulsos. Como lo de montar ese bronco... —susurró con tristeza.

Heather decidió cambiar de tema.

—¿Y cómo va tu guardería?

El rostro de Emma se iluminó y se lanzó a darle todos los detalles de su último proyecto.

La tensión entre Cole y Heather era casi palpable. Emma no hacía más que mirar del uno al otro durante la cena.

—Hoy hace frío —dijo ella por fin.

—Un frío polar —afirmó Cole—. Nos vamos a Nassau por la mañana.

—¡Por la mañana! —exclamó Emma—. ¡Pero si ni siquiera hemos hecho las maletas!

—Al diablo con las maletas —replicó él—. Podemos comprar lo que necesitemos cuando lleguemos allí. No pienso llevar un montón de maletas en el avión.

Heather lo miró asombrada.

—Dijiste que nos iríamos a primeros de mes —murmuró.

Cole le devolvió la mirada.

—He cambiado de opinión. ¿Acaso tenías otros planes... como visitar a ese maldito periodista?

Ella lo miró boquiabierta.

—Le dijiste a Gil que no podía venir aquí —le recordó ella.

—Eso no te impediría a ti salir corriendo para verle a mis espaldas solo por desafiarme.

Emma se disponía a interceder cuando el timbre de la puerta sonó. La señora Jones se dirigió inmediatamente a ver quién era. Un instante más tarde, escucharon la estridente voz de Tessa en el vestíbulo.

«Justo lo que necesito», pensó Heather. En cuanto Tessa entró en el comedor, bajó los ojos al plato.

—¡Estáis cenando! ¡Qué encantador! Acabo de regresar de Miami y no he tenido tiempo de comer nada —suspiró. Llevaba un vestido de gasa azul que debía de haberle costado una fortuna. Tomó una silla y se sentó junto a Cole. Entonces, indicó a la señora Jones que le sirviera—. No te importa, ¿verdad, cariño? —le preguntó a Cole.

—Sírvete —le dijo Cole con una distante sonrisa—. ¿Qué tal en Miami?

—Hacía mucho calor.

—Yo tengo muchas ganas de que haga calor aquí —comentó Emma—. Solo espero que Nassau no esté en la trayectoria de ese huracán del que están hablando.

—¿Nassau? —preguntó inmediatamente Tessa—. ¿Os vais allí?

—Voy a llevarlas en avión mañana —dijo Cole, sin dejar de mirar a Heather—. Necesitamos un cambio de ambiente.

—¿Me podrías llevar? —le preguntó Tessa rápidamente—. Mi tío James vive allí, ¿sabes? Llevo

meses queriendo visitarle. Iba a reservar un vuelo comercial dentro de unas pocas semanas, pero sería mucho más divertido si me fuera con vosotros...
—añadió mirando a Cole con coquetería.

Él observaba la expresión del rostro de Heather como un halcón.

—Por supuesto —dijo él—. El Cessna es lo suficientemente grande para cuatro.

—Gracias, cariño —ronroneó Tessa acercándose todo lo que podía a Cole.

Heather pinchó un trozo de carne con un movimiento del tenedor que no pasó desapercibido para un par de ojos plateados.

Tessa se marchó después de cenar a su casa para hacer las maletas y Emma declaró poco después que estaba muy cansada. Cole se retiró a su despacho para revisar unos papeles, lo que dejó a Heather en la única compañía de la señora Jones. No tardó en apagar las luces y dirigirse hacia la escalera.

Estaba a punto de empezar a subir cuando escuchó la profunda voz de Cole.

—Quiero hablar un momento contigo —dijo él.

Se dirigió directamente al despacho, convencido de que Heather iba a seguirle. Y así fue. Ella le siguió observando con exasperación la ancha espalda. Llevaba puesta una camisa amarilla que enfatizaba su piel morena y unos pantalones oscuros que se aferraban a los poderosos muslos. Entonces, se dio la vuelta y colocó una pierna sobre el escritorio para sentarse.

Heather no se había dado cuenta del modo en el que el pantalón azul que llevaba puesto se le ceñía al cuerpo hasta que se dio cuenta de cómo la estaba mirando Cole. Deseó haberse puesto algo menos sugerente.

—Cierra la puerta —le dijo él.

—¿Por qué? —replicó Heather.

—Porque voy a tumbarte en esa alfombra que hay delante de la chimenea para hacerte el amor apasionadamente —gruñó.

Ella se movió con cierta incomodidad. Decidió olvidarse de la sarcástica voz de Cole para cerrar la puerta.

—No creo que tengas que burlarte de mí.

—Le viene muy bien a mi ego —replicó él.

Heather lo miró con nerviosismo.

—Tienes mujeres más que de sobra —dijo ella tratando de que sonara como una broma—. ¿No te basta con que todas ellas anden persiguiéndote por todas partes?

—Me gusta ser yo el que persiga. En ese sentido estoy chapado a la antigua.

—Yo no estoy en el mercado, ya lo sabes.

—¿Porque no eres muy experta? —le preguntó Cole—. Había dado por sentado de que tenías algo de experiencia.

—Jamás he sentido la necesidad de experimentar —respondió ella. Se acercó a un sillón de cuero para sentarse.

—En otras palabras, nada de sexo.

Heather se sonrojó.

—Deja de hacer que me sienta inadecuada —susurró—. Si soy como soy, tú tienes parte de culpa, Cole. Siempre tuve la sensación de que le darías una paliza a todo el que tratara de aprovecharse de mí.

—Y lo habría hecho —admitió él con arrogancia—. Jamás me gustó la idea de que los hombres te manosearan.

—¿Y cómo dirías que se llama lo que tú me hiciste a mí? —le desafió ella.

Cole frunció los labios.

—Desastroso —dijo secamente.

Heather bajó los ojos.

—No dejes que esto sea así, Cole —musitó ella después de un minuto levantando el rostro con gesto compungido—. No puedo soportar que estés enojado conmigo. Ya no me siento bienvenida aquí.

Cole la estudió durante un instante y suspiró.

—¿De verdad crees que podemos volver atrás siete años y empezar de nuevo?

—No ha ocurrido nada —dijo ella.

—¿Nada? —preguntó él con voz profunda.

Ella tragó saliva. Lo miró fugazmente y luego apartó la mirada.

—Casi nada —se corrigió.

Ella oyó que se acercaba antes de que pudiera levantar la mirada. Lo encontró a su lado. Entonces, Cole colocó una mano sobre el brazo del sillón y se inclinó sobre ella para mirarla directamente a los ojos.

—Te deseo —le dijo sin más. Después, estudió la reacción de Heather.

Ella abrió los ojos de par en par y se preguntó si lo había escuchado bien.

—Ahora que tengo toda tu atención —añadió él secamente—, pongamos las cosas claras. A pesar del hecho de que no poseo sentimientos especialmente fraternales hacia ti, me quedan algunos instintos de protección. Tienes veinte años, eres guapa y posees el cuerpo más sensual que yo he tocado en toda mi vida. Tal vez tenga trece años más que tú, pero ni estoy ciego ni soy impotente. Si no empiezas a tratarme como la amenaza a tu honor en la que me podría convertir, vas a encontrarte metida en un lío muy pronto.

Heather lo miraba como una estatua. Tenía los

labios ligeramente separados y era incapaz de sentir nada.

—Soy un hombre —prosiguió él—. ¿Sabes el efecto que producen esos ojos lánguidos en un hombre? Desde que saliste del hospital no has dejado de mirarme la boca. Me tocas como si fueras un cervatillo que quiere que lo acaricien. Cuando me acerco a ti, te echas a temblar. Ningún hombre pasa por alto esas señales, Heather, y tú llevas enviándomelas casi un año. Lo único que te ha salvado hasta ahora es el hecho de que no has regresado a casa con mucha frecuencia.

—Yo... yo no me había dado cuenta...

Cole suspiró y se irguió de nuevo.

—No soy inmune a ti. Pensaba que lo era, pero he descubierto que no es así. No planeé lo que ocurrió en el establo, pero era casi inevitable. Si no te andas con cuidado, podría no ser un incidente aislado.

—Me pondré un saco en la cabeza y no volveré a mirarte —musitó ella de mal humor.

Cole le agarró la muñeca y la hizo levantarse de la silla. Entonces, la miró a los ojos con un peligroso brillo en los suyos.

—Cole...

—No estoy jugando. Tal vez creas que no soy una amenaza y que todo esto es un juego, pero podría demostrarte fácilmente lo equivocada que estás.

Heather tragó saliva y asintió.

—Te creo —dijo.

—No, no me crees —replicó él mirándole los suaves labios—. Crees que lo único sobre lo que tienes que preocuparte es que te dé un beso y no lo es. Esto... —murmuró obligándola a levantar el rostro hacia el de él— es de lo que tienes que preocuparte.

En el repentino silencio que se produjo a continuación, Cole mordisqueó suavemente la boca de

Heather. Ella sintió cómo la lengua le dibujaba un sensual patrón. Los dientes de él le mordieron delicadamente el labio inferior mientras las manos le acariciaban el cuerpo a través de la blusa, estrechándola contra sí y haciendo que los senos se fundieran con la calidez de su torso.

Heather contuvo el aliento. Entreabrió ligeramente los ojos y observó cómo él le acariciaba los labios con los suyos.

—Más cerca —susurró Cole. Dejó que las manos se le deslizaran por las caderas de Heather y la levantó hacia él para que el contacto fuera más íntimo.

Ella debería haber protestado, pero no lo hizo.

—Cole, yo...

Con la boca, él la animó a que separara los labios y se los volvió a morder.

—Abre la boca —murmuró él—. Un beso puede resultar tan íntimo como hacer el amor. Deja que te demuestre...

El extraño gemido que se le escapó de la garganta sorprendió a Heather. Jamás se hubiera imaginado que la gente se besaba de aquel modo o que se tocaba de aquella manera. La boca de Cole estaba tomando posesión de la de ella y Heather se lo estaba permitiendo sin protestar.

Le colocó las manos sobre el torso para sentir su fuerza, su calidez mientras él tomaba lo que deseaba de sus labios.

—Desabróchala —musitó él—. Ponme las manos sobre el torso y tócame...

—Cole...

Él se apartó y la miró a los ojos. Los de él parecían echar fuego.

—¿Es eso demasiado íntimo?

—No... no es justo —susurró ella débilmente—. Sabes que no soy rival para ti. Lo sabes muy bien.

—¿Quieres que pare? —quiso saber él.

—Sí.

Heather cerró los ojos y se mordió los labios. Le hería en su orgullo darse cuenta de la poca resistencia que tenía.

Cole contrajo las manos durante un instante antes de soltarla. Entonces, se dirigió al bar. Allí, se sirvió una copa de whisky y dio dos grandes tragos. A continuación, de espaldas a Heather, le dijo:

—Vete a la cama, niñita.

Tal y como él había esperado, aquel comentario la dolió. Ella se quedó inmóvil, mirando la ancha espalda sin saber qué hacer.

—¿Qué es lo que quieres de mí, Cole? —le preguntó con voz temblorosa, a pesar de que estaba haciendo todo lo posible por controlarse.

—Nada. Nada en absoluto. Vete a la cama.

Ella pensó en insistir, pero sabía que no le serviría de nada. Jamás comprendería a Cole. Se dirigió hacia la puerta y acababa de poner la mano sobre el pomo cuando le oyó decir.

—Heather...

—¿Qué?

—No me permitas que me acerque a ti a menos que estés lista para enfrentarte a las consecuencias.

Ella abrió la puerta y se marchó.

El viaje a Nassau fue angustioso. Tessa estuvo sentada en la cabina con Cole durante todo el viaje, coqueteando con él con innata habilidad. A Cole parecía gustarle. Apenas le había dedicado a Heather una mirada desde que salieron del rancho y, cuando lo hizo, fue para condenarla. Como si fuera culpa suya que la hubiera besado...

Heather cerró los ojos ante el sensual recuerdo.

Se sonrojó con solo pensar en la caricia de la boca y de las manos. Nunca antes había experimentado el deseo, pero ya no era un desconocido para ella. Sabía lo que se sentía al arder de deseo, al notar el cuerpo vivo y tenso por el anhelo. Si Cole no se hubiera detenido, ella no habría podido pararlo. Podría haber tomado todo lo que hubiera querido de ella y los dos lo sabían. Sin embargo, ¿qué era exactamente lo que quería? ¿Por qué se mostraba tan odioso? Heather no lo había tentado a propósito, pero él se comportaba como si así hubiera sido. Desgraciadamente, todo era diferente entre ellos. De repente, todas las puertas se habían cerrado. No le quedaba más remedio que seguir adelante, pero temía el futuro.

—Estás muy callada —le dijo Emma mientras aterrizaban en la encantadora isla caribeña.

—El viaje me ha dejado agotada —respondió ella dulcemente—. Es muy largo.

—Es cierto —admitió Emma—. Cuando lleguemos a nuestro hotel, descansaremos un poco. Te sentirás mejor después de una siesta.

—Por supuesto —afirmó Heather. Sin embargo, la sonrisa que esbozó no le llegó a los ojos.

Heather se inclinó sobre el balcón de la habitación de hotel que compartía con Emma y contempló la bahía, con su refulgente agua de color esmeralda y sus blancas playas. Aspiró el aroma del sol, del mar y de las flores y dejó que la húmeda brisa le alborotara el cabello. Aquella isla era todo lo que había soñado que sería.

Había muchos restaurantes y hoteles en la zona, pero a Heather no le apetecía salir. Por lo tanto, Emma y ella se quedaron en la habitación mientras que

Cole salió con Tessa a cenar. Heather casi no podía ocultar la ira que sintió al verlos marchar. Cole era tan guapo, tan masculino... Tessa iba ataviada con un sensual vestido negro con lentejuelas que resultaba maravilloso. ¿Cómo iba Cole a poder resistirse a la invitación que la deliciosa prenda le proponía? Al recordar el tacto de los labios de él, Heather estuvo totalmente segura de que Tessa lo experimentaría antes de que la noche terminara. Su poderosa masculinidad la poseería para ahogarla en placer....

Regresó al interior de la habitación y se puso el camisón sin molestar a Emma, que ya estaba dormida. Heather tardó horas en hacerlo y, cuando lo consiguió, se vio presa de sueños que la sumieron en la intranquilidad.

A Emma no le gustaba nadar ni tomar el sol, por lo que decidió irse de compras en vez de unirse a Heather para pasar la mañana en la playa.

—Ve tú, cariño —le dijo con una sonrisa—. Siento que vayas a estar sola. El tío de Tessa decidió marcharse inesperadamente a Francia y cerrar la casa. Supongo que a Cole le ha resultado muy difícil negarse cuando ella le ha pedido que le enseñe la isla.

Se habían enterado de aquella noticia esa misma mañana y había supuesto para Heather un jarro de agua fría. Acababa de descubrir que estaba celosa de un modo que jamás había imaginado. Sentía deseos de arrancarle el cabello a Tessa.

—Estaré bien —afirmó.

Emma la observó durante un instante antes de asentir.

—No te olvides de ponerte protección solar —le advirtió—. Y de ponerte gafas. Esta es una isla subtropical y el sol es muy fuerte.

—Claro. Que te lo pases bien.

—Tú también —le dijo Emma mientras le tocaba el brazo afectuosamente—. Tessa no representa ningún problema, Heather. No te rindas —añadió.

Ella se sonrojó vivamente al mirar los ojos de su madrastra.

—¿Qué quieres decir?

Emma sonrió.

—Recuerdo muy bien al padre de Cole, ¿sabes?

Con eso, se marchó. A Heather le dio la sensación de que Emma era muy consciente de todo lo que estaba pasando.

Minutos después de que Emma se marchara, Heather bajó a desayunar. Llevaba puesto un vestido playero de color azul y unas sandalias de tiras. La brisa le alborotaba el largo cabello rubio.

De algún modo, se sentía abandonada. No le importaba que Emma se hubiera marchado sola, pero Cole la evitaba desde la noche de su despacho. Hizo un gesto de arrepentimiento al recordar su propia cobardía, pero había tenido mucho miedo de él. Después de todo, Cole era un hombre y había admitido que no conocía límites con una mujer. Ella, a pesar de su belleza y aparente sofisticación, seguía siendo muy inocente y Cole la aterraba. Tan solo con que la besara como él sabía, conseguiría que ella le diera todo lo que él deseara.

Suspiró. Probablemente Cole lo sabía muy bien. Eso explicaría por qué mantenía deliberadamente las distancias entre ellos.

O tal vez simplemente prefería a Tessa. Los ojos se le entristecieron. Parecía que, a lo largo de toda su vida, Tessa le había quitado las cosas que más le importaban: su madre, sus novios e incluso una hermosa pulsera de esmeraldas que Deirdre le dio a Tessa a pesar de que una tía abuela se la había dejado a Heather como herencia. Por último, Tessa le estaba arrebatando también a Cole.

Entró en una pequeña cafetería y pidió un cruasán y un café. Pagó con un billete de cinco dólares y le devolvieron el cambio en la moneda de Bahamas. A pesar del acento con el que los bahameños hablaban el inglés y los extraños coches que circulaban por las calles, ella podría haber pensado que seguía en los Estados Unidos.

Se tomó su desayuno y, cuando terminó, fue a tumbarse en una cómoda hamaca que estaba bajo una sombrilla hecha de hojas de palmera.

—¿Estás sola? —le preguntó una agradable voz masculina.

Heather se dio la vuelta. Era consciente de la brevedad de su bikini amarillo y de la mirada de interés que le dedicó un hombre de cabello y ojos oscuros que estaba de pie a su lado.

—No del todo —respondió ella indicando al resto de las personas que había en la playa.

Él soltó una deliciosa carcajada y sacudió la cabeza.

—Veo que no me he expresado bien. ¿Estadounidense?

—Sí. ¿Francés?

Él se encogió de hombros.

—Mi acento me delata. ¡Y yo que creía que mi inglés es *magnifique*!

—Y lo es —le aseguró Heather.

—¿Estás aquí con alguien?

—Sí —respondió ella—. Con mi madrastra.

—¿Me puedo sentar contigo? —le preguntó él esperanzado.

—Bueno, no es una hamaca muy grande —comentó ella.

Él volvió a soltar una carcajada y se marchó en busca de su propia hamaca. Era alto y bastante guapo. Llevaba puesto un bañador azul cielo. Sobre los hombros, tenía una toalla a juego y alrededor del cuello una cadena de oro que parecía muy cara. Además, Heather estaba segura de que el diamante que llevaba en el meñique era auténtico.

—¿No quieres tumbarte al sol? —le preguntó él con curiosidad.

—Me quemo muy fácilmente. Es mejor en la sombra. Además, se está más fresco.

—El agua está muy fría —comentó él mientras se tumbaba de costado y la estudiaba.

—No demasiado, pero tiene mucha sal —suspiró ella—. Como el agua potable —añadió con una carcajada—. Cuando la probé por primera vez fue una experiencia. ¿Te puedes creer que hay escasez de agua en la ciudad, con todo el Caribe y el Atlántico alrededor?

—Deberías tomar agua mineral —le aconsejó él—. Sabe mucho mejor.

—Eso dicen, pero yo preferiría tomarme un Goombay, el refresco típico de Bahamas.

—¿Eres modelo?

—No. Cantante.

—C'est vrai? ¡Maravilloso! ¿Y cantas aquí, en la isla?

—No. En los Estados Unidos. O lo hacía hasta que tuve un accidente. Estoy empezando a recuperar la voz. ¿A qué te dedicas tú?

—Escribo, principalmente novelas de aventuras, pero esta semana estoy de vacaciones. Mi cerebro está cansado —bromeó.

—No me pareces escritor —comentó ella tras estudiar su rostro durante unos instantes.

—Y tú no pareces cantante, sino más bien una

modelo de portada. Si me lo permites, ¿estás ocupada esta noche? —le preguntó mientras extendía la mano y le acariciaba suavemente la mejilla con un dedo—. Me gustaría mostrarte la vida nocturna en el casino. Resulta muy emocionarte apostar...

—En ocasiones puede ser extremadamente peligroso —dijo una voz profunda y enojada detrás de Heather.

Ella se dio la vuelta y se encontró directamente con un par de ojos plateados que tan solo podía pertenecerle a un único hombre.

5

Heather miró a Cole sin saber qué decir mientras el otro hombre se excusaba rápidamente. Cole llevaba la camisa completamente abierta, lo que dejaba el bronceado y fuerte torso por completo al descubierto. Ella lo observó durante varios segundos antes de recordar que estaba en bikini. Notó que Cole le miraba el cuerpo deliberadamente. Resultaba extraño que la mirada del francés no la hubiera turbado apenas, pero que la de Cole le resultara devastadora. Le parecía que los dedos de él le acariciaban suavemente el cuerpo.

Con un brusco movimiento, agarró el vestido y se lo puso.

—¿Te piensas dedicar al mundo del *burlesque*, Heather? —le preguntó Cole. Evidentemente, se refería al minúsculo bikini.

—¡Por supuesto que no! —exclamó ella. Se cuadró de hombros, olvidando el pudor por la indignación que sentía—. Ya no tengo trece años y no voy a permitir que me digas cómo tengo que vestirme

—¿No?

Con un rápido movimiento, Cole le agarró la muñeca y tiró de ella para llevarla hacia el hotel. Heather se dejó la toalla sobre la hamaca.

Ella trató de resistirse, pero Cole era mucho más fuerte. Le gustaba el trabajo duro. No era hombre de despacho, como muchos otros ricos.

—¡Suéltame! —le gritó Heather—. ¡No te perdonaré jamás por esto...!

—Estás montando una escena...

—¡No me importa! —le espetó ella. Sí que le importaba. La advertencia la hizo callar inmediatamente.

Cole la llevó hasta la habitación de su hotel, la abrió y la hizo entrar. Entonces, la cerró de un portazo.

Heather se frotó la muñeca con expresión herida.

—¿Qué habrías hecho si hubiera cerrado la puerta con llave? —le preguntó con tono sarcástico.

—La habría tirado a patadas —replicó él. Heather no lo dudaba.

—Es mi cuerpo.

—No para exhibirlo de esa manera delante de cualquier hombre —repuso Cole.

—¡Soy una mujer adulta!

—Solo del cuello para abajo —observó Cole—. ¿Acaso está la modestia pasada de moda en tu generación?

—El que está pasado de moda eres tú

—Tienes razón. Creo en la modestia y, cuando me case, lo haré con una virgen.

—¿Seguirá siéndolo Tessa para entonces? —le preguntó ella cruzándose de brazos.

—Tessa no es asunto tuyo, señorita.

—¡Ni yo lo soy tuyo!

—Lo eres hasta que cumplas los veintiún años.

—¡Por el amor de Dios! —exclamó ella con exasperación—. Ojalá dejaras de tratarme como si fuera una niña...

—Te aseguro que el francés no te habría tratado como si lo fueras —comentó Cole con ojos entornados.

—¿Estabas celoso?

—Sí —admitió él—. No quiero que otros hombres te miren de ese modo —añadió mientras la miraba lentamente de arriba abajo—. Tú me perteneces. Cada centímetro de tu piel. Y no tengo intención de compartirte ni con Austin, ni con un maldito francés ni con nadie más.

—Yo no soy una posesión tuya —replicó Heather.

Cole entornó los ojos aún más.

—Vas a serlo...

Se acercó a ella lenta y sensualmente, haciendo que Heather fuera consciente de cada paso que daba. Ella separó los labios y sintió un ligero hormigueo por todo el cuerpo...

—¡Hola! —exclamó Emma de repente.

Acababa de entrar en la habitación con un montón de bolsas. Los miraba atentamente, estudiando los rostros de ambos, con un cierto brillo en los ojos.

—¿He interrumpido la Tercera Guerra Mundial?

—Una de las primeras escaramuzas —contestó Cole como si no hubiera ocurrido nada—. Dile a esta niña tonta por qué no se puede exhibir medio desnuda delante de los lobos de playa. A mí no quiere escucharme.

Se marchó antes de que Heather pudiera pensar en una réplica adecuada.

—¡Lo odio! —exclamó con las mejillas sonrojadas.

Emma dejó las bolsas y se sentó en una de las cómodas sillas sin quitarse el colorido sombrero que se había comprado.

—Cuéntamelo todo.

Heather se sentó en la cama.

—No me deja bajar a la playa.

—¿Que no te deja?

—Con este bikini no —se corrigió Heather—. ¡Ay, Emma! ¿Por qué está tan reprimido?

—Porque surgen en él instintos homicidas cuando otros hombres te miran estando completamente vestida, conque así...

—¿Estás hablando de Cole?

—Sí. De Cole —afirmó Emma con una sonrisa—. No quiere que otros hombres te miren, y mucho menos que te toquen. ¿Sabes lo que dijo sobre tu amigo Gil Austin? Que iba a hacer que rompieras tu amistad con él como pudiera —añadió con una carcajada—. Eso significa que no le gusta la idea de que el señor Austin y tú estéis juntos. Está celoso.

—¿Y Tessa?

—Es ella la que va detrás de Cole y no a la inversa.

—Nadie le obliga a salir con ella.

—¿Acaso no lo haces tú, cariño mío?

—¿Yo?

—Cuando Cole entra en la habitación, haces de todo menos meterte debajo de la mesa. Le hablas con brusquedad. Lo apartas, como si te aterrara que se te acercara. Y me imagino que es precisamente así. ¿Me equivoco?

Heather respiró profundamente.

—Te quiero mucho, pero aún no estoy preparada para hablar de esto. Además, es Cole el que reacciona desmedidamente conmigo.

—No lo haría si tú no lo hicieras. Siempre te vistes para personas como Gil Austin. ¿Por qué esta noche, para variar, no te vistes para agradar a Cole? ¿Por qué no le tratas del modo en el que lo hace Tessa para ver qué ocurre?

—Me apartaría de su lado. Ni siquiera le gusta que yo le toque.

—Cariño mío, ¿y no sabes por qué? —le preguntó Emma. Se giró con una sonrisa en los labios—. Nunca conseguirás las recompensas hasta que estés dispuesta a aceptar los riesgos.

Heather la miró fijamente durante un largo tiempo. La cabeza le daba vueltas.

Resultaba nuevo y excitante pensar en tratar de llamar deliberadamente la atención de Cole. Nunca antes en su turbulenta relación con él había tratado de utilizar sus armas de mujer con él. Sin embargo, al recordar el fuego que le ardía en los ojos cuando la miró en la playa, comenzó a pensar seriamente en lo que Emma le había dicho. Efectivamente, parecía que habría estrangulado al francés solo por mirarla. Esa clase de furia iba más allá del simple afecto. Cole le había dicho que ella le pertenecía y Heather estaba empezando a comprender que lo había dicho en serio.

Se puso un sugerente vestido negro con flores amarillas. Tenía un cuello tipo halter y el escote de la espalda le llegaba por debajo de la cintura. El contraste con la piel clara y el cabello rubio de Heather hacía que resultara muy hermoso. Se puso unas sandalias de ante negro con un poco de tacón y una flor amarilla en una oreja. Al verla, Emma la miró con admiración.

—Pobre Cole —murmuró con picardía.

—Yo... es viejo —comentó ella avergonzada.

—Estoy segura de que tiene al menos dos semanas —replicó Emma riendo—. Vamos. Me muero por ver la cara de Tessa al verte.

Heather agarró su pequeño bolso de mano y siguió a Emma hasta el restaurante en el que Cole y Tessa ya estaban sentados en una mesa iluminada con velas desde la que se divisaba el mar Caribe.

Cole estaba muy guapo con un traje oscuro. Al verlo, Heather sintió que el pulso se le aceleraba. Entonces, comprobó que si ella se había puesto sus mejores galas, Tessa no se había quedado atrás. Llevaba un vestido blanco con un profundo escote que resaltaba sus senos. El vestido parecía constar de dos partes que quedaban sujetas por un amplio cinturón blanco. Heather sospechaba que sin el cinturón, las dos partes del vestido estaban separada.

Cuando Emma y Heather se acercaron a la mesa, los dos levantaron los ojos para mirarlas. Los de Tessa lo hicieron de un modo hostil. Los celos estaban escritos en sus ojos oscuros. La mirada de Cole resultaba más difícil de interpretar. Se levantó lentamente sin dejar de mirar a Heather, pero su rostro resultaba más impenetrable aún que de costumbre mientras ayudaba a las recién llegadas a sentarse.

—¡Qué bonito vestido! —exclamó Tessa con una dulce sonrisa—. ¿Te lo has hecho tú misma?

—No. Mi diseñadora —replicó sonriendo también—. ¿El tuyo lo has comprado en una boutique?

Tessa se tensó como si le hubieran dado una bofetada.

—En realidad, me lo compré en Topo's —susurró. Era el nombre de una exclusiva tienda de Branntville.

—Ah. Yo compro en Saks —replicó—. La orquesta es maravillosa, ¿verdad? —añadió para cambiar de tema—. Esos bailarines deben formar parte del espectáculo.

—Me he enterado de que el hotel está buscando una cantante —dijo Tessa—. Es una pena que tu carrera musical esté acabada.

El camarero llegó a tiempo para evitar que Heather le echara a Tessa un vaso de agua por la cabeza. Cole la miró. Sus ojos se cruzaron con los de ella por encima de los deliciosos platos de marisco, ensalada y fruta fresca. Heather sintió que el corazón se le detenía. Tuvo que concentrarse en la comida.

Cuando terminaron de cenar, el espectáculo de baile concluyó también. Entonces, la orquesta comenzó a tocar música lenta. Antes de que Tessa pudiera adelantársele, Heather vio su oportunidad y la aceptó.

—¿Quieres bailar conmigo? —le preguntó a Cole tocando la bronceada mano que estaba apoyada sobre la mesa.

Él la miró fijamente, con una chispa de diversión en la mirada. Se puso de pie sin decir palabra y agarró la mano de Heather para conducirla a la pista de baile, donde ya bailaban cinco o seis parejas.

Cole la agarró por la cintura y juntos comenzaron a bailar.

—Esta noche estás algo atrevida, ¿no? —musitó—. Replicándole a Tessa, vistiéndote de esta manera... ¿Qué es lo que estás tramando?

—Me estoy comportando según mi edad —replicó ella con una descarada sonrisa.

—¿Y cuánto de ello es fingido?

—Siento lo de esta mañana —dijo antes de que pudiera contenerse. No había sido su intención disculparse.

—¿Qué es lo que sientes? ¿Que discutiéramos o que te pusieras ese minúsculo bikini? —le preguntó él con voz profunda.

—Que... discutiéramos —murmuró mirándolo a los ojos.

En realidad, las palabras sobraban. Estaban hablando con los ojos, con el lento movimiento de sus cuerpos. Cole le acariciaba la espalda desnuda con una mano mientras los dedos de la otra se entrelazaban con los de ella.

—Más cerca, girasol —le dijo él, animándola a juntarse a él.

—¿Así?

Heather le entrelazó los brazos alrededor del cuello y se apretó contra él. Sacudió la cabeza para colocarse el cabello hacia atrás y le sonrió.

—Sí, así —murmuró él—. ¿Cuánto has bebido?

—¿Qué te hace pensar que he bebido? —le preguntó ella sorprendida.

—Tu actitud. Te estás ofreciendo a mí.

—Me das un poco de miedo así... —admitió ella.

—Lo sé. Eso es culpa mía. Te he dado razones para tener miedo.

Cole pareció tensarse con los recuerdos. Respiró profundamente y dejó que las manos acariciaran la sedosa piel de Heather hasta la cintura, estrechándola con más fuerza contra él para que ella pudiera sentir cada centímetro de su cuerpo.

Efectivamente, Heather sentía los poderosos muslos rozándose contra los de ella cuando se movían. Entrelazó los dedos en el espeso cabello de su nuca. Sus largas pestañas cubrían tímidamente el suave azul de sus ojos.

—Si sigues así —susurró él—, voy a tener que sacarte de aquí.

Ella detuvo las manos y contuvo el aliento.

—¿Y qué harás conmigo?

—Dios mío, ¿es que no lo imaginas? ¿Acaso no sientes lo que esto me está haciendo?

Contra su esbelto cuerpo, Heather podía sentir los rápidos latidos de su corazón y lo acelerada que tenía la respiración. Darse cuenta de que podía afectarle de aquel modo le producía una sensación embriagadora. El autocontrol de Cole y sus nervios de acero eran casi legendarios en el rancho, pero ella podía acelerarle el corazón...

Se puso de puntillas contra él y colocó los labios justo debajo de los de él para poder sentir su calidez.

—Es mágico... —susurró.

Cole le clavó los dedos en la espalda.

—¿Quieres hacer el favor de comportarte? —gruñó—. Heather, me vas a volver loco...

—Me estoy vengando —musitó ella—. Tú llevas días volviéndome loca a mí... Cole, bésame...

Él la miró con fuego en los ojos y se apartó de ella con un rápido movimiento.

—Dios mío, eres muy valiente... —protestó—. ¿No te ha dicho nunca nadie lo peligroso que es tentar a un hombre de este modo?

Heather sintió que toda la seguridad en sí misma se evaporaba en un suspiro. Bajó los ojos.

—Achácalo a la locura que produce la luna —murmuró ella amargamente—. Tal vez la tensión de no poder cantar ha podido con mi cordura. Olvídalo, Cole.

—Te aseguro que eso es precisamente lo que no voy a hacer —replicó él. En ese momento, la orquesta dejó de tocar y Cole se apartó de ella como si Heather le quemara. Entonces, la agarró por el brazo y la condujo de vuelta a la mesa. Sin embargo, en vez de hacer que se sentara junto a Emma, la mantuvo a su lado.

—Heather se ha olvidado del chal y tiene frío —dijo—. Voy a acompañarla a la habitación para recogerlo. No tardaremos mucho.

Emma los miró a ambos y sonrió inocentemente.

—Por supuesto, cariño. No es seguro para una mujer caminar sola por aquí después de que oscurezca. Estaremos bien hasta que regreséis.

—Pero Cole... —le dijo Tessa.

Cole ni siquiera se dignó a contestar. Se marchó prácticamente tirando de Heather. Ella sintió que el rostro le ardía de pudor y aprensión. No podía culpar al alcohol por su comportamiento, porque prácticamente no había bebido. A juzgar por la dureza que se veía en el rostro de Cole, él le iba a echar de nuevo una reprimenda.

—Cole, lo siento... —musitó ella cuando llegaron a la suite que compartía con Emma.

Él no respondió. Se limitó a extender la mano para que ella le diera la llave. Heather metió la mano en el bolso y se la entregó con evidente mala gana. Cole abrió la puerta y la hizo entrar. Entonces, volvió a cerrarla. Con llave.

—Ahora, ¿te gustaría repetirme todo lo que me has dicho en la pista de baile? —le preguntó él con una sonrisa burlona.

Heather contuvo el aliento. De repente, toda su bravuconería y seguridad en sí misma se esfumaron.

—No... Creo que no —murmuró dándose la vuelta rápidamente—. ¿Te apetece algo de beber?

—Ya he tomado una copa, gracias.

—Cole, sobre lo que te he dicho...

Él se apartó de la puerta y se quitó la americana con mucha elegancia. A continuación, hizo lo mismo con la corbata y las dos prendas cayeron sobre uno de los sofás que había en el salón. Entonces, se abrió los primeros botones de la camisa y dejó al descubierto el bronceado torso mientras se dirigía hacia ella.

Heather dio varios pasos atrás hasta que el sofá le impidió seguir retrocediendo.

—Se preguntarán dónde estamos —dijo ella muy nerviosa.

—Durante unos minutos, no —replicó él—. Ven aquí, Heather.

Ella le miró el torso y se dio cuenta de que quería tocarlo desesperadamente.

—Así no —suplicó—. No hagas esto para vengarte de mí.

—Vengarme de ti es lo último que estoy pensando en estos momentos —afirmó él mientras la tomaba entre sus brazos.

La estrechó suavemente contra su cuerpo. Heather pudo oler el fresco y masculino aroma que emanaba de él. El silencio entre ellos era muy tenso.

—Has conseguido hacer que me hierva la sangre —le dijo—. Ya no puedo dormir sin soñar con el sabor de esa boca tan suave o sentir tu cuerpo contra el mío. Dios mío, estoy hambriento y tú crees que puedes tentarme tal y como lo has hecho hoy sin que pase nada...

—Yo... no sabía que te afectaba de ese modo —murmuró ella.

—Claro que lo sabías —susurró él—. Sabías perfectamente lo que estabas haciendo. Y disfrutabas con ello.

—¿Y tú no? —replicó ella.

—Por supuesto que sí. El hecho de que tú me tientes deliberadamente es suficiente para proporcionarme un poco de diversión. Sin embargo, ¿se te ha olvidado lo que te dije en el rancho, Heather?

Ella lo miró a los ojos y sintió una fuerte aprensión.

—¿El qué?

—Algo sobre las consecuencias...

Heather respiró profundamente.

—Sí, Cole —susurró—. Lo recuerdo muy bien.

—¿Esta mañana estabas tratando de ponerme celoso con ese francés? —quiso saber él—. ¿Te ha molestado que le estuviera prestando más atención a Tessa de la que te estaba prestando a ti?

Claro que le había molestado, pero no quería admitirlo.

—¿Qué te hace pensar eso? —murmuró.

—Soy un poco viejo ya para esta clase de juegos.

Heather levantó la mirada y él se inclinó. Ella se puso de puntillas y unió sus labios a los de él. Sintió que su cuerpo se plegaba al de Cole, que sus labios se entreabrían y que la contención se evaporaba de repente.

—Cole, ha pasado tanto tiempo —susurró ávidamente.

—Demasiado —musitó él separándose un instante de la trémula boca que ella le ofrecía—. Bésame, Heather...

A ella le pareció que era como volar, como agarrarse a una nube y dejarse llevar. La boca de Cole era muy hábil, sus dedos la excitaban y la tranquilizaban al mismo tiempo. Fue como la última vez, solo que más lento. Con un deseo en él que no había resultado tan evidente la noche del despacho.

—Dios mío, has tardado mucho tiempo... ¿Quieres relajarte? Estás muy tensa.

—No —susurró ella mientras le rodeaba el cuello con los brazos—. Siento que se me doblan las rodillas.

Cole le frotó la nariz con la suya y movió ligeramente la boca para rozarle con suavidad las comisuras de los labios. Ella rápidamente giró la cabeza y buscó los de él para volver a besarlos.

—¿Qué es lo que quieres?

—Que me beses —susurró ella.

—¿Así? —murmuró él. Entonces, la besó delicadamente.

—No —replicó ella—. Así...

Hundió los labios en los de él, tentándole con pasión, sintiendo cómo Cole abría la boca y le acariciaba posesivamente el cuerpo para agarrarla de las caderas.

—Haces que me hierva la sangre... Dios sabe que me encanta besarte, pero dentro de un instante los besos no van a ser suficientes. ¿Lo sabes? Yo ya no soy un niño, Heather.

—Lo sé... Nunca había conocido a un hombre que fuera... tan hombre...

Comenzó a acariciarle el torso, dejando que las manos se deslizaran bajo la tela para acariciar el vello que cubría los bronceados músculos.

—¿Me estás escuchando? —preguntó él tras besarla duramente

Heather sonrió.

—En realidad, no. ¿Por qué no vuelves a besarme?

Cole la levantó hasta que la colocó casi a su misma altura.

—Me estás volviendo loco, girasol —le advirtió—. Algunos hombres pueden tolerar esta clase de juegos, pero yo no. Tengo la sangre demasiado caliente.

Heather lo miró a los ojos.

—Te quiero —dijo suavemente—. Te quiero tanto...

Algo salvaje se reflejó en los ojos de Cole.

—Siempre nos hemos querido el uno al otro —replicó él sin comprometerse—. Desde el principio.

—Así no. Te amo, Cole. De este modo...

Entonces, lo besó con toda la energía y la pasión que llevaba conteniendo desde que lo había mirado y lo había visto por primera vez como hombre. Lo abrazó con fuerza, le hizo promesas con la boca, dulces promesas que parecieron arrebatarle el control por completo. Cole la rodeó posesivamente con los brazos y la besó con exigencia, murmurando palabras que ella no era capaz de escuchar, abrazándola y enredándole los dedos en el largo cabello para impedir que ella se apartara de su lado.

Estaban demasiado perdidos el uno en el otro para darse cuenta de que alguien llamaba a la puerta. Tardaron varios segundos en darse cuenta de que se había producido un ruido. Por fin, Cole se apartó de ella.

—¿Sí? —preguntó.

—Cole, os estamos esperando. ¿Ocurre algo?

Era Tessa. Su voz sonaba muy impaciente e irritada.

—Estamos hablando de unos asuntos. Regresaremos dentro de unos minutos.

—Está bien, cariño, pero date prisa, ¿de acuerdo?

Un segundo más tarde oyeron que los pasos recorrían de arriba abajo el pasillo.

—No se va a marchar —murmuró Heather.

—Ya lo veo —musitó él. Entonces, se inclinó sobre ella y volvió a besarla—. No quiero parar...

—Yo tampoco. Quedémonos aquí.

—No has respondido a mi pregunta de antes. ¿Cuánto has bebido esta noche?

—Bueno, nada excepto el vino que tomé con la cena.

—Evidentemente el vino se te sube a la cabeza —replicó él—. Es mejor que lo dejemos aquí. Tessa no se va a marchar.

Cuando Cole se apartó de su lado, Heather se sintió muy desvalida y fría. Él tenía el cabello ligeramente alborotado y fuego en los ojos.

—¿Vas a venir conmigo o prefieres quedarte aquí? —le preguntó él.

—¿Qué es lo que quieres tú? —le preguntó ella. El tono de voz dejaba muy claro que se refería a mucho más que a la decisión que tenían entre manos.

—Quiero que me digas que me amas cuando estés sobria, a la luz del día. Eso es lo que quiero.

Heather se quedó demasiado atónita para protestar y decirle que lo amaba, que siempre lo amaría. Sin embargo, antes de que pudiera decidir si él hablaba en serio o solo estaba bromeando, la aguda voz de Tessa volvió a quebrar el silencio.

—¡Cole, la orquesta termina dentro de unos minutos y aún no has bailado conmigo!

Él susurró algo desagradable.

—Dentro de un minuto, maldita sea...

—Es mejor que te vayas —dijo Heather suavemente—. Creo que voy a irme temprano a dormir. Ya he soportado a Tessa lo suficiente por un día.

—Yo aún no me he saciado de ti —musitó Cole mientras le acariciaba suavemente los labios con un dedo—. De ningún modo. Pasa mañana todo el día conmigo. Un amigo tiene una casa en la playa. Me dio la llave antes de que viniéramos aquí. Primero desayunaremos abajo, luego iremos a visitar la isla y terminaremos allí para darnos un baño.

—¿Los dos solos? —preguntó ella muy contenta.

—Por supuesto que sí. No quiero tener espectadores cuando hagamos el amor... —susurró mientras la miraba con la pasión reflejada en sus fríos ojos grises.

Heather se sonrojó.

—¿Estás segura de que no prefieres venirte ahora conmigo? —quiso saber él—. Podríamos bailar un poco más.

La tentación era fuerte, pero Heather negó con la cabeza.

Contempló cómo él se volvía a poner la americana y la corbata y se arreglaba el cabello delante del espejo.

—Está bien, nena. Te veré por la mañana. La cafetería abre a las siete. Vendré a recogerte unos cinco minutos antes. ¿Te parece bien?

—Está bien. Buenas noches —dijo ella con una sonrisa.

Cole la miró y frunció el ceño.

—Daría lo que fuera por volver a besarte, girasol. Pero creo que si lo hiciera, no conseguiría salir de la habitación.

—Cobarde —bromeó ella.

—Desafíame —murmuró él—, a ver qué ocurre. Con Tessa o sin Tessa.

—Creo que esperaré hasta mañana —replicó Heather.

—Está bien.

Le guiñó un ojo antes de abrir la puerta. Heather pudo ver brevemente a Tessa antes de que él volviera a cerrarla. Se escucharon unas preguntas en un tono alto de voz, seguidas de un seco murmullo. Entonces, los pasos se alejaron por el pasillo. Heather comenzó a bailar de alegría por la habitación. Después, fue a darse una ducha con el pensamiento repleto de nuevos sueños.

Estaba a punto de meterse en la cama cuando Emma entró en la suite. Parecía atónita y preocupada.

—¿Ocurre algo? —le preguntó Heather.

—Se trata de Cole. Creo que nunca lo he visto tan tenso.

—¿Y por qué crees tú que está así? —replicó ella tratando de ocultar una sonrisa.

—No lo sé —respondió Emma—. Cuando te dejó aquí, regresó a la mesa, se sentó y se pidió un whisky doble. Lo dejé hace unos minutos en su habitación, andando en círculos como un león enjaulado. Murmuraba algo sobre lo oportuna que había sido Tessa. ¿Has estado discutiendo otra vez con él, cariño?

Heather se sonrojó y negó con la cabeza.

—Entonces, ¿qué ocurrió aquí?

—Yo... lo amo —confesó.

—Ya lo sé. Siempre lo has querido mucho —comentó Emma sin comprender.

—No de ese modo.

—Entonces, eso fue lo que pasó mientras Tessa se volvía loca de celos en la mesa...

—Bueno...

—Cariño mío —dijo Emma sonriendo de felicidad—. No estoy ciega. Lo veía venir desde el día en el que regresaste a casa después del accidente. Apenas ha apartado los ojos de ti. ¿Te ha dicho lo que siente él?

—No. Sé que me desea, pero no estoy muy segura de nada más...

—No creo que ni siquiera el propio Cole sepa lo que está sintiendo. Odia las ataduras. Eso ya lo sabes.

—Sí.

—Heather, nada me haría más feliz que veros casados a los dos, pero si no saliera bien... Cole puede resultar imposible. No me gustaría verte completamente dependiente de él.

Heather se dio la vuelta. Se sentía desilusionada de que Emma no pudiera decirle que todo saldría bien.

—Ojalá pudiera tranquilizarte —murmuró Emma suavemente—, pero con Cole no te puedo garantizar nada. Si te ama, te lo dirá. Por lo tanto... no pierdas la esperanza.

Heather se volvió y abrazó con fuerza a su madrastra.

—Te quiero tanto... Creo que jamás te podré decir cuánto.

Emma cerró los ojos y la abrazó también.

—Cariño mío... Yo también te quiero mucho. Eres la hija que siempre quise tener. Cuando yo muera, me aseguraré de que no tengas que depender de Cole. Ocurra lo que ocurra con él, no tendrás que preocuparte por tu futuro aunque decidas no volver a cantar.

Heather se apartó de ella y la miró boquiabierta.

—¿A qué viene eso? ¿Qué quieres decir con eso? ¿No estarás enferma?

—¡No, claro que no! —exclamó Emma con un cierto nerviosismo—. Solo te estoy diciendo que ya lo he organizado todo. Por supuesto que no me voy a morir, a menos que se pueda morir uno de felicidad. Tan solo... Sé lo dominante que Cole puede llegar a ser si yo no estuviera para actuar como mediadora, eso es todo. Solo quería que supieras que serás económicamente independiente si algo me ocurriera a mí. Si no estuviera aquí para protegerte.

Heather se sintió muy preocupada.

—¿Acaso te dijo algo el médico al que fuiste a ver antes de que nos viniéramos aquí, algo que no me quieres decir?

Emma se dio la vuelta.

—¿Y qué me iba a decir? —preguntó con un tono extraño—. Vamos a la cama, cariño. Estoy muy cansada.

Heather trató de seguir la conversación, pero Emma se metió inmediatamente en el cuarto de baño. Ya hablaría con ella por la mañana. Y por la mañana, volvería a ver a Cole. Heather se moría de ganas de que la noche terminara.

6

Heather ya estaba preparada cuando Cole fue a buscarla a la mañana siguiente. Se había puesto un vestido amarillo muy veraniego, sobre un bikini blanco algo más discreto y unas sandalias sin tacón. Llevaba el cabello suelto y se sentía algo confusa y emocionada a la vez. No se podía creer que Cole la deseara de aquel modo. Pensar que iba a pasar todo el día con él resultaba fantástico.

Él llamó a la puerta y Heather la abrió con cuidado para no despertar a Emma, que seguía dormida en su habitación. Había entrado para despedirse, pero al ver que estaba dormida salió sin hacer ruido.

Observó con aprobación los pantalones color tabaco y la camisa a juego que Cole llevaba puestos.

—¿Estás lista? ¿Tienes traje de baño?

—Lo llevo debajo. ¿Necesitaré el bolso?

—No, a menos que estés planeando marcharte sola de la ciudad. Y te aseguro que ahora no te lo voy a permitir —comentó mientras los dos salían al pasillo y se dirigían de la mano hacia el ascensor.

Después de desayunar, recorrieron las calles de la ciudad.

Cole le compró a Heather un sombrero de paja en tonos verdes y rosados que a ella le llamó la atención en un puesto callejero.

Al notar lo bien que él conocía la isla, Heather le preguntó:

—¿Tenemos intereses empresariales aquí?

—Sí. Poseemos un buen porcentaje de un hotel en Paradise Island.

—¿Y por qué no nos alojamos allí?

—Porque pensé que te gustaría esto más. A mí me gusta pasear por los muelles e ir a las tiendas. Paradise Island es un lugar muy exclusivo y está algo alejado de aquí.

—Eres un millonario muy raro —bromeó ella mientras se apretaba afectuosamente contra él—. En realidad, sigues siendo un vaquero.

—Efectivamente —comentó él riendo—. No siempre he tenido dinero, girasol. Sé lo que es tener que apretarse el cinturón.

—Yo no he tenido problemas, a menos que cuentes lo de tratar de ser cantante. No es tan fácil como yo había esperado.

—No hablemos de eso.

—Pero Cole, yo tengo tanto derecho a tener una carrera...

—He dicho que no hablemos de eso ahora.

Heather se encogió de hombros. Eso le había dolido, pero no iba a admitirlo.

—Eh —susurró él mientras le tomaba las manos entre las suyas—, no te pongas mustia conmigo.

—Es que a veces eres insoportable, Cole —repuso ella.

—Y tú también. Vamos. Te mostraré el mercado de la paja.

Se dirigieron hacia el mercado, en el que los visitantes podían adquirir cualquier cosa hecha de ese material. Allí, vieron a un grupo de marineros franceses que trataba de ligar con un par de chicas alemanas. Era una tarea imposible, dado que los franceses no hablaban alemán ni las alemanas francés. Después de un rato, los marineros se rindieron y se fueron a buscar turistas que sí los entendieran.

—Pobrecillos...

Cole le apretó la mano y sonrió.

—Nassau es el mejor puerto del mundo para los jóvenes marineros. Estoy seguro de que encontrarán a alguien. Hay muchas chicas francesas por aquí. Sospecho que los marineros se marcharán de aquí con alguna palabra cariñosa resonándole en los oídos.

—Con el debido respeto, creo que tenía algo más sustancioso en mente.

Cole se echó a reír. Entonces, se marcharon del mercado y se dirigieron hasta el coche que él había alquilado y fueron a conocer los lugares más importantes de la isla. Heather disfrutó profundamente con las increíbles vistas, el delicioso aroma de las flores y del aire del mar, pero sobre todo de la compañía de Cole, que no dejaba de contarle la historia de la isla. Deseó que aquel día tan maravilloso no terminara jamás.

Heather se reclinó en el asiento con un suspiro y una sonrisa.

—¿Adónde vamos ahora? —le preguntó.

—A la casa de mi amigo —respondió él—. Hace varios años, tenía una casa aquí. Ahora me arrepiento de haberla vendido, pero estuve algunos años muy ocupado durante los inviernos como para poder viajar y estaba todo el año vacía.

Ella lo miró y frunció el ceño.

—No trajiste nunca a Emma —comentó.

—No —admitió él.

Heather calló y se sonrojó. Se puso a mirar por la ventana al comprender la implicación de las palabras de Cole.

—Oh...

—Soy un hombre, Heather. Jamás he tenido una razón para no disfrutar de las mujeres.

—Yo no he dicho nada.

—No era necesario —dijo él. Detuvo el coche en una callejuela muy estrecha—. ¿Te molesta que haya tenido otras mujeres?

—Sí —admitió ella sin dudarlo.

—Me alegro —susurró él mientras la agarraba de la mano—. Porque a mí me molesta profundamente pensar que otros hombres te hayan tocado.

—No me ha tocado nadie, Cole —confesó ella entrelazando los dedos con los de él—. Jamás me he sentido así hacia ningún hombre excepto tú.

Examinó el rostro de Cole. Las miradas de ambos se cruzaron durante un instante antes de que él volviera a arrancar el coche y lo condujera hacia una casa en la playa.

—Yo... no me importaría... si me tocaras —admitió ella—. Ni cómo.

Los dedos de él agarraron con fuerza los de ella.

—Dios mío, no me digas esas cosas cuando estoy conduciendo. Voy a estrellar el maldito coche.

—¡Qué halagador! —exclamó ella riendo.

—¿Recuerdas lo que te dije en casa, Heather? Es mejor que estés preparada para enfrentarte a las consecuencias de flirtear conmigo. ¿O acaso se te ha olvidado ya lo que pasó anoche?

—No ocurrió nada.

—Por los pelos. Si Tessa no hubiera llamado a la puerta...

—¿Qué ibas a hacer? —le desafió ella.

—Hacerte el amor —contestó él. Observó con gusto cómo ella se sonrojaba.

Heather sintió que los latidos del corazón se le aceleraban y que le costaba respirar.

—Vaya, hace mucho calor fuera... —dijo mientras se abanicaba con un folleto que encontró junto al asiento.

Cole se echó a reír y la observó cuando se detuvo frente a una verja de hierro forjado.

—¿Te rindes?

—Yo no estoy a tu altura.

—Ya lo estarás.

Cole salió del coche y abrió la verja. Minutos más tarde, se encontraban frente a una enorme casa de piedra blanca con contraventanas verdes y un amplio porche que parecía rodear toda la casa. Al otro lado de la casa estaba la playa.

—Es preciosa... —dijo mientras observaba la playa.

—Y aquí no hay turistas.

Cole abrió la puerta de la casa y Heather entró en la habitación de invitados para cambiarse. El bikini blanco era muy recatado, pero deseó haberse llevado un albornoz. Era demasiado tarde. Tomó prestada una toalla blanca del cuarto de baño y salió para reunirse con Cole en la playa.

Había pasado mucho tiempo desde la última vez que lo había visto en bañador y no estaba preparada para lo que se encontró. Cole estaba apoyado contra el tronco de una palmera fumando un cigarrillo. No podía apartar los ojos de él. Tenía el amplio torso cubierto de vello, que se convertía en una delgada línea que dividía sus abdominales perfectamente musculados. Sus piernas eran fuertes. En resumen, poseía el cuerpo de un atleta.

Como si sintiera que ella estaba observándolo, se

giró y entornó la mirada al verla con su bikini blanco. Apagó el cigarrillo y se acercó hasta ella.

—Hace mucho calor —dijo ella rápidamente, para ocultar su nerviosismo.

—Te vas a quemar, nena —respondió él—. ¿Te has traído loción protectora para el sol?

Heather negó con la cabeza. No podía sostener la intensa mirada de él. Bajó los ojos.

—Eh... No voy a hacer nada que tú no quieras que haga —le dijo—. No empieces a ponerte nerviosa. ¿De acuerdo?

—Todo es tan nuevo...

—Vamos a nadar —sugirió él con una sonrisa.

Heather le permitió que le tomara la mano y la llevara hacia el agua, que era cálida y transparente. Los dos comenzaron a nadar y a zambullirse en el agua. Era una revelación verlo tan relajado y ella se echó a reír cuando Cole le salpicó con el agua.

—¡Bruto!

Cole se abalanzó sobre ella. Heather trató de escapar, pero no tardó en sentir cómo las manos de él la agarraban. Consiguió zafarse de él, riendo, demasiado emocionada y contenta como para darse cuenta de que se le habían aflorado las tiras de la parte superior del bikini. Cuando se zambulló en el agua, sintió que la prenda se le soltaba.

Se detuvo en medio del agua, que le cubría hasta los hombros con la boca abierta, observando cómo el sujetador se dirigía hacia la playa arrastrado por una ola.

—Ahora trata de escaparte de mí —bromeó él.

Heather sintió que las manos de Cole la agarraba por detrás y la sujetaba contra su torso.

—¡Cole! —exclamó ella mientras trataba de librarse.

Cuando él subió los brazos un poco, notó inmediatamente la causa de aquella reacción.

—¿Dónde está? —preguntó divertido.

Ella se cubrió el pecho con los brazos.

—A medio camino de Nassau, supongo.

—Quédate aquí. Iré a ver si se ha quedado en la playa.

Heather se quedó allí esperándolo. No podía salir del agua medio desnuda delante de Cole. Y solo tenía la toalla para cubrirse. Tal vez podría conseguir que él se la llevara y le permitiera envolverse en ella...

Entonces, se dio cuenta con alivio de que aquello no sería necesario. Cole había encontrado el sujetador en la playa y volvía hacia ella con él en la mano.

—Aquí tienes.

Heather se sonrojó y trató de colocárselo, pero no pudo conseguirlo.

—Deja que te ayude —dijo él colocándose frente a ella—. No creo que sea el fin del mundo si te veo...

Con dedos hábiles y seguros, Cole colocó el sujetador en su sitio y llevó las manos hacia la espalda de Heather para atárselo. No dejaba de mirarla a los ojos hasta que, de repente, detuvo los dedos en la espalda. Permaneció inmóvil de aquella manera, observándola completamente inmóvil, tanto que parecía que había dejado de respirar.

—Heather...

Ella se reunió con él a mitad de camino. Le ofreció los labios y él se los separó suavemente, con delicadeza. No hubo pasión en aquel beso, sino una extraña y nueva ternura. Entonces, Cole se apartó. El control que estaba ejerciendo sobre sí mismo se notaba en la tensión que dominaba sus rasgos.

—Quédate quieta —murmuró. Terminó de hacerle la lazada en la espalda para luego repetir la operación en la nuca—. Dios... Jamás había besado a una mujer de ese modo.

—¿Debería sentirme insultada o halagada?

—¿Te gustaría que te deshiciera esas lazadas y que volviera a empezar?

Heather sonrió. Se sentía perdida al descubrir que podía sentirse segura con él.

—No te tengo miedo.

—Le dijo Caperucita Roja al Lobo Feroz...

—Sé lo que habrías hecho si tú hubieras sido ese lobo que miraba a Caperucita Roja desde debajo de las sábanas.

—Estoy seguro de ello —repuso él—. Sin embargo, aún te hacen falta muchas clases, Caperucita.

—Siempre podría pedirle ayuda al francés...

Cole le agarró la cintura y la estrechó contra su cuerpo.

—Yo te enseñaré —afirmó. Entonces, le dio un duro beso en los labios.

—¿Y qué necesitaré saber? —susurró ella.

—Ahora no —replicó él, tras morderle suavemente la curva del labio inferior—. Estamos a plena luz del día y este es un lugar público.

—¿Y si no lo fuera? —le desafió.

Cole la soltó.

—Espera hasta esta noche y te lo mostraré.

Heather sintió que el corazón le daba un vuelco, pero comenzó a nadar a su lado.

—Cole, ¿vamos a cenar con Emma y Tessa?

—Vamos a cenar aquí, ¿no te lo dije? He contratado un catering.

—¿Solo para los dos?

—Para los dos —respondió él. Le agarró la mano y tiró de ella hacia la playa. Dejó que se tumbara en una toalla y le entregó una más pequeña para que se secara—. ¿Acaso tenías prisa por volver?

—Pensaba que tú tal vez sí.

—Tessa no tiene ningún derecho sobre mí, Heather.

—Pues últimamente pasas mucho tiempo con ella —replicó ella.

—Así es. ¿Acaso estás celosa?

Heather lo miró a los ojos y a continuación se volvió para contemplar el mar.

—¿No te parece espectacular este lugar? —le preguntó con entusiasmo.

—Espectacular —repitió él. Sin embargo, no estaba mirando el mar, sino a Heather.

Fue la cena más romántica que Heather recordaba. Una mesa colocada en el patio con vistas al mar Caribe. Los dos estaban muy callados, como si la tensión que ella llevaba sintiendo todo el día se le hubiera contagiado de algún modo a Cole. La observaba en silencio mientras tomaba un coñac después de la cena. Estaba muy guapo, con una camisa azul y unos pantalones blancos. Heather tenía que apartar la mirada de él de vez en cuando, pero sabía que jamás olvidaría la magia de aquel día pasado a solas con él mientras viviera. Mientras lo amara. Para siempre.

—Estás muy callada —afirmó él de repente.

—Estoy disfrutando del silencio.

—Yo también. No recuerdo ni un solo momento de mi vida que necesitase tan desesperadamente un respiro. Me alegro de que no seas una de esas mujeres que no paran de hablar.

—Pensaba que te gustaban las mujeres sofisticadas e ingeniosas.

Cole soltó una carcajada.

—Bueno, tienen su utilidad...

—Eres el hombre más escandaloso que he conocido nunca.

—¿Y el periodista también es escandaloso?

—¿Gil? A él le gusta pensar que es un seductor, pero en realidad es un hombre bastante tímido e introvertido. Utiliza su sonrisa como un escudo.

—Tú utilizas tu inocencia del mismo modo —afirmó él—. Y conmigo no es necesario.

Heather se mordió el labio inferior y se apartó un mechón del rostro.

—Contigo me siento vulnerable. Cuando me tocas... —admitió. Inmediatamente se sonrojó. Se sentía escandalizada por lo que había admitido.

—No te avergüences.

—Tú siempre solías advertirme lo peligrosos que podían llegar a ser los hombres cuando se excitaban. Por eso, siempre he tenido mucho cuidado de no despertar a nadie.

—¿Incluso a mí? —le preguntó él con una sonrisa.

—A ti en especial —murmuró ella—. Ahora... sé cómo eres con una mujer.

—¿Y te gusta? —le preguntó él tras tomar un sorbo de coñac.

Heather sintió que el pulso se le aceleraba. La copa le temblaba ligeramente en la mano, por lo que tuvo que dejarla sobre la mesa.

—Yo... Creo que voy a ir a contemplar el mar durante un rato antes de que tengamos que regresar.

Cole se puso también de pie. Heather supo sin mirar que él la seguía en su camino hacia la playa. Iba descalza, por lo que pudo jugar a placer con las olas.

Cole la observaba en silencio apoyado en el tronco de una palmera mientras fumaba un cigarrillo. No perdía detalle de la imagen de Heather, ataviada con su vestido amarillo y saltando las olas. Era tan hermosa como un hada y tan grácil como una bailarina. Perfecta.

—¿Por qué no vienes aquí tú también? —le preguntó ella al ver que Cole la estaba observando—. ¡Es muy divertido!

—Cuando termine el cigarrillo.

Heather alzó los brazos feliz mientras daba vueltas sobre sí misma con los ojos cerrados.

—Creo que jamás he disfrutado tanto de un día.

—Yo sé que no. Y aún no ha terminado —comentó Cole.

Ella se volvió para mirarlo a los ojos. Lo que vio en ellos la inmovilizó. Acababa de leer en su rostro que estaba preparado para satisfacer las promesas que ella le había estado haciendo. De repente, su descaro y valentía desaparecieron

—No tengas miedo —murmuró él mientras se acercaba a ella tras tirar el cigarrillo—. Iremos a tu ritmo.

—Se... se está haciendo tarde —dijo ella cuando Cole la tomó entre sus brazos.

—Heather, no voy a forzarte... ¿Crees que te ayudaría si te dejara que tú tomaras la iniciativa?

—¿Hasta dónde quieres llegar? —susurró ella mientras le tocaba delicadamente los labios.

De repente, él soltó una maldición y la apartó. Se dio la vuelta y se metió las manos en los bolsillos de los pantalones.

—Cole, ¿qué es lo que te pasa?

Él se sacó otro cigarrillo y lo encendió.

—¿Qué es exactamente lo que crees que deseo de ti? —le espetó él con furia—. ¿Un revolcón apasionado en la arena? ¿Qué diablos te hace pensar que yo disfrutaría por hacerle el amor a una virgen presa de los nervios?

—Haces que parezca sórdido...

—No. Tú haces que parezca sórdido preguntándome con esa vocecita tan recatada hasta dónde quiero ir... Dios mío... ¡No te he traído hasta aquí para seducirte!

—Entonces, ¿qué es lo que quieres?

—No lo sé... Que Dios me ayude, pero no lo sé. Amo mi libertad.

Heather se acercó a él.

—No veo el problema —le dijo—. No te he pedido que renuncies a tu libertad.

—No ves el problema —repitió él con una carcajada. Arrojó el cigarrillo al agua y se dio la vuelta. La agarró por la cintura y la estrechó contra su cuerpo—. En ese caso, deja que te lo demuestre, girasol.

La besó apasionadamente, con dureza. Heather recordó la primera vez que se besaron. Sentía tanta tensión en Cole, un deseo contenido que debía liberar.

—Por favor —susurró ella cuando Cole cedió durante un instante—. Me estás haciendo daño.

—Te deseo —repuso él. Le colocó las manos sobre las caderas y la apretó aún más contra su cuerpo—. ¿Me oyes, Heather? Te deseo. Ese es el problema. Todos los días parece que estoy a punto de hacer algo al respecto y el día que lo haga será el fin de todo para mí...

—Pero tú no...

—¿Que si no te poseería? —repitió él—. No te engañes. Ya te he dicho antes que los hombres hambrientos son peligrosos y yo jamás he tenido más hambre en toda mi vida. ¿Es que no lo entiendes? Conmigo ya no estás a salvo. Ya no tienes trece años y yo no soy tu hermano. Soy un hombre y esto es lo que me pasa cuando te beso —añadió. Le agarró la mano y se la colocó sobre el corazón, que latía a toda velocidad—. Siéntelo. Siente lo que me haces. Y eres tan ingenua que ni siquiera te das cuenta de cómo me afectas.

Claro que se daba cuenta porque Cole también la afectaba a ella. Seguía mostrándose tímida ante él, pero el amor que sentía dentro de ella era tan fuerte que no deseaba más que él la abrazara y la besara.

Le rodeó el cuello con las manos y se puso de puntillas. Antes de que el valor la abandonara, le dio un beso. Poco a poco, él comenzó a besarla también y a acariciarle suavemente la espalda.

—Cole... por favor no pares...

Él la tomó entre sus brazos y la llevó lejos del agua, donde la arena estaba seca. Entonces, la tumbó y después se acomodó a su lado. Se quitó la camisa y se colocó encima de ella, apoyándose sobre los brazos para no aplastarla.

—Deseo hacerte cosas que te escandalizarían —le dijo.

—Nada de lo que tú me hicieras me escandalizaría en estos momentos... —susurró ella—. No tengo miedo.

—Yo sí...

Antes de que Heather pudiera cuestionarle, comenzó a besarle el cuello y los hombros, para luego bajar hacia el escote del vestido, justo donde comenzaba la curva de los senos. Ella contuvo el aliento ante las sensaciones que estaba experimentando. Cole tenía la mandíbula ensombrecida ya por el nacimiento de la barba y las sensaciones que esta le producía resultaban muy estimulantes. Cerró los ojos y arqueó el cuerpo hacia los labios que tan delicada y lentamente la estaban saboreando.

Cole le deslizó los dedos por debajo de un tirante y se lo bajó. Ella abrió los ojos de par en par.

—Quiero saborearte así. Quiero sentir cómo mis labios se deslizan sobre ti...

El corazón de Heather latía a un ritmo frenético. Se limitó a mirarlo en silencio. Por primera vez en su vida sentía los labios de un hombre sobre la intimidad de su cuerpo.

—Cole...

—No te resistas... no me tengas miedo, Heather... Dios mío... Eres la mujer más hermosa que he visto nunca...

Se movió un poco más hacia arriba de nuevo y volvió a besarla en los labios. La lengua le trazaba la intimidad de la boca posesivamente hasta que ella lanzó un suave gemido de placer. Entonces, él deslizó las manos por debajo de su cuerpo y la levantó hacia él. Su ardor no se parecía en nada a lo que ella había imaginado. Había esperado una pasión dura y fiera, pero no aquella maravillosa ternura.

Mucho tiempo después, Cole se apartó de ella y se sentó sobre la arena

—Dame un cigarrillo, nena —le dijo con una voz que resultaba extraña y tensa.

Heather tuvo que esforzarse para controlar sus emociones, que acababan de hacerse añicos. Tan solo un segundo antes, había estado entre sus brazos, disfrutando de sus besos y sus caricias. En aquellos instantes, la distancia que los separaba era tan ancha como el océano.

Se incorporó y, tras colocarse la ropa, sacó un cigarrillo del bolsillo de la camisa que él había dejado sobre la arena. Se lo entregó sin decir palabra.

—¿Estás avergonzada? —le preguntó al ver que ella apartaba rápidamente la mirada—. Has sido una primera vez para ambos... Sé que era la primera vez. Has hecho de todo menos morder y darme patadas para tratar de escapar. ¿Tan difícil te resultaba rendirte?

—Las inhibiciones pueden resultar bastante difíciles de superar, ¿sabes?

—Tú superarás las tuyas. En esta ocasión lo has hecho muy bien. Me estabas arañando en la espalda justo antes de que yo te soltara... Has salido con hombres desde que te marchaste de casa, ¿verdad?

—Sí... con algunos.

—Sin embargo, esta ha sido la primera vez que te han tocado. ¿Nunca sentiste curiosidad por experimentar?

—Sí —replicó ella con una pícara sonrisa—, pero tú jamás me tomaste en serio antes.

Cole la miró fijamente.

—¿He de suponer que eso significa que nunca has querido experimentar con ningún hombre más que conmigo?

—¿Acaso puedo evitar que seas tan sexy que dejes en la sombra a los demás hombres?

—¿Soy sexy? —le preguntó Cole mientras apagaba el cigarrillo y le agarraba una mano.

Ella rio emocionadamente y trató de apartarse de él.

—Sí —contestó—. Déjame...

—No. Ven aquí.

Heather suspiró y le rodeó el cuello con los brazos. Entonces, lo miró sin sentir miedo alguno.

—Cole, jamás olvidaré este día, ni siquiera un segundo.

—Yo tampoco —susurró él antes de besarla suavemente—. Es mejor que regresemos al hotel. Te deseo demasiado, señorita Shaw. La luz de la luna te sienta bien. Pareces un hada.

—No me sorprende... Ha sido una noche mágica.

—Es cierto. Ahora ha llegado el momento de que te vayas a la cama. Debe de ser ya cerca de medianoche.

—Está bien, pero abrázame durante un instante —musitó ella. Temía que después de medianoche todo terminara y que volviera a experimentar la pesadilla de la vida sin Cole.

El contacto resultó tranquilizador, protector. En un segundo, se olvidó del miedo que se había apoderado de ella. Se apartó de él. Se sentía un poco avergonzada por haber reaccionado de aquella manera.

—Lo siento. No sé qué me ha pasado...

—Ha sido una noche muy emocionante. Vamos, hada, reunamos a los unicornios para regresar al castillo.

Heather se echó a reír. Con la seguridad en sí misma completamente restaurada. Decidió que aquel era solo el comienzo. Mientras regresaban hacia la casa de la mano, pensó que tendría mucho tiempo para explorar la nueva relación que habían iniciado aquella noche. Todo el tiempo del mundo.

7

Cole aparcó el coche frente al hotel y acompañó a Heather hacia el interior.

—Volveremos a hacer esto mañana —le prometió él.

—¿De verdad, Cole?

Él se detuvo un instante para mirarla a los ojos y asintió.

En cuanto entraron en el vestíbulo del hotel, vieron que Tessa estaba sentada en uno de los sofás. Al verlos, se estiró perezosamente.

—Por fin —murmuró. Miró a Heather con desaprobación, pero cuando se volvió hacia Cole, lo hizo con una sonrisa—. ¿Tomamos una copa antes de irnos a la cama, cariño? —le preguntó—. Tengo algo sobre lo que quiero hablar contigo.

—Por mí no os preocupéis —comentó Heather entre bostezos—. Lo único que quiero es darme un baño y meterme en la cama. Estoy muy cansada —añadió, con una sonrisa que era tan solo para Cole.

—Buenas noches, nena —le dijo con una inusual ternura—. Que tengas felices sueños.

—Tú también. Buenas noches, Tessa.

Tessa no se molestó en contestar. Se agarró posesivamente al brazo de Cole y tiró de él para llevarlo hacia el bar. Intuía perfectamente lo que había pasado entre Heather y él y tenía la intención de pararlo en seco.

Se sentó a una de las mesas y sonrió a Cole mientras él pedía dos piñas coladas.

—Deliciosa —dijo ella cuando el camarero se las llevó por fin—. En casa no sabe así, ¿verdad?

—Está bien. Dime de lo que quieres hablar —le espetó Cole sin más preámbulos.

—Heather y tú estáis muy unidos, ¿verdad? —le preguntó tras dudar unos segundos.

—¿Y eso es asunto tuyo?

—Creo que podría serlo, dado que yo sé algo que tú desconoces.

—¿Y cómo puede ser eso? —quiso saber Cole tras reclinarse en su butaca.

—Yo estaba con Deirdre Shaw cuando murió. Nos llevábamos muy bien, ¿te acuerdas?

—Claro que me acuerdo. ¿Y?

—Bueno —dijo ella mirando el vaso de su piña colada—, ya sabes cómo admiraba a tu padre.

—¿Y quién no lo sabe? —le espetó Cole recordando amargamente los evidentes flirteos de Deirdre.

—Bueno, era muy hermosa. Un día hubo un accidente en el rancho mientras Jed Shaw estaba fuera. Deirdre necesitaba ayuda y Big Jace estaba solo a unos kilómetros de distancia. Por supuesto, él acudió en medio de la noche para ir a ayudar a la esposa de su mejor amigo... En resumen, Deirdre lo tentó en varias ocasiones. Nueve meses más tarde, nació Heather.

Cole la miró fijamente. No podía articular palabra, pero empezó a apretar con tanta fuerza el vaso que este le estalló entre los dedos.

—¿Qué es lo que acabas de decir? —le preguntó. Parecía no haberse dado cuenta de lo que había hecho.

—Deirdre no se lo dijo nunca a nadie más —susurró Tessa—. Le habría hecho mucho daño a tu madre y ella lo sabía, pero amaba tanto a tu padre... Por supuesto, yo nunca se lo he dicho a nadie, pero cuando vi lo que estaba ocurriendo entre Heather y tú... Bueno, supe que tenía que decírtelo antes de que cometierais un terrible error. ¿Comprendes lo que te estoy diciendo? Heather es tu hermana por parte de padre.

Cole palideció al escuchar aquellas palabras y su rostro se tensó de furia y asombro.

—Si me estás mintiendo, haré que te arrepientas del día en el que naciste.

—Te juro, Cole, que no te estoy mintiendo —afirmó Tessa—. Tú mismo sabes lo mucho que Deirdre admiraba a tu padre. Lo sabes.

Eso era cierto, pero él jamás había notado ningún tipo de respuesta por parte de su padre. No obstante, Big Jace siempre había sido una persona muy reservada.

—Lo siento mucho —murmuró Tessa cariñosamente, representando su papel a la perfección—. Tenía que decírtelo. Lo entiendes, ¿verdad?

Cole miró fijamente los trozos de cristal que habían caído sobre la mesa y el líquido derramado con expresión ausente.

—¿Cole?

—Ve a pedirme otra copa —le espetó él con voz de acero.

Tessa se levantó y le colocó una mano sobre el hombro con gesto compasivo. Él la apartó de un golpe. Tessa fue inmediatamente a buscarle la copa que le había pedido. Regresó unos minutos más tarde con la copa y un montón de servilletas para limpiar la mesa.

—Toma. Esto hará que te sientas mejor.

Cole le dio dos grandes tragos.

—Tal vez mi padre tuvo una noche de pasión con Deirdre Shaw —dijo—, pero siendo el hombre que era, se lo habría dicho a Emma en algún momento de su vida. Así era él. Si lo que tú dices es cierto, lo único que tengo que hacer para confirmarlo es preguntarle a mi madre. Y eso es precisamente lo que voy a hacer ahora mismo.

Se terminó el resto de la copa de un trago y se levantó.

—Pero... pero tal vez no lo sepa...

—Si es cierto, lo sabe. Antes de que se lo pregunte, ¿tienes algo más que decir?

Tessa se mantuvo firme. Por supuesto, existía la posibilidad de que Big Jace no se lo hubiera contado a Emma y Cole lo sabía. Sin embargo, Tessa le había sembrado la duda y no iba a echarse atrás. Al menos de ese modo le quedaba alguna posibilidad de llevarlo al altar.

—No —replicó ella fríamente.

Entonces, Cole se dio la vuelta y se marchó sin decir una palabra más.

—¡Dios mío!

Heather contemplaba atónita el cuerpo sin vida que estaba tumbado en la cama. Trató desesperadamente de no dejarse llevar por el pánico.

Acababa de darse un baño y se iba a meter en la cama cuando decidió ir a ver cómo estaba Emma. La mujer estaba tumbada en la misma postura en la que estaba cuando Heather se había marchado aquella mañana. Entonces estaba bien. Heather la había visto respirando. Sin embargo, en algún momento del día, algo terrible había ocurrido y no había habido nadie allí para ayudarla.

Horrorizada, salió corriendo a buscar el teléfono cuando oyó que alguien llamaba a la puerta. Fue a abrir rápidamente con el corazón latiéndole alocadamente en el pecho. Vio que era Cole.

—Necesito hablar con mi madre —dijo él antes de que Heather pudiera hablar.

—¡Cole, ven rápidamente! —le suplicó tirándole del brazo—. ¡Por favor! ¡Le ha ocurrido algo a Emma!

Cole sintió que el corazón se le detenía cuando Heather lo llevó a la habitación de su madre. Lo supo inmediatamente.

—Voy a llamar al médico —dijo muy nervioso—. Ve a sentarte en el salón, nena. Ya no hay nada que podamos hacer.

—¿No vas a comprobar si está...? —le preguntó ella horrorizada.

—No es necesario —respondió él con voz solemne.

Heather asintió y salió del dormitorio con los ojos llenos de lágrimas.

Los siguientes minutos fueron una pesadilla. Heather casi no se podía creer lo que estaba pasando. La noche anterior, Emma y ella estaban charlando cómodamente y, en aquellos momentos, Emma estaba muerta. Ojalá hubiera comprobado aquella mañana cómo estaba...

Cole estaba a su lado esperando en el salón mientras el médico realizaba el examen y redactaba el certificado de defunción. Parecía completamente desolado.

—¿Te encuentras bien? —le preguntó ella cuando el médico se hubo marchado. Cole se limitó a asentir—. ¿Quieres que te traiga algo? ¿Una taza de café, una copa?

—No. Voy a organizarlo todo para que podamos volver a casa. Es mejor que me ocupe de todo ahora mismo. ¿Estarás bien aquí?

—Claro que sí, Cole —susurró a pesar de que tenía los ojos llenos de lágrimas. Solo ver la puerta del dormitorio de Emma cerrada era suficiente para hacerla llorar otra vez—. Ay, Cole... No debería haberla dejado... Debería haberme asegurado de que estaba bien...

Cole la estrechó entre sus brazos.

—Heather, te prometo que fue muy rápido. Aunque hubieras estado con ella, nada de lo que pudieras haber hecho lo habría impedido. Le he preguntado al médico. Fue un ataque al corazón masivo. Tenemos que estar agradecidos de que no sufriera.

Ella asintió y se secó las lágrimas con el reverso de la mano. Parecía una niña perdida.

—¿Qué quieres que haga?

—Quedarte aquí hasta que yo regrese. ¿De acuerdo?

Heather asintió y se acurrucó en uno de los sofás con las lágrimas rodándole silenciosamente por las mejillas. No se percató de que él se había marchado.

Regresaron a casa después de una noche de insomnio.

Tessa se pegó a Cole como una lapa. No dejaba de llorar y de lamentarse como si estuviera presa de la histeria, agarrándose de su brazo mientras él hacía todo lo posible por reconfortar a Heather, que estaba mucho más afectada que Tessa.

—La quería tanto —aullaba Tessa mientras se dirigían al aeropuerto.

—Todos la queríamos —dijo Cole.

—Tú no sabes cuánto la quería yo —musitó Tessa con la boca cubierta por un pañuelo—. Era tan buena... Yo habría hecho cualquier cosa por ella.

Heather reclinó la cabeza sobre el asiento y cerró los ojos. Deseaba tan fervientemente que Tessa se callara... Resultaba horrible que estuviera fingiendo de aquel modo su pena. Estaba segura de que era así porque no hacía más que mirar cada segundo al rostro de Cole para asegurarse de que él se daba cuenta de lo destrozada que estaba. Cualquiera lo habría notado, pero Cole estaba en estado de shock y se estaba creyendo totalmente la actuación de Tessa. Heather se limitó a soportarlo. Así lo habría querido Emma. Ella jamás había sido desagradable con nadie, ni siquiera con Tessa a pesar de las provocaciones a las que ella la había sometido a lo largo de los años.

Llegaron a casa a primera hora de la tarde. Al entrar, se echó a llorar al recordar que, tan solo tres días antes, estaban allí con Emma charlando y riendo.

—No lo pienses —le dijo Cole tras rodearla con un brazo y estrecharla contra su cuerpo. Estaban los dos solos porque ya habían dejado a Tessa en su casa—. La echo tanto de menos... Sé que tú también, aunque no lo demuestres. Tu dolor va por dentro.

—Me conoces muy bien, ¿verdad?

—Sí. Tanto como tú lo permites. Eres una persona muy reservada.

Cole se volvió hacia la casa.

—Vamos a decirle a la señora Jones que nos prepare algo de cenar y luego nos ocuparemos de organizar el entierro. Tú te ocuparás de las flores y yo de todo lo demás.

Heather aún seguía pegada al cuerpo de Cole cuando susurró:

—Rosa Cole. Le encantaban las rosas.

Después del entierro, el tiempo pareció detenerse. Cole se entregó de lleno al trabajo del rancho y a sus negocios como si no hubiera nada más en su vida. Siempre estaba fuera por motivos de trabajo. Además, muy pronto llegaría la primavera, el momento de plantar la cosecha y comprar más ganado para hacer que el imperio creciera aún más.

Bob Andrews, el abogado de la familia, apareció unos días después del entierro para leer el testamento de Emma. No hubo sorpresas. El rancho y las demás propiedades se dividían a partes iguales entre Cole y Heather, pero se especificaba que Cole tendría la autoridad absoluta en asuntos de negocios y que ninguno de los dos podría vender nada sin consultárselo al otro.

Heather permaneció serena, aunque casi no escuchaba lo que Andrews leía. La herencia no significaba nada sin Emma. Lo único que deseaba era que terminara todo pronto.

La mirada de Cole era inescrutable. Escuchó atentamente hasta que se terminó la lectura, asintió y se marchó del despacho sin ni siquiera mirar a Heather. Dolida, ella decidió que ya no podía excusar sus modales por la pena ante la pérdida de su madre. Resultaba cada vez más evidente que la estaba rechazando y seguramente todos se habían dado cuenta. Cole casi nunca estaba presente en la mesa. Parecía que los negocios ocupaban todo su tiempo de la mañana a la noche.

***

—No tengo hambre —gruñó Cole.

Había pasado una semana ya desde el entierro y, una vez más, había encontrado una excusa para saltarse la cena. Observaba con desagrado el plato con los sándwiches y el café solo que la señora Jones le había colocado sobre el escritorio.

—Si no se alimenta, no podrá trabajar —le regañó.

Cole no dijo nada. Se limitó a tomar la taza de café y a darle un sorbo.

—Señor Cole, ¿le ocurre algo? —le preguntó la señora Jones.

—No. Bueno —añadió tras darle otro sorbo al café—, me gustaría preguntarle algo. Antes de que mi padre muriera, cuando las familias se reunían, ¿notó usted que ocurriera algo que no debería haber pasado?

—Pues sí, pero no estaba capacitada para decir nada. El señor Jace no lo pudo evitar, si sabe a lo que me refiero.

Cole lo sabía y eso le dolía. Tal y como se había temido, las palabras del ama de llaves apoyaban lo que Tessa le había dicho. Su padre era un hombre de sangre caliente. Tal vez no pudo evitar sentirse atraído por la madre de Heather.

—Gracias. Solo quería una segunda opinión. Y gracias también por los sándwiches. Me los comeré, se lo prometo —dijo con una sonrisa, aunque no había calidez alguna en sus ojos.

—No hay de qué. Si quiere más, solo tiene que decirlo.

La señora Jones se marchó del despacho lamentándose por el pobre señor Cole. Debía de haber sido muy duro para todos el modo en el que Deirdre Shaw coqueteaba tan descaradamente con su padre. Le podría haber contado lo de la noche que los oyó discutiendo, cuando Deirdre invitó a Big Jace a su cama y él la amenazó con decírselo a su marido si no le dejaba en paz. Había habido más. Big Jace le dijo a Deirdre que no era una dama y que él estaba enamorado de su esposa, que no tenía aventuras y que sería mejor que prestase atención a su pobre esposo en vez de flirtear con él.

Le podría haber contado al señor Cole todo aquello, pero estaba segura de que ya lo sabía. Seguramente el señor Jace se lo había contado a su esposa. Al llegar a la cocina decidió que le prepararía un pastel de chocolate al señor Cole. Le gustaba mucho y estaba segura de que así conseguiría despertarle el apetito.

Al día siguiente, Heather se dio cuenta de que ya no podía seguir soportando la actitud distante de Cole. Tenía que saber lo que había ocurrido para que él se comportara de un modo tan diferente de la noche a la mañana. Se armó de valor y se dirigió a su despacho.

Lo encontró sentado a su escritorio.

—¿Y bien? —le preguntó él cuando Heather entró en la habitación.

—Si tienes tiempo, me gustaría hablar contigo.

—No lo tengo, pero tú dirás. ¿Qué es lo que te preocupa?

Heather se sentó en el sofá con las manos sobre el regazo.

—Me gustaría saber por qué, últimamente, me ignoras. ¿Qué he hecho para que te comportes conmigo de un modo tan distante?

—¿Te parece que estoy distante?

—Cole, no te puedes haber olvidado de...

Él se levantó y se dirigió hacia la ventana.

—Han ocurrido muchas cosas desde que nos marchamos a las Bahamas —afirmó él mirando hacia el exterior.

—Lo sé...

Heather se levantó y se acercó a él. Le tocó suavemente la espalda y se sorprendió mucho cuando él se tensó.

—Heather, tenemos que hablar —dijo él. Cuando se giró, su rostro parecía tenso y agotado.

Ella sonrió.

—Sé de lo que se trata —murmuró. Se acercó a él y le contempló el rostro con adoración—. Aquella noche, me dijiste que lo que más deseabas era oírme decir que te amaba estando sobria y a plena luz del día...

—Heather...

—No estamos a plena luz del día —susurró mientras le rodeaba el cuello con los brazos—, pero no podría estar más sobria. Cole, te amo. Te amo, te amo...

Cole lanzó una maldición y la apartó.

—No puedo... Yo no te amo... de ese modo —dijo—. Lo siento.

Heather lo miró atónita y confusa. No lo podía comprender. Cole no la amaba.

—Pero...

—En Nassau dejé que las cosas se me fueran un poco de las manos —le espetó—. Te me subiste a la cabeza. Ahora me doy cuenta de que te lo tomaste muy en serio, pero yo jamás quise que ocurriera. Pensé que comprendías que era tan solo un divertimento agradable, Heather —concluyó con una carcajada. Entonces, se dio la vuelta para que ella no viera la triste expresión de su rostro—. Tendría que haber recordado lo ingenua que eres.

Heather se sintió como si la hubiera apuñalado. Los tiernos y apasionados besos que habían compartido, la alegría de estar a su lado... Ella habría jurado que él estaba tan profundamente enamorado como ella. Sin embargo, todo había sido una farsa. Algo para pasar el tiempo. Ella le había abierto su corazón, le había confesado su amor y Cole se burlaba de ella...

Tuvo que echar mano de todo el autocontrol del que disponía para enfrentarse a él. Se cuadró de hombros e intentó tragarse su orgullo.

—Entiendo... Pues lo siento. No me había dado cuenta... Me tienes que perdonar por mi inexperiencia, Cole... Estoy aprendiendo que los hombres no tienen los mismos valores sobre el compromiso que las mujeres. Se me había olvidado lo mucho que tú amas tu libertad. Me lo advertiste aquella noche en la playa...

—¿Cuándo vas a regresar a Houston? —le preguntó él.

—Tan pronto como pueda —respondió ella sin pensar. Entonces, se dio la vuelta y se dirigió hacia la puerta.

Antes de salir, se giró para mirar a Cole.

—Lo siento mucho si te he avergonzado, Cole. Te aseguro que no volverá a ocurrir.

Él la miró. En ese momento, y solo por un instante, Heather tuvo la impresión de que él estaba sufriendo tanto como ella. Tal vez incluso más.

Entonces, Heather abrió la puerta y se marchó. Mientras subía las escaleras, le pareció escuchar que alguien susurraba su nombre como si estuviera sometido a un terrible tormento. Seguramente solo había sido su imaginación.

8

Al día siguiente, entró en el salón, cerró la puerta y se dirigió al piano. El corazón le latía con gran nerviosismo. Le había dicho a Cole que iba a regresar a Houston e iba a mantener su promesa. Su parte del rancho estaba invertida en bonos y en operaciones financieras, por lo que no recibiría más que una pequeña cantidad todos los meses hasta que cumpliera los veintiún años en el verano. Si pensaba abandonar el rancho, tenía que tener dinero y el único medio de conseguirlo era retomar su carrera como cantante, tanto si quería como si no. Ni siquiera había tarareado una nota desde el accidente. No sabía si tenía fuerzas para regresar a aquella vida, pero era lo único que podía hacer para salir de aquella situación tan intolerable.

Se sentó al piano y comprobó que estaba afinado. Entonces, los retazos de canciones en los que llevaba meses pensando empezaron a tomar forma al compás de los dedos sobre las teclas. Cerró los ojos y dejó que la música borrara su dolor. Comenzó a cantar y consiguió que su voz se dejara llevar por la sugerente melodía. Tras estar cantando unos minutos, comprendió que la canción tenía potencial. Además, tal y como los médicos le habían dicho, a su voz no le ocurría nada. De repente comprendió que su desgana a la hora de volver a cantar venía más de sus dudas sobre el futuro de su carrera que del miedo a que hubiera sufrido daños en las cuerdas vocales. Lo único que le quedaba por hacer era encontrar a alguien que creyera en ella. Gil.

Echó a correr hacia el teléfono y marcó el número de la redacción. Gil no tardó en responder.

—¡Hola! —exclamó ella fingiendo una alegría que realmente no sentía—. ¿Sabes quién soy?

—¡Un ángel! —replicó él riendo de alegría—. ¿Cómo estás, ojos azules? ¡Por tu voz parece que genial! ¿Cuándo vas a regresar? ¿O acaso el malvado hermanastro sigue teniéndote prisionera?

Heather sintió que se le rompía el corazón al escuchar aquellas palabras. Cerró los ojos y respiró profundamente para tranquilizarse.

—Quiero regresar. ¿Conoces algún grupo que necesite vocalista?

—Pues da la casualidad de que sí. Grupo de rock melódico. Tres guitarras y una batería. Nada de *blues*. ¿Te interesa?

—Me gustaría intentarlo. ¿Están teniendo ahora las audiciones?

—¡Por supuesto que sí! ¡Se lo diré enseguida! ¿Qué te parece mañana por la noche?

—¿Tan pronto?

—Cuanto antes mejor, por lo que a mí respecta —dijo Gil con voz seria—. Te he echado mucho de menos...

—En ese caso, tomaré el primer vuelo disponible que haya mañana.

—¡Fantástico! —exclamó él con entusiasmo—. Por cierto, conozco a los que mueven los hilos de dos de las discográficas más importantes del Estado. Si las cosas salen bien con este nuevo grupo, tal vez podría hablar con ellos...

Heather soltó una carcajada.

—Veo que mis problemas se terminarán si me quedo contigo. Gracias, Gil. Eres un verdadero amigo.

—Es lo menos que puedo hacer —repuso él—. Hasta mañana. Llámame desde el aeropuerto e iré a recogerte.

Con eso, Gil colgó el teléfono.

Al día siguiente por la tarde, Heather se preparó para el viaje. Hizo sus maletas y se maquilló perfectamente para ocultar las lágrimas. Al ir a buscar el viejo bolso en el que guardaba todos sus documentos y dinero, vio el abrigo de piel que Cole le había regalado y que era su amuleto de buena suerte. Cerró el armario y se marchó. Sería capaz de morir de congelación antes de volver a ponérselo.

Bajó su maleta al vestíbulo e hizo que uno de los empleados del rancho la llevara a Victoria para tomar el avión que la llevaría a Houston. Cuando sacó la maleta para ponerla en la furgoneta, vio que Cole se dirigía hacia ella.

—¿Estás ya lista para marcharte? —le preguntó él mirándola de arriba abajo.

—Sí. Danny me va a llevar al aeropuerto.

—Está bien. ¿Tienes suficiente dinero?

—Sí. Yo... Gil me va a ayudar a volver a empezar ahora que he recuperado mi voz. Tiene algunos contactos.

El rostro de Cole se tensó, pero no hizo comentario alguno al respecto.

—Hará mucho frío en Houston. ¿Dónde tienes el abrigo?

—En el armario —replicó ella mirándolo a los ojos con una valentía que no sentía. Quería arrojarse a sus brazos y llorar desconsoladamente—. Yo ya no lo necesito.

Heather vio cómo el rostro de Cole se tensaba aún más. Él sabía lo mucho que ella adoraba aquel abrigo. Siempre había sido muy valioso para ella porque él se lo había regalado. Heather le estaba diciendo sin palabras que ya no le quería en su vida.

—No. Ni al abrigo ni a mí. No mires nunca atrás, girasol.

—No —dijo ella—. No lo haré. Adiós, Cole.

—Yo nunca digo adiós —le recordó él. Contempló el rostro de Heather durante mucho tiempo antes de darse la vuelta.

Ella lo estuvo observando hasta que entró en la casa y desapareció de su vida. Entonces, se metió en la furgoneta donde Danny la estaba esperando pacientemente.

—Este grupo es estupendo —le dijo Gil mientras se dirigían al club donde la banda en cuestión ensayaba—. Te caerán bien los chicos. Y tú también les caerás bien a ellos.

Ella agarró el bolso con gesto nervioso.

—Ni siquiera tengo los nuevos arreglos —respondió ella—. No he tenido tiempo para trabajar en ellos.

—No te preocupes. Estos tíos son genios de la improvisación. Cántales la canción una vez y no tendrán que mirar siquiera la partitura.

—Si son tan buenos, ¿cómo me van a necesitar a mí? —comentó ella riendo.

—¿No te lo he dicho? Tal vez tengan mucho talento, ¡pero son todos feísimos! Te necesitan para que les aportes un poco de glamour.

Heather sonrió.

—Sabes muy bien cómo subirle la moral a una chica.

—Para eso estoy aquí —afirmó Gil. Metió el coche por una estrecha callejuela y aparcó—. Está bien, tesoro. Ya hemos llegado. Vamos a por ello.

Gil se dirigió directamente a la puerta del club y entró. El grupo estaba en el escenario tocando. Todos llevaban camiseta y varios de ellos tenían barba. Eran completamente diferentes a la clase de músicos con los que Heather había cantado hasta entonces. Con un elegante vestido azul y el cabello recogido en la nuca, se sintió completamente fuera de lugar.

—Hola, chicos. Os he traído a un nuevo ruiseñor —anunció Gil.

—Genial. ¿Y canta o imita a los pájaros? —le preguntó el líder del grupo.

—Ya lo verás. Se llama Heather.

—¿Cómo si no, con ese peinado? —replicó el músico con ironía—. Yo me llamo Charlie. El de la batería es Billy Jackson, el bajo es Jackie Blake y la segunda guitarra es Harry White. Y ese es nuestro nuevo componente, Dewey Dan, al piano. Yo toco la guitarra solista. Nos llaman *Red Rhythm Band*. ¿Qué es lo que cantas? —añadió entornando la mirada.

—Lo qué toquéis —respondió ella

—Qué graciosa —repuso el músico secamente—. ¿Estás seguro de que sabe lo que está haciendo?

—Venga, dale a la chica una oportunidad —dijo Gil con impaciencia—. ¿Qué te parece esa canción que os oí tocar la semana pasada? ¿No se llamaba *Diablesa con cintas y encaje*?

—Está bien —cedió Charlie encogiéndose de hombros—. ¿Por qué no?

Buscó la partitura y, cuando la encontró, se la dio a Heather.

—Espero que sepas leer música.

—Sé tocar el piano —informó Heather.

—Está bien. Vamos a ver lo que eres capaz de hacer.

La música empezó a sonar. A Heather le gustó el ritmo de los primeros acordes. Cuando Charlie le indicó que empezara a cantar, ya estaba enamorada de la canción. De repente, toda su energía quedó concentrada en la garganta y entonó las primeras palabras de la canción de una manera tan poderosa que Charlie se volvió para mirarla como si nunca antes hubiera visto una cantante. La energía de la música la llenaba por dentro y su cuerpo vibraba al ritmo de la batería.

Se olvidó del grupo, de Gil e incluso de dónde estaba y se metió en la canción. Cuando esta terminó por fin, se quedó temblando con la emoción que la había embargado. El club quedó completamente en silencio. Entonces, como si estuvieran saliendo de un trance, los músicos comenzaron a aplaudir. Al escucharlos, los ojos de Heather se llenaron de lágrimas.

—Gracias —susurró.

—Belleza y talento —exclamó Charlie—. ¡Menuda combinación!

—Ya os dije que era muy buena —afirmó Gil.

—Me encantaría que grabara esa canción con nosotros —suspiró Charlie—. Llegaríamos a los diez primeros puestos de las listas de ventas de la noche a la mañana.

—Si lo dices en serio —repuso Gil mientras rodeaba con un brazo los hombros de Heather—, iré a hacer un par de llamadas. Le he dicho a Heather que tengo un contacto bueno en International que me debe un favor. Si fuera tan estúpido como para rechazarnos, tengo otros contactos.

—Claro que hablo en serio —confirmó Charlie—.

Y, por lo que a mí respecta, la *Red Rhythm Band* tiene una nueva vocalista. ¿Os parece, chicos?

Todos los demás empezaron a aplaudir.

—Espero que estés contenta —le dijo Gil a la aturdida Heather—. Estos tíos rechazan actuaciones. Eso te indica lo famosos que son.

—¿Y si no os gusta cómo lo hago con el resto de las canciones? —preguntó Heather muy preocupada.

—¿Quieres el trabajo o no? —le preguntó Charlie riendo.

—¡Claro que sí! —exclamó Heather. Se encontraba feliz.

—Nuestro primer concierto es mañana a las ocho en punto de la tarde —le dijo—. Tenemos que pasar todo el día ensayando.

Heather acercó un taburete y se sentó.

—¿Y cuál es el problema? —preguntó.

—Así es como cantarás —dijo Charlie de repente—. Tocaremos un par de canciones lentas para los de más de treinta. Puedes cantarlas en el taburete.

—¿Y no puedo hacerlo tumbada en el piano? —preguntó ella muy desilusionada.

—¿Por qué no? —protestó Dewey Dan con una pícara sonrisa—. ¡Te aseguro que podrá con los dos!

—No tengas miedo, mi niña —le aseguró Charlie—. Yo te protegeré del depravado pianista.

—¿Sí? —le desafió Billy desde la batería—. ¿Y quién la va a proteger de ti?

Todos los miembros del grupo comenzaron a discutir. Heather los contempló riendo, muy divertida. Era maravilloso volver a cantar y tenía la sensación de que aquella vez iba a conseguirlo. Lo único que tenía que hacer era no volver a pensar en Big Spur.

***

Al día siguiente por la noche, Heather esperaba entre bastidores que el grupo terminara la canción que estaba tocando. Estaba muy nerviosa.

Cuando Charlie por fin empezó a presentarla, el corazón le latía con fuerza en el pecho. A pesar de lo bien que le había ido en los ensayos, tenía miedo del público y del juicio al que la iban a someter. ¿Y si no era lo suficientemente buena? ¿Y si era incapaz de cantar porque el miedo escénico se apoderaba de ella? Después de todo, nunca antes había cantado para tantas personas.

—... una encantadora joven llena de talento... ¡Heather! —exclamó Charlie—. ¡Démosle un gran aplauso, señoras y caballeros!

El sonido de los aplausos le dio la seguridad suficiente para salir al escenario. Dio las gracias al público, agarró el micrófono y, cuando sonaron las primeras notas, comenzó a cantar. Cerró los ojos y dejó que la canción se apoderara de ella. El público comenzó a cantar incluso antes de que terminara. Cuando por fin concluyó la canción, el aplauso era ensordecedor. Ella contempló a los entusiasmados espectadores con los ojos llenos de lágrimas.

—Gracias —susurró a duras penas—. Muchas gracias...

Era el principio. Por fin iba a conseguir lo que tanto había deseado.

9

Gil, tal y como había prometido, organizó una sesión de grabación para Heather y su nuevo grupo. Su primer single, *Diablesa con cintas y encaje,* se lanzó varias semanas más tarde y se convirtió en un éxito.

—Está en el *top ten* en Atlanta —dijo él encantado mientras se tomaban una taza de café en uno de los restaurantes más exclusivos de Houston.

Aquella era la primera noche que Heather tenía libre desde su debut y le resultaba extraño poder sentarse y comer sin prisa.

—Yo sigo sin poder creérmelo —comentó ella riendo de alegría—. Llegar tan lejos y tan rápidamente... Y pensar que antes del accidente trabajé durante dos años sin ni siquiera tener la mitad de publicidad...

—En esta ocasión, me tienes a mí para echarte una mano —comentó Gil.

Heather sonrió. Había engordado un poquito, justo lo suficiente para hacer que sus curvas se redondearan un poco y sus ojos habían recuperado el brillo. No había conseguido olvidar a Cole, pero estaba en ello gracias a Gil. Él la mimaba y jamás le dejaba olvidar su objetivo.

—Charlie también me ha ayudado mucho —le dijo ella—. Incluso me va a permitir interpretar una de mis propias canciones el viernes por la noche. Se llama *Ojos tristes* y él me ha hecho los arreglos.

Gil la estudió durante unos instantes.

—Los tuyos estaban muy tristes cuando regresaste —comentó él—. Me alegro de que estén recuperando la luz.

—Tú jamás me has hecho preguntas y te lo agradezco —susurró ella mientras le acariciaba ligeramente la mano.

Gil no tenía que preguntar. Sabía que tenía algo que ver con Cole, que parecía ensombrecer la relación que Gil tenía con Heather. Sin embargo, se encogió de hombros y sonrió.

—Yo no suelo husmear. A menos que sea por mi trabajo —añadió con una sonrisa.

Heather debería haberse sentido en la cima del mundo. Estaba a punto de convertirse en una estrella para la discográfica, estaba ganando dinero y, como siempre había deseado, era independiente de Cole. Sin embargo, tal y como había estado a punto de descubrir antes del accidente, todo eso le dejaba un mal sabor de boca.

No obstante, no podía defraudar a su grupo no dando todo lo que podía y más en cada actuación. Cuando salió al escenario del Golden Gun a finales de semana, se entregó a su actuación al cien por cien. *Diablesa con cintas y encaje* fue un sonoro éxito. Entonces, llegó el turno de *Ojos tristes*. Con los arreglos que Charlie le había hecho, ponía los pelos de punta. Se había puesto para la ocasión un vestido de color aguamarina que resaltaba el color de sus ojos y el rubio de su cabello.

Heather estaba empezando a cantar cuando, entre la multitud de rostros de los espectadores, uno llamó su atención en la parte trasera del club, un rostro que era el principio y el fin de su mundo. Cole. Heather apenas se percató de que Tessa lo acompañaba, dado que no podía apartar los ojos de él. Su presencia fue como un bálsamo para su herido corazón después de largas y solitarias semanas.

Cuando Heather terminó de cantar, todos los asistentes le dedicaron un atronador aplauso. Heather comprendió que la canción iba a tener mucho éxito, pero nada de eso le importaba a excepción de que Cole hubiera ido a verla. Tuvo que contenerse para no salir corriendo hacia él.

«No te ama», se recordó. La agradable sensación que la había embargado hasta entonces murió de repente. Terminó su actuación y salió del escenario. Cuando llegó al vestuario, las rodillas le temblaban. ¿Por qué estaba Cole allí? ¿Por qué había tenido que acudir?

Unos minutos después, alguien llamó a la puerta. Heather sintió que se le encogía el corazón.

—Adelante —dijo, con toda la valentía que pudo reunir.

Inmediatamente, se encontró con la fría mirada de Tessa.

—Menuda estrella estás hecha —le dijo encogiéndose de hombros mientras la miraba con desprecio—. No me ha gustado tu actuación.

Heather siguió desmaquillándose. Tessa ya no podía hacerle daño. Había perdido a Cole hacía mucho tiempo y no había nada más que le importara perder. No había nada que Tessa pudiera arrebatarle.

—Vaya, pues qué pena me da —replicó con una carcajada—. En realidad, tu opinión no me importa.

—Le he pedido a Cole que viniéramos —comentó con una falsa sonrisa. No estaba dispuesta a perder la batalla tan fácilmente—. Quería que nos vieras juntos, aunque él no quería venir —añadió llena de veneno.

—No creas que yo tengo ganas de verlo.

—¿No? Bueno, te aseguro que nunca conseguirás a Cole —le prometió—. De eso ya me he encargado yo.

Heather no comprendió lo que ella quería decir, pero tampoco se molestó en preguntar.

—¿No tienes ningún otro sitio al que ir, Tessa? —le dijo fríamente—. Entre bambalinas, solo quiero ver a mis amigos.

—No vayas de estrella conmigo. ¡Recuerda que ahora no eres bienvenida en Big Spur!

—Esa descripción te encaja más a ti que a mí —le espetó Heather. Aquello le había llegado a lo más íntimo—. Haré que Johnny, el portero, te saque de aquí por la puerta principal y te arroje a la calle, que es donde tienes que estar.

Desgraciadamente, Cole eligió ese momento para hacer acto de presencia.

Tessa aprovechó la coyuntura para echarse a llorar.

—¡Oh, Cole! ¡Es tan cruel! —gimió Tessa mientras ocultaba el rostro contra la chaqueta de él—. Me ha insultado y me dicho que me va a echar a la calle...

Cole le golpeó suavemente la espalda mientras miraba a Heather por encima del hombro de Tessa.

—Nadie te va a echar a ningún sitio. Ve a esperarme en la mesa.

—Por supuesto, cariño...

Tessa se dio la vuelta y miró a Heather con altivez antes de marcharse. El silencio que reinaba en el camerino no presagiaba nada bueno. Heather se siguió cepillando el cabello para no tener que mirar a Cole.

—¿Era necesario atacar así a Tessa? Ella nunca te deseó mal alguno.

—Bueno, eso es lo que tú te crees —replicó ella—. ¿No podrías haberla llevado a otro club? ¿O convencerla para que no vinierais a este?

Cole no contestó. Se limitó a mirarla fijamente Durante unos instantes.

—Tienes buen aspecto —dijo por fin—. ¿Qué tal te va?

—Mejor de lo que esperaba. Tenemos una canción en los primeros puestos de las listas de ventas y estamos a punto de marcharnos de gira. Gil también se vendrá con nosotros

—¿Sí? Entonces, probablemente necesitarás protección durante la gira.

Heather prefirió no responder. Se tragó la ira que sentía para que él no la notara.

—Gracias por venir a saludarme —dijo con la misma cortesía que habría demostrado a un desconocido.

—Ha sido una locura —replicó él.

—Entonces, ¿por qué has venido?

—Para ver si me odias —le dijo Cole con una sonrisa en los labios.

—Yo no te odio, Cole.

—Lo siento. Hubiera sido mejor para los dos. Ahora, es mejor que me marche. Tessa y yo tenemos que volver al hotel a dormir un poco antes de tomar el avión de vuelta mañana. No pasa nada, girasol. Yo tengo mi rancho y tú tienes tu carrera.

Heather asintió.

—La música es lo único que me importa. Es el aire que respiro —replicó ella mientras concentraba la mirada en una horquilla que tenía sobre el tocador.

—Yo pensaba que era Gil Austin....

Heather se tensó y apartó la mirada. No podía dejar que Cole la humillara de nuevo después de la tortura que le había supuesto verse apartada de él.

—Vete. No te quiero aquí.

Oyó el ruido de unas botas moviéndose a su espalda. De repente, unas fuertes manos la agarraron y la obligaron a estrecharse contra el cuerpo de Cole.

—Eso no me lo creo... Quieres escucharme, saborearme y sentirme... Dios, ¿acaso crees que estoy ciego? Esta noche, cuando cantabas, me mirabas a mí. Lo veo en tus ojos. Lo noto en tu corazón —le espetó mientras la estrechaba contra su cuerpo con fuerza—. ¡Lo deseas tanto que tiemblas de la cabeza a los pies!

—Eso es lo tú quieres creer —le espetó ella empujándole y apartándole de su lado.

Cuando lo miró, vio una áspera sonrisa en su duro rostro.

—Me alegro entonces —le espetó con calculada crueldad—. Dios sabe que yo no quiero nada contigo. No puedo negar que tu cuerpo me volvió loco, pero no había amor alguno en lo que sentía. Yo jamás podría amarte.

Las lágrimas comenzaron a rodar por las mejillas de Heather, reflejando un dolor que le llegaba hasta lo más profundo.

—¿Has terminado? —le preguntó ella con un susurro ahogado—. Por favor, ¿has terminado?

—Sí, si has comprendido lo que he querido decir. No vas a conseguir nada deseándome, Heather. Me has dado más amor y adoración en el día de hoy de lo que puedo soportar en esta vida.

Heather palideció.

—¿Has terminado ya? —le preguntó ella otra vez sin expresión alguna en el rostro.

—Sí. He terminado. No vuelvas al rancho. Tessa no te quiere por allí y yo tampoco. Si hay algo del negocio que necesites saber, te enviaré la información por correo. Si no, yo no te necesito.

—No creo que tenga tiempo —repuso ella. No sentía nada—. Voy a estar muy ocupada.

Cole respiró profundamente y se dirigió hacia la puerta. Entonces, se volvió a mirar a Heather, que seguía inmóvil y pálida en el centro del camerino.

—Adiós —le dijo secamente.

Ella no respondió. Temía que la voz se le rompiera. Se limitó a asentir. Cole dio un portazo y se marchó. Heather siguió mirando la puerta unos minutos. Entonces, se quitó el vestido con gesto mecánico y se puso su ropa de calle. Apenas le hizo caso a Gil cuando él fue a buscarla para llevarla a casa. No le dijo ni una sola palabra en todo el camino. Cuando él trató de encontrar alguna explicación a su comportamiento, Heather se limitó a sonreír y a darle con la puerta en las narices.

Llena de pena, Heather no consiguió reaccionar durante semanas después de aquel incidente. Realizaba sus obligaciones con el grupo automáticamente. Por supuesto, seguía entregándose al cien por cien en cada actuación, pero empezó a perder peso. Su apariencia había sido siempre delicada, pero pasó a resultar frágil. Se imponía un ritmo frenético. Incluso comenzó a fumar, un hábito que le copió a Charlie. Vivía prácticamente de café.

—Te estás matando —le regañó Charlie un día al ver que encendía un cigarrillo tras otro después de un ensayo.

—Lo que haga con mi voz puede que sea asunto tuyo —le espetó ella con frialdad—, pero lo que haga con mi vida es exclusivamente asunto mío.

—Si sigues así, no vas a tener vida. Además, tu aspecto se está deteriorando. Ahora estamos en lo más alto y ni los chicos ni yo nos engañamos pensando que ha sido solo merito nuestro. Tú has ayudado con tu talento y tu físico. Te estás quedando como un esqueleto. Si sigues fumando de ese modo, tal vez la voz no te dure tampoco. Últimamente has estado ronca muchas veces.

—Tú me enseñaste a fumar...

—Vaya, pues me maldigo por ello. Mira, no sé lo que está reconcomiendo por dentro. No me meto en los asuntos de nadie, pero si no consigues dominar lo que te ha llevado a estar en ese estado, vas a terminar destruyéndote. Si no quieres pensar en ti, piensa en nosotros porque nos vas a dejar sin trabajo.

—Supongo que últimamente he estado un poco distraída —admitió ella. Entonces, apagó el cigarrillo—. E intentaré fumar menos y dejaré de mirar por mí misma.

—Esa es mi chica. Piensa en todo el dinero que estamos ganando. *Rolling Stone* va a mandar un periodista para hacerte una entrevista. ¿Qué te parece?

Heather murmuró algo ininteligible.

—Me gustaría que recordaras algo —le recomendó Charlie—. Todo pasa. El amor, la pena, la felicidad, la tristeza... Todo. Nada es eterno, lo que es en ocasiones una bendición. Tal vez si lo recuerdas conseguirás salir de este bache.

Ella se mordió el labio.

—Gracias, Charlie.

Heather regresó a su camerino y, por primera vez desde que Cole le dijo adiós, se echó a llorar.

Cuando por fin se tranquilizó, se cuadró de hombros y se miró en el espejo.

—Sobreviví a un accidente y sobreviviré a esto —le dijo a su reflejo—. Jamás le daré a Cole la satisfacción de verme así. De ahora en adelante, nadie volverá a hacerme llorar. ¡Nadie!

Con esa idea en mente, Heather se compró un nuevo vestuario y se cortó el cabello de manera que tan solo le cubría las orejas. Cuando Charlie y el resto de los miembros del grupo protestaron al respecto, ella sonrió.

—He crecido —dijo—. Solo las niñas pequeñas llevan el cabello hasta la cintura.

Efectivamente, con su nueva imagen, Heather se había convertido en una mujer. Parecía más madura, no una adolescente que se enamoraba de cualquier hombre. La imagen que proyectaba era la de una diosa.

—A mí me encanta —le dijo Charlie—, pero me preguntó cómo van a reaccionar los fans. Tu cabello era tu seña de identidad.

—Tendremos que esperar hasta esta noche para verlo —replicó ella con los ojos reluciente.

Aquella noche, tocaron en uno de los clubes más exclusivos de Nueva York. Su nueva imagen fue un éxito rotundo. Los aplausos fueron ensordecedores y tuvieron que hacer varios bises antes de dar el concierto por terminado. Más tarde, Charlie le dijo que un ejecutivo de una de las discográficas más importantes de Nueva York había estado entre los espectadores. La actuación les reportó un contrato discográfico y una semana más de conciertos y de apariciones en los medios de comunicación. La contrataron para que actuara en un *talk show* a finales de año. De la noche a la mañana, Heather se había convertido en la estrella emergente más importante del este del país.

Gil Austin había estado siguiendo sus progresos desde la distancia, pero la última noche que tocaban en Nueva York, se presentó en bambalinas para invitarla a cenar.

—Si te encuentro en otro sitio, no te habría reconocido —suspiró—. Tienes un aspecto muy sofisticado. ¿Dónde está la muchachita de cabello largo que llevaba siempre sus sentimientos a flor de piel?

Heather quería confesar que Cole había terminado con ella, pero se encogió de hombros.

—He crecido.

Gil frunció el ceño.

—¿Le dijiste a tu hermanastro que iba a acompañarte en la gira? —le preguntó él de repente.

—Creo que no, Gil —dijo ella—. ¿Por qué?

Gil soltó la carcajada.

—Llamó al periódico para ver dónde estaba yo.

Aquel comentario enfureció a Heather.

—No tenía ningún derecho.

—Mi editor debió de pensar que sí lo tenía porque se lo dijo. Tu hermanastro es un hombre muy importante en el sureste de Texas. ¿No lo sabías? Es amigo de nuestro editor y tiene suficiente dinero para comprar el periódico si quiere. Me da la impresión de que quería mi trabajo.

—¿Quieres decir que quería que te echaran?

—Eso me pareció. Me pregunto por qué se muestra tan antagónico —comentó mirando a Heather a los ojos.

—Se ha sentido responsable de mí durante muchos años —dijo ella manteniendo el rostro impasible—. Resultaba difícil renunciar de la noche a la mañana.

—Yo no lo creo. Además, no hay lazos de sangre entre vosotros...

—No, pero es mi hermanastro.

—Eso no sería impedimento alguno para Cole. Es lo suficientemente rico como para establecer sus propias reglas y lo sé. No juegues conmigo, Heather. Me gustaría saber si los celos tienen algo que ver con el antagonismo que muestra hacia mí.

Ella lo miró fijamente.

—Eso es asunto mío —dijo ella cortésmente—. No respondo ante nadie. Ni ante Cole ni ante ti. Me he esforzado mucho por ser independiente y no voy a dejar de serlo ahora.

—No quería que sonara así, nena...

—¿Y cómo querías que sonara entonces? Y no me llames nena. No me gusta.

—¿Por qué? ¿Acaso él te llama así?

Heather arrojó la servilleta encima de la mesa y se levantó.

—Cuando vuelvas a ser tú mismo, me llamas —le espetó.

—Heather, por favor. No te marches —le suplicó suavemente—. Te he echado mucho de menos.

—Pues menuda manera de mostrarlo...

—Es que tengo celos de él... Dios, ¿quién no los tendría? Lo tiene todo: físico, dinero, encanto...

—Tal vez lo tenga todo, pero te prometo que no me tiene a mí. Ni ahora ni nunca. No siento más que odio hacia él.

Gil sonrió.

—Volvamos andando en vez de hacerlo en taxi —sugirió mientras él también se ponía de pie.

Salieron del restaurante y echaron a andar. A los pocos minutos, unas adolescentes se les acercaron.

—¿Eres...? ¿Eres Heather? —le preguntó una de ellas.

—Sí —respondió ella con una sonrisa.

—¿Nos podrías firmar un autógrafo? —le pidió la otra—. Las dos queremos ser cantantes cuando terminemos el instituto.

Heather se echó a reír y les firmó dos autógrafos.

—Espero que estén bien —murmuró avergonzada y halagada a la vez—. Soy nueva en esto.

Las dos muchachas le dieron las gracias y se marcharon entre risas.

—¡Madre mía! Eres famosa —comentó Gil muy contento.

—Aún no estoy acostumbrada, pero resulta muy halagador. Hace unos meses ni me podría haber imaginado que me ocurriría algo así.

—Hace unos meses no eras la chica que eres ahora. Menudo cambio. Nadie de los de entonces te reconocería ahora.

Heather pensó inmediatamente en Cole. Él tampoco la reconocería, sobre todo sin la adoración en la mirada ni la temblorosa debilidad que se apoderaba de ella cuando estaba junto a él. En aquellos momentos, Heather era como el hielo. Cole jamás podría volver a tocarla ni a hacerle daño. Agarró la mano de Gil.

—¿Se trata de una invitación?

—¿Qué te parece?

Gil la estrechó con fuerza contra su cuerpo.

—Creo que es mi noche de suerte. Llevo mucho tiempo esperando a que me des luz verde.

—Lo que te estoy dando ahora es la luz ámbar —le dijo ella suavemente.

—¿Proceder con cautela? —bromeó Gil—. Me parece bien, cielo. De todos modos, a mí me gusta tomarme mi tiempo. No te meteré prisa.

Aquellas palabras provocaron un recuerdo que no quería. Los besos de Cole, la habilidad de sus manos...

—¡Vayamos a bailar! —exclamó de repente.

—¡Pero si es más de medianoche!

—Vamos —le animó ella—. Hay que vivir la vida.

—Está bien. Vamos —dijo Gil.

Dejó que Heather tirara de él para llevarle a donde ella quería.

La primavera tiñó de verde los pastos. Había comenzado la selección de ganado en Big Spur, por lo que Cole se pasaba prácticamente todo el día en los corrales. Allí fue donde lo encontró la señora Jones.

—Debe de ser algo muy importante para que tú te pongas al volante —comentó Cole con una ligera sonrisa.

—Sí, señor. Lo es. Ese tal Andrews está esperando en la casa para hablar con usted. No he conseguido que nadie conteste a la radio para que usted lo supiera.

—Andrews... ¿El abogado de mi madre?

—El mismo.

—De acuerdo. Pásate al otro asiento. Yo conduciré.

Cuando llegaron a la casa, Cole entró rápidamente, preguntándose con impaciencia qué sería lo que quería el señor Andrews. El testamento se había leído hacía ya mucho tiempo.

Cole encontró al abogado en el salón.

—Me alegro de verte, Cole. Siento haber venido en tan mal momento.

Cole se quitó el sobrero y se dirigió al bar.

—Necesitaba un descanso —replicó—. ¿Quiere una copa?

—Gracias. Un whisky con hielo. Hace mucho calor.

Cuando los dos estuvieron sentados disfrutando de sus copas, Andrews abrió el maletín y sacó un sobre.

—No te culparé si quieres darme un puñetazo. Emma me hizo prometer que te lo daría inmediatamente después de su muerte, pero, a decir verdad, se me traspapeló y lo encontré hace una semana. Supongo que no contiene nada urgente, pero, por si acaso, he venido en cuanto he podido

Cole estudió el sobre.

—¿Y cuándo le dio esto?

—El día antes de que os marcharais a Nassau —replicó—. Vino a mi despacho muy preocupada. No parecía ella. Me dijo que había estado en el médico aquella mañana y que quería asegurarse de que su testamento estaba en orden. Yo le pregunté si pasaba algo y simplemente se echó a reír. Tras ver lo ocurrido, por lo visto tuvo una especie de premonición.

Cole dio un sorbo de su whisky antes de abrir el sobre. Encontró una carta mecanografiada, que empezó a leer inmediatamente.

Querido Cole:

Acabo de ir a ver al médico y me ha dicho que lo que yo creía una indigestión es en realidad una insuficiencia cardiaca congestiva. Me ha comunicado también que me queda muy poco tiempo. No tengo miedo de la muerte, pero quiero saber que mis asuntos están en orden por si ocurre antes de lo que espero. En primer lugar, quiero explicarte por qué le he dejado la mitad del rancho a Heather. Big Spur era de Jed mucho antes de que fuera tuyo y mío. Probablemente, Heather debería haberlo heredado en su totalidad, pero tú te has esforzado mucho en hacerlo más grande y productivo y yo no creo que a ella le importe que tú heredes una parte. No le va a gustar depender de ti para tener dinero. Sin embargo, la razón principal es que estoy esforzándome todo lo que puedo por hacer de Cupido. No se me ocurre nada que pudiera agradarme más que hacer que Heather y tú descubrierais que os amáis. Disfruté de esa clase de amor con tu padre, Cole. No hubo nunca nadie que pudiera ensombrecer a Big Jace, ni siquiera Jade Shaw. A Jade lo quería a mi manera, pero lo único que pude darle fueron las migajas que quedaban de mi primer matrimonio y me temo que él lo sabía. Big Jace era el único hombre para mí, igual que yo fui la única mujer para él. No permitas que nadie te diga que hubo algo entre Deirdre Shaw y él. Mucha gente sabe que trató de pescar a tu padre, pero te doy mi palabra de que nunca ocurrió nada. Si hubiera pasado algo, yo lo habría sabido. Jace me amó hasta el día de su muerte y jamás hubo otra mujer. Tampoco hubo relación alguna antes del matrimonio entre Jed y yo. Yo me casé con él enseguida por Heather. Habría podido vivir de los recuerdos de Big Jace durante el resto de mi vida y me habría bastado.

Por supuesto, no os quiero obligar a nada. Tal vez Heather no esté enamorada de ti o viceversa. En ese caso, he hecho bien en dejarla en una posición completamente independiente con respecto a ti. Por supuesto, si las cosas salen como yo espero, no habrá problema. El rancho será de los dos. Sé amable con ella, Cole, pase lo que pase. Ella te adora. Y no tengas pena por mí. Volveré a estar con tu padre y, dondequiera que

él se encuentre, será el paraíso para mí. Te quie-
ro mucho. Mamá.

Cole cerró los ojos. Si aquella carta decía la verdad, y estaba seguro de ello, había apartado a Heather de su lado sin motivo. Maldijo a Tessa en silencio.

—¿Te encuentras bien? —le preguntó Andrews.

Cole abrió los ojos. Tenía el rostro tenso y estaba muy pálido. Tomó su copa y se la tomó de un trago.

—Me da la horrible sensación de que he causado un desastre —murmuró Andrews.

—Llámelo destino —dijo Cole.

Después de acompañar al abogado a la puerta, se fue a la cocina para hablar con la señora Jones.

—Necesito pedirte algo —le dijo sin preámbulo.

—Sí, señor.

—Me dijiste en una ocasión que sospechabas que ocurría algo entre Deirdre Shaw y mi padre.

—¡Cielos, no! —exclamó ella horrorizada.

Cole se quedó atónito.

—Pero si dijiste que mi padre no pudo evitarlo...

—Lo que no pudo evitar fue que la señora Shaw lo acosara —replicó ella rápidamente—. Pensé que usted sabía lo de esa noche en la que él amenazó con contarle a su marido lo que ella estaba haciendo, señor Cole. Fue en una ocasión, cuando el señor Shaw estaba fuera. Ella se inventó alguna razón para que el señor Everett tuviera que venir aquí. En cuanto entró, se le arrojó a los brazos. Su padre, que Dios lo tenga en su gloria, enfureció de la ira. Le dijo a esa mujer bien clarito que amaba a su esposa y que no quería nada con ella. Como comprenderá, no era algo mío como para ir contándolo por ahí —añadió ella.

—Claro que no —la tranquilizo Cole—. Te agradezco mucho que me hayas dicho la verdad.

—¿Ocurre algo? ¿Es esa la razón por la que el señor Andrews ha venido aquí?

—Sí. Y he hecho algo muy malo —añadió Cole—. Tan solo espero poder enmendarlo.

Dos días más tarde, Cole estaba entre el público de un club de Nueva Orleans, donde actuaban Heather y su grupo. Contempló cómo cantaba ella, con una profesionalidad increíble. No le gustaba el corte de cabello que se había hecho, pero aquella imagen tan sofisticada le atraía. Evidentemente, se había convertido en una mujer. Ya no era la niña que él había apartado de su lado.

Había ido hasta allí para convencerla de una propuesta que tenía en mente y se había puesto sus mejores galas para ello. Le dolió verla tan delgada. Apretó la mandíbula al recordar las cosas que le había dicho la última vez que se vieron. Se preguntó si ella podría perdonarlo, a pesar de que comprendía que no podría decirle nunca lo que había pensado en aquel momento o por qué se había comportado de aquel modo. Su orgullo se lo impediría.

En aquel momento, Heather terminó su actuación. Saludó con reverencia al público y les dedicó un beso a sus compañeros antes de bajar del escenario.

Cuando llegó al camerino, se sintió muy sola. Gil había regresado a Houston y le echaba de menos terriblemente. En realidad, no había cambiado nada en su relación, pero era un buen amigo y ella disfrutaba con su alegre compañía. Desgraciadamente, sin él a su lado, no tendría nada que hacer. Regresaría a su hotel y se tomaría un montón de café, como siempre, para luego dormir tan poco como de costumbre.

Alguien llamó a la puerta, lo que la sacó de su ensoñación.

—¡Entre! Está abierto.

Al ver quién atravesaba el umbral, sintió que el corazón le daba un vuelco en el pecho. El rostro de Cole era aún más duro de lo que recordaba. La expresión de su rostro no revelaba lo que estaba pensando. Heather había estado segura de que se había olvidado de él hasta aquel momento.

—Hola, Cole.

—Hola —respondió él.

—¿Ocurre algo en el rancho? —le preguntó con fingida frialdad—. No creo que hayas venido hasta aquí solo para verme.

—¿Y por qué no?

—Bueno, no creo que sea necesario que te lo recuerde. Me dejaste muy claro que no me querías por allí, ¿recuerdas?

Él cerró los ojos un instante.

—¿Dónde está Austin? ¿Está contigo?

—No tienes derecho alguno a preguntarme eso —le espetó ella.

—Probablemente no. Él no fue de gira contigo. Me mentiste.

—Por supuesto —replicó ella riendo—. Cuento mentiras. Me arrojo en brazos de los hombres... ¿Me puedes decir a qué has venido?

Cole se acercó hasta la ventana y tardó unos segundos en responder.

—Después de esta actuación tienes unos días de descanso, ¿verdad?

—Sí. ¿Por qué?

—¿Por qué no los pasas en el rancho?

—No soy bienvenida allí.

—Heather, por el amor de Dios...

—No voy a soportar nada más ni de ti ni de Tessa. Tal vez se te haya olvidado lo que me dijiste la última vez que viniste a una de mis actuaciones, pero yo no. Aquella noche me hiciste mucho daño. No voy a darte otra oportunidad.

Cole entornó la mirada.

—Tessa está en París —dijo con expresión inescrutable.

—Huy, qué pena... ¿Y qué quieres? ¿Que vaya yo de sustituta? Nunca me ha gustado ser segundo plato, a pesar de lo que pienses de mí.

—No sabes lo que pienso.

—¿No? Pues yo creo que me lo dejaste muy claro.

—Las circunstancias pueden obligar a la gente a hacer muchas cosas extrañas, Heather.

Ella ni siquiera le respondió. Los recuerdos aún le dolían demasiado.

—No te estoy pidiendo que te metas en mi cama. Te estoy ofreciendo un lugar tranquilo para descansar, eso es todo.

—No creo que sea buena idea —suspiró Heather.

—¡Maldita sea! —exclamó él—. ¿Has sido siempre tan testaruda o es que has estado dando clases?

—Mira quién habla —replicó ella.

Sin que lo deseara, se le escapó una sonrisa. Cole sintió que se le cortaba la respiración al ver su encantador rostro.

—¿Estará allí la dulce Tessa? —le preguntó.

—No.

—¿Puedo llevar a Gil?

—¿Para qué?

—¿Y por qué quieres que vaya? —insistió ella.

—Dios sabe.... Olvídalo.

—Cole...

—¿Qué?

—No puedo aceptar más insultos de ti —le dijo ella muy tranquilamente—. Creo que aún no he podido superar lo que ocurrió la última vez que me visitaste. Tú mismo lo dijiste. Tú tienes tu rancho y yo mi carrera. Creo que los dos estaremos mejor si seguimos por caminos separados.

—¿De verdad? —le preguntó él. Entonces, dio un paso hacia ella.

Heather retrocedió inmediatamente.

—¡No! No me toques. No vuelvas a tocarme...

—No voy a acercarme más, nena —le dijo él suavemente. Se había asustado al ver la reacción de ella—. No pasa nada. No voy a moverme.

Heather se mordió el labio inferior. Decidió que, si Cole se acercaba más, pediría ayuda. No sabía lo que le ocurriría si él volvía a tomarla entre sus brazos y tampoco quería descubrirlo. Cole representaba un capítulo cerrado de su vida.

—Tal vez sea demasiado pronto —murmuró él—. Estoy impaciente. Nunca me ha resultado fácil esperar.

Heather se relajó un poco.

—Ven a casa conmigo —insistió él suavemente—. Tráete al maldito periodista si quieres —añadió de mala gana.

Heather respiró profundamente. El rancho le daría la oportunidad de descansar un poco, lejos de los teléfonos, los fans y los agentes... Si se llevaba a Gil, estaría a salvo de Cole y eso era precisamente lo que quería.

—Está bien —dijo—. Iremos —añadió. Esperaba que a Gil no le importara acompañarla.

Cole esbozó una enigmática sonrisa.

—Te llevaré a montar a caballo.

—A Gil y a mí nos gustará —dijo ella deliberadamente.

—Ya lo veremos. ¿Cuándo irás? ¿La semana que viene?

—¿Qué te parece el viernes?

Cole asintió.

—Tomad un avión a Victoria. Yo iré a buscaros en coche o en avión, si los chicos no lo necesitan para la selección del ganado.

—¿Pero no ha terminado ya?

—Nos quedan dos zonas que aún no hemos revisado. Es un rancho muy grande, nena.

—Lo recuerdo.

—El viernes entonces.

Con eso, se marchó. Parecía muy contento por haberse salido con la suya. Heather no estaba muy segura de haber hecho bien. ¿Cómo iba a poder estar con Cole y Gil al mismo tiempo? Sería como marcharse de vacaciones a la guerra.

Se levantó y comenzó a vestirse. Llamaría a Gil y le contaría el lío en el que se había metido.

10

Decir que Gil estaba disgustado era poco.

—¿Por qué has tenido que hacer esto? —gruñó—. Yo quería que nos fuéramos a la casa de mis padres en West Palm Beach.

Heather se sentía algo sorprendida. No sabía que las cosas fueran tan rápido. Aunque se besaba con Gil, jamás había sido capaz de corresponder a su pasión. No había notado que Gil iba más en serio sobre su relación. No quería ataduras. Cole le había enseñado que era mejor no permitir que la gente se le acercara demasiado. Así, no le hacían daño.

—Gil, me lo podrías haber consultado.

—Quería hacerlo, pero no estaba seguro de cómo reaccionarías. Heather, quiero casarme contigo.

Ella se quedó boquiabierta. No sabía cómo abordar aquel tema sin herir los sentimientos de Gil. Sin embargo, el poco entusiasmo se le reflejó en el rostro. Gil frunció el ceño.

—La respuesta es no, ¿verdad? —suspiró él. Entonces, forzó una sonrisa—. Está bien. Te daré un poco más de tiempo porque no quiero que te arrepientas. Piensa en el buen partido que soy: guapo, inteligente, ingenioso... ¡Y no me falta ningún diente!

Heather soltó una carcajada.

—Me gustas mucho, pero no me metas prisa, ¿de acuerdo? No estoy preparada para conocer a tus padres y empezar a buscar casa. Acabo de aprender lo que es ser independiente. Déjame que lo disfrute durante un tiempo.

—Está bien, pero te aseguro que no cejaré en el empeño.

—De acuerdo. ¿Te vendrás entonces a Big Spur conmigo?

—Parece que tendré que hacerlo. Si Cole va detrás de ti...

—¡No va detrás de mí! —protestó ella sonrojándose al mismo tiempo.

—¿No? ¿Y por qué fue a verte a Nueva Orleans cuando sabía que hoy volverías a estar en Houston?

—No lo sé...

—¿No?

—¡Gil, basta ya! Cole es parte de mi vida, igual que el rancho, del que te recuerdo que soy dueña al cincuenta por ciento. No puedo darle la espalda a ninguna de las dos cosas. No me pidas que lo haga.

—He visto el modo en el que te mira, como si fuera tu dueño.

—Cole es así con todo lo que ocupa un lugar en su vida —dijo—. Así es él.

—Sin embargo, tú ya no le perteneces

Heather decidió cambiar de tema.

—Tengo hambre. ¿Qué te parece si vamos a cenar al restaurante ese de la esquina, el que tiene como especialidad el pescado? Pagamos a medias.

Gil dudó un instante y, entonces, suspiró.

—Está bien —dijo él—. Cenaremos pescado.

***

El viernes por la mañana, Heather estaba ya preparada para el viaje. Sin embargo, en realidad no quería ir. Estar junto a Cole unos días podría resultar insoportable.

Estaba esperando a que Gil fuera a recogerla cuando el teléfono empezó a sonar. Era Charlie.

—Tenemos que estar en Miami a las seis de esta tarde —le dijo—. Lo siento, cielo. Sé que estabas deseando tener un descanso, pero este concierto es demasiado importante como para cancelarlo —añadió. Inmediatamente, le dio una cifra—. Comprendes a lo que me refiero.

—Sí. Bueno, yo ya tengo hecha la maleta. Solo tengo que añadir unas cosas y reunirme con vosotros en el aeropuerto. ¿De acuerdo?

—De acuerdo, muñeca. Lo siento. Te prometo que solo será una semana.

Heather llamó a Gil inmediatamente para contarle el cambio de planes.

—Tu hermanastro es terrible —se rio amargamente—. Me han pedido hoy mismo que vaya a Nueva York para ocuparme de una entrevista que tenía que hacer otro compañero. Menudo inconveniente para Cole... Habrías tenido que irte sola al rancho.

—Cole es incapaz de hacer algo así. No sería tan ruin... —replicó ella.

—¿Quieres apostarte algo? Pregúntaselo cuando lo llames.

Heather marcó el número de Cole. Al escuchar su profunda voz, sintió que se le aceleraba el pulso.

—No puedo ir. Charlie ha aceptado en el último minuto un contrato en Miami. Me marcho enseguida.

—¿Y por qué ahora? —protestó él—. Maldita sea...

Te estás quedando en los huesos con tanto trabajo y tanto esfuerzo.

—Cole, ¿has tenido algo que ver con que envíen a Gil a Nueva York? —le preguntó ella sin andarse por las ramas.

Él dudó durante un instante.

—Sí.

—Eso es una ruindad.

—Los hombres hacen cosas ruines cuando están desesperados, nena. Quería que vinieras sola.

—Pues es una pena, porque no voy a volver a pisar el rancho —le espetó ella—. Te dije que iría con Gil y lo decía en serio. ¡No pienso volver a alojarme en el rancho a solas contigo!

—¿Acaso me tienes miedo, nena?

—¡Por supuesto que no!

Cole soltó una carcajada.

—Nos mantendremos en contacto.

—No te molestes porque no voy a ir.

—Eso ya lo veremos.

Heather colgó el teléfono sin despedirse de él.

En Miami hacía mucho calor, pero las noches eran frescas. A Heather le encantaba pasear por la playa cuando terminaba sus actuaciones para alejarse del ruido, de los focos y del olor a alcohol. Quería estar en Big Spur. Quería estar con Cole. Quería sentir cómo él la estrechaba entre sus brazos. La vida sin Cole no tenía sentido y Gil no suponía diferencia alguna.

Una noche, salió a pasear sin chal por la playa y, cuando regresó, empezó a estornudar. A la mañana siguiente, ni siquiera era capaz de levantarse de la cama. Le dolía muchísimo la garganta. Decidió que no le diría nada a Charlie porque aquella era su última noche en Miami. Se entonaría de algún modo y conseguiría llevar a cabo la actuación.

Hizo gárgaras con un colutorio, se tomó dos aspirinas y, sin comer, se subió al escenario. Acababa de empezar a cantar cuando se desplomó sin previo aviso sobre el suelo.

Cuando recuperó la consciencia y abrió los ojos, se dio cuenta de que estaba en su habitación de Big Spur. Durante un instante, se preguntó si estaba soñando hasta que giró la cabeza y se encontró frente a frente con Cole.

—¿Ya has vuelto de los muertos? —le preguntó Cole con una débil sonrisa.

—¿Dónde está Gil? ¿Qué es lo que estoy haciendo aquí?

—Me importa un comino donde esté. En cuanto a la segunda pregunta, el líder de tu grupo me llamó desde Miami para contarme lo que había ocurrido. Fui a buscarte y te traje a casa.

—¿He estado mucho tiempo inconsciente?

—Dos días más o menos. ¿Quieres algo de beber?

—Sí.

Cole le ofreció un vaso de té helado. Heather se sentó sobre la cama para tomarlo y se sonrojó vivamente al darse cuenta de que, a excepción de unas braguitas, no llevaba nada puesto. Agarró la colcha a tiempo para taparse.

—¿No llevaba puesto un vestido?

—Estabas sudando de fiebre. El médico de Miami te dio un antibiótico, pero no te hizo efecto enseguida y tenías cuarenta de fiebre. He tenido que refrescarte cada quince minutos. Era una pérdida de tiempo tener que quitarte el camisón cada vez.

—¿De verdad tenía tanta fiebre?

—Sí. Me tenías preocupado, girasol.

Heather se tomó el té mientras le observaba por encima del borde del vaso.

—Gracias por cuidarme —le dijo cuando terminó.

—Ha sido...

—Si dices que ha sido un placer, te voy a dar un golpe —lo interrumpió ella.

—Eso es exactamente lo que iba a decir y te ruego que me des un golpe. Me encantaría ver cómo te levantas de la cama.

Heather se sonrojó.

—Estás agotada —dijo él—. Demasiada presión. No descansas nunca.

—No creo que tú me puedas dar lecciones en ese sentido. Además, tú mismo no pareces un ejemplo de buena salud. Nunca te permites descansar.

—Bueno, al principio no me lo podía permitir. Ahora se ha convertido en costumbre.

—Háblame sobre esos primeros años, antes de que vinieras a vivir a Big Spur.

—No me gusta mucho recordarlos. Tú naciste rodeada de lujos. Mi padre tuvo que trabajar muy duro para conseguir lo que tenía.

—Emma me dijo que Big Jace criaba broncos para el circuito de rodeo.

—Sí. Estaba montando uno cuando murió. Jamás olvidaré aquel día. Yo iba a llevar a mi madre a la ciudad. Pasamos por delante del corral y nos preguntamos a qué se debía tanto revuelo. Mi madre se desmayó.

—Lo siento mucho... Nunca me lo habías contado...

—Eras una niña, Heather.

—Y sigues tratándome como tal.

—Bueno, estoy intentando no tratarte como a una niña. Cuando eras pequeña, eras muy hermosa, pero lo eres más ahora —murmuró él mientras observaba el punto en el que ella se sujetaba la colcha.

—No puedo soportar pensar que tú... que tú me tocaras de ese modo mientras estaba inconsciente —susurró ella involuntariamente.

Algo se reflejó en la mirada de Cole. Él se levantó lentamente.

Resultaba evidente que ella había malinterpretado sus palabras.

—Te he dado causas más que suficientes para que me odies, pero no me había dado cuenta de que el contacto conmigo te resultaba repugnante. La señora Jones está abajo por si necesitas algo. Solo tienes que llamarla.

Con eso, cerró la puerta y se marchó. Heather se reclinó sobre la almohada con un suspiro. Tal vez era mejor así. Si Cole supiera lo vulnerable que le hacía sentir, sería su perdición.

Aquel día no volvió a visitarla. Fue la señora Jones la que subió a recoger la bandeja de la cena.

—No ha comido en todo el día. Está muy nervioso y le grita a todo el mundo... Sé que ha estado muy preocupado por usted, señorita Heather, y que ha estado velándola desde que la trajo aquí, pero ahora está usted mejor. ¿Por qué se comporta así?

—Iré a hablar con él —anunció. Se había puesto un camisón de algodón, por lo que no tuvo reparos en levantarse de la cama y dirigirse hacia el armario para buscar una bata.

—No debería estar levantada.

—No me voy a poner mejor estando tumbada todo el día. Tengo asuntos de los que ocuparme y, cuando antes empiece a moverme, antes me curaré.

Salió del dormitorio y bajó la escalera. Una vez

en el vestíbulo, se dirigió al despacho de Cole. Llamó suavemente a la puerta.

—Adelante —dijo él.

Heather abrió la puerta y volvió a cerrarla a sus espaldas. Esperó a que Cole levantara la mirada.

—¿Qué estás haciendo aquí abajo? —le preguntó Cole muy sorprendido.

—Yo... yo no quise decir lo que dije —tartamudeó.

—¿De qué estás hablando?

—De lo que te dije arriba.

Cole se levantó y se acercó a ella. Al ver que se acercaba, Heather tuvo que apoyarse contra la puerta.

—No quieres que te toque —dijo él—. Lo sé y no voy a hacerlo. No tienes que tener excusas. No importa.

—No fue una excusa exactamente. Estoy tan cansada...

—En ese caso, no deberías estar aquí. Es demasiado pronto.

—Lo sé, pero no podía permitir que siguieras pensando que el contacto contigo me repugna. No es cierto. Jamás nos hemos mentido el uno al otro.

—¿Y qué era lo que querías decir?

—Me... pensar que tú... que tú me has tocado íntimamente... me hace sentir extraña.

—No te toqué del modo en el que lo hice en Nassau, pero deseo hacerlo, Heather. Quiero besar cada centímetro de tu cuerpo y quiero que, cuando ocurra, estés completamente despierta.

Las palabras de Cole conjuraron imágenes que le hicieron temblar las piernas.

—Heather —murmuró él suavemente—, te he hecho daño de un modo que no quería. Las heridas van a tardar en cerrar, pero te ruego que no me rechaces. No quiero volver a perderte.

—En ese caso, deja de tratar de convertirme en una

marioneta, Cole. No soy una niña. Tengo una vida propia y una carrera que me gusta mucho. Permíteme el privilegio de ser yo misma. Deja de tratar que me comporte según tus reglas. No creo que te gustara que te acusaran de ser un machista, ¿verdad?

—Por supuesto que no —comentó él, riendo—. Vamos, te acompaño arriba.

Los dos salieron al vestíbulo y comenzaron a subir la escalera. Cuando llegaron a la puerta del dormitorio, se detuvieron.

—Tengo un potrillo nuevo en el establo. Si estás bien mañana, te llevaré para que lo veas —le dijo él.

—Me encantaría.

—Está bien, pero no iremos muy temprano. Tienes que descansar mucho para librarte de esas ojeras que tienes. Tampoco me gusta verte tan delgada.

—Comeré más —le prometió ella mientras se disponía a entrar en la habitación.

—Que duermas bien, nena.

Le costó bastante llegar al establo para poder contemplar el nuevo potrillo de Cole. Una vez allí, los recuerdos de antaño se apoderaron de ella.

Cole se inclinó sobre la puerta de la cuadra para observar al pequeño potrillo.

—Le he puesto Jackrabbit —le dijo él—. Tiene las orejas y las patas tan largas como un conejo, por lo que me pareció que le iba muy bien.

—Es verdad.

La mirada de ella regresó a la puerta del establo. En ese momento, Cole se dio cuenta de lo que ella estaba pensando.

—Parece que hace una eternidad, ¿verdad? Yo fui demasiado brusco, pero lo que sentía me hizo comportarme así. Llevo mucho tiempo peleándome con ello.

—Creo que yo llevo el mismo tiempo enfrentándome a mis sentimientos —susurró ella.

—Eras tan joven que estuve de muy mal humor los días siguientes. A mí me corroía el sentimiento de culpabilidad. Me odiaba por lo que había hecho, pero en el momento en el que volví a tocarte, me olvidé de todas mis buenas intenciones. Y en Nassau...

Heather no lo pudo soportar más. Se dio la vuelta y se dirigió hacia la puerta, no quería pensar en Nassau

—Heather... Hubo un motivo para que yo te tratara del modo en el que lo hice. Tal vez algún día pueda decírtelo, pero en este momento no serviría de nada.

—Fuiste muy cruel, Cole.

—Sí. Pensé que tenía que serlo.

—Y yo que pensaba que había algo especial entre nosotros... Me hiciste mucho daño y no creo que pueda olvidarlo nunca.

Con eso, Heather se dio la vuelta y salió del establo. Se detuvo junto al corral para observar a los caballos que pastaban allí. Cole salió detrás de ella.

—Me gustaría criar caballos de carreras —comentó él.

—¿Podríamos hacerlo?

—¿Te gustaría?

—Sí. Me gustan mucho los caballos.

—Si lo hiciéramos, tendrías que regresar a casa. Yo tendría que tener a alguien que me ayudara con los compradores...

—Bueno, yo he luchado mucho para llegar donde estoy.

—Lo sé... Que Dios no permita que tengas que vivir sin el aplauso y sin las miradas lascivas de los hombres.

—¡Cole!

—Sé que no estoy siendo justo —le dijo él mientras extendía la mano para acariciarle el cabello—. No me gusta así de corto. Me acuerdo de que en Nassau podía enredar los dedos en él mientras te besaba...

Heather contuvo el aliento.

—No quiero recordar nada de eso, Cole. No me parece justo.

—Lo que no es justo es que tú estés tratando de volver a convertirme exclusivamente en un hermano mayor. No quiero tener esa clase de relación contigo. Quiero que lo sepas.

—¿Y qué... qué es lo que quieres?

Cole la obligó a levantar el rostro y la besó suavemente.

—Esto es lo que quiero.

Heather lo miró. Tenía los ojos llenos de ensoñación y de miedos silenciosos.

—No vuelvas a hacerme daño, Cole.

—Nunca, Heather. Dame una segunda oportunidad.

—Me estás pidiendo mucho.

—Lo sé...

Los dos se apartaron de la valla del corral y regresaron juntos a la casa. Heather lo miró y notó el porte orgulloso de Cole, la arrogancia de su recta nariz y sus hermosos ojos. Jamás se cansaba de mirarlo.

Los días pasaban con tranquilidad. Cole no volvió a insinuársele, pero hablaban mucho, como nunca lo habían hecho en el pasado. Él la llevaba a montar todas las mañanas. En una ocasión, se detuvieron en el río y desmontaron.

—Este lugar es tan tranquilo... —susurró ella—. Parece que no hay nadie más en el mundo.

—¿Me serviría a mí de algo si así fuera?

—No lo sé, Cole... —repuso ella—. Ya sabes que no quiero recordar lo ocurrido en el pasado.

—¿Por qué?

—Ya sabes por qué. Porque todo eso no significa nada para ti. No quiero hablar al respecto —afirmó ella. Cole trató de estrecharla entre sus brazos—. ¡Suéltame, Cole!

—No puedo —replicó él—. Mi vida parece haberse desintegrado desde que nos fuimos a las Bahamas. He perdido todo lo que me importaba y no parece que tenga muchas posibilidades de recuperarlo.

—Tienes a Tessa.

—Ni la tengo ni la quiero. La eché de esta casa el día antes de ir a buscarte. Le prometí que si volvía a poner un pie en el rancho, lo lamentaría.

—¿Por qué?

—No puedo decírtelo —repuso él—. Tan solo te diré que he estado muy solo sin ti. ¿Crees que podrías olvidar el pasado si yo te lo pidiera? ¿Me podrías perdonar las cosas que te dije y permitirme que vuelva a empezar?

—He cambiado...

—Los dos hemos cambiado. Iremos poco a poco, te lo prometo. Además, Dios sabe que estar aquí unas semanas te ha sentado de maravilla. ¿O acaso echas de menos a ese periodista?

—Puedo vivir sin él... —dijo ella.

No pensaba decirle a Cole cuáles eran sus sentimientos por Gil.

—En ese caso, quédate conmigo.

—Me quedaré... una semana más.

—Está bien...

Cole se reclinó sobre un árbol e hizo que Heather tuviera que apoyarse sobre él. Volvió a besarla.

Levantó la cabeza y la estudió durante un instante. Después, miró hacia el río.

—Siempre me ha encantado este lugar. ¿Estás cómoda?

—Estás muy calentito —susurró ella.

—Nena, no lo sabes tú bien —musitó Cole. Entonces, volvió a besarla—. Te gusta así, ¿verdad? Lento y suave...

Ella trató de tranquilizar su respiración, pero sin éxito.

—A ti no te gusta así.

—Me gusta de cualquier forma siempre que sea contigo —replicó Cole. Ella sonrió—. Sería capaz de matar por esa sonrisa —musitó. Entonces, volvió a besarla, un poco más apasionadamente en aquella ocasión—. Pensé que jamás podría volver a besarte...

—¿Por qué, Cole?

—No importa...

Cole la estrechó fuertemente entre sus brazos y la besó como si jamás tuviera intención de parar. Heather sintió el deseo en él, un deseo que era casi tan intenso como el que ella sentía. Durante un instante, se olvidó de que no confiaba en él y le devolvió el beso con todo su corazón.

—Te aseguro que jamás sentirás esto con ningún otro hombre, igual que yo no lo sentiré con otra mujer. Sin embargo, serías capaz de cualquier cosa antes de admitirlo, ¿verdad, girasol?

—Simplemente no sé si puedo confiar en ti —susurró ella.

—Heather, si hubiera modo humano de borrar el pasado, lo haría. Ha habido noches en las que pensaba que me iba a volver loco al recordar el tacto de tu piel o tu risa...

—Pero tú me apartaste de tu lado —le recordó ella. No comprendía nada—. Suéltame, te lo ruego.

—Entonces, no confías en mí...

—No puedo evitarlo. Todo cambiaría si me contaras lo que ocurrió.

Cole se apartó de ella y suspiró. Entonces, sacó un cigarrillo y lo encendió.

—Me enteré de algo que... que me hizo creer que no había futuro para nosotros.

—¿De verdad descubriste algo? —le preguntó ella mientras lo observaba con curiosidad—. Sé que la libertad es algo muy importante para ti, casi como una religión. No quieres renunciar a ella.

—Hay cosas peores que perder la libertad...

—¿De verdad eres tú, Cole? ¿O acaso eres un impostor?

—¿Te beso como un impostor?

—Es una pregunta difícil de contestar.

Cole sonrió al escuchar aquella respuesta.

—Has cambiado tanto... ¿Dónde está la niña pequeña a la que solía tomar el pelo?

—He madurado mucho, Cole. En ocasiones me siento como una anciana.

—No lo eres. Eres una criatura increíblemente sexy. Deja que te lo demuestre...

Cole apagó el cigarrillo y trató de atraparla, pero ella echó a correr hacia los caballos y consiguió montarse en la silla antes de que él pudiera alcanzarla.

—Cobarde... —murmuró él.

—Precavida, más bien.

Cole la miraba con ojos brillantes. Estaba tan guapo que Heather se moría de ganas de bajar del caballo y dejarse llevar por el deseo que los embargaba. Sin embargo, quería asegurarse de que, antes de dar un paso, podía volver a confiar en él. Esperó a que Cole montara antes de regresar a la casa.

11

Si confiar en Cole le resultaba difícil, llevarse bien con él no lo era. Era la mejor compañía que Heather pudiera tener. Hablaban de temas diversos, reían, daban largos paseos...

Un día habían salido a dar un paseo en el todoterreno cuando empezó a llover a mares. El camino prácticamente no se veía, por lo que Cole decidió que era más prudente detenerse y esperar a que escampara.

El interior del vehículo resultaba tan íntimo como un dormitorio y Cole era demasiado atractivo. Heather apartó la mirada y empezó a mirar por la ventanilla.

—¡Qué bien que esté lloviendo! —exclamó—. Al maíz le va a venir de maravilla.

—Y al ganado —dijo él.

Cole empezó a mirarla. Con aquel vestido rosa, estaba completamente encantadora.

—Eres tan hermosa... Ven aquí —añadió él—. Quiero besarte.

—Cole... —protestó ella.

—Calla. No podemos hablar y besarnos al mismo tiempo.

—Pero...

—¿Es que no quieres besarme?

—Sí —admitió ella.

—En ese caso, demuéstramelo.

Heather lo abrazó y le devolvió el beso fervientemente. Entonces, le indicó que le desabrochara
los botones de la camisa y observó hasta que ella los
abrió todos. A continuación, le guio los dedos por el
liso vientre.

—Mmm —murmuró él. Evidentemente, la caricia le producía un enorme placer.

—Solo te pido que no me metas prisa.

—¿Cuándo he hecho yo eso? —le preguntó Cole
mientras le acariciaba suavemente la mejilla. Después, deslizó la mano sobre el cuello hasta llegar a
la clavícula y luego por la tela que cubría los turgentes senos—. No trates de detenerme. Quiero tocarte
tanto como tú deseas tocarme a mí y no hay razón
para que no sea así. Tú me perteneces. Lo puedes
negar todo lo que quieras, pero cada vez que te toco,
tu cuerpo me da la bienvenida y lo sabes.

—Vas demasiado deprisa... —susurró ella retor-
ciéndose bajo la experta presión a la que la some-
tían los dedos de Cole.

—No, nena. No he estado contigo desde hace mucho tiempo y tengo ganas de ti. A ti te ocurre lo mismo.
¿Recuerdas aquella noche en la playa, cuando te tum-
bé sobre la arena y te toqué por primera vez? ¿Recuerdas cómo gemías de placer y te arqueabas hacia mí?

—Cole, no...

—Quiero hacerlo. Necesito hacerlo. Dios mío, te
he echado tanto de menos...

La besó apasionadamente. El deseo que lo poseía resultaba tan evidente que Heather casi tenía
miedo. Sabía que nada podría detenerlo en aquellos
instantes.

—Cole...

—Te deseo. Quiero tocarte, sentirte temblar bajo mis manos. Quiero escuchar los gemidos que se te escapan de los labios cuando te acaricio... No mires atrás. No recuerdes el pasado...

—No puedo evitarlo —susurró Heather.

—Lo sé... Dios, daría lo que fuera para borrar las cosas que dije sobre ti. Ni te imaginas lo que me dolió decírtelas.

—Entonces, ¿por qué lo hiciste, Cole? ¡Dime por qué!

—No puedo... Si lo hiciera, te haría aún más daño. ¿No te das cuenta? —le preguntó mientras le trazaba la boca con un dedo—. Es mejor olvidar. Tal vez, con el tiempo, serás capaz de perdonarme.

—Eso puedo hacerlo —admitió Heather—, pero me resulta difícil confiar en ti. Es casi imposible.

—Te aseguro que, ocurra lo que ocurra, jamás volveré a alejarme de ti. Si hay alguien que decida dar la espalda al otro, esa serás tú, Heather.

—¿Y te importaría?

—Claro que sí —admitió él—. ¿No te das cuenta? ¿Es que no lo sientes cuando te tengo entre mis brazos?

—Eso es... deseo —le corrigió ella.

—¿Nada más?

—No lo sé...

Cole la obligó a levantar el rostro para poder mirarla a los ojos.

—Siempre estás cohibida conmigo. Cuando hablamos. Cuando estamos juntos. Fue así mucho antes de que te obligara a abandonarme. ¿Por qué, Heather? ¿Por qué tienes tanto miedo de entregarte a mí?

—No quiero perderme en ti —admitió ella.

—¿Tienes miedo de que podría ser así? ¿Por qué no te dejas llevar solo una vez para ver qué ocurre?

Heather sintió que algo muy primitivo cobraba

vida en el interior de su esbelto cuerpo mientras Cole la besaba. Los brazos de él la estrechaban con fuerza contra su cuerpo mientras que la lluvia caía ruidosamente sobre el techo del coche. De repente, Heather se sintió muy femenina. ¿Por qué no podía expresar lo que sentía? Le abrazó con fuerza y respondió a los besos que él le dedicaba. Mordisqueaba los deliciosos labios, tentaba la lengua de Cole con la suya...

Cole se retiró un instante. Tenía el deseo que sentía reflejado en cada línea de su rostro.

—No te contengas esta vez —le pidió—. Demuéstrame lo mucho que has cambiado.

—Podría sorprenderte...

Lo besó apasionadamente, dejando que las noches solitarias y los días vacíos se olvidaran en aquel cálido abrazo para poder decirle sin palabras lo mucho que le había echado de menos.

Cole le devolvió el beso tan apasionadamente como ella se lo estaba dando, pero no por ello carente de ternura.

Desgraciadamente, el sonido del motor de otro vehículo los obligó a separarse.

—Diablos... —susurró él al reconocer una de las furgonetas del rancho.

Limpió el vaho que se había formado en la ventanilla y pudo distinguir que se traba de Danny.

El muchacho había detenido la furgoneta al lado de la de Cole y estaba bajando la ventanilla.

—Se ha inundado parte de Youngman —le gritó Danny—. Los muchachos están trasladando el ganado ahora. Jack me ha enviado a por el tráiler más grande.

—Te echaré una mano. Reúnete conmigo en el establo —le dijo Cole. Volvió a subir rápidamente la ventanilla—. Maldito ganado —murmuró mientras se metía de nuevo en el camino y seguía a Danny hasta el rancho.

—Es la primera vez que te oigo decir algo así —comentó ella entre risas.

—Y malditos vaqueros también —añadió él con una carcajada—. Cuando Danny cuente lo de las ventanillas empañadas, tendré que enfrentarme al infierno.

—¿Acaso estás avergonzado? —bromeó ella.

—Soy demasiado mayor para hacer el amor en un coche.

—Es un todoterreno.

—Eso no importa. No confundas el tema principal con hechos secundarios. Espero que tengas un vestido de noche aquí.

—Sí que lo tengo, Cole. ¿Por qué?

—Porque esta noche, con o sin inundación, vamos a salir a bailar.

—No se me ocurre nada que me pueda apetecer más...

Cole la miró con picaría.

—A mí sí... —murmuró sugerentemente—. Ponte algo sin tirantes.

—¿Por qué? —le preguntó Heather sin pensar. Al comprender el motivo, se sonrojó.

No tardaron en llegar al rancho. Cole detuvo el vehículo frente a la puerta de la casa.

—Tienes que estar preparada a las seis.

—¿Crees que habrás regresado para entonces?

—Te prometo que sería capaz de regresar del infierno si ello significara que puedo pasar una velada contigo.

Heather se echó a reír y le dio un beso antes de descender del coche.

Cole la miró fijamente, como si estuviera sorprendido por aquel gesto.

—Últimamente, me besas mucho —dijo ella a modo de excusa.

—Sí, pero creo que es la primera vez que me besas tú la primera...

—Antes no querías —dijo ella con la mirada muy triste.

—Nena, te reirías si supieras la verdad. ¡Recuérdalo, a las seis!

Heather afirmó, riendo como no lo había hecho desde hacía meses. De repente, todas las barreras se estaban desmoronando. Podría volver a amar a Cole aunque él solo la deseara. Aprovecharía al máximo el poco tiempo que tuviera con él. Por el momento, eso le bastaba.

Resultaba muy emocionante salir con Cole. Observó llena de celos las miradas que atraía de otras mujeres. Se había puesto un vestido blanco largo de corte sencillo que estaba atrayendo también las miradas masculinas, pero casi no lo notaba. Estaba demasiado absorta en lo que hacía Cole.

Él no le había quitado los ojos de encima desde que salieron del rancho y, en aquellos momentos, estaba observando el escote palabra de honor del vestido.

—Veo que me has obedecido —comentó él mientras tomaban café después de una deliciosa cena.

Heather apartó la mirada. Cole estaba tan guapo que sentía que el corazón le iba a estallar de alegría solo por verle.

—Da la casualidad de que es el único vestido que tengo en mi armario —replicó ella.

—Me gusta el tacto de tu piel —murmuró él—. Es como la seda, aunque con una calidez y un perfume propios.

—Para...

—Pensaba que eras ya una mujer adulta —repuso él con una suave carcajada.

—Cuando me dices cosas como esa, me siento como si tuviera trece años. Deberías sentirte avergonzado...

—No lo estoy en absoluto —insistió él. Volvió a mirar el escote de Heather—. Recuerdo incluso tu sabor...

—Creo que es mejor que vayamos a bailar.

Cole se puso de pie y extendió la mano para conducirla a la pista de baile. Allí, la tomó entre sus brazos y comenzaron a bailar.

—¿Tienes miedo de acercarte más? —le preguntó él.

—Tengo miedo. Punto final —reconoció ella—. No entiendo lo que estás tratando de hacerme.

—Demostrarte que lo que había entre nosotros no se ha evaporado. Quiero hacerte el amor. Quiero besarte hasta que dejes de tener miedo, tal y como lo hiciste en el coche esta tarde.

—En otras palabras, te quieres acostar conmigo.

—Nena, lo que yo quiero contigo no tiene nada que ver con acostarse —afirmó él—. No. No ocultes tus sentimientos. Mírame.

Heather no quería hacerlo, pero Cole no le dio elección. Entonces, vio que él tenía el rostro muy solemne.

—Me gusta tenerte de nuevo en casa —murmuró él—. Me da una excusa para no trabajar tanto.

—Llevas años necesitando esa excusa —comentó ella sonriendo—. Aún recuerdo el fin de semana que Emma y yo pasamos solas porque tú estaba de viaje de negocios. Desde siempre, lo único que has hecho ha sido trabajar para Big Spur.

—En estos momentos, Big Spur es mucho más

que un rancho. Es una corporación. Durante los últimos años, ha estado creciendo tan rápidamente que casi no he tenido tiempo de respirar.

—Pues ahora sí lo estás haciendo —murmuró ella. Le deslizó las manos desde el cuello hasta colocarlas sobre la pechera de la camisa—. Y muy rápidamente también...

Se acercó deliberadamente a él para poder sentir sus poderosos muslos contra los suyos.

Con un duro gemido, Cole le agarró la cintura y la apartó de él demasiado bruscamente. La miró a los ojos con ira y, en ese momento, Heather se sintió como si hubieran vuelto atrás en el tiempo, al momento en el que ella le confesó lo que sentía hacia él y Cole la rechazó diciéndole que no podía amarla. Volvió a sentir el dolor, el rechazo y la humillación.

Cole adivinó la mirada que se reflejaba en el rostro de ella, pero fue demasiado tarde.

—Heather...

Ella dio un paso atrás cuando Cole trató de agarrarla.

—¿Nos podemos ir a casa? —le preguntó ella forzando una sonrisa—. Se está haciendo tarde y yo... yo estoy muy cansada.

La voz se le quebró, por lo que tuvo que darse la vuelta y marcharse al tocador.

En su interior, había otra mujer que se marchó enseguida. Al quedarse sola, Heather se derrumbó. Le resultaba imposible entender a Cole. Se temía que él estuviera jugando con ella y no sabía si podría soportar verle de nuevo, enfrentarse a aquel último rechazo. Trató de recuperar el control.

Tendría que marcharse del rancho. No podía quedarse allí y mantener la cordura. Se lavó la cara y se la secó con una toallita de papel con mucho cuidado para no estropearse el maquillaje.

De repente, una mujer bien vestida, que evidentemente era una empleada del restaurante, asomó la cabeza por la puerta.

—¿Se llama usted Heather?

Ella asintió. Aún se notaba perfectamente que había estado llorando.

—Bueno, pues ahí fuera hay un hombre muy guapo que me ha dicho que es capaz de ponerse de rodillas para que salga usted. Es muy guapo...

Los ojos de Heather volvieron a llenarse de lágrimas, pero imaginarse a Cole de rodillas la hizo sonreír al mismo tiempo. Salió del tocador y dejó que la mujer la llevara al saloncito donde Cole la esperaba con su sombrero en la mano.

—Vayámonos a casa —dijo él—. Tengo que hablar contigo.

—Está bien, Cole...

Heather asintió, pero no lo miró a los ojos.

Ella se bajó del coche rápidamente al llegar a casa y subió los escalones buscando la llave en el bolso. Si se daba prisa, podría escapar de él mientras guardaba el coche en el garaje.

No había contado con que Cole la seguiría inmediatamente. Acababa de abrir la puerta y de entrar en el vestíbulo, cuando él entró también y cerró la puerta. Entonces, se interpuso entre Heather y la escalera.

—Todavía no. Primero tenemos que hablar.

—Estoy cansada, Cole.

—Yo también. Cansado de fingimientos y de malentendidos, de un pasado que me está desgarrando el alma. Por eso, te pido que hablemos y que no salgas huyendo.

—¿Y de qué tenemos que hablar? —susurró ella—.

Primero me besas, luego me apartas de ti y me dices que no puedes amarme. Luego me dices cosas odiosas y me haces volver... ¡Pero no me dices por qué!

Cole respiró profundamente.

—A nadie le gusta admitir que es un estúpido —admitió—. Y mucho menos a mí. He cometido un terrible error. Escuché a la persona equivocada y traté de protegerte de algo que no existía. No quiero entrar en detalles porque es demasiado doloroso y resulta innecesario. Olvídate del pasado, ¿quieres?

—¡No puedo! No puedo. Me das una de cal y otra de arena. Frío y caliente. No sé cómo puedes esperar que confíe en ti.

—Si te importara lo suficiente, lo harías —le espetó él.

—¡Después del modo en el que me has tratado!

—Supongo que he estado esperando un milagro —dijo—. Después de esta noche volvemos al principio, ¿no?

—No. No vamos a volver al principio. Yo me marcho a Houston mañana mismo —le espetó ella—. Ya he tenido todo lo que puedo soportar. No me puedo quedar aquí ni un minuto más.

—¿Por lo de esta noche?

Heather se apartó de él.

—Me voy a la cama.

—¡De eso nada!

Antes de que Heather tuviera tiempo de reaccionar, Cole la tomó entre sus brazos y la llevó directamente al despacho. Abrió la puerta y la cerró de una patada.

—¿Qué es lo que estás haciendo, Cole?

—Has tomado una decisión. Nada de lo que yo haga va a hacerte cambiar de parecer, así que...

La arrojó contra el sofá y se quitó la chaqueta. Entonces, se arrancó la corbata y se desabrochó los primeros botones de la camisa antes de tumbarse sobre ella.

Heather estaba demasiado sorprendida como para reaccionar.

Lo miró a los ojos.

—Pesas demasiado —le dijo.

Cole le enredó los dedos en el cabello y le sujetó la cabeza tal y como quería.

—Dentro de un minuto no lo notarás —afirmó antes de besarla—. Cuando termine contigo, ni siquiera lo recordarás. Te aseguro que cuando dejes que te toque otro hombre, te sentirás como si estuvieras cometiendo un sacrilegio.

Volvió a besarla con dureza, como si no le importara hacerle daño.

—Cole, me haces daño...

Él la miró y, de repente, relajó los dedos y pareció tranquilizarse.

—Te deseo tanto, Heather. ¿Notas cómo tiembla mi cuerpo cuando me tocas? ¿Cómo me late el corazón? ¿No te das cuenta de lo mucho que te deseo?

Ella lo miró fijamente, pero no fue capaz de responder.

—Dios, Heather... ¿Por qué crees que te rechacé? Si no lo hubiera hecho, te habría besado allí mismo, delante de una multitud de gente. No me podría haber contenido. Pero tú pensaste que te estaba rechazando, ¿verdad? Como si pudiera hacerlo...

El esbelto cuerpo de Heather se relajó un poco y se fue entregando poco a poco al deseo. Lo amaba tanto que todo lo que él hiciera le resultaría más que bienvenido.

Desabrochó el resto de los botones de la camisa y deslizó las manos sobre los fuertes músculos del pecho. Sintió que él la guiaba, que las suaves palabras que susurraba eran como música para sus oídos mientras él le enseñaba todas las dulces lecciones del amor.

—Te ruego que no me detengas —le susurró Cole cuando le abrió la cremallera del vestido. Suavemente, se movió hasta que los dos unieron sus cuerpos en un lento y sensual movimiento.

Heather sintió que la boca de Cole sobre la suya y le hundió las uñas en los hombros cuando las caricias y los besos de él la hicieron caer prácticamente presa del abandono. Lo amaba tanto que, una vez más, le costaba no entregarse a él completamente, pero no podía hacerlo. Trató de apartar la boca de la de él.

—No lo hagas —susurró él—. Abre la boca, Heather. Vamos, cielo... quiero besarte...

Cuando por fin se la ofreció, gozó de ella con un hambriento silencio. Ella gemía y se movía muy sensualmente debajo de él. Sentía que estaba perdiendo el control por las sensaciones que él le estaba causando.

La pasión comenzó a despertarse en el cuerpo de Heather. Ella le rodeó con los brazos y, de repente, su boca se volvió ansiosa, exigente, respondiendo el ardor de él con un inocente apetito que ponía a prueba el autocontrol de Cole.

Ella se removió e hizo que Cole gruñera. Atónita, lo miró a los ojos.

—No vuelvas a hacer eso —susurró él con voz ronca—. Me harás perder el control, ¿o acaso era eso lo que tenías en mente? ¿Quieres estar entre mis brazos esta noche y permitirme que te convierta en una mujer?

—Yo... yo... —tartamudeó Heather.

—Seré muy cuidadoso contigo. Vente a la cama conmigo...

El cuerpo de Heather temblaba de deseo. Se dio

cuenta de que deseaba desesperadamente lo que Cole le había pedido, pero, a pesar de todo, apartó el rostro y lo hundió entre los cojines.

—No. Dios, no puedo...

Cole se quedó inmóvil, como si hubiera dejado de respirar. Unos instantes después, se levantó y se apartó de ella.

—¿He ido demasiado deprisa? —le preguntó secamente—. Dios mío, he estado tomándome las cosas con calma... pensaba que estaba yendo lo suficientemente despacio incluso para ti.

—¿Qué es lo que quieres? —le espetó ella mientras se sentaba sobre el sofá para mirarlo muy fijamente.

—¿Qué es lo que te parece a ti que quiero?

—Supongo que a mí.

—Efectivamente. Te deseo a ti. En mi cama. Toda la noche. Todas las noches empezando desde hoy.

—Sin amor, no, Cole —dijo ella.

Cole palideció. Se le reflejó en los ojos un sentimiento parecido al dolor antes de darle de nuevo la espalda. Entonces, ella supo que era cierto: Cole no la amaba. No podía amarla.

—Voy a regresar a Houston mañana —le dijo—. Creo que será lo mejor para los dos.

—Tal vez tengas razón. Si sigues sin poder confiar en mí...

—¿Cómo puedes pedirme que confíe en ti si sigues sin explicarme nada, Cole? ¿Qué garantía tengo que de no vuelvas a rechazarme una y otra vez?

—¡Porque yo te lo digo! —exclamó él.

—Con eso no me basta.

—En ese caso, regresa a Houston.

Heather se levantó.

—Cole...

—Mañana tengo que ocuparme del ganado —

le dijo en un tono casual, como si no le importara nada que ella se marchara—. Estaré en los corrales por si quieres despedirte.

Aquella manera de hablar, como si no le preocupara nada, le molestó a ella más que la reacción que había tenido. Se dirigió a la puerta con los ojos llenos de lágrimas que no deseaba derramar.

—Ya me he despedido —le espetó.

Salió por la puerta sin mirar atrás.

Aquella noche apenas pudo dormir. A la mañana siguiente, quería disculparse, pero Cole ya se había marchado cuando bajó a desayunar.

—Y menos mal —comentó la señora Jones—. Me gruñó cuando le pregunté si quería que le preparara algo de almorzar. Está de un humor terrible.

Heather no dijo nada, pero los ojos se le llenaron de lágrimas. No quería regresar a Houston. No quería abandonar a Cole. Sin embargo, tenía que hacerlo mientras pudiese. E iba a hacerlo aquel mismo día.

Le dolía no ver a Cole antes de marcharse, pero no podía ser de otra manera. Estaba furioso y estaría todo el día fuera. No regresaría a casa hasta que no oscureciera y ella ya se habría marchado.

Estaba tan sumida en sus pensamientos que no oyó que alguien llamaba a la puerta hasta que la señora Jones fue a abrir. Se escucharon voces en el recibidor. Una era la de la señora Jones y la otra... Heather casi se desmayó al comprobar que era la de Tessa.

Salió rápidamente al vestíbulo.

—El señor Cole se pondrá furioso si la sorprende aquí —le decía la señora Jones.

—Lo sé. Hará todo lo que esté en su mano para

impedir que Heather se entere de la verdad, pero yo voy a decírsela.

—¿La verdad sobre qué? —le preguntó Heather.

Tessa miró a la señora Jones.

—Aquí no —respondió.

Conduzco a Heather hasta el salón como si aquella fuera su casa y cerró la puerta.

—¿Y bien? —preguntó Heather

—Creo que es algo que tienes derecho a saber. Es una larga historia.

Las dos mujeres tomaron asiento.

—En ese caso, es mejor que empieces —replicó Heather.

—Todo... todo empezó cuando tu madre tuvo... cuando Big Jace vino aquí una noche mientras tu padre estaba fuera...

—¿Y sedujo a mi madre? —le preguntó Heather con sorna.

Tessa la miró boquiabierta.

—¿No irás por casualidad a decirme que Big Jace era también mi padre?

—¡Sí!

—Tessa, supongo que no eres capaz de amar a nadie, pero tal vez me puedas entender si te lo digo despacito y claro. Big Jace adoraba a Emma. Hubiera muerto por ella de buen grado. Los hombres que aman tanto a una mujer no arriesgan su matrimonio por estar unas horas con un iceberg como era mi madre.

Tessa no podía creer lo que estaba escuchando. Miraba a Heather con los ojos abiertos de par en par.

—¿No lo sabías? Mis padres dormían en habitaciones separadas. Big Jace no podría haber seducido a mi madre sin un buen fuego, porque era un trozo de hielo desde la cabeza a los pies. Le gustaba flirtear con los hombres, despertar interés en ellos... pero no tenía amor que dar. Lo sé porque viví con ella durante muchos años. Por lo tanto, no me vengas aquí a contarme historias. Y yo no se lo contaría a Cole si fuera tú. Seguramente, se pondría...

Heather se detuvo en seco y miró a Tessa. De repente, todo encajó. ¡Todo!

—Se lo dijiste en Nassau —le dijo Heather—. Le dijiste que Big Jace era mi padre y él te creyó, ¿no es así?

—¡Cole es mío! Llevo años esperándole. ¡Estoy enamorada de él! ¡Él me pertenece! ¡No voy a permitirte que te quedes con él!

—¿Que estás enamorada de él? Si lo quisieras un poco, querrías que fuera feliz. Eres una mujer muy egoísta, Tessa. Solo piensas en lo que tú quieres. Si Cole sintiera algo por ti, no tendrías que someterle a chantaje para que se olvidara de mí.

—¡Si no fuera por ti, me amaría a mí! —le gritó Tessa mientras se ponía de pie—. Me creyó cuando le dije lo de Deirdre y Big Jace y me seguiría creyendo si Emma no le hubiera dejado esa carta.

—Me das pena...

—¡No la desperdicies! —exclamó Tessa mientras se dirigía hacia la puerta—. No te pareces en nada a tu madre.

—Eso es cierto —dijo Heather con una sonrisa.

Tessa se marchó dando un portazo. Heather salió corriendo para dirigirse a su habitación y ponerse unas botas. Tenía la felicidad dibujada en el rostro.

Era uno de esos momentos en los que nada parecía imposible. Heather se sentía muy esperanzada. Comprendía a Cole en aquellos momentos más de lo que le había comprendido nunca. Cole le había pedido que se marchara por lo que le había dicho Tessa. Lo había hecho por amor, por tratar de librarle sufrimiento. Y su orgullo, un orgullo masculino que era parte intrínseca de él como lo eran sus ojos, le había impedido admitir lo fácilmente que había creído a Tessa. Todo se arreglaría. Todo saldría bien. Se agarró bien al caballo y le espoleó.

Heather tardó bastante tiempo en encontrar a Cole. Estaba ayudando a algunos de sus hombres a recuperar unas cabezas de ganado extraviadas junto a la orilla del río. En el momento en el que Heather los localizó, los hombres estaban tomando café y Cole estaba sentado en solitario junto al río, con una taza de metal entre las manos. Parecía tan perdido... Heather sintió que se le hacía un nudo en el corazón al observarle.

Al verla, Cole se sorprendió y se puso de pie. Ella saludó a los hombres y se acercó a Cole.

—¿Y bien? —preguntó él.

—Yo... Bueno, ¿puedo hablar contigo un minuto?

Cole dejó la taza sin decir palabra.

—Diez minutos más, Bob —le dijo a uno de los hombres.

Entonces, Cole se levantó y echó a andar por un sendero. Heather lo siguió.

—¿Has decidido venir a despedirte después de todo?

—En cierto modo. ¿Recuerdas lo que me dijiste anoche?

—Te dije muchas cosas anoche —comentó Cole muy sorprendido.

—Me dijiste que querías acostarte conmigo.

—Es cierto.

—Bien, pues he venido a decirte que he cambiado de opinión.

—¿Cómo dices? —le preguntó él. La miró atónito.

—Me acostaré contigo si eso es lo que quieres —susurró. Extendió una mano y le tocó un botón de la camisa. Se lo desabrochó y le tocó el torso desnudo.

—Heather —le advirtió él.

—El corazón te está latiendo muy deprisa...

—Estas jugando con fuego, nena.

—Bueno, ahora quiero que me digas qué es lo que tengo que hacer para seducirte —explicó ella—. ¿Desnudarme? Podría hacer que los hombres se sintieran avergonzados, en especial porque no llevo nada debajo de la blusa.

—Dios mío —musitó él—. Tú te lo has buscado...

Cole la agarró por la cintura y la estrechó contra su cuerpo para besarla con una pasión desatada. Ella sonrió y se relajó entre los brazos de él, permitiéndole que le devorara los labios y gozando con tanto ardor.

—¿De verdad tienes que trabajar con el ganado en estos momentos? —le preguntó ella con voz sugerente.

—No... Le puedo pedir a Danny que traiga el Jeep cuando termine de tomarse el café. Sigamos andando —dijo él.

—¿Adónde vamos?

—A un lugar en el que no puedan vernos mis hombres.

Cole se detuvo por fin en un claro del bosque. Si esperaba que ella saliera huyendo, se equivocó. Heather se acercó inmediatamente a él, se puso de puntillas y comenzó de nuevo a besarlo.

—Te amo —susurró ella—. Te amo con todo mi corazón y seré todo lo que tú quieras que sea. Me acostaré contigo. Te ayudaré con el ganado. Cocinaré para ti. Te ayudaré con el negocio... Lo que sea. No pienso regresar a Houston, Cole. Todo lo que quiero se encuentra aquí. Lo único que quiero en el mundo eres tú.

—No lo comprendo —dijo él con voz temblorosa—, pero en estos momentos, no me importa. Demuéstramelo, Heather. Llevo meses esperando esto, deseándote, necesitándote, amándote...

Cole la besó. Heather casi no se podía creer lo que acababa de escuchar. ¿No había dicho algo sobre amar?

Le devolvió el beso apasionadamente. Casi no se dio cuenta de que él había empezado a tumbarla sobre las hojas de los pinos. Una vez estuvieron tumbados, le deslizó las manos por debajo de la blusa y le recorrió la piel con posesivas caricias, mirándola a los ojos mientras exploraba cada rincón y curva de su cuerpo.

Heather le sonrió y se arqueó contra él.

—¿Te gusta?

—Claro que me gusta —susurró ella—. Cole, ¡te quiero tanto!

—Yo también te quiero, nena —murmuró ardientemente—. ¡Te amo! Sin embargo, sigo sin entender por qué has venido aquí para seducirme.

Ella le enredó los dedos en el cabello mientras observaba cómo Cole le iba abriendo los botones de la blusa y la dejaba desnuda de cintura para arriba.

—Tessa vino a verme —confesó ella.

—¿De verdad? ¿Y qué fue lo que te dijo? —preguntó él. Se tensó inmediatamente.

—Me habló de Big Jace y de mi madre —contestó ella riendo—. Pobre Tessa, no se puede decir que no lo haya intentado, ¿verdad?

—Pero, por supuesto, no la has creído, ¿verdad?

—Claro que no. ¿Acaso no sabías lo mucho que

tu padre adoraba a tu madre? Emma y yo hablábamos mucho. Me dijo que si alguna vez encontraba un amor como el que ella había compartido con tu padre, sería la mujer más afortunada de la tierra. Sabía que mi madre había tratado de seducir a tu padre, pero se reía al respecto. Confiaba en Big Jace del mismo modo en el que yo he aprendido a confiar en ti. Emma siempre supo que Big Jace no le había sido infiel.

—Tienes razón —dijo él con voz torturada. Tenía el remordimiento dibujado en el rostro—. ¿Me podrás perdonar alguna vez por todo el daño que te he causado? Yo me creí las mentiras de Tessa y pensé que no me quedaba más remedio que apartarte de mí.

—Todo por amor. Me amabas lo suficiente como para dejarme marchar porque querías lo que fuera mejor para mí. ¿Y eres tú el que me pide que te perdone? —susurró ella con las lágrimas rodándole por las mejillas—. Deberías ser tú quien me perdonara a mí por no confiar en ti, Cole. Debió de dolerte mucho cuando te rechacé.

Cole le secó las lágrimas con los labios, depositándole suaves y delicados besos en las mejillas.

—Calla... Si nos amamos, nos curaremos las heridas el uno al otro.

Heather recibió de buen grado los besos y las caricias que le ofrecían las expertas manos de Cole.

—¿Aquí? —preguntó ella con voz temblorosa.

Cole se echó a reír. Y luego dejó un rastro de besos por el cuerpo desnudo de Heather hasta la cintura del pantalón.

—¿Tienes vergüenza de las ardillas? —murmuró él mientras le mordisqueaba delicadamente la suave carne.

—Tengo vergüenza de ti —confesó ella—, pero eso no va a durar mucho tiempo. Te amo tanto...

—Yo también te amo —susurró Cole—, pero no, nena. No será ni aquí ni ahora. Será muy pronto. Quiero ponerte un anillo en el dedo antes de que vuelvas a salir huyendo.

—Te aseguro que no volveré a huir de tu lado —prometió ella—. ¿Quieres que tengamos hijos?

—Tantos como tú quieras, pero, ¿vas a poder ser madre y mantener tu profesión?

—Del mismo modo que tú podrás ser padre y ranchero al mismo tiempo —replicó Heather.

Cole la miró a los ojos. Todo lo que sentía por Heather estaba reflejado en los suyos.

—No mientras los niños sean pequeños.

Heather sonrió.

—No mientras los niños sean pequeños, cariño —le prometió ella justo antes de volver a besarlo.

TÍTULOS PUBLICADOS EN TIFFANY

Christine Rimmer
(Una boda sin noviazgo y El camino de vuelta)

Brenda Novak
(Mi adorado enemigo y Un amor de siempre)

Erika Fiorucci
(Cuatro días en Londres, Tres días en Moscú
y Una vida en París)

Sarah Morgan
(Noches de Manhattan y La jungla del deseo)

Sherryl Woods
(Otra vez el amor y Seduciendo al enemigo)

Mayte Esteban
(La chica de las fotos; Comer y amar, todo es empezar
y Con suerte... en Navidad)

Susan Mallery
(Dos almas gemelas y Seducida por el millonario)

Brenda Novak
(Un completo desconocido y La otra mujer)

Claudia Cardozo
(Magia peligrosa y A contraluz)

Tiffany™

Diana Palmer

Huida hacia un sueño

Vivía encerrado en sí mismo desde que puso fin a su última relación, así que él fue el primer sorprendido cuando permitió que Meredith Grayling se quedara en su rancho. Se dijo que solo lo hacía para protegerla de un acosador…

Lo último que quería Merrie era tener cerca a un hombre tan apuesto como Ren. Tenía demasiada experiencia y era demasiado atrayente para sus alterados nervios. Lo que de verdad necesitaba era alejarse de todo aquello. Pero ninguna mujer podía huir fácilmente del vaquero Colter.

Flor de deseo

Cole Everett vio cómo Heather Shaw dejaba de ser una niña para convertirse en una hermosa joven con un cuerpo que lo volvía loco y un corazón vulnerable que temía romper. Quería ayudarla a dejar atrás su inocencia y enseñarla a saborear los frutos del deseo. Desgraciadamente, Heather era la única mujer que Cole necesitaba, pero también la única que jamás podría poseer…

ANNIE BURROWS
No confíes en un libertino

Se rumoreaba que lord Deben, que necesitaba un heredero y era el libertino más afamado e impenitente de Londres, se había olvidado de su predilección por las amantes casadas y estaba dedicando toda su atención a seducir a jóvenes inocentes y virtuosas. Sin embargo, si lord Deben creía que Henrietta Gibson iba a acudir al chasquido de sus dedos, estaba muy equivocado. Ella sabía perfectamente por qué tenía que eludir a caballeros de su reputación y que nunca jamás podría confiar en un libertino.

MARGUERITE KAYE
Corazón de hielo

No. 79

Al despertar en una cama desconocida, Henrietta Markham se encontró ante el hombre más sensual y misterioso que había visto nunca. Lo último que recordaba era haber sido atacada por un ladrón…, sin embargo, le pareció mucho más peligroso que su salvador fuera el célebre conde de Pentland.

Desde el fracaso estrepitoso de su matrimonio, por las venas de Rafe Saint Alban fluía hielo. Pero, al conocer a la impetuosa y atractiva Henrietta, su sangre comenzó a calentarse hasta alcanzar el punto de ebullición.

¿Podría la inocencia de Henrietta doblegar a un consumado libertino como él?

¡YA EN TU PUNTO DE VENTA!